Peter Ostermann
Das Lächeln der Bäckerin

Peter Ostermann

Das Lächeln der Bäckerin

Roman

DIE BIBLIOGRAFISCHE INFORMATION DER DEUTSCHEN BIBLIOTHEK
Die Deutsche Bibliothek verzeichnet diese Publikation in der
Deutschen Nationalbibliografie; detaillierte bibliografische Daten sind
im Internet über www.d-nb.de abrufbar.

ORIGINALAUSGABE
Herstellung und Verlag: Books on Demand GmbH, Norderstedt
© 2012 Alle Rechte beim Autor
ISBN 978-3-8448-1246-6

für Grazyna, meine Frau

Unfruchtbar und unschöpferisch bleibt die Welt, wenn nicht getränkt und gefördert durch Freiheit und Freude, und immer erfrostet das Leben in jedem starren System.

Stefan Zweig

Nachdem wir Miriam ins Bett gebracht haben, haben wir uns zum Kuscheln aufs Sofa begeben, und ich sage zu Selma:

„Glaubst du, dass ich dem Wiedersehen mit Paul richtig entgegenfiebere?"

„Ach Christian", antwortet sie, „das brauche ich nicht zu glauben, ich fühle es, und ich weiß es, und weißt du was? Ich freue mich genauso wie du."

1

Jeanne

Es war früher Nachmittag, und die Sommerhitze flimmerte vom heißen Asphalt empor und wirbelte gelben Staub vom Straßenrand auf. Eine gespenstische Stille lag auf den Häusern, von deren Wänden das Brummen meiner Maschine widerhallte, ruhestörender Lärm, der nicht in die Mittagshitze passte, die eine natürliche Lärmschutzverordnung darstellte. Kurzzeitig stieg das schlechte Gewissen auf, aber wie sollte ich die schwere Maschine bergauf schieben?

Ich war froh, endlich angekommen zu sein, eintausendvierhundert Kilometer von Hannover nach Mormoiron mit nur zweimaliger Unterbrechung. Auf der linken Seite der Hauptstraße lag die Cave „*Les Roches Blanches*", der Weinkeller, aber das Geschäft war geschlossen, denn es brannte kein Licht. Links und rechts standen Platanen, deren Kronen kleine Schatten auf die Wurzeln warfen, die hellgrünen oder blauen Fensterläden der Häuser waren verrammelt, die Geschäfte geschlossen. Niemand war zu sehen, eine verwaiste kleine Provinzstadt in der Provence.

Man hielt Siesta, Mittagsruhe. Man gluckte in den Häusern, beschäftigte sich mit irgendetwas, das nicht an Arbeit erinnerte, las bei elektrischem Licht, oder schlief seinen kleinen Mittagsrausch aus, den ein *Apéritif* oder zwei Gläser Wein beim Essen verursacht hatten, oder stierte in die Glotze.

Da, wo die Straße breiter wurde, fuhr ich langsamer, das war offenbar der Marktplatz. Ein kurzes Stück dahinter sah ich auf der rechten Seite in einer Querstraße im letzten Augenblick, wie Wasser aus einem Hahn in einem Felsen lief. Na, das ist es doch!, dachte ich, wendete und fuhr zur Quelle, um mich frisch zu machen. Ich bockte mein Motorrad auf, legte den Helm auf den Sattel, zog die schwarze, heiße Lederjacke aus und steckte den Kopf unter das fließende kalte Wasser und bekam fast einen Schlag. Ich spritzte mir das Hemd voll Wasser und hätte natürlich gern die Hose ausgezogen, aber die guten

Sitten, oder was davon übrig geblieben war, bremsten mich dann doch, und ich kippte nur ein paar Handkellen voll Wasser hinter den Lederriemen. Da stand zwar kein Schild *eau potable* oder *eau non potable*, also Trinkwasser oder nicht, ich trank es, es war kühl und es schmeckte gut, ich weiß nicht wonach.

Erst jetzt wurde ich gewahr, dass das Wasser die Quelle zu einem alten Waschhaus war. Hier wuschen die Frauen des Dorfes früher mit Marseiller Seife ihre Kleidungsstücke im ersten Becken und im zweiten und dritten wurde gespült. Oft ergab es sich, dass viele fleißige Hände tätig waren, und die dazugehörigen Münder konnten sich austauschen. Das Waschhaus war überdacht, sodass man sowohl vor Regen als auch vor der Sonne geschützt war. Das Wasser lief ununterbrochen, Tag und Nacht. Solche *points d'eau*, Wasserstellen, gab es besonders im Süden Frankreichs auf vielen Dörfern und in kleinen Städten, das wusste ich von Vater.

Ich schaute mich ein wenig um, aber es regte sich nichts: Wegen Hitze geschlossen. Da trat überraschend eine Frau aus dem Hauseingang gegenüber, in dessen Schatten sie sich offenbar aufgehalten hatte. Sie war vielleicht siebzig oder achtzig Jahre alt, hatte einen Pagenkopf und trug eine graue, langärmlige Seidenbluse, einen halblangen Jeansrock, graue Pumps und am linken Arm eine uralte, zerschlissene lederne Handtasche. Sie kam auf mich zu und sagte:

„Bonjour, Monsieur, wie man sieht, suchen Sie etwas oder jemanden."

„Bonjour, Madame, das ist in der Tat so, aber vorher möchte ich Sie fragen, ob das Wasser hier Trinkwasser ist."

„Monsieur, was ist schon Trinkwasser? Also ich denke, Leichen sehen Sie hier nicht herumliegen, Angst vor Verkalkung brauchen Sie ja auch noch nicht zu haben, und hier trinken so viele Menschen, also wir sind froh, dass wir das Wasser hier haben. Und, Monsieur, die Behörden, die wollen uns nur Angst machen, und dann chloren sie ihr Trinkwasser derart, dass es stinkt und ungenießbar ist. Der Hintergedanke ist, wir sollen Mineralwasser kaufen. Also, Monsieur, ich trinke das Wasser schon das ganze Leben, davon werde ich bestimmt nicht sterben ... Ich heiße übrigens Jeanne, die Brunnenfrau ..."

„Dann haben Sie aber einen ungewöhnlichen Namen."

„Hab ich, Monsieur, hab ich. Ich kann oft mit Familiennamen nichts anfangen, und so habe ich mir diesen zugelegt", lachte sie.

„Sehr sinnvoll und sehr interessant."

„Und wer sind Sie?"

"Ich heiße Christian ... Jetzt kann ich ja auch den zweiten Namen weglassen, warten Sie, ich bin Christian ... der Motorradflitzer", lachte ich.

"Oho, dann lieben Sie wohl das schnelle Fahren, was? Sagen Sie, sind Sie denn Franzose auf einem deutschen Moto? Sie sprechen sehr gut Französisch, aber Sie haben so einen leichten, was weiß ich Akzent."

"Madame, in mir sehen Sie einen Mix aus Deutsch und Marokkanisch, meine Mutter war Marokkanerin aus Marrakesch, wo ich auch geboren bin, und mein Vater ist Deutscher. Mein Vater und ich sind aus Marrakesch wieder nach Deutschland gezogen, als ich zehn war. Meine Mutter war nämlich abgehauen."

"Ach so ist das. Bedauern Sie es nicht, dass Ihre Mutter Sie verlassen hat?"

Wir gingen beide in den Hauseingang, wo es wesentlich kühler war.

"Na ja, zuerst schon, aber jetzt nach vierzehn Jahren habe ich sie fast vergessen, obwohl eine Mutter vergisst man nicht so schnell, und sie war eine schöne Frau, die Shari."

"Monsieur, wenn ich das so sagen darf, das sieht man."

"Danke für das Kompliment. Und jetzt habe ich eine nette, ganz liebe Stiefmutter, die Katrin, und sie ist die Schwester von Paul Wegner."

"Von Paul!",sagte sie mit Begeisterung, "Paul ist also Ihr Onkel!? Soso, alles klar."

"Sie wissen also, von wem ich spreche?"

"Hören Sie, der ist hier in der ganzen Gegend bekannt, der Theologe, der Psychologe, der Heiler, der Physiker, ja, und was man ihm noch alles andichtet ... Dabei ist Paul ein ganz lieber Mann, kommt jeden Tag ein paarmal herunter, um Wasser zu holen, denn er hat da oben ... da sehen Sie, das sind die *Roches Blanches*, die weißen Felsen, und dahinter hat er seinen *Cabanon*. Aber er hat kein Wasser da oben. Und wissen Sie, was das Besondere ist? Er kann noch so viele Termine haben, für mich bringt er immer viel Zeit mit, und wir klönen über alles."

"Und was sagen die Leute?"

"Meinen Sie die Klatschmäuler? Die sagen, er ist ein Atheist, aber ich wette, die wissen gar nicht, wovon sie sprechen, und was das ist. Die wissen sowieso nichts mit sich anzufangen und interessieren sich immer für das Schlechte, und wenn sie im *troisième* oder *quatrième âge* sind, dann reden sie nur noch über Krankheiten, das ist mir zu langweilig ... Also Klatschmäuler, Sozialneider und all das Gesindel brauche ich nicht."

"Und was machen Sie so?"

„Monsieur, Sie wollen es wirklich wissen, das spüre ich. Also gut, ich stehe hier jeden Tag und warte, und das nun schon viele Jahre. Ich warte nicht auf Godot, sondern auf meinen Geliebten … Ich sage Ihnen etwas, vor vielen Jahren wurde ich achtzig, und ab da habe ich aufgehört, die Jahre zu zählen", kicherte sie, „und, Monsieur, glauben Sie es mir, ich weiß es nicht. Die Leute sagen ja, ich sei *fada*, bekloppt also, aber ich sagte ja schon, die Leute müssen was zu glauben und zu reden haben. Sie haben gefragt, was ich so mache. Wissen Sie, hier kommen viele Leute vorbei, Touristen, die trinken hier Wasser, füllen Flaschen auf, fragen nach dem Weg, nach was weiß ich, und ich erfahre viel Neues. Die Leute hier im Dorf haben keine Ahnung, was ich alles erfahre, aber hier im Dorf gelte ich nichts. Und sehen Sie, da habe ich Paul, und passen Sie gut auf, ich kann ihm sagen, was die Touristen oder Patienten, Kunden, sagt er immer, was die über ihn denken. Jetzt werden Sie denken, sie redet ja auch über ihn … So ist das nicht. Ich kann ihn mit dem guten Leumund der Touristen und Besucher aufbauen, wenn es ihm mal nicht gut geht, was ja schon mal vorkommt. Ich bin so eine Art … wie nennt man das?"

„Wenn die Beurteilung zurückkommt an den Urheber? Ich würde sagen Feedback, Feedbackgeber."

„Gibt's denn da kein französisches Wort? Ich mag diese englischen Wörter nicht, ich liebe unsere Sprache."

„Ein französisches Wort, hm, na gut, aber das trifft's nicht, *retour*, *récupération* … Ich weiß nicht …"

„Dann nehmen wir doch einfach *réponse*, die Antwort. So, Monsieur, jetzt habe ich Sie aber genug bequasselt … Wenn ich mich nicht irre, haben Sie ein Ziel, und da sage ich Ihnen jetzt mal, wie Sie da hinkommen. Sie nehmen da die Straße, fahren rechts runter, bis Sie an eine Abfahrt kommen, da steht auf dem Schild *Saint Pierre de Vassols*, in die Richtung biegen Sie ab, und direkt dahinter fahren Sie links in die Berge."

Wir waren aus dem Hausflur herausgetreten, und sie hatte mir durch Gesten ihre Auskunft zu verdeutlichen versucht. Plötzlich hielt sie inne, ging hin und her, überlegte, die rechte Faust am Kinn und sagte dann: „Das ist aber gefährlich, besonders mit einem Motorrad … Den Fall hatten wir hier noch nicht, Monsieur, hm, hm, wissen Sie was … Fahren Sie hier zur anderen Seite die Straße rauf, dann biegen Sie links ab, und im dritten Haus auf der rechten Seite wohnen Pauls Freunde, die Bonnards, Maurice und Evelyne, die helfen Ihnen weiter. Vielleicht machen sie jetzt noch *Sieste*, aber egal, schauen Sie einfach rein, die sind sehr freundlich …"

„Vielen Dank, man sieht sich, *à bientôt!*"

„*A bientôt!*"

Als ich ankam, sah ich eine kräftige blonde Frau im Gemüsegarten, die sich dort zu schaffen machte.

„Entschuldigung, ich wollte zu den Bonnards."

„Evelyne Bonnard, guten Tag, Monsieur, in welcher Angelegenheit wollen Sie zu uns?"

Sie kam auf den Gartenzaun zu und hielt sich mit beiden Händen, die in grünen Gummihandschuhen steckten, am Zaun fest.

„Ich heiße Christian, ich bin der Neffe von Paul Wegner, und ich würde ihn gern sehen."

„So, der Neffe von Paul, davon wusste ich gar nichts, er hat nie von Ihnen erzählt. So so."

„Wenn Sie mir zeigen könnten, wo er wohnt? Jeanne hat es mir schon beschrieben, aber sie meinte, ich sollte lieber Sie fragen."

„Ach, Jeanne, die lassen Sie mal besser aus dem Spiel. Schade, mein Mann ist nicht da, der macht Besorgungen, sonst könnte er ihnen den Weg zeigen ... Mit einem Motorrad bestimmt nicht so einfach, da gibt's ein steiles Stück Schotterweg ..."

Sie hielt inne und versuchte, eine Haarsträhne wieder nach hinten zu legen, die ihr ins Gesicht hing, und sie überlegte.

„Ganz schön heiß heute, trotzdem muss ich was tun, sonst sieht der Garten bald aus wie ein Urwald."

„Ja, es ist wirklich heiß heute ... Wissen Sie was, Madame, ich versuche es selbst, es wird schon gut gehen ..."

„Nein, warten Sie, Monsieur, da habe ich keine Ruhe. Ich bringe Sie hin. Ich ziehe mir nur eben die Schürze und die Holzpantinen aus. Kommen Sie erst mal rein, setzen Sie sich dort auf die Terrasse, ich bin gleich wieder da."

Sie klapperte zum Haus und zog vor der Haustür die Pantinen aus. Das Haus war ockerfarben verputzt und hatte ein rotes Dach, das Grundstück lag direkt an einem Weinberg. Ich setzte mich auf die Außenterrasse unter vier Bäume, deren Kronen zusammengewachsen waren und einen völligen Sonnenschutz boten. Auf der Südwestseite befand sich ein großer Garten mit allen möglichen Gemüsesorten, darunter Mangold in einer Größe, wie ich ihn noch nie gesehen hatte. Die rotgrünen Blätter der Rote Bete bildeten einen bemerkenswerten Gegensatz, die roten, gelben und orangefarbenen *Poivrons*, bei uns Paprika, glänzten in der Sonne. Hinter mir waren Kaninchen- und Taubenställe. Eins war klar, hier brauchte man die Arbeit nicht zu suchen, im Gegenteil, sie waren also nicht nur Weinbauern!

„So", sagte sie, „wir können los!"

Sie hatte ein geblümtes Kleid angezogen und weiße Sandaletten und die Haare noch einmal frisch hochgesteckt und sich ein wenig geschminkt. Sie sah richtig gut aus. Ich schätzte sie auf Mitte vierzig.

„Madame, was sind das für Bäume da auf der Terrasse?"

„Das sind Maulbeerbäume. Sagen Sie, kommen Sie von weit her?", fragte sie, während sie das Tor der zweiten Garage unterhalb des Hochparterres öffnete, die wie die erste mit Werkzeug aller Art vollgestopft war.

„Aus Deutschland, aus Hannover."

„Aha. Und Paul ist also Ihr Onkel, ich verstehe nicht ganz, Sie sehen gar nicht wie ein Deutscher aus."

„Mein Vater ist Deutscher, meine Mutter Marokkanerin ..."

„Ah. Entschuldigen Sie, wenn ich so neugierig war. Ich denke, wir können losfahren. Sind Sie bereit?"

„*D'accord!*"

„Denken Sie daran: Auf dem steilen Schotterweg langsam aber zügig durchfahren!"

Als ich zu meiner Maschine ging, die ich am Straßenrand geparkt hatte, sah ich auf der linken Seite, nach Norden hin, einen großen Schuppen mit zwei Traktoren und einem Spritzwagen.

Wir fuhren los zu Pauls Domizil, sie mit ihrer Diane, ich hinterher. Jeanne winkte, dann bog sie rechts ab, wieder links nach St. Pierre, und dann gleich wieder links und dann einen Schotterweg hoch, von dem aus man auf der linken Seite einen steilen Abhang hinuntergucken konnte. Nur geradeaus sehen! Die Diane heulte in einem durch, mein Motorrad schleuderte hinten, ich konnte es aber abfangen und stand schließlich oben waagerecht hinter der Diane. Anschließend fuhren wir einen schmalen Weg entlang, links und rechts mit Hecken bestanden, deren hervorstehende Äste der Diane bestimmt noch ein paar weitere Kratzer in den Lack ritzten.

2

Ein Apéritif

Wir kamen linker Hand an einem weiß verputzten Cabanon vorbei, und direkt dahinter öffnete sich das Terrain, rechts ein Feld mit Aprikosenbäumen, deren gelbrote Früchte in der Sonne glänzten, dem Feld gegenüber noch ein Cabanon aus Holz, und dann sah man rechts ein fensterloses Steinhaus. Wieder erschien eine Lichtung, links eine große Wiese, der Blick fiel auf einen hohen Berg in der Ferne, rechts standen Autos, dahinter wieder ein Feld mit Kirschbäumen.

Madame Bonnard parkte, ich neben ihr, und jetzt sah ich ein weites Rondell hinter mir, umgeben von einer Natursteinmauer mit einer hohen Zypresse, dahinter drei Kermeseichen, deren Äste fast bis auf den Boden hingen. Unter den Eichen standen weiße hölzerne Gartenmöbel; auf Stühlen und einer Bank um den Tisch herum saß eine ganze Reihe von Leuten. Gegenüber thronte ein so schöner Cabanon aus gefugten Kalksandsteinen, wie ich noch keinen gesehen hatte.

Während ich mein Motorrad aufbockte, den Helm abnahm, die Jacke auszog und beides auf dem Sattel ablegte, kamen alle Leute auf uns zu, vorneweg ein kleiner flauschiger Hund, weiß, schwarz, weiß, der mit einem Stimmchen wie ein Glöckchen bellte und an mir hochsprang.

Einer sagte: „Aha, Evelyne mit ihrem Leibwächter! Maurice, pass auf, dass der Kerl dich nicht gefangen nimmt oder dich in Stücke reißt."

Alle lachten, und Evelyne polterte los:

„Nun seht euch das an! Mir sagst du, du müsstest unbedingt noch ein paar Besorgungen machen, und in Wirklichkeit sauft ihr hier schon am Nachmittag. Du kommst besoffen nach Hause, kannst nichts mehr essen, haust dich ins Bett, sägst die ganze Nacht alle Bäume der Sahara ab. So geht das nicht, mein lieber Freund!"

Sie war aufgebracht, wovon nicht zuletzt ihre Zornesader zeugte. „Ich war einkaufen, wirklich", entgegnete Maurice kleinlaut, „ich bin eben erst gekommen, ich … ich wollte das Lüftchen hier oben ausnutzen und mich abkühlen …"

„Ach was, alles Ausreden! Abkühlen kannst du dich da unten, wo Wasser ist", schimpfte sie, „die Arbeit da unten, die bleibt liegen. Mach erst die Arbeit, dann kannst du dich abkühlen!"

Obwohl gar nicht so klein, hatte ich den Eindruck, dass Maurice wegen der Kanonade und auch offenbar wegen der Peinlichkeit vor allen Leuten immer kleiner wurde. Dieser Augenschein wurde noch verstärkt, als ein anderer genau in diese Kerbe schlug, indem er sagte: „Na, jetzt wissen wir wenigstens, was bei euch zu Hause abgeht! Ist ja nicht so einfach, ein Leben zu zweit, oder?"

„Ach nee, das musst du gerade sagen, Robert. Du bist doch deswegen nicht verheiratet, damit du in Freiheit saufen kannst!"

Das löste wiederum Gelächter aus, und ein Dritter schoss einen Kommentar ab: „Lieber Robert, ich als dein Pastisbruder sage dir, lass diese subkulturellen Ergüsse gegen unsere Schwester da, wo sie hingehören, in der Schublade deines Gedächtnisses, denn, das weißt du als Kenner des Archaischen besser als ich: Gegen die perikleischen Formen der Sprache unserer Schwester, der herrlichen Evelyne, kommst auch du nicht an …"

Ich grinste.

„Und du schon gar nicht, Pierre, mit deinen bombastischen Wortfetzen … Ach, ist mir doch egal, ich hätte gedacht, ich könnte bei euch etwas mehr Empathie voraussetzen … Was guckt ihr so blöd? Hab ich schon wieder 'n falsches Wort gebraucht?"

Ein anderer nahm sie in den Arm, und er sagte mit ganz weicher, tröstlicher Stimme: „Ich hoffe auf deine Nachsicht, Evelyne, aber ich denke, wir sind unhöflich, wenn wir unseren Gast so allein lassen. Ich grüße Sie!" Und er gab mir die Hand.

„Dieser Monsieur ist dein Neffe Christian aus Hannover", stellte Evelyne mich vor, die jetzt viel ruhiger geworden war.

„Na, wenn das so ist, komm an meine Brust, Junge, lass dich umarmen, sei herzlich willkommen, ich bin dein Onkel Paul."

Und jetzt gab es mit allen eine große Begrüßung, Küsschen links, Küsschen rechts, Männertagesbärte oder Bärte, weiche Frauenwangen, Düfte nach Parfum, nach Apéritifs, nach Wein, Berührungen.

„Paul, noch bevor wir uns wieder setzen, schlage ich vor, dass der Junge uns seinen heißen Ofen erläutert", schlug einer vor. „Ist ja ein tolles Ding, die Maschine kenne ich noch gar nicht."

Alle waren einverstanden, und ich erklärte: „Also, das ist die Ducati Monster 796, eine italienische Maschine. Sie hat 87 PS, braucht 3,9 Sekunden von 0 auf 100 und fährt maximal 215 km/h …"

„Bist du das schon mal gefahren?"

„Mir reicht es, wenn ich weiß, dass ich es könnte."

„Sehr einsichtig", sagte eine Frau.

„Wisst ihr, ein Motorrad ist eher etwas für sinnliche Menschen … Aber sie hat einen sehr elastischen Motor, gute Bremsen, drei

Scheiben und ABS, der Rahmen ist aus Stahl, Gitterrohr, und es gibt Alu-Gussteile …"

„Und was verbraucht die Kleine?", wollte Paul wissen.

„5,3 Liter Super."

„Und wie viel wiegt die Dame?"

„Das Leergewicht ist 186 kg."

„Schönes Ding", sagte eine Frau, „kann ich mal'ne Sitzprobe machen?"

„Dazu müsstest du aber erst mal Hosen anziehen, Sandrine, oder?"

„Ach was, Alain, hast du nicht gehört, das ist ein sinnliches Fahrzeug … Und ihr braucht keine Angst zu haben, ich habe mit 53 immer noch schöne Beine!" Sie zog ihr Kleid hoch und schwang sich auf den Sattel.

„Oho", schwärmte Alain, „tatsächlich, unter diesen Umständen habe ich deine Beine noch nie betrachtet!"

„Prima Sitzposition. Schön hoch, montierter Lenker … Aber deine Freundin muss sich ganz schön an dir festhalten, Christian, oder?"

„Ich habe keine, zumindest nicht hier. Andererseits kommt man sich so schon schön nah, oder?"

Allgemeine Zustimmung mit Gelächter.

„Was nicht ist, kann ja noch werden", meinte Sandrine, schwang sich mit meiner Hilfe wieder herunter und bedankte sich.

Die Maschine wurde nun, mit diesen Kenntnissen gespickt, noch einmal von allen Seiten begutachtet.

„Und der Preis?", fragte Maurice, der sich jetzt wieder aus der Masse hervorwagte.

„9.500."

Zustimmendes Pfeifen.

„So, meine Lieben", schlug Paul vor, „ich denke, wir haben die Dame jetzt genügend inspiziert, und wir sollten auf unseren lauschigen Sitz zurückkehren. Wenn du, Joseph, noch etwas näher an deine Frau rücken würdest, eine verkappte Motorradfahrerin, wie wir gesehen haben, dann könnte Christian auch noch Platz nehmen …"

Ich setzte mich dem Haus gegenüber auf die Bank und genoss die Aussicht auf den großen Berg und den blauen Himmel. Es wehte ein leichtes Lüftchen, und die Zikaden über uns zirpten unaufhörlich, manchmal sogar störend; sie sahen aus wie größere Bremsen.

„Was möchtest du trinken?", fragte Paul, nachdem er noch zwei schlanke Gläser geholt hatte, „einen Pastis, einen Kir, einen Kir royale, einen Wein, ein Wasser …?"

Ich hatte keine Ahnung und sagte: „Was die meisten von euch trinken …"

„Also einen Pastis."

„Mir auch einen Pastis, lieber Paul", bat Evelyne, „du kennst mich ja."

„So ist es, meine Liebe, daran saugst du den ganzen Abend, Tropfen für Tropfen, du genießt ihn ..."

„So, Evelyne, cincin, und besonders dir als Neuankömmling, lieber Christian, noch einmal ein herzliches Willkommen ..."

„Danke, ich freue mich", sagte ich, und wir prosteten einander zu.

„Wenn du möchtest, kannst du dich vorstellen, so ein kleiner Steckbrief reicht schon."

„Ja gut, also, geboren bin ich in Marokko, in Marrakesch, mein Vater ist Deutscher, meine Mutter Marokkanerin, Shari mit Namen. Als ich zehn war, kehrte mein Vater mit mir zurück nach Hannover, denn meine Mutter hatte uns verlassen, sie war einfach verschwunden. In Hannover betrieb mein Vater Peter, Maschineningenieur, weiter seinen Handel mit Landwirtschaftsmaschinen und heiratete dann später Pauls jüngste Schwester Katrin, eine super Stiefmutter. Er hat mit ihr zwei Kinder. Ich selbst tingelte nach dem Abitur herum: Landmaschinen verkaufen, nichts für mich; Medizinstudium, keinen Bock; Jura, abschreckend, auch nicht Volkswirtschaft, BWL oder überhaupt alle diese funktionalen Studiengänge; Geschichte, Philosophie, Psychologie, die einen weiterbringen, schon eher. Da gefiel mir einiges ganz gut. Schließlich steckte ich meine Nase mal in die Theologie. Mein Vater stellte mir ein Budget zur Verfügung mit der Auflage zu einem Abschluss zu kommen. Meine Mutter, also die Katrin, erwähnte daraufhin ihren Bruder Paul, der in der Provence lebe, in Mormoiron. Und so bin ich nun hier."

„Also, Christian, Theologie bei Paul, das ist so wie römische Geschichte beim Metzger, der verdirbt mehr als er hilft."

„Das ist aber doch jetzt blöd, Robert", ging Alain ärgerlich dazwischen, „davon verstehst du doch so viel wie 'ne römische Ameise von der Begattung deutscher Blattläuse!"

„Lasst bitte die Angriffe gegen Paul, ihr wollt euch mit euren Aggressionen nur bei dem Neuankömmling hervortun, wo bleibt eure Solidarität? Über ein kleines, und Paul wird euch beide zur Schnecke machen", protestierte Pierre, und seine Frau pflichtete ihm bei.

Joseph lenkte ab: „Sag mal, Paul, warum kommt eigentlich nie jemand deiner Familie dich besuchen?"

„Erstens ist es nicht wahr, denn Christian ist hier, und zweitens, wir sind wegen verschiedener Ländereien in Erbfragen derartig zerstritten, dass ich damals das Weite gesucht habe ..." Nach einem kurzen Augenblick der Besinnung nahm er den Faden wieder auf: „Ich habe euch doch mal von dem deutschen Schriftsteller Tucholsky die Geschichte erzählt,Wo kommen die Löcher im Käse her?' Erinnert ihr euch? So ungefähr stellt euch bitte unsere Familienverhältnisse vor. Ich betone bei jeder Gelegenheit: Das ist die Vorstufe zum Krieg im Großen."

„Besser der Regen mit Freunden als die Traufe mit Verwandten", stellte Maurice kategorisch fest.

„Da hat mal wieder Maurice der Weise gesprochen, auf den Spuren des Großen Geistes, Haug", sagte Joseph und wirkte überlegen wie Sitting Bull.

„So, Christian", sagte Paul, „du hast sicher schon bemerkt, dass in unserem Kreis möglichst immer nur einer spricht, eine goldene Regel, meinen wir, damit die Gespräche nicht in zig Themen versanden. Was für uns ebenso gilt, weil wir Freunde sind: Wir wollen zwar durchaus provozieren, aber nicht verletzen, auch wenn wir uns manchmal am Rande des Bloßstellens bewegen. Die Kunst besteht darin, zuhören zu können und Grenzen einzuhalten, sodass jeder geneigt ist, unser ‚Gastmahl', so würde es Platon nennen, so oft wie möglich aufzusuchen, um mit einem Quäntchen Glück und sogar Frieden der Zugehörigkeit nach Hause zu gehen."

Alle klatschten Beifall, und Sandrine sagte: „So ist es, da fügen wir nichts hinzu und ziehen auch nichts ab ..."

„Gut, dann kann ich ja weitermachen. Ich erlaube mir jetzt einfach mal, dir meine Freunde vorzustellen, Christian ... Zu meiner Linken, dir gegenüber, sitzen Pierre und seine Frau Brigitte. Pierre ist ein eifriger Bürogehilfe in einer Anwalts- und Notarkanzlei. Er trägt seine Tasche am langen Riemen immer mit sich, weil er glaubt, irgendwo für seine Kanzlei einen Fall zu ergattern, für den dann das Papier in der Brieftasche nicht ausreicht. Außerdem vermute ich, dass er Gedichte und Dramen mit sich führt, die er uns bei passender Gelegenheit vortragen wird. Ich gründe meine Vermutung auf einer Behauptung, die vor einiger Zeit einmal eine Sekretärin in der Kanzlei äußerte, er sei der Poète ..."

„Vielleicht hat er ja auch Toilettenpapier drin, für alle Fälle", grinste Alain.

„Nee", konterte Brigitte, „Papiertaschentücher für Polizisten, die aus dem Weinen nicht mehr herauskommen, wenn sie auf Großdemonstrationen blicken, weil sie nicht mehr wissen, wen sie jetzt vor wem schützen sollen."

Pierre war Anfang vierzig, dunkler Anzug, Schlips, Backenbart, Brigitte war Ende dreißig, ein gepflegtes Äußeres, Kleid, keine Strümpfe, markante Gesichtszüge.

„Brigitte ist Hausfrau, pflegt ihren Mann und die Kinder, wohl mit die aufwendigste Arbeit. Sie hat Politologie studiert und beschäftigt sich weiterhin intensiv mit dem Thema, hält Vorträge und unterrichtet Gruppen.

Neben Brigitte sitzt Alain, Polizist in *Cavaillon*, nicht Gendarme. Er schützt unter anderem Bürger gegen Verbrecher. Alain hat im Augenblick Urlaub. Ihn zu kennen hat noch einen besonderen Vorteil, wenn man irgendetwas braucht, geht man zu ihm, und er findet es durch seine gewaltigen Beziehungen. Einen Mangel haben wir jedoch heute zu beklagen, seine Frau Alberte konnte leider nicht kommen. So wollen wir ihn bitten, ihr herzliche Grüße von uns allen auszurichten. Eine Sache bedarf noch der Erwähnung: Alain ist Besitzer einer Göttin, der ‚Déesse', die jetzt wohl schon 400.000 Kilometer gefahren ist und immer noch rüstig ist. Sie steht da hinten ..."

Ich fand Alain sympathisch mit seiner Glatze mit Vorgarten, mit seinen flinken braunen Augen, im blauen Hemd mit Jeans. Er tippte immerzu mit seiner linken Hand nervös auf die Tischplatte.

„Womöglich rüstiger als du", frotzelte Robert.

„Dann folgt jener vorlaute Mensch, Robert", fuhr Paul fort, „der mit den stechenden Augen und der randlosen Brille, er braucht seine Schüler nur anzuschauen, und sie sind kusch. Er unterrichtet am Gymnasium in *Carpentras* Latein und Geschichte, er wird bald pensioniert und ist Junggeselle. Um seine antike Bildung kundzutun, würzt er seine Aussagen oft mit lateinischen Sprüchen: *Aquila non captat muscam*, der Adler fängt die Fliege nicht, was natürlich auch noch eine tiefergehende Bedeutung hat."

„Hab ich das mal gesagt?"

„Ja klar", mischte sich Sandrine ein, „oder satirisch *Non vitae, sed scholae discimus*, ich denke, in der heutigen Zeit durchaus richtig, denn zumindest, was den Inhalt der Lehre betrifft, lernen die Schüler häufig nicht fürs Leben, sondern für die Schule ... Das fand ich sehr gut. Oder *Minis me non cogis*, mit Drohungen zwingst du mich nicht, wie Merkel zu Sarkozy sagte, weil er sich beklagt hatte, dass die deutsche Wirtschaft zu gut und zu schnell wächst, und er würde sich überlegen, mit einem neuen Merkantilismus aufzuwarten, also Brüssel ade ..."

„Ich denke, auch in Frankreich wird es immer üblicher, über Politik zu sprechen", sagte Paul. „Aber ich möchte den roten Faden nicht verlieren ... Es folgt Evelyne, die Unermüdliche, ohne die der riesige Weinhof, so will ich das mal nennen, neben den zwölf Hektar Wein all die Viecher und der große Gemüsegarten nicht so gut funktionieren würden. Es ist gut, dass du heute gekommen bist, Evelyne, auch wenn du ein schlechtes Gewissen hast."

„Mein lieber Paul, du bist sehr diplomatisch, aber ich will das schlechte Gewissen nicht auf meinem Mann sitzen lassen. Ich kann ja verstehen, wenn er mal ausflippt, nur nicht anderen Frauen Avancen macht, dann nehm ich mir die Knarre, und er kriegt ne Ladung Schrot auf den Hintern gebrannt."

„Nicht auf die andere Seite?", fragte Alain spitzbübisch.

„Ich bin doch nicht verrückt!", sagte sie spontan, „die andere Seite brauchen wir noch zum Vergnügen und zum Ausgleich. Nicht wahr, mon chéri?" Sie legte ihre linke auf Maurices rechte Hand und guckte ihn lächelnd an, und er nahm sie mit etwas glasigen Augen offenbar gerade noch wahr.

„Wir sind in der Tat bei Maurice angekommen, der mir gegenüber neben seiner Frau sitzt. Von ihm sagte man früher, er sei der hübscheste Mann der ganzen Gegend ... Ich denke, man kann das heute noch sagen ..."

Maurice sagte nichts, er machte am Tisch einen Diener und schlug mit der Rechten einen Bogen des Dankes.

„Ein Hoch auf Maurice!", sagte Sandrine, und alle, auch Maurice, hoben die Gläser an den Mund und nahmen einen kräftigen Schluck.

„Nichtsdestoweniger", so Paul weiter, „arbeitet auch er wie ein Scheunendrescher. Wie du das machst, viel arbeiten und immer noch gut aussehen, bleibt dein Geheimnis."

„Mein Geheimnis ist ganz einfach: Viel Pastis, der hält schlank und gesund", meinte Maurice, ein wenig lallend.

„Pass auf, du Spitzbube", sagte Evelyne und stieß ihren Mann an, „ich helf dir gleich, von wegen gesund, aber nicht im Kopf, mein Lieber."

Maurice sah tatsächlich gut aus, fand ich, er hatte dichtes schwarzes Haar, tiefbraune Augen, schön gewölbte Brauen und lange Wimpern.

Paul machte weiter: „Liebe Brigitte, sei so lieb und fülle den Teller mit Gebäck auf, du weißt ja, wo alles ist."

Diese kleinen Pizzen, Mikropizzen, Kekse, in Knoblauchbutter gebratene Baguettes in Scheiben, grüne und schwarze Oliven in verschiedenen Saucen konnten einen schon satt machen. Ich erfuhr später, dass viele Franzosen bei einem so üppigen Apéro dann nichts mehr oder nur noch wenig zu Abend essen.

„Jetzt bleiben uns nur noch zwei Personen, last but not least, die neben dir auf der Bank sitzen, das ist Sandrine, die eigentlich mit erstem Vornamen Marie heißt, nach ihrer Scheidung von ihrem ersten Mann jedoch ihren zweiten Vornamen als Rufnamen angenommen hat, und das ist Joseph, der meines Wissens keinen zweiten Namen hat."

„Das ist nicht ganz richtig, ich habe sogar noch zwei Vornamen: Alphonse und Albert, aber die spielen ja hier keine Rolle."

„Sandrine und Joseph sind Belgier, sie sind kurz nach mir hierher gezogen, haben sich dort weiter unten ein Haus gebaut. Sie haben ihre Fischkonservenfabrik in *Anvers* verkauft und haben jetzt ganz andere Beschäftigungen. Sandrine ist Malerin geworden."

„Na ja, ich male schon über zwanzig Jahre, also als ich 33 war, habe ich begonnen, habe aber erst hier meinen Stil gefunden, und darüber bin ich sehr froh."

„Und Joseph, ihr Mann", führte Paul weiter aus, „hat einen Riesensprung gewagt, er ist sozusagen als Sardine aus der Dose zum Dichter in der Tonne geworden."

„Der Vergleich ist gar nicht so weit hergeholt", kommentierte Joseph, „denn wie Diogenes, der Kyniker, kritisiere ich in manchen Gedichten ebenfalls gesellschaftliche Zwänge."

„Eigentlich ein gutes Bild", meinte Robert trocken, „das ist neu von dir, Paul, jetzt verstehe ich gut, wie man mit zwei Buchstaben, dem ,r' und dem ,n', die Sardine in eine Sandrine verwandeln kann."

„Also bitte, Robert", meinte Paul, „obwohl ich sehe, Sardine/Sandrine, diese Buchstabenakrobatik könnte dich zwar betreffen, trifft dich aber nicht im Geringsten, denn du denkst an den schönen schlanken Fisch, der mit grazilen Bewegungen in seinem Schwarm mitschwimmt."

„Genauso ist es", sagte Sandrine lächelnd, „ich danke dir für deine Sublimierung."

Paul war wohl so eine Art Magier, der durch seine Zaubertricks die Leute bei der Stange hielt, dachte ich, dass sie nicht über das Ziel hinausschießen. Eine Art Mittler auch, manchmal humorvoll oder besser geistreich, vielleicht eher eine Freundschaft vom Kopf her als vom Herzen, was mehr Gefühle erfordert hätte. Aber ich war vorsichtig mit einem Urteil, damit sich daraus kein Vorurteil bildete, dazu kannte ich den Club noch viel zu wenig. Dennoch, so etwas hatte ich in der Familie noch nicht erlebt, denn bei Streitigkeiten bei uns zu Hause mit anderen Verwandten, da wurde verletzt und getötet, und da lagen die Verwundeten oder Halbtoten auf dem Schlachtfeld: Wanderer kommst du nach Spa ..., sage, du habest uns hier liegen gesehn, wie das Gesetz es befahl ... Ein Scheißgesetz und wofür? Sie kamen mit ihrem Leben nicht klar und machten andere dafür verantwortlich.

Die kleine Hündin Shiva hatte auf eigenen Wunsch auch noch zwischen Sandrine und mir einen Platz auf der Bank gefunden, bis sie es vor Hitze hechelnd nicht mehr aushielt und sich ein kühles Plätzchen im Haus suchte.

Ich saß zwar im Oberhemd, hatte aber noch Lederhosen und Stiefel an und schwitzte trotz des kühlen Lüftchens.

Paul, dem Letzteres aufgefallen war, meinte, ich solle nur keine falsche Bescheidenheit an den Tag legen, ich könne die Sachen ins Schlafzimmer bringen, wir würden sie später gemeinsam wegräumen. Ich ging daraufhin zum Motorrad, holte Jacke, Helm und auch den kleinen Koffer und kam mit Jeans, Hemd und Sandalen wieder raus.

„Na, so fühlst du dich besser, was?", fragte Evelyne.

„Das kann man wohl sagen."

„Wie ein Hecht im Wasser, oder?", fragte Pierre und kniff mir ein Auge.

„Wieso kommst du auf Hecht?", wollte Robert wissen.

„Na ja", entgegnete Pierre, „ich meine natürlich einen jungen Hecht, immer auf der Suche nach Beute."

„Na, wenn du meinst, Christian sei mit einem jungen Hecht zu vergleichen", konterte Alain, „dann guck dich an, du bist zwar ein alter Hecht, meinst aber immer noch, du könntest die Beute paralysieren."

„Das ist richtig, mein Lieber, die Beute, das sind meine Mandanten, und manchmal muss ich mir wirklich die kniffligsten Tricks ausdenken, um sie in den Vorhof der Kanzlei zu locken."

„Manche von denen sehen ja auch ganz angefressen, verschreckt und verängstigt aus wie kleine Köderbarsche", warf Joseph ein.

„Jetzt sind wir doch wirklich beim Anglerlatein angelangt" meinte Paul und gebrauchte ein Wortspiel, denn Barsch, *perche*, hat auch noch eine andere Bedeutung, nämlich Schopf. Du solltest auf jeden Fall den Schopf ergreifen, den ich dir biete, um dich aus der Affäre zu ziehen."

„Danke", meinte Robert, „in dem Fall würde ich lieber meine Seele verkaufen:"

„Ach Gott! Habt ihr das gehört? Der Kerl hat noch eine Seele, das is doch unmodern, Mann!"

„Seele hin oder her", sagte Evelyne fordernd, „komm, mein Kleiner, es ist schon spät!"

„Und mein Audo?"

„Das holen wir morgen, wenn du wieder nüchtern bist! Jetzt kommst du in der Diane mit, basta!"

Und so brachen alle auf, Küsschen, Küsschen, und Shiva bellte. Sandrine räumte noch die Gläser und das Geschirr in die Küche, Brigitte die Essensreste, und sie boten sich an abzuwaschen, was Paul jedoch ablehnte. Und dann heulten die Motoren auf, wobei Alains Wagen alle an Lautstärke übertraf, und die nicht ganz so schickeren Frauen, denen normalerweise das Lenkrad verweigert wurde, fuhren die trunkeneren Männer, und Alain, der Polizist, drückte den anderen und sich selbst ein Auge zu:

„Es bleibt ja immer die Hoffnung, nicht wahr, Robert", sagte er, „dass die Kollegen nicht gerade eine Geruchsrazzia machen!"

3

Paul

Es war ruhig, ja geradezu still geworden, nachdem das kleine Abschiedshupkonzert hinten an der Ecke verklungen war. Ich wurde regelrecht aufgeschreckt von Pauls Stimme, die jetzt dabei war, mein Ohr mit deutschen Worten zu benetzen.

„Ich hoffe, du hast nichts dagegen, dann kann ich die Gelegenheit nutzen, um mein Deutsch wieder ein bisschen aufzubessern. Was nicht heißen soll, dass dein Französisch nicht ausgezeichnet ist."

„So, findest du, mir fehlt die Übung, aber lass uns deutsch reden, obwohl ich meine, das passt gar nicht hierher."

„Das ist eine Gewöhnungssache, glaube ich. Vielleicht noch ein paar Worte zu den Franzosen. Sie sind alle meine Freunde. Wir haben keinen Aufkleber: gebildet oder nicht, politisch, unpolitisch, katholisch, protestantisch, laizistisch, links, rechts usw., wir sind zuallererst Menschen, *hommes de bonne volonté*, Menschen guten Willens. Sicher motzen wir uns manchmal an, aber das ist nicht so gemeint."

„Warum?"

„Weil in dieser Offenheit immer ein Körnchen Wahrheit durchscheint, weil eine gewisse Vertrautheit da ist, für Fremde oft undurchdringlich und unverständlich."

„Wie eine Mauer?"

„Ja gut, wie eine Mauer, um uns vor fremden Einflüssen zu schützen. Wir sind immer füreinander da. Was glaubst du, was für ein Gefühl der Sicherheit einem das gibt. Im Übrigen sorgt das gegenseitige Hochnehmen für einen gewissen Heiterkeitspegel, der den Ernst in die Schranken weist. Ähnlich wie beim Cabaret, wo Spaß und Ernst sehr nah beieinanderliegen."

„Ganz recht …"

„Noch eine Qualität von Freunden: Man hilft einander mit Rat, aber auch mit Tat: Sie haben mir quasi Tag und Nacht am Bau geholfen, ich helfe ihnen, wo ich kann. Ich finde, Freunde sind etwas Wunderbares."

Warum sagte er mir das alles? Leider war ich noch nicht so weit, ihn das zu fragen. Natürlich wusste ich, dass man mit Fragen vieles klären kann, aber ich meinte, unsere Beziehung sei nach ein paar Stunden einfach noch zu jung.

Wir beide hatten die ganze Zeit abgewaschen, ein Stück mit vier Händen. Als wir mit allem fertig waren, sagte Paul: „So, Christian, du bist mein Gast, und du kannst Wünsche äußern. Ich mache dir einfach mal ein paar Vorschläge: Ich könnte dir meinen Landsitz erläutern, wir könnten uns zurückziehen, weil du müde bist, wir könnten mit Shiva einen Spaziergang machen, wir könnten sitzen bleiben, uns noch einen genehmigen ... Vielleicht hast du auch einen ganz anderen Wunsch; spit it out!"

„Erkläre mir dein Zuhause."

„Gut", sagte er, und wir standen auf, gingen bis zum Parkplatz, und Shiva zockelte hinter uns her.

„Ich beginne mal mit dem Norden, da siehst du den Berg, der gehört mir zwar nicht, hat aber auf uns alle einen besonderen Einfluss."

„Ach."

„Ich möchte es einmal so sagen: Je nachdem, wie sein Kopfschmuck ist, können wir das bevorstehende Wetter ablesen; seine gefühlte Entfernung sagt uns etwas aus darüber, in welcher Stimmung er ist; so viel bis jetzt, später mehr, ja?"

Ich nickte.

„Der Berg ist der Mont Ventoux, 1912 Meter hoch. Jetzt mein Grundstück. Dazu gehört die ganze nach Norden abfallende Wiese hier, dann das Rondell mit dem Haus und das Kirschfeld. Hier das Stück hinter dem Haus mit den Aprikosenbäumen gehört Maurice."

„Bearbeitest du denn das Kirschfeld?"

„Nein, das macht alles Maurice mit seinen Maschinen, also um die Bäume pflügen, die Bäume spritzen, und er darf dafür die Kirschen ernten. Natürlich bekomme ich eine ordentliche Portion ab, aber ich sage dir, der Arbeitsaufwand ist weitaus größer als der Verdienst."

„Die Kirschbäume werden gespritzt?"

„Ja klar, Junge, schon im Frühjahr die Blüten mit Kupfer, andernfalls hättest du hier kaum Früchte. Die Franzosen nennen das ja euphemistisch *traîter*, behandeln also. Na gut, das ist ein abendfüllendes Thema."

„Wie pflegst du denn die Wiese? Mähst du die?"

„Oh, mein Gott, das wäre eine Sisyphusarbeit, nein, es gibt ein unschlagbares Pflegemittel, und das ist die Natur, Nachhaltigkeit pur. Und das geht so: Im Frühjahr und im Herbst kommt eine junge Schäferin, die Marie, auf einem Esel mit Glocke herauf mit ihrer Schafherde und ihrem Hund José. An einem Tag grasen die Schafe die ganze Wiese ab. Im Frühjahr bietet mir Marie jeweils ein Lamm an, aber so ein Tier nehme ich nicht an, was soll ich damit? Stattdessen halten wir dann am Abend im Haus ein Schäferstündchen mit allem Drum und Dran, und sie verbringt die Nacht bei mir ... du verstehst?"

„Mein lieber Mann, jetzt bin ich aber baff!"
Paul lachte. „Und obendrein ist die Wiese noch gedüngt, und der Sommer verdorrt dann sowieso alles, und im nächsten Frühjahr ist sie wieder empfangsbereit ..."
„Whow ..."
„Ich sehe, Christian, du hast es kapiert, und glaube mir, wenn ich schon von unten das Gebimmel höre, bin ich ganz aus dem Häuschen. Das Grundstück ist übrigens fünftausend Quadratmeter groß, die Eichen sind älter als der ursprüngliche Cabanon, also etwa 250 Jahre alt, sie verlieren kaum Blätter."
Wir stellten uns vor dem Cabanon auf, und Paul führte weiter aus: „Der linke Teil des Gebäudes, das ist der alte Cabanon von 1875."
„Was heißt eigentlich Cabanon?"
„Soweit ich weiß, so hat es mir jedenfalls Robert erklärt, kommt das von Cabane, so heißen die kleinen Häuser in der Camargue. In Cabanons soll man früher gefährliche Verrückte eingesperrt haben. Wie dem auch sei, gesichert ist, dass hier in der Provence die Bauern sich Unterkünfte bauten, wenn sie mit ihren Schweinen dort waren, wo es Trüffel gab. Die Bauern konnten sich so gegen Regen oder Unwetter schützen und natürlich drin schlafen ..."
„Gibt es hier noch Trüffel?"
„Ich denke nicht. Du wirst es nicht für möglich halten, aber am Boden – ein Fundament gibt es nicht – ist das Mauerwerk sechzig Zentimeter dick. Das alte Haupthaus hat unten die Küche und das Bad in Anführungszeichen und oben das Schlafzimmer, der viel jüngere Anbau nach Osten ohne Fenster ist mein Wohn- und Arbeitsraum, aber auch dort habe ich noch zwei Klappbetten für Gäste Ausschließlich dieser Raum wird mit einem Ofen beheizt. Das Holz hierfür sammle ich selbst. Links im Westen ist dann noch das sogenannte Cagibi, ein Anbau, der das Elektrizitätswerk und das Wasserwerk beherbergt und gleichzeitig als Abstellraum für Gartengeräte und dergleichen dient. Im Haus ist im Parterre alles gefliest, die Dächer sind gut isoliert, nach hinten, das heißt nach Norden, gibt es keine Fenster wegen des Mistral, dem kalten Nordwind ..."
„Ah ja."
„Das Schlafzimmer hat ein kleines Fenster nach Osten, man sieht also über das Dach des Wohnraums, und ein Fenster nach Westen, man guckt auf die Sitzgruppe oder die Eichen, wenn du so willst. Das große, zweiflügelige Fenster des Wohnraums geht ebenfalls auf die Eichen. Alle Fenster haben Stahlfensterläden in Braun."
„Das ist ein schöner Kontrast zu dem Kalksandstein."

„Ja, das finde ich auch. Die drei Haustüren sind ebenfalls aus Stahlblech ..."

„Wieso drei Haustüren?"

„Ja hier, schau mal, eine nach außen, eine nach innen, zur Sicherheit, und eine im Cagibi."

„Kann man denn richtig aufs Klo? Ich meine ..."

„Aber sicher."

„Na gut, dann gehe ich mal eben nach innen müssen ..."

„Halt!"

„Was ist los?"

„Pass auf den niedrigen Eichensturz auf, sonst gibt's Beulen."

Als ich abzog, pumpte eine Pumpe Wasser in den Spülbehälter.

„Eine Waschmaschine hast du auch, einen Kühlschrank ..."

„So ist es. Die Technik gibt's morgen, ja? Sonst wird's zu viel ... Wie drei Loireschlösser an einem Tag."

Ich musste lachen.

„Doch, es ist so. Später weißt du nicht mehr, ob das Bett über dem Herd aufgehängt war, oder ob es überhaupt ein wie auch immer geartetes Klo gab, dann brauchten die Damen nämlich nicht mehr einfach in die Kleider zu pinkeln."

„Du machst jetzt 'n Witz, oder?"

„Was glaubst du wohl, was es früher für Hygienezustände gab. Das Ganze ist übrigens auch ein Kapitel für sich. Hast du mal daran gedacht, warum das Parfum erfunden wurde?"

„Zum Gegenstinken?"

„Bingo."

Wir befanden uns im Wohn- und Arbeitszimmer, wohin Shiva uns begleitet hatte, die anscheinend einen Narren an mir gefressen hatte, denn sie strich mir unablässig um die Beine und stupste mich an, so als wollte sie mir etwas mitteilen. Als ich Paul daraufhin ansprach, sagte er, es handele sich um eine durchaus tierisch-menschliche Mitteilung: die Aufforderung, ihr ein Lekkerli zu geben.

Die Wände in diesem Raum standen voller Bücher. Auf der Ostseite befand sich auf einer niedrigen Mauer auch ein Schrank, der von Büchern umrahmt war.

„So", sagte Paul, „du hast jetzt das Wichtigste gesehen. Jetzt noch ein paar Regeln zum Ablauf: du kannst so lange bleiben, wie du willst ..."

„Echt?"

„Du kannst bei mir oben schlafen oder hier unten. Komm ich zeige dir das eben oben."

Wir kletterten von der Küche aus die Leitertreppe hinauf, und oben standen zwei Betten mit den Kopfenden im rechten Winkel zueinander. An der Südseite neben dem großen Fenster befand sich ein Kleiderschrank und gegenüber oberhalb der Treppe zwei eingelassene Wandschränke.

„Das ist schön hier oben und kühl, sagenhaft."

„Das macht die Isolierung des Daches und die Dicke der Wände."

„Die Wandschränke sind wohl extra angefertigt?"

Paul nickte.

„Ich habe da einen Schreiner mit einer vorsintflutlichen Werkstatt an der Hand, aber der Kerl ist mit Geld nicht zu bezahlen, so gut ist der ... So, da am Fenster ist mein Bett, du könntest also hier schlafen. Dabei musst du aber damit rechnen, dass du kaum ein Auge zumachst, weil ich ein Sägewerk in Betrieb nehmen werde. Wenn du unten schläfst, hast du den Vorteil, dass mein entferntes Schnarchen dich in den Schlaf wiegt."

„Nun", sagte ich, während wir wieder rückwärts hinunterstiegen und ich meine Sachen nach unten ins Wohnzimmer mitnahm, „ich würde gern deswegen unten schlafen, weil ich meistens abends meine Erlebnisse in ein Tagebuch eintrage."

„Aha, du schreibst Tagebuch? Das finde ich prima, denn wie oft lässt uns das Gedächtnis im Stich und uns fehlen wichtige Einzelheiten, die die Erinnerung stützen. Gut, ich bin einverstanden."

Er zog an der Wand zur Küche einen Vorhang zur Seite, der an einer Etagere hing, zog ein Bett vor und klappte es auf.

„Voilà, das ist dein Nachtlager, fertig zum Schlafen. Vielleicht wäschst du dich nachher nur im Bad, die Dusche draußen erkläre ich dir später."

„Ich danke dir, Paul, ich danke dir für alles."

„Keine Ursache, das mache ich doch gern!"

„Augenblick, bitte!", sagte ich, kniete mich vor meinen Koffer, öffnete ihn und wickelte ein kleines Paket aus einem Unterhemd und übergab es ihm mit den Worten: „Das ist ein kleines Geschenk für dich!"

„Er öffnete es und sagte staunend: „Das ist aber eine wunderbare Idee: Beethovens Fünfte, Sechste, Siebente, Achte in einer Einspielung mit dem Niedersächsischen Symphonieorchester unter Wandruszka, mir völlig unbekannt. Woher weißt du etwas von meiner Beziehung zu Beethoven?", fragte er und summte gleichzeitig der Reihe nach die ersten Takte der vier Symphonien.

„Aha", sagte ich, „da habe ich den Beweis. So klopft das Schicksal an die Pforte! Also, das war so: Deine Schwester Katrin erfuhr von mir, dass ich im Konzert war und dass ich unter anderem die Fünfte gehört habe. Damit hättest du deinem Onkel auch eine Freude machen können, sagte sie, er ist nämlich ein Beethovenfan.

Ich also los, denn die Einspielungen waren mitgeschnitten worden, und ich habe sie gleich für dich und für mich erworben, denn du musst wissen, ich bin auch ein Beethovenfreak mit allen Sachen ... Und die Symphonien mit Wandruszka, ein Pole übrigens, sind etwas schneller als mit Furtwängler, aber nicht so schnell und zarter als Karajan und was weiß ich ..."

„Du machst mir eine große Freude, ich danke dir sehr", sagte er gerührt und umarmte mich. „Mein Gott, das erinnert mich an meine Bonner Zeit, was und wen habe ich nicht alles gehört damals in der Beethovenhalle! So, mein Lieber, setz dich mal dort auf den Rattansessel."

Er klappte die untere Tür des Schranks auf, machte seine Anlage an, legte eine CD auf, und wir hörten den ganzen ersten Satz der Fünften, wobei er leise mitsummend in Verzückung geriet, die Augen schloss und mitdirigierte. Der ganze Raum war voller Musik mit einer wunderbaren Akustik ...

„Sehr gut, Christian, sehr gut. Gefällt mir gut, Beethoven nicht so eckig und kantig, weicher ..."

„Du hast aber auch eine Akustik!"

„Ja, mein Lieber, erstens Röhrenverstärker, zweitens Bohse, sagt dir das was?"

„Aber selbstverständlich, ist noch besser als Transistorverstärker mit Gleichstromeingang. Und Bohse? Alles klar, die kleinen Dinger sind zwar teuer, aber machen ordentlich Originaldampf."

„Originaldampf! Hab ich auch noch nicht gehört."

„Ich auch nicht, hab ich gerade erfunden ..."

Während er die Anlage ausmachte und die Klappe wieder schloss, warf ich einen Blick auf etwas Geschriebenes auf dem Schreibtisch und fragte:

„Schreibst du?"

„Naja, sagen wir es so: Ich bekomme manchmal Übersetzeraufträge von Verlagen, Französisch-Deutsch, mehr Schöngeistiges als Sachliteratur."

„Und was bearbeitest du hier gerade?"

„Nun, das ist nichts Kommerzielles, womit ich einigermaßen Geld verdienen könnte, zumindest noch nicht, aber das kann man nie wissen ... Ich übersetze das Johannesevangelium."

„Das Johannesevangelium? Sehr interessant, lass mal sehen. *Von Anfang an gibt es den Geist, und der Geist ist Gott. Alles entsteht durch ihn, ohne ihn entsteht gar nichts.* Und was ist der Geist?"

„Die Urenergie, durch die alles entsteht."

„Hm. Muss ich mir demnächst mal genauer ansehen."

Shiva kam angeschlichen, vielleicht, um irgendwas zu erbetteln.

„Na, Shiva, hast du auch Hunger?", fragte ihr Herrchen, „komm, Papa gibt dir ein Stück Hähnchenbrust. Hast du nicht auch ein bisschen Appetit, Christian?"
„Das Gehirn braucht auch Nahrung, ich meine, physische."
„Gut, dann hilf mir!"

Die Abendsonne umschmeichelte den Gipfel des Ventoux und vergoldete ihn. Die Zikaden waren verstummt, und die ersten Heimchen wagten sich zaghaft hervor; mein erster Abend in der Provence begann, vielleicht ein wenig ungewöhnlich mit einem Onkel, der gar kein richtiger Onkel war, den ich nie vorher gesehen hatte. Und dennoch war da eine gewisse Vertrautheit im Geiste, und ich merkte, dass er sich um mich bemühte.

Er war nicht groß, so 1,68, nicht schlank, aber auch nicht dick, hatte volles graues Haar mit einem Scheitel in der Mitte, randlose Brille, kluge graue Augen, markantes Kinn, und trug einen Backen- und Schnurrbart. Ersterer ließ gerade noch die großen Grübchen erkennen, wenn er lachte. Er war locker gekleidet in Hemd und Jeans, trug schicke Schuhe, die total eingestaubt waren. Ich machte ihn auf den Zustand der Schuhe aufmerksam, er lachte und meinte, hier in der Provence verstecke der Staub die schönsten Dinge, manchmal auch die Seelen. Evelyn sage immer, sie putze erst im Winter.

„Und lass erst mal den Scirocco kommen, den Wind aus der Sahara, der bringt ganz feinen Sand mit, noch feiner als in einer Eieruhr, und überzieht dein Fahrzeug mit einem Schleier aus Tausendundeiner Nacht."
„Und wann kommt der? Möglichst mit einer rassigen Kleopatra. Da würde man sich gern in einen Cäsar verwandeln, oder?"
„Na ja, wie schnell verwandelt man sich nicht gern in einen Cäsar, die Kleopatra wäre mir lieber als viele Jungfrauen. Wann der Wind kommt, weiß ich nicht. Bete einfach, vielleicht kommt er dann. Aber er ist heiß, der Wind."

Wir hatten draußen ein ganz einfaches Essen aufgetragen: Tomaten, Chèvre (Ziegenkäse), dazu etwas Rosmarin, Brot und Rotwein im Vrac (kleine Tonne).

„Sag mal, was für eine Rasse ist Shiva eigentlich?"
„Eine Havaneserhündin. Sie ist das Geschenk einer Frau aus Bremen als Gegenleistung für mehrere Behandlungen. Eine Frau Seidler, sie steht da irgendwo im Gästebuch …"
„Was machst du eigentlich so? Ich meine hauptberuflich."

„Ich mache Psychotherapie, Coaching, religiöses Coaching, Erziehungsberatung, Lebensberatung ganz allgemein, oft auch als Stressbewältigung."

„Wenn ich fragen darf, was kostet denn so eine Stunde bei dir?"

„Gar nichts."

„Gar nichts?"

„Jedenfalls kein Geld. Die Menschen bringen mir etwas mit, gute Lebensmittel, Gemüse, Obst, alles möglichst Bio. Manchmal bringen sie auch Dinge mit wie Bücher, oder erlesene Weine. Mein Kühlschrank ist immer voll, oft gebe ich den Freunden etwas ab, so viel habe ich. Zu Anfang hatten die Behörden mit mir Stress, besonders die Steuerbehörde, weil sie mir nicht glaubten. Aber was wollten sie machen? Ich bezahle ja Grundsteuern und für meine Einnahmen aus den Übersetzungen. Weißt du, Geld an sich hat ohnehin keinen Wert, und oft fragt man sich, wie viel Geld man für dies oder jenes bezahlen muss, und man hat den Eindruck, da stimmt etwas nicht, da findet kein zufriedenstellender Ausgleich statt. Sagen wir, ich nähme für eine Stunde einhundert Euro, wenn ich mir nun mein Fahrrad neu bereifen lassen würde, Schlauch und Mantel, so kostet das dieses Geld. Dann ist das für meine Begriffe zu viel, weil allein die Arbeit von ein paar Minuten 13 Euro kostet, und was ist mit meinen Investitionen an Zeit und Geld für die Studien et cetera?"

„Was glaubst du, wie hoch die Kosten für die Unterhaltung meines Motorrads sind, ich fahr nicht umsonst einigermaßen moderat."

„Voilà, meine Patienten oder Kunden sind dankbar, ob sie nun reich sind oder arm, sie bestimmen das Geschenk und nicht den Preis. Allerdings, das sage ich dir im Vertrauen, schenkt man mir auch wertvolle Dinge, besonders wenn man zufrieden war und zum x-ten Mal kommt. Ein Beispiel: Jemand schenkt mir eine wertvolle Uhr, und erst nach Monaten, als ich die Batterie auswechseln muss, finde ich ein Accessoire, einen gut erhaltenen Einhundert-Euro-Schein. Was soll ich machen? Dass der nicht mehr ganz so viel wert ist wie damals, nehme ich in Kauf."

„So, du heilst also Leute", sagte ich.

„Heilen, das ist so eine Sache, das sollen ja eigentlich nur Ärzte können."

„Jeanne sagt jedenfalls, du heilst."

„Aha, die hast du also schon kennen gelernt."

„Ja klar."

„Eine ganz liebe Frau."

Ich hatte mir mein Tagebuch mitgenommen und mir die ganze Zeit in Kurzschrift Notizen gemacht. Paul wunderte sich, wie schnell und wie viel ich notieren konnte.

„Einiges davon gilt aber als nicht gesagt, klar?"

„Ja, hör mal, ich bin doch nicht verrückt. Aber sag mal, Paul, ich meine, du hast sicher deine Schweigepflicht, aber könntest du nicht mal ein wenig konkreter werden, mal so 'nen Fall, also wenigstens andeuten?"

„Doch, kann ich machen. ich nenne ihn mal Philipp, den Quirligen. Er ist tatsächlich ein nervöses Hemd, immerzu in Bewegung. Er hat sich in der Nähe von Mazan – bist du ja durchgekommen – am Auzon einen Mas gekauft, ein Gehöft, mit circa fünftausend Quadratmetern. Das Haus liegt unten, der Riesengarten mit großen Bäumen, die der Anlage Schatten spenden, weiter oben. Er produziert eine Unmenge Gemüse und Obst, das sie direkt essen, einfrieren oder sterilisieren. Wie heißt das noch?"

„Einkochen …"

„Also gut, in Gläsern einkochen. Du siehst, ich brauche dich sehr … Sie, das sind er, seine drei Frauen und die sechs Kinder. Mit der ersten Frau hat er drei, mit der zweiten zwei und mit der dritten ein Kind. Die ersten beiden Frauen arbeiten zu Hause, die dritte verdient Geld außerhalb. Das funktioniert alles recht gut, nur, Philipp ist ein Perfektionist, sodann ein Arbeitssüchtiger, ein Workaholic also, dauernd im Stress, weil er alles an sich reißt, und dann eines Tages kurz vor einem Burnout steht, als der Auzon fast kein Wasser mehr hat, das er für sein Gemüse heraufpumpen muss. Philipp kommt alle drei Wochen zur Beratung, und er hat sich jetzt schon recht gut im Griff. Warum? Wir haben das herausgefunden, was bei den meisten meiner Patienten eine Lebensbremse ist, sie leben das Leben der anderen, nicht ihr eigenes Leben."

„Ist er denn ein Moslem wegen der drei Frauen, meine ich."

„Ach iwo, er ist ein ganz normaler Franzose, sehr bürgerlich, aber eben mit dieser fixen Idee. Diese Leute wissen oft gar nicht, was ihr eigenes Leben ist, weil sie weitgehend fremdbestimmt sind, durch Eltern, Familienangehörige, Partner, Glaubenssätze. Philipp wollte es allen recht machen, um sich ihre Zuneigung und Liebe zu sichern – ein fehlgeleitetes ‚Geschäft', einmal abgesehen von dem gesamten Gedankengebäude, auf das ich hier nicht eingehen kann. Jetzt hat er so langsam seine Persönlichkeit erkannt, seine Individualität. Er hat sich sehr verändert, und seine Frauen und Kinder lieben ihn nur umso mehr."

„Sehr interessant, ein verrückter Kerl mit seinen drei Frauen …"

„Ein wenig ist er es noch, und das ist gut so, das ist sein Naturell."

„Ich glaube, wir sollten alle ein bisschen verrückt sein, das tut uns gut."

„Recht hast du", sagte Paul.

4

In den Aprikosen

Am nächsten Morgen wachte ich viel zu spät auf, wie ich glaubte, um halb sechs. Ich zog mich schnell an, eine etwas ältere Hose, richtete das Bett und stellte es an seinen Platz hinter den Vorhang, bevor ich nach draußen ging, der Warnung vor dem Sturz eingedenk. Ich hatte nur ein paar Stunden, dafür aber tief und fest geschlafen.

Kurze Zeit später kam ein Lieferwagen um die Ecke, mit einem zerknautschten Gesicht von Maurice und einer hellwachen, frischen Evelyne hinter der Windschutzscheibe. Sie hatten Standleitern, Eimer und Holzkisten mitgebracht.

„Na, schläft dein Theologe noch?", begrüßte mich Maurice

„Und ob, der hat schon alle Bäume der Sahara abgesägt, deshalb gibt's da keine mehr."

„Jeder schnappt sich einen Eimer und eine Leiter, und dann geht's los", forderte Evelyne uns auf, „wir fangen hinten an und ziehen dann weiter … Die Früchte vorsichtig abmachen, reife und noch nicht so reife, so wie die hier und die, aber keine grünen, in den Eimer legen, ganz zart, ich sortiere die später aus. Du kannst dir natürlich den Bauch vollschlagen, aber Vorsicht, bei einem Zuviel gibt's Durchfall!"

„Am besten warten, bis die Sonne sie anwärmt, dann schmecken sie am besten", ergänzte Maurice.

„D'accord."

Die Bäume waren zwar nicht hoch, aber die ungewohnte Arbeit war für mich beschwerlich. Die graue Rinde war rau, und gerade die kleinen Äste waren stachelig. Ich überschlug die Anzahl der Bäume, nachdem es im Osten ganz hell geworden war. Was, dreißig oder vierzig? Das hätte ich lieber nicht tun sollen, weil die Größe der Zahl frustrierend war. Als die Sonne über die Hügelkette im Osten kroch, stieg ein unvergleichlicher Duft auf von der trockenen, rotbraunen Erde, den vertrockneten Pflanzen und den Kräutern der Provence, vor allem vom Thymian, der hier oben in zahlreichen Inseln wuchs. Sogar die Rinde der Bäume und die Früchte verströmten ihr Bukett. Unten im Dorf hörte man die ersten Autotüren klappen, Autos abfahren, Hunde bellen.

Mich durchströmte ein Glücksgefühl, das ich kaum beschreiben kann, so als wäre ich hier zu Hause, aufgehoben und geborgen, auch wenn der rechte Handrücken schon Kratzer bis aufs Blut aufwies. Ich hatte den Eimer an einem Fleischerhaken am nächstgelegenen

Ast aufgehängt, so wie meine Pflücknachbarn es auch taten, von denen ich allerdings nur Körperteile sehen konnte. Ich stützte mich mit den Beinen und den Füßen ab, die in alten Schuhen steckten, die Maurice mir gegeben hatte mit der Bemerkung, die seien von seinem Sohn und wohl etwas zu groß. Mit dem Po und dem Rücken musste man versuchen das Gleichgewicht zu halten. Vielleicht aus Rücksicht auf Paul wurde zunächst nicht gesprochen, und so hing jeder seinen Gedanken nach. Mir fiel mein Zuhause ein, und ich stellte mir vor, ich sei gerade gekommen, und meine Eltern würden mich empfangen und mir ihre Freude zeigen, dass sie mich verlorenen Sohn wieder in die Arme schließen konnten. Kitsch? Ich weiß nicht, das ist ein gutes Gefühl, aber hier, mit diesen Düften, das war noch heiterer, abgehobener. Bei diesen Gedanken vergaß ich kurzzeitig meine Arbeit, bis ich die beiden in den Nachbarbäumen still und aufmerksam vor sich hinpflücken sah, sie, die weit mehr als ich den Sinn einer Ernte erkannten und die Frucht der Arbeit und der Natur dankbar annahmen. Natürlich hatten sie im Frühjahr die Blüten mit Chemie gespritzt, leider, aber was sollten sie machen gegen den zerstörerischen Fraß der Schädlinge? Ohne *traîter* geht nichts, hatte Maurice erklärt, natürlich ein lächerlicher Euphemismus für ‚behandeln'. Wir sind noch nicht so weit, es anders zu machen, Obst mit Chemie ist besser als gar kein Obst. Basta!

Ich fasste eine große Zuneigung zu den beiden, zu Maurice, dem fast hageren Weinbauern mit seinem verwitterten Gesicht, mit seinen kräftigen Armen und den zerschundenen Händen, deren Fingernägel einfach nicht mehr sauber wurden, ein sichtbares Zeichen gespeicherten Schweißes der Arbeit, Schmutz als Symbol für eine Klasse, für einen Bauern, *le paysan,* der, der zum Land gehört. Er hatte ganz dunkelbraune Augen, die ihn immer freundlich ansahen, auch wenn er ernst war, und mit seinem gewellten schwarzen Haar hätte er tatsächlich mein Vater sein können, Haare, wie sie meine Mutter hatte … Wir hatten nie den Grund erfahren, warum sie uns verließ. Ich wusste noch, wie traurig ich war, und der Gedanke an sie ließ mein Glücksgefühl im Aprikosenbaum schwächer werden. Andererseits dachte ich, wie gut, dass alles weitergeht, sonst wäre ich ja immer noch so untröstlich wie damals. Dennoch schade, dachte ich, aber die kräftige blonde Frau, die auch sehr freundlich zu mir war, brachte mich meiner Beschäftigung wieder ein wenig näher, als sie flüsterte: „Hé, Christian, tu vas bien?"

„Mir geht's gut."

„Dann ist es in Ordnung."

Als ich meinen ersten Eimer abstellte, traf ich auf Maurice.

„Na, merkst du, wie es immer wärmer wird? Das geht schnell. Du bist ja ganz schön fleißig! Weißt du, dass die Aprikosen schon in drei Tagen bei Aldi in Hannover sein können? Vielleicht kriegt ja dein Vater den Gruß mit und freut sich, dass sein Sohn Pflücker geworden ist", kicherte er, „verstehst du?"

„Tatsächlich? Geht das so schnell?"

„Das muss, sonst verderben die. Wenn du wieder in Deutschland bist, dann guck mal bei Aldi auf die Verpackung. Wenn da *Carpentras* drauf steht, dann sind die von uns, dann riech mal genau hin, dann kannst du uns riechen ..."

„Maurice, lass den Quatsch, mach lieber weiter!"

Die Sonne schien jetzt auf die Früchte, die sich von dem lichtgrünen Blattwerk deutlich abhoben. Es sah aus, als seien apricotfarbene Kugeln im Baum aufgehängt, und jetzt konnte man auch die rötlichen Wangen der Früchte sehen; echte Kugeln am Weihnachtsbaum im Sommer. Wenn ich das Paul sagte, würde er mir ins Gesicht springen.

Als Maurice und ich uns wieder am Wagen begegneten, sagte ich: „Die warme Frucht ist so weich wie die Wange eines Mädchens beim Blues ..."

Worauf er raunte: „Weißt du was? Wie die warmen und zarten Schenkel eines Mädchens beim ersten Streicheln", und seine Augen leuchteten.

„Soll ich denn morgen noch mal mitmachen?"

„Wenn es dir nichts ausmacht."

„Mach ich doch gern."

„Willst du vielleicht übermorgen früh mit zum Großmarkt nach Carpentras? Da werde ich versuchen, unsere Aprikosen zu verkaufen."

„Au ja, da bin ich ganz neugierig."

„Du musst aber um vier Uhr bei uns sein, geh zu Fuß, fahr nicht mit dem Moto, es ist noch stockdunkel."

„D'accord!"

Also doch, kam es mir in den Sinn, ich bin aus religiösen Gründen hierher gekommen, und wo lande ich? Ich bin Landarbeiter. Vielleicht bin ich aber auf diese Weise Gott näher, als ich dachte. Es kann ja sein, dass man die Offenbarung riechen muss.

Gegen 8.30 Uhr schnüffelte Shiva um meinen Baum herum und bewegte ihr Ringelschwänzchen im Sekundentakt. Ich stieg vom Baum, streichelte sie, und sie legte sich hin. Evelyne begutachtete meinen dritten Baum und meinte, die restlichen Früchte könne ich hängen lassen.

„Was macht ihr eigentlich mit den sehr reifen?"

„Aus denen koche ich Konfitüre direkt auf dem Markt in einer großen Aluschale, und du glaubst gar nicht, wie schnell ich eine solche Schale verkauft habe.

Maurice kam herüber und brachte mir auch einen Sombrero. Er hatte recht: Trotz dichter Haare heizte die Sonne den Kopf ganz schön auf.

„Wir können es sowieso nur bis elf Uhr aushalten, dann ist es vorbei."

Etwas später kam Paul zu uns mit einem Tablett gefüllt mit aufgebackenem Baguette mit Butter und Cassis-Konfitüre, dunkle Johannesbeere, und Café au lait. Er war gut angezogen und hatte seine Schuhe entstaubt und geputzt. Wir glitten von den Bäumen, und Paul machte sich über meine Kähne lustig, dagegen seien Chaplins Schuhe ja japanische Zierstiefel.

Das Frühstück war lecker, und wir dankten Paul. Der fragte:

„Und wie macht sich der junge Ramasseur, der Pflücker?"

„Der ist schon sehr ordentlich", sagte Evelyne, „er pflückt mehr, als er isst, scheint ein ganz kluges Köpfchen zu sein."

Maurice, der sich an den Wagen angelehnt hatte, meinte:

„Er will morgen wieder mitmachen. Übermorgen will er mit zum Markt."

„Na, dann könnt ihr ihn ja als Knecht einstellen", kommentierte Paul.

„Von wegen als Knecht", konterte ich, „eher als Aufseher!"

„Hört euch den Grünschnabel an, kann gerade mal eine Aprikose von einer Nektarine unterscheiden und will schon Aufseher werden, das lob ich mir!"

Evelyne nahm mich in Schutz: „Du Paul, der pflückt aber mit Köpfchen, das kann auch nicht jeder."

„Ich danke dir, Evelyne, wenigstens du hast Verständnis", sagte ich, und sie nahm mich in den Arm.

„Du hast gleich wieder Kundschaft, oder?", fragte Maurice.

„Ja gleich, zwei Kunden, eine Kundin aus Hamburg, die war schon mal hier, und einen Kunden aus Utrecht ... Bis zwölf."

„Dann komm doch zu Mittag runter, kannst bei uns essen. Ich hab für uns alle gekocht", schlug Evelyne vor.

„Mach ich. Christian, kannst du vor dem Essen noch Wasser holen?"

Ein Audi aus Hummel-Hummel zog vorbei, und eine gut gekleidete Blondine stieg aus und übergab Paul eine rosa Topfrose. Aus dem Kofferraum holte sie eine große Tasche voller Irgendwas, die ihr Paul abnahm. Shiva tanzte vor ihr herum, bis sie ein Lekkerchen bekam.

„Schicke Frau", meinte Evelyne, „aber da guckt man auch bloß bis vor die Stirn."

„Na ja, sie wird ja einen Grund haben, hier zu sein, wenn alles in Ordnung wäre, brauchte sie ja nicht zu kommen", meinte ich.

„Vielleicht sucht die noch 'nen Mann", feixte Maurice und grinste.

„Kannst ja hingehn und sie mal fragen, kann ja sein, dass die Zeit hat fürn Bauern ausm Baum!" meinte Evelyne.

„Fangt nicht an, euch zu streiten, dann bin ich hier weg, das ist viel zu schade, das kann ich nicht hören!", mischte ich mich ein.

„Wer wird sich denn streiten, Kleiner, ein paar gesalzene Worte würzen den Tag, das ist alles. Und frag mal meinen Mann, gegen mich kommt so leicht keine an, das muss die mir erst mal nachmachen. Von nix kommt nix, das weiß Maurice ganz genau."

Es kehrte wieder Ruhe ein, die Gemüter hatten sich beruhigt.

Während ich die Kanister volllaufen ließ, hielt ich ein Pläuschchen mit Jeanne, der ich mitteilte, dass ich heute nicht viel Zeit mitgebracht hätte, weil wir bei Evelyne und Maurice zum Mittagessen eingeladen seien, als Belohnung fürs Mithelfen sozusagen.

„Das ist gut", meinte sie, „denn das Pflücken ist doch ganz schön anstrengend, wenn die Sonne einem auf den Pelz brennt. Aber man wird doch belohnt durch die Düfte und das Licht, finden Sie nicht?"

„Doch, doch, das ist ja das Wunderbare hier."

„Wissen Sie was, Monsieur, als junges Mädchen habe ich mit anderen Kindern nach einem richtigen Gewitter so Ende Juli oder im August da oben Schnecken gesammelt. Dann sind wir zu Fuß nach Carpentras gegangen und haben sie verkauft. Wir hatten die in Drahtkörben."

„Was denn für Schnecken?"

„Na, Weinbergschnecken! Schön in Petersilienbutter und etwas Knoblauch gebraten, mit den Schneckenhäuschen natürlich sind sie eine Delikatesse."

„Ja klar, und die holt man dann mit einer kleinen Spezialzange raus ... Tolle Sache. Die kriegt man heute noch in Restaurants, oder man kann sie unzubereitet tiefgefroren im Supermarkt kaufen."

„Heute kann ich die nicht mehr essen, weil ich keine Zähne mehr habe."

„Überhaupt keine mehr?"

„Keine mehr ... Und wissen Sie was, Monsieur, ich esse so gut wie kein Fleisch mehr, was sehr gesund ist, das heißt, je älter man wird, umso gesünder lebt man, ist das nicht ein Vorteil?"

„So habe ich das noch nicht gesehen."
„Ja sehen Sie, das können Sie alles von mir lernen", grinste sie.
Ich grinste zurück.
„Und was machen Sie mit Brot? Das ist doch zu hart ..."
„Ich stippe, Monsieur, ich tauche es in Kaffee oder Tee ein."
„Madame, darf ich Sie etwas fragen, was ein bisschen unhöflich ist?"
„Fragen Sie nur immer, ich habe keine Probleme damit."
Sie war dazu übergegangen, immer mit mir hin- und herzugehen, dann brauchten wir nicht so laut zu sprechen, also vom Brunnen zum Auto und zurück.
„Wie alt sind Sie, Madame?"
„Ha, das ist gut!", lachte sie, „und ich dachte schon, Sie würden fragen, wann ich als Katholikin das letzte Mal in der Kirche war. Monsieur, mit achtzig habe ich aufgehört, die Jahre zu zählen, wenn Sie verstehen, was ich meine ..."
„Mein lieber Mann, das hätte ich nicht gedacht, Sie sind aber noch rüstig."
„Wissen Sie, klar im Kopf ist ganz wichtig. Aber jetzt muss ich Ihnen etwas verraten, was Sie mir hoffentlich verzeihen: Gestern habe ich Ihnen schon gesagt, wie alt ich bin!", lachte sie los, und ich sagte: „Mensch, stimmt!", und ich musste auch lachen, obwohl es mir peinlich war. „Da kann man mal sehen ... Das muss am Klima liegen."
„Monsieur, sich gesund ernähren, nicht so viel essen, Politikern und Bonzen nichts glauben, weil das meiste gelogen ist, ab und zu ein Gespräch wie jetzt mit Ihnen, von dem beide Seiten was haben, das ist es ... So, Sie müssen los! Bis später!"
„Bis bald!"

Evelyne entschuldigte sich, sie habe bei der Hitze nur ein kaltes Mahl zubereitet, einen Nizzaer Salat. Auf meine Frage trug sie ihr Rezept vor: Hauptbestandteile waren immer Thunfisch und Oliven. Sie hat aber auch grünen Salat, Tomaten, Anchovisfilets, Bleichsellerie, Paprikaschoten, hart gekochte Eier, Basilikum, Petersilie, Olivenöl und Weinessig dazugegeben. Kaltes, gebratenes Hühnerfleisch bot sie separat an. Wir tranken Rotwein dazu, ich nahm nur ein halbes Glas, das ich mit Wasser verdünnte.

Ihr Haus war mit alten, von beiden Familien geerbten Möbeln bestückt, wobei Evelyne die Staubtheorie wiederholte, dass Putzen überflüssig sei, weil der Staub sich sofort wieder als „Schutzschicht" auf die Flächen lege. Es sei ja nicht dreckig, das sei etwas anderes.

Die Hitzewelle sei jetzt in ganz Europa angekommen, sagte Maurice, auch in Deutschland, ja sogar in Nordeuropa und Russland.

„Unser Bürgermeister fürchtet um den Zufluss zum Plan d'Eau des Salettes. Kennst du den See schon, Christian?"

Als ich verneinte, fuhr Evelyne ihn an: „Wie soll er den denn kennen, er ist doch erst den zweiten Tag hier, und außerdem hat er doch bis vorhin mit uns Aprikosen gepflückt! Du hast wohl schon wieder zuviel Wein intus, was?"

„Moment mal", entgegnete Maurice aufgebracht, „warum wirfst du mir das vor, gerade wenn andere dabei sind? Du willst mich vor anderen schlecht machen ... Außerdem, vom Ende des Pflückens bis jetzt ist so viel Zeit vergangen, da kann er schon zehnmal durch den See geschwommen sein oder was weiß ich gemacht haben, von wegen zu viel Wein!"

„Beschreibe ihm doch mal den See!", mischte sich Paul ein, um einem möglichen Streit zuvorzukommen ..."

„Was soll ich sagen? Der See hat einen Sandstrand, kühles Wasser, ist also sehr angenehm. Aber du musst auf die Sonne aufpassen und es nicht machen wie die *Culs blancs*, die Weißärsche aus dem Norden, die holen sich hier schnell einen Sonnenbrand. Mit Bikini oder Badehose sind sie ja manchmal schon ganz schön braun, dann machen sie an den Küsten *Nudisme*, FKK, und schon sind die ehemals weißen Körperteile rot verbrannt."

„Die machen doch hier kein nudisme", meinte Evelyne.

„Das habe ich doch auch gar nicht behauptet! Hör doch zu, was ich sage!"

„Dann müssten sie eigentlich Culs rouges heißen, oder?", grinste Paul und fügte hinzu: „Der Dame des Hauses ein herzliches Dankeschön für das leckere Mahl."

„Ja, wirklich köstlich", sagte ich.

„Schön, dass es euch schmeckt!"

„Hier liegen auch schöne Touristenmädchen am Strand", feixte Maurice.

„Nun lass den jungen Mann mal", drängte sich Evelyne wieder dazwischen, „der sieht gut aus, in den vergucken sich auch hübsche Französinnen."

„Ja, ich habe schon ein paar gesehen. Wie groß ist Mormoiron eigentlich?", wollte ich wissen.

„1.600 so was", meinte Maurice.

„Richtig", sagte Paul, „unser Dorf liegt damit etwas über Ville-sur-Auzon mit 1.030 und unter Bedoin mit 2.600. Die Gemeinden haben hier alle ähnliche Einwohnerzahlen. Das ist angenehm, weil die Bebauung nicht zu eng ist."

„Und der Wein, was für eine Traube ist das hier?"

„Wir trinken jetzt hier den Syrah", sagte Maurice, „unsere Gegend baut aber auch den Grenache Noir an und auch den Cinsault."

„Jeanne hat mir gesagt, wenn ich etwas erfahren wollte, was mich interessiert, dann müsste ich in die Metzgerei gehen. Marcel hätte nicht nur ganz tolle Fleischwaren, er sei so etwas wie das Tageblatt, er höre die Flöhe husten und mache aus jedem Floh einen Elefanten, besser gesagt ein Histörchen."

„Na gut", meinte Evelyne, „Jeanne musst du nicht alles glauben, was sie dir erzählt, aber das mit Marcel, das stimmt, oder, Paul?"

„Meine Meinung zu Jeanne kennt ihr ja, die hat mehr drauf als wir alle zusammen, im Sinne von durchschauen. Und was Marcel anbelangt, der könnte Evangelist sein. Erinnert ihr euch noch an die Geschichte mit dem Deutschen, den seine Frau verlassen wollte?"

„Entschuldige, Paul, vergiss deine Worte nicht! Esst doch noch ein bisschen, guck ma, was soll ich mit dem Rest da? Kommt, bitte, jeder noch zwei Löffel", forderte Evelyne uns auf, wartete jedoch nicht ab, bis wir uns bedienten, sondern füllte selbst nach.

„War das hier in Mormoiron mit dem Deutschen?", fragte ich.

„Ja klar", setzte Maurice die Erzählung fort, „der kam hierher und machte sofort einer jungen Französin den Hof – ihr wisst schon, wen ich meine – na ja, ist ja auch egal, jedenfalls wusste er nicht, dass sie verheiratet war. Also, was macht er? Er entschuldigt sich und nimmt seine Avance zurück, fertig, Fall erledigt. Was macht Marcel daraus? Der Mann der Französin ist wütend, sucht den Deutschen auf, bedroht ihn, der Deutsche läuft weg, und der Mann schießt ihm mit der Schrotflinte den Arsch wund."

Wir lachten.

„Jawohl", gab Evelyne ihren Senf dazu, „und seitdem hat der Deutsche einen Gang, als hätte er permanent die Hosen voll, und der Franzose soll den Pfarrer gebeten haben, ob man nicht eine Tafel aufhängen könnte mit einem Hintern drauf und den Worten: Ich möchte endlich mal wieder die Stellung wechseln können."

In das allgemeine Gelächter hinein erklärte Paul, der meine verständnislose Miene bemerkt hatte: „Evelyne meint diese Votivtafeln in der Kirche, die eigentlich Dankestafeln sind. Du musst sie dir einmal ansehen."

„Mensch, der Marcel hat wirklich einen *esprit gaulois.*"

„Na gut", meinte Paul, „ohne jetzt hier diesen Esprit in Frage stellen zu wollen, obwohl der Deutsche tatsächlich so geht, als hätte er Hopperhosen an, weiß eigentlich keiner, was denn nun wirklich geschehen ist, und darauf kommt es ja an, oder?"

„Ich weiß nicht, ich hätte Mitleid mit dem Deutschen", warf ich ein.

„Ach komm schon. Das Dorf braucht Geschichten, die sich um eine Person ranken müssen, die nicht normal ist, die Fehler hat. Das füttert die Fantasie."

„Sehr richtig", sagte Evelyne, „aber ich sehe schon, wir sind auf dem besten Weg, den jungen Mann hier zu verderben, was?", wobei sie mir einen kräftigen Schlag auf den rechten Oberschenkel gab.

5

Pauls technische Einrichtungen

„Kürzlich sagte mir ein Franzose, nachdem er die Haustechnik gesehen und wahrscheinlich nicht alles verstanden hatte: Das ist ja eine richtige Fabrik, naja, ein Betrieb ist es ja nun wirklich. Zur Erklärung möchte ich das Thema in drei Teile teilen: Bau, Strom, Wasser. Ich will gleich zu Anfang hinzufügen, dass ich sämtliche Planungen selbst vorgenommen habe und die meisten Arbeiten selbst ausgeführt habe. Bei körperlich schweren und schwierigen Arbeiten haben mir die Freunde geholfen.

Zum Bau: Die Sanierung des Daches des alten Cabanons geschah dadurch, dass ich die alten Ziegel, Mönch und Nonne, ergänzte, fest deckte und die Firstziegel vermauerte. Außerdem brachte ich zu beiden Seiten Rinnen an mit Fallrohren zum Wassertank. Der Ostgiebel des Anbaus wurde hochgemauert, sodass ein Satteldach entstand. Hier wurden neue Mönch-und-Nonnen-Ziegel verwendet, passend zu den alten. Den Ostgiebel und den gesamten Westgiebel des alten Cabanons habe ich dann verfugt und später das Cagibi entsprechend. Dann habe ich das ganze Gebäude mit Holzfenstern versehen, im Wohnzimmer zweiflüglig. Innen brachten wir einen Rauputz auf. Hierzu wirft man Putz auf die Wand, den man mit einem Ast der Kermeseiche mit den Blättern dran so lange schlägt, bis ein lebendiges Muster entsteht, später habe ich dann den Putz in diesem sanften gelb gestrichen. Dann trennte ich das Bad von der Küche ab, mauerte hoch verputzte. Dann zog Heinz, ein deutscher Freund, im gesamten Gebäude Estrich auf, den wir natürlich von Hand anrühren mussten, und er fliese alles ... Hast du noch eine Frage?"
„Hast du nicht vor dem Putz die Stromleitungen verlegt?"
„Selbstverständlich, das habe ich vergessen."
„Denn ich habe außer im Cagibi noch keine gesehen."
„Ja gut, das wäre hier im Haus natürlich unästhetisch gewesen. Das wäre eigentlich zum Bau das Wesentliche. Wir können jetzt auch mit der Verstromung fortfahren, wenn du willst."
Wir gingen nach hinten zum Kirschfeld, wo sich die Photovoltaikanlage befand: Ein großes Aluminiumgestell, auf dem nebeneinander Solarmodule montiert waren.
„Um es gleich von vornherein klarzumachen, weil es immer wieder falsch verwendet wird: Dies ist keine Solaranlage, damit wird Wasser erhitzt, sondern eine Photovoltaikanlage, mit der Strom

erzeugt wird. Da wir hier in der Provence fast 3.000 Sonnenstunden pro Jahr haben, ist eine solche Anlage sehr lohnenswert, vor allem dann, wenn ein Netzanschluss über eine größere Entfernung um ein Mehrfaches teurer wäre."

„Warum hast du die Module nicht auf dem Dach?"

„Ich finde so eine Anlage auf einem schönen Dach unästhetisch. Außerdem entstehen im Hochsommer durch die Sonneneinstrahlung Temperaturen von 60 Grad und mehr, was zu einer enormen Verschlechterung des Wirkungsrads führt."

Ich war beeindruckt.

„Du siehst, wie vernetzt hier alles ist", sagte Paul, nachdem er mit seinen Ausführungen noch weiter ins Detail gegangen war. „Aber das ist erst die Spitze des Eisbergs, denn gerade für einen Inselbetrieb bedarf es besonderer Überlegungen. Du erinnerst dich, am Anfang ist der Geist, und den zeige ich dir im Cagibi, im Kraftwerk."

„Diese ganze Vernetzung ist ja richtig spannend."

„Ja klar, hat ja auch mit Spannung zu tun. Möchtest du heute noch den dritten Teil erklärt haben, das Wasser?"

„Das ist schon in Ordnung, Paul, aber jetzt gib mir bitte ne halbe Stunde Zeit, damit ich mir das Wichtigste notieren kann, und dann kann ich dich wenigstens fragen, wenn ich was vergessen hab."

„Tu das, ich mache uns in der Zwischenzeit einen grünen Tee."

Pauls Vortrag über das Wasser war dann nicht minder spannend. Vor allem die kleine 24-Volt-Pumpe im Cagibi, ein pfiffig durchdachtes Teil mit Druckregler, die das Wasser zum Hahn in der Küche, zur Waschmaschine, zur Toilette und zur Duschkabine draußen pumpte, fand mein Interesse. Das durch den Röhrenkollektor auf dem Dach erwärmte Wasser konnte bis zu 70 Grad heiß werden und lief vom Wärmetauscher zu allen Zapfstellen, außer zur Toilette natürlich. Abwasser und Fäkalien wurden in einem Dreikammersystem gereinigt, in dem Bakterien die Hauptaufgabe übernahmen, bevor das gereinigte Wasser in den Berg floss.

„Das heißt, in die Fosse, also in die Kläranlage, dürfen keine chemischen, sondern nur biologisch abbaubare Stoffe kommen."

„Jawohl, aus diesem Grund lasse ich mir extra biologisches Waschmittel zuschicken."

Wir setzten uns wieder unter die Eichen und tranken noch eine Tasse Tee.

„Hast du das alles selbst geplant und durchgeführt?"

„Geplant sowieso, die elektrische Anlage allein erstellt, sonst haben die französischen Freunde und Heinz geholfen, die Gräben musste natürlich ein Bagger ausheben."

„Jetzt frag ich dich was. Das Ganze hat doch viel Zeit und Geld verschlungen. Hat das den Aufwand gelohnt? Ich meine, die ganze Autarkie?"

„Mein lieber Christian, erstens geht es gar nicht anders. Wie willst du wohnen, wenn du kein Wasser, keinen Abwasserkanal und keinen Strom hast? Zweitens, es hat Freude gemacht und tut es noch, und last, but not least, es ist eine kleine Lebensschule geworden für mich und viele andere. Vom Gymnasium in Carpentras kommen Schulklassen herauf und lassen sich informieren. Junge Leute von irgendwoher, Studenten, Wanderer. Alle sind erstaunt über den Homo technicus. Gerade den jungen Leuten bringe ich bei, dass man sich die Erde nicht einfach untertan machen sollte, ein gefährlicher Gedanke, sondern dass wir mit unserem Planeten achtsam umgehen müssen, denn wenn er noch mehr leidet, leiden wir mit, weil wir ein Teil von ihm sind; zur Natur gehören, wir sind nicht ihr Beherrscher. Sicher hat ein solches System Geld gekostet, aber wenn man bedenkt, wie viele Atomkraftwerke herhalten müssen, um den Strom zu erzeugen, der allein durch die Übertragung verloren geht, dann muss man die dezentrale Idee befürworten. Ich koche und backe nicht umsonst mit Gas, was wesentlich umweltschonender ist als ein System, das mit endlichen Rohstoffen Wärme erzeugt, die Strom produziert, der dann wieder in Wärme umgewandelt wird. Das ist eigentlich absurd, aber die Großkonzerne wollen sich diese Absurdität nicht aus der Hand nehmen lassen."

„Dann ist das ja ein Politikum."

„Ersten Ranges, mein Lieber, und eine Änderung muss von unten kommen, ich zeige den jungen Leuten, wo's langgeht. Es ist doch so, Demokratie funktioniert nicht allein durch freie Wahlen, sondern durch Mitbestimmung und Transparenz. Unsere politischen und wirtschaftlichen Systeme, die Geschenke an die Reichen machen, die Lobbyisten zulassen und bezahlen, die Parallelgesellschaften dulden, die immer autoritärer werden, möglicherweise die Gewalten-teilung ankratzen, machen die Menschen unzufrieden."

„Donnerwetter, Paul, war das jetzt eine Predigt oder eine politische Rede?"

„Ich salbadere doch nicht, Junge! Komm, hol uns Wein."

Er ging ins Haus, machte sich an seiner Stereoanlage zu schaffen, spulte Zuleitungen durch das Fenster nach draußen und stellte zwei mobile Bohselautsprecher auf.

„Und was gibt das jetzt? Ein Konzert?"

„Ich lade dich ein zu einer Kostprobe, zu einem deiner geschenkten Beethovens. Hast du Lust auf die Sechste?"

„Sehr gut. Also, Ludwig prost, du genialer Halunke!"

„Jawohl: Haltet euch an die Wahrheit – ich mache euch dafür verantwortlich, hat er gesagt, und die Pastorale ist schon zweihundert Jahre alt!"

„Da kannst du mal sehn, Unkraut vergeht nicht!"

„Eine Harmonie zwischen Mensch und Natur ist möglich ..."

Als die Musik begann, drängte sich Shiva zwischen uns auf die Bank.

Nachdem die Musik verklungen war, schwiegen wir eine ganze Weile wie die Zikaden, die vielleicht verschreckt waren. Aber sie verstehen doch nur ihre Musik. Ich füllte Wein nach, und das Geräusch weckte Shiva.

„Sie hört gerne Beethoven, und dann schläft sie ein, ich weiß auch nicht warum", sagte Paul.

„Vielleicht beruhigt sie das, ich meine gerade der zweite und der letzte Satz ... Ich habe nie verstanden, warum ein so genialer Mann, ein so großer Musiker, in seinen letzten zwölf Lebensjahren ein Despot sein konnte ..."

„Du meinst das Verhältnis zu seinem Neffen Karl."

Ich nickte. „Aus allen Biografien habe ich behalten, dass Beethoven mit allen Mitteln und Tricks und Gerichtsverfahren versuchte, Karl von seiner Mutter zu lösen, was ihm auch gelang. Als er jedoch versucht, ihm Leonore zu untersagen, in die der Junge verliebt ist, will sich Karl das Leben nehmen, was jedoch misslingt. Aber von dem Zeitpunkt an hat Beethoven den Jungen verloren ... Sicher geht das Schicksal mit ihm grausam um, er verliert sein Gehör, er erfährt kein Glück der Liebe, einer Familie und will sich mit Gewalt zum ‚Vater' machen, und der Sohn empfindet das als grausame Gefangenschaft ... Warum sublimiert er denn diese Energie nicht in seinen Werken, ich meine, all diese menschlichen Defizite?"

„Ja also, ich würde das lieber als Mängel bezeichnen. Ob er die nicht sublimiert, das ist die Frage. Er hat zwar in dieser Zeit Produktionstiefs, die sind aber auch geschichtlich bedingt, denke an die enttäuschende Restauration nach Napoléon beim Wiener Kongress, ich erinnere an die ‚Eroica', an den Befreiungskampf zuerst mit, dann gegen Napoléon, die Ideale sind verschwunden, und dann hat sich Enttäuschung breit gemacht. Auf der anderen Seite kann man sich kaum vorstellen, dass Beethoven sich für seinen Neffen derart ins Zeug legt und gleichzeitig große künstlerische Ziele vor Augen hat."

„Ich weiß nicht, ob das überspannt ist, aber er gibt sozusagen seine Individualität auf, damit sie sich in einer allgemein gültigen Humanität auflöst."

„Die sich dann in der musikalischen Identität und Individualität widerspiegelt … Ich glaube, wir verstehen uns, oder?"
„Darauf lass uns noch einen schlucken, prost!"
„Prost, santé!"

Der nächste Tag wäre kaum erwähnenswert gewesen, denn die erste Hälfte sollte ja mit Aprikosenpflücken in gleicher Weise ablaufen wie der Vortag und war auch trotz aller Arbeit ein Genuss, wenn ich nicht bei meinem letzten Baum einen Fehltritt begangen hätte und aus einer Höhe von 1,50 Metern vom Baum gefallen wäre. Das Ganze war lächerlich, aber ich fiel so unglücklich auf den Steiß, dass es höllisch wehtat. Evelyne und Maurice kamen sofort zur Hilfe, wobei Maurice über die Scheißschuhe schimpfte und Evelyne sogleich entschied, ich müsse auf der Stelle ins Krankenhaus, zumal mir schwindlig war, was Paul allerdings später als Minischock diagnostizierte.

Ich jedoch lehnte eine Fahrt ins Krankenhaus kategorisch ab mit der Bemerkung, es gehe mir schon viel besser, was aber offenbar doch nicht der Wirklichkeit entsprach, denn ich konnte zwar sitzen, aber irgendwie nicht aufstehen.

Als Paul frei war, machte er mit mir ein paar Übungen, die sehr schmerzhaft waren, er wollte einfach feststellen, ob vielleicht das Steißbein gebrochen war, aber es war offenbar nur eine Prellung

„Also gut", sagte er, „ruhen, wenig bewegen, wenn's schlimmer wird, können wir immer noch ins Krankenhaus."

Ich mochte nichts essen und legte mich in einen weich gepolsterten Liegestuhl unter die Eichen, später auf die Seite ins Bett, und überlegte, welche Bedeutung wohl diese Situation haben könnte, die mich aus dem Verkehr zog. Ich hatte keine Idee, auf jeden Fall wurde ich gut versorgt, und man kümmerte sich um mich.

Am Abend sagte Paul: „Du kriegst bestimmt einen Cul coloré, einen Hintern in vielen Farben. Wie ist das denn eigentlich passiert?"

„Ich wollte auf einen Ast treten, der gar nicht da war."

„In der Jugend ist man oft zu leichtsinnig", kommentierte Paul.

6

Der Großmarkt

Als ich um vier Uhr morgens bei Maurice ankam, hatten er und Evelyne schon den kleinen LKW mit Kisten voller Aprikosen beladen, und Maurice und ich fuhren sofort los.

„Na, was macht dein Hintern?", fragte Maurice gegen das Geknattere des Dieselmotors an, der sich anzustrengen schien, obwohl es noch kühl war und es bergab ging.

„Na ja, es geht, in der Seitenposition hatte ich ne ganz gute Nacht. Paul meint, ich kriegte nen cul coloré …", brüllte ich, was mich anstrengte.

„Ha, recht hat er. Aber lass erst ma die Mädchen kommen, dann vergisst du jeden Schmerz, es sei denn, du hast ne total falsche Position", lachte er.

„Das kann schon sein", gab ich zurück und verkniff mir jede weitere Äußerung, denn der Wagen nahm anscheinend absichtlich jedes Schlagloch ins Visier, um mich zu quälen. Hätte ich keine Schmerzen im Steiß gehabt, wäre mir ein Miniorgasmus schon recht gewesen.

„Beschissene Straße, aber was andres gibt's nich, das ist die kürzeste Strecke!"

Wir kamen um halb fünf am Großmarkt in Carpentras an.

„Mist, verdammert!", fluchte Maurice, „guck dir das an! Da sind schon mindestens zwanzig Wagen vor uns!"

„Ich war froh, dass die Klapperkiste endlich zum Stehen gekommen war.

„Ist das denn nich egal?", fragte ich kleinlaut und mit vorgetäuschter Naivität.

„Nee, nee, mein Lieber, du musst nämlich nen Stellplatz erwischen, wo der Händler zuerst vorbeikommt. Wenn du schlecht stehst, übersieht er dich, oder er hat schon alles im Sack, bevor er bei dir auftaucht, capito?"

Das fahle, orangegelbe Licht der Straßenlaternen beleuchtete schemenhaft die lange Reihe der Wagen vor und hinter uns. Letztere schien kein Ende nehmen zu wollen. Der Markt muss groß sein, dachte ich, daher der Name, aber groß heißt sicher auch en gros, große Masse und die Stufe vor dem Einzelhandel, marché-gare ist der Großmarkt. Nach einer Pause sagte er:

„Ich will dir ma was sagen: Auf dem Großmarkt is es so wie in der Wirtschaft, da wird mit harten Bandagen gekämpft, denn die

Konkurrenz is groß, und wenn du nich richtig tickst, bist du weg vom Fenster. Markt heißt Kampf: Hohe Qualität, bekannt sein dafür; wenn du einmal Scheiße lieferst, hast du verschissen bis zur Eiszeit, brauchst dich hier nie wieder blicken zu lassen! Du musst schnell sein und robust, die Ellenbogen gebrauchen. Was glaubst du, was es hier schon für Unfälle gegeben hat, weil n Idiot zu schnell war und nich aufgepasst hat. Das geht leider manchmal schon bis an die Grenzen", seufzte er, „aber wenn du dein Zeug nich loswirst, kannst du's nach n paar Tagen wegschmeißen, dann war alles für die Katz, alles, verstehste, dann haste dieses tolle Gefühl, dieses Pflückerlebnis, vergessen!" Sein Gesicht wurde hart, und die Augen blickten nicht mehr freundlich drein:

„Manchmal wollte ich den Job schon hinschmeißen, verstehste, das hat nix mehr mit Bauernwürde zu tun, das is Schinderei!"

„Aber man könnte doch den Verbrauchern die Ware direkt anbieten, sozusagen den Großhandel umgehn …"

„Ach du lieber Gott, entschuldige bitte, jetzt biste mit deiner Theorie aber total aufm Mond, wie soll'n denn deine Aprikosen, ich sach jetzt ma nach Dieppe, nach Hannover, in das letzte Loch kommen? Außerdem, das darfste gar nich … Paul versucht ja, dies ganze System zu durchbrechen, aber das kann nur'n einzelner machen, nen Handel ohne Geld, Dienstleistung gegen Ware, und das Tolle dabei is, sie könn ihm ja nich verbieten, was geschenkt zu kriegen. Stell dir ma n Weihnachtsgeschäft ohne Geld vor!"

„Und die Händler hier?"

„Könige und Ganoven in einem … Wirst ja gleich sehn. Da musst du die Gefühle runterschrauben, die Knarre im Anschlag ham, im Geist sozusagen, verstehste?"

Das breite grüne Rolltor auf Schienen öffnete sich im Schneckentempo von rechts nach links, und die Fahrer ließen die Motoren an und hüllten die ganze Gegend in eine stinkende, schwarze Rauchwolke.

„Festhalten!", donnerte Maurice im Befehlston und raste los, dass ich dachte, gleich fallen Kisten runter, und die schönen Früchte rollen über die Fahrbahn. Was jetzt geschah, war in der Tat ein Autorennen mit LKW. Maurice fuhr in einer großen Kurve mit Vollgas über das riesige Gelände und schoss auf einen Stellplatz zu ganz vorn auf der Durchgangsstraße.

„*Ah merde*", brüllte er, „jetzt hat der Hund mir meinen Platz geklaut!"

Noch eine Kurve zur anderen Seite, wobei mir der Po brannte, weil Maurice kurz bremsen musste, weil ein anderer Querschläger angeschossen kam – boh, hier waren sämtliche Straßenverkehrs- und

Flugordnungen außer Kraft gesetzt! – und wir standen auf der anderen Seite der Straße, genau gegenüber dem „Hund".

„Gar nicht so übel", grinste Maurice, nachdem er den Motor ausgeschaltet hatte, „hast Schiss gehabt, was? Gib's zu!"

„Naja, ich hab gedacht, da fliegen n paar Kisten runter ..."

„Och, solange nich der ganze Segen baden geht und wir mit dazu!", lachte er laut, „so geht's doch noch ... Kuck ma, der Händler kommt immer von der Seite, also von hier aus jetzt von rechts, geht von Ost nach West, damit er nich von der aufgehenden Sonne geblendet wird, capito?"

Neben uns quietschten die Bremsen eines anderen Wagens, und man konnte sehen, wie die Kisten sich kurzzeitig schräg anhoben. Ich dachte: Das ist nicht nur die Schnelligkeit oder Angeberei, da werden auch ganz schön aufgestaute Aggressionen abgeladen. Wogegen? Na gegen die ganze Situation, gegen das Königtum der Händler, ich würde es ja sehen, und die Franzosen fackelten nicht lange, das sei seit der Revolution so, hatte mir Paul gesagt. Wenn es zu viel würde, ginge es zur Sache.

„Man muss alles berücksichtigen", nahm Maurice den Faden wieder auf, „wenn ich zu schnell quatsche, sach Bescheid, aber ich seh ja, du kommst mit, also da gibt's ne richtige Psychologie, verstehste? Da musste richtich stehn, ne gute Miene aufsetzen, als hättste gerade ne Million im Lotto gewonn, lässig wirken, so als könnten se dich ma alle, nie Angst zeign, daste etwa nich verkaufen könntest, das merkt der Hund sofort und geht mitm Preis in Keller. Beobachte alles genau, dann weißte, wie's geht ... du weißt ja, nur die Erfahrung bringt wirkliches Wissen, schreib das auch dahin, ich will im Leben auch mal'n Philosoph sein ..."

„Dann ist ja alles bloß eine große Show, eine Illusion, da ist ja nichts echt!"

„Hast du was andres gedacht? Nee, mein Lieber, bloß die Illusion is auch die Wahrheit, vergiss das nich. Aber eins sach ich dir, in der Liebe, da musste aufpassen, die is ernst, da kannste nich den Clown spielen, da is die Wahrheit echt, sonst kannste gleich einpacken. Ich mein nich ma hier ma da und Sex und so, ich mein die Liebe, verstehste?"

„Verstehe, nicht in der Theorie, die ist sowieso grau und hoffnungslos meilenweit von der Wirklichkeit entfernt."

„Das kannste laut sagn."

In der Zwischenzeit waren alle Plätze besetzt. Wo eben noch grauer Asphalt herrschte, mit vorgegebenen Stellplatzlinien vorgezeichnet, standen jetzt Blecharmeen mit Nahrung beladen einander gegenüber, bereit zum Kampf. Der Dieselqualm hatte sich verzogen, aufgelöst, aber seine Bestandteile hatten sich überall heimlich abgelegt, bereit, ihre schleichende Wirkung zu vollziehen, vorzüglich in den Lungen der Menschen.

Im Osten wurde es heller, und wir verließen den Wagen, um noch mehr zu sehen, und ich war nicht verwundert, dass überall bei den Wagen stoßweise Rauchwölkchen aufstiegen, womit die Menschen ihre aufsteigende Nervosität in äußere Ruhe verwandeln wollten, absteigende Coolness.

Eines Besseren belehrt wurde ich jedoch, als wir ein Duftgemisch einatmen durften, das ich noch nie gerochen hatte.

„Na hier sind bestimmt fünfzig Wagen nur mit Melonen beladen ..."

„Tatsächlich, ich sehe sie, Honigmelonen, toll!" Ich war auf das Trittbrett gestiegen, um einen größeren Überblick zu haben. „Wohin gehen die?"

„Nach ganz Europa, nach Norden. Aber weißte was? Das meiste nach Paris, morgen kannste se schon kaufen, übermorgen in Berlin."

„Und der Preis?"

„Ich werd gleich ma nen Kollegen fragen, das geht nach Kilo, ich schätze ma so dreißig Cent ..."

„Mehr nicht?"

„Ich kriege auch nich mehr, vielleicht fünfzig Cent."

„Ja sicher, der Zwischenhandel, der Transport ..."

„So isses."

Wir gingen ein Stück die Straße runter. Der Duft nach Melonen war vorherrschend, aber wenn man genau hinroch, konnte man Gemüse- und Obstsorten herausriechen: Da waren ganze Wagen voll nur mit Tomaten, nur mit Paprika, der das gelbliche Licht der Laternen widerspiegelte. Ein Wagen hatte nur Basilikum in Töpfen, die Kronen der Pflanzen bestimmt dreißig Zentimeter im Durchmesser. Es war sehr ruhig; ich fragte Maurice nach dem Grund.

„Damit du dich ganz auf den Geruch konzentrierst", schmunzelte er, „ach Quatsch, „lass dich nich verscheißern. Man wartet auf den Anpfiff, man is gespannt, dann muss man Haltung annehm, klar?"

Plötzlich eine Frauenstimme aus den Lautsprechern, die an den Laternenmasten angebracht waren:

„Ouverture haricots verts, Eröffnung mit grünen Strauchbohnen."

Von der rechten Seite kam ein Mann Mitte vierzig, wohlgenährt, im weißen Oberhemd mit hellroter, gelockerter Krawatte, Flanellhose, Mokassins, forschen Schritts heran. Er war offenbar missgelaunt, öffnete sein schwarzes Notizbuch in DIN A5 und ging zum ersten Anbieter. Er verhandelte höchstens zwei Minuten und marschierte weiter, ohne sich Notizen gemacht zu haben.

„Christian, komm da weg von der Straße", sagte Maurice durchs Fenster, „es dürfen nur die draußen sein, die Bohnen verkaufen ..."

„Ich will was sehen und hören", sagte ich und verkrümelte mich.

Schräg uns gegenüber stand ein braungebrannter Bauer mit gegerbtem Gesicht, breitbeinig neben seinen dünnen, jungen zarten Bohnen, wie sie die Franzosen lieben. Er hatte sie auf einem dunkelbraunen Ledertuch ausgebreitet, es waren bestimmt zwei Zentner. Ich dachte sofort, mein Gott, muss das eine Arbeit gewesen sein, sie zu pflücken, wahrscheinlich mit mehreren Leuten über viele Stunden. Sie sahen verlockend aus in ihrem hellen Grün in der Sonne, die jetzt aufgegangen war, und daneben der braune Bauer wie ein stolzer Indianer mit undurchdringlichem Gesicht.

Als der Händler zu ihm kam, fiel mir sofort sein bleiches Gesicht mit den mürrisch dreinblickenden Augen auf. Er bückte sich, nahm eine Bohne und brach sie auf, dann fragte er: „Na, was willste ham?"

„Vierzig Cent."

„Was, vierzig Cent für so'n Scheiß? Die kannste dir an Hut stecken, zehn Cent."

„Zwanzig Cent."

„Haste nich gehört? Zehn Cent und sonst gar nichts", sagte der Händler mit höhnischem Gesicht.

Das wären ja nur zwanzig Euro, rechnete ich schnell aus, mein Gott, das ist ja wirklich nichts.

Der Bauer stand da, äußerlich ruhig, aber ich konnte sehen, wie sich seine Hände zu Fäusten ballten und seine Augen zu Schlitzen wurden: „Dreißig Cent", zischte er.

Der Händler wandte sich ab und grummelte: „Dir hat wohl die Sonne das Hirn verbrannt!", und ging zum nächsten Anbieter.

Der Kerl hatte mich aufgeregt, Händler kam doch von verhandeln, doch nicht von sich Preise um die Ohren schlagen, und dann auch noch beleidigen.

„Hast du das gehört?", fragte ich Maurice.

„Nee, Junge, ich war doch drin, wieso?"

Ich erzählte ihm, was da abgelaufen war.

„Das is ganz normal", sagte er ungerührt, „der Händler hat hier das Sagen, der steht ja auch wieder unter Druck, das Ganze is ne Druckkette, verstehste? Und weißte, wer der Leidtragende is, der am Ende der Kette, der Erzeuger."

„Dann müsstet ihr mal streiken!"

„Oho, das haben wir schon gemacht! Ganze Lastwagen voll Melonen auf die Autobahn gekippt, du kennst uns Franzosen nich, und davor haben die Schiss. Wenn's uns zu bunt wird, lassen wir halb Paris verhungern, aber mein lieber Mann!"

Seine Halsschlagader war angeschwollen, und ich konnte mir vorstellen, wie sie kurzen Prozess machten.

„Also, wenn ich das richtig sehe, dann ist das doch so: Im Augenblick übersteigt das Angebot die Nachfrage, also sind die Preise im Keller, umgekehrt geht's ja jetzt gar nicht."

„Ja, aber pass ma auf, wenn's umgekehrt is, lassen die die Klamotten ausm Ausland kommen, und die sind noch billiger, verstehste?"

„Aber die schmecken doch nicht!"

„Ja siehste! Das is'n Argument für die Erzeuger, aber nich immer für die Konsumenten!"

„Wie soll man denn da rauskommen?"

„Der Teufelskreis is beschissen, da kommste gar nich raus."

„Was macht der Bauer jetzt mit den Bohnen?"

„Der nimmt se wieder mit, legt nasse Tücher drüber, und morgen bietet er se wieder an."

„Und wenn er sie wieder nicht verkauft?"

„Er verkauft se ja, vielleicht für fünf Cent."

„Mein lieber Mann, das ist ja, wie soll ich sagen?"

„Wie ne Pleite, aber was willste machen, es is nu ma Bohnenzeit …Da guck ma da hinten, die hat er gekauft, er macht sich Notizen."

„Man müsste doch den Zwischenhandel ausschalten!"

„Jetzt fängste schon wieder damit an! Sei doch nich naiv, das geht nich. Du kannst nich für unsere Region alle Bohnen absetzen, und die in Nordfrankreich haben nich genug, zweitens kann doch nich jeder Gemüsehändler aus meinetwegen Nantes hierherkommen. Das System is schon richtich so, aber wir Produzenten haben bei Überangebot immer zu wenig Geld in der Tasche. Bei uns darfst du einfach die viele Arbeit nich rechnen."

Wir gingen nach draußen und vertraten uns die Beine.

„Weißt du was?", sagte ich, „es ist schon seltsam verteilt … Wenn ich mir überlege, bei mir zu Hause, in Marokko, meine ich jetzt, ist der Durchschnittslohn 250 Euro im Monat, und eine Frau, die in der Pulindustrie arbeitet, die bekommt 150 Euro monatlich."

„Was is'n die Pulindustrie?"

„Also, das geht so: Garnelen werden in der Nordsee gefangen, ja, dann durch eine niederländische Firma nach meinetwegen Casablanca gebracht, da abgepult und wieder nach Europa verschifft, und – merkst du was? – wenn die ankommen, sind sie schon sechs Tage alt. Und warum das Ganze? Weil Pulmaschinen in Europa zwanzigmal so teuer sind wie die Pulerinnen in Nordafrika. Voilà …"

„Das is doch idiotisch, vor allem, weil die Dinger doch schon alt sind."

„Die Gesetze des Marktes, mein Lieber! Und was den Verbraucherschutz angeht, da sind die Gesetze noch viel zu lasch ..."

„Ouverture melons."

Jetzt kam ein anderer Händler durch, ähnlich gekleidet, auf jeden Fall mit Schlips. Er schien etwas freundlicher zu sein. Die Zeremonie war wie vordem, aber diesmal rollten die Wagen zügig zur Abnahme, denn die Nachfrage war groß; Maurice meinte, sogar noch größer als das Angebot.

„Ouverture abricots!"

„Christian, komm, schnell in den Wagen!"

Ich setzte mich auf den Beifahrersitz, und lauschte gespannt durch das geöffnete Fenster. Der erste Händler kam wieder. Er wirkte nicht so verstimmt wie vorhin. Als er zu uns kam, begegnete ihm ein aufrecht stehender, lässig wirkender Maurice. Der Händler machte sich an die Kisten, nahm hier eine Aprikose und probierte und spuckte den Stein aus, dort eine Aprikose, dasselbe. Maurice guckte zu mir rauf und deutete mit einem Finger und kurzes Kopfnicken an: Der Typ riecht gut, also auf geht's. Augenscheinlich hatte der Lackl Zeit mitgebracht, er nahm die Früchte noch einmal in Augenschein, hob hier eine Kiste an, dort zwei. Maurice zuckte kurz mit den Schultern, ein Zeichen für mich. Als der Fritze seine zweite Runde um den Wagen beendet hatte, fragte er nicht Maurice, sondern machte selbst einen Vorschlag, ohne aufzublicken:

„Zwanzig Cent."

„Dreißig Cent", entgegnete Maurice fest und schnell.

„Gut", sagte der Händler und schrieb ungerührt Namen und Anschrift und Kennzeichen auf.

„A bientôt", sagte er und rang sich den Ansatz eines Lächelns ab.

„A bientôt", verabschiedete Maurice ihn und war erleichtert.

Als wir wieder im Wagen saßen und zur Abnahme fuhren, lachte Maurice: „Weißt du was, du Gauner, du hast mir Glück gebracht, ich weiß auch nich, warum ich so hart blieb, vielleicht hätte ich noch höher gehen können ..."

„Auf gar kein Fall!", protestierte ich, dann hättest du den Kerl wieder munter gemacht, der war schon müde und ein bisschen weichgekocht, verstehst du? Nee, nee, das war genau richtig ..."

„Du bist mir ja n Psychologe!"

„Tja, da kannst du mal sehn, wahrscheinlich ist es doch besser, nicht ganz vorn zu stehn."

Erst wurde der Wagen ohne Fahrer gewogen, dann luden wir ab, wobei mir jede Kiste einen kleinen Stich gab. Dann betteten wir die Früchte in Transportkisten und luden unsere Kisten leer wieder auf.

Alle Vorgänge wurden von innen durch die Lautsprecherdame und zwei Männer durch ein großes Fenster beobachtet. Zuletzt wurde die Tara gewogen, und Maurice wurde sofort ausbezahlt: 45 Euro für 150 Kilo.

„Ein kleiner Nebenverdienst", sagte Maurice bitter, „und davon muss ich auch noch Steuern bezahln. Wenn ich den Wein nich hätte, wär ich schon längst pleite ... Und weißt du was, mein kleiner Psychologe, das is das, was 'n Bauern hart macht, im Herzen, verstehste. Und noch was, ob du's glaubst oder nich, was mir richtich weh tut, is, dass ich meine schönen Früchte hergeben muss, und die dann von Leuten verputzt werden, die das gar nich zu schätzen wissen. Steht ja nich drauf: Hier is die Seele vom Bauern drin."

Er war traurig, und ich konnte seine Gefühle nachvollziehen, und plötzlich wurde mir klar, warum ich ihn, aber auch seine Frau so mochte: Ja, wie soll ich das ausdrücken? Sie hatten ein großes Herz für die Natur.

„Ich versteh dich schon", versuchte ich ihn zu trösten, „das Leben hat wohl so seine Klippen, für den einen mehr, für den anderen weniger, aber man sollte nie aufgeben, du kennst ja den Slogan mit der Hoffnung ..."

„Die zuletzt stirbt, meinste ..."

Die Sonne wurde wärmer, und das Treiben nahm an Schnelligkeit zu, weil die Ware verderblich war.

„Komm", sagte Maurice, nachdem wir unseren Wagen auf der Seite geparkt hatten, „jetzt zeig ich dir die andere Seite der Medaille."

„Ouverture courjettes."

Wir gingen zu einem Gemüsebauern eine Straße hinter uns. Er machte sich gerade fertig für die Abfahrt, der ganze Wagen war noch voller Tomaten.

„Heute nix verkauft, Laurent?"

„Der Idiot hatte se heut nich alle", sagte Laurent im breitesten Midi, „wollte mich aufs Kreuz legen, der Pisser. Hätte ihm fast n paar Tomaten im Gesicht zerquetscht, und du?"

„Aprikosen fürn Appel und n Ei."

„Immer dasselbe mit diesen Halunken! Wen hastn da am Bein?"

„Das is der Neffe von Paul."

„Ach von dem Theologen, salut."

„Ich heiße Christian ..."

„Na gut, haste was gelernt hier auf so nem Großkotzmarkt?"

„Möglichst kein Bauer zu werden ..."

„Recht hast du, mein Kleiner, recht hast du ..."

„Hörma, Laurent, gib mir zwei Kisten Tomaten!"

„Nimm dir zwei."

„Was willstn ham?"

„Nen Euro ..."

Maurice gab ihm 3 Euro und sagte: „Da kannste dir wenigstens n Frustkaffee hinter die Binde gießen."

Wir bedankten uns und schleppten die Tomaten zu unserem Wagen.

„Da haste die andere Seite", sagte Maurice, „so billig kommste sonst nich an sone Klamotten."

Wir kauften noch zwei Töpfe Basilikum, auch wieder nur für einen Euro, und fuhren dann nach Hause. Maurice brachte mich nach oben, weil er meinte, wir würden Paul eine Freude mache.

„Die Tomaten und das Basilikum sind für euch, Paul macht Pistou dadraus, das is so wie das italienische Paesto ...

Paul hatte Kundschaft, ich setzte mich an den Gartentisch und vervollständigte meinen Bericht, während die Zikaden nach kurzer Unterbrechung ihr Konzert wieder aufnahmen.

7

Der Markt von Bédoin

Auf der Fahrt nach Bédoin in der Ente, einer weichen Fahrt, die meinem Steißproblem entgegenkam, fragte ich Paul, ob er mir vielleicht noch von einem Fall erzählen könne.

„Ich kann dir allgemein von Symptomen berichten, die ich in der letzten Zeit festgestellt habe. Da ist zum einen eine ganze Reihe von Eltern aus Deutschland, die mit ihren übergewichtigen Kindern nicht zurechtkommen, ich spreche hier nur von Deutschland, wohlgemerkt. Diese Kinder haben sich an Fertiggerichten, Dosenfutter und Süßem festgefressen. Die Kenntnis der Eltern über Ernährung ist gleich null. Zudem haben die Kinder kaum Bewegung, es gibt schon mit vierzehn Hypertonie, also Bluthochdruck. Durch den gesundheitlichen ist der volkswirtschaftliche Schaden enorm. Es gibt Familien, die kennen kein Gemüse oder Obst mehr. Dann kommen zu mir Erwachsene, aber auch Kinder mit Depressionen, viele kommen mit ihrem Glauben nicht klar, besonders angesichts des Missbrauchsskandals in der katholischen Kirche. Darüber hatten wir ja schon ein paar Takte gesprochen, Fortsetzung folgt. Dann habe ich gehäuft Leute mit Ehekrisen, wobei ich oft feststellen muss, dass die Partner mangelnde Selbstwertgefühle haben und sie dann auf den anderen Partner übertragen. Viele sogenannte Gläubige sind von den Beratungen durch die Kirche enttäuscht, denn die Berater sind meist lebensfremd oder inkompetent."

Er unterbrach sich, um mich auf eine große Fläche abgebrannter Bäume aufmerksam zu machen.

„Furchtbar", meinte er, „und viele Brände hier gehen auf Brandstiftung zurück … Aber das ist ein anderes Thema."

Wir waren angekommen und stiegen aus. Paul nahm den geflochtenen, weißen Einkaufskorb und Shiva an der Leine, und ich schnappte mir den größeren, naturfarbenen Weidenkorb. Ich bat Paul um zehn Minuten auf einer Bank unter einer Platane, damit ich mir Notizen machen konnte. Er war so freundlich und gab mir die Stichwörter. Als ich fertig war, sagte ich bestimmt: „So, Paul, heute möchte *ich* einmal den Zahlmeister spielen."

„Tu, was du nicht lassen kannst."

Ich war erstaunt, dass er keine Umstände machte. Nach dem, was mir Maurice vom Wochenmarkt in Carpentras erzählt hatte, der sich über die ganze Stadt hinzog, fand ich diesen Markt in Bédoin klein.

„Ja, bedenke mal bitte", nahm Paul Stellung, „Carpentras hat fast 30.000 Einwohner und Bédoin 2.600, wenn du alle kleinen Gemeinden des Vaucluse zusammennimmst, kommst du noch lange nicht auf die Größe von Carpentras. Und noch etwas, in Carpentras hast du zigmal das Gleiche, aber mit dem Vorteil, dass du eine große Auswahl hast, hier hast du nur zwei- oder dreimal das Gleiche, d. h. hier müssen sich die Verkäufer zwei- oder dreimal so sehr anstrengen, ergo die Qualität siegt."

„Hier hat der Markt ja geradezu etwas Kuscheliges."

„Gutes Wort", lachte Paul, „nennen wir ihn doch Kuschelmarkt."

„Du bist gut, Kuschelmarkt."

„Na ja, warum soll man nicht ab und an mal was Neues erfinden?"

Paul lachte, dann sagte er: „Weißt du, warum ich diese kleinen Märkte liebe?"

Ich sah ihn neugierig an.

„Aus zwei Gründen, hier verliert man sich nicht, und den anderen Grund wirst du gleich kennenlernen."

Shiva nahm Zentimeter um Zentimeter die nähere Umgebung zweier Platanen in Augen- und Schnüffelschein. Nach der Zeit, die sie sich dabei ließ, mussten ganze Fässer voller Parfümmischungen vorhanden sein, die einen ganz frisch, die anderen mit Restdüften aus vergangenen Zeiten.

Die Käsefrau rief schon von weitem mit heiserer Stimme:

„He, Paul, ich wusste gar nich, dass dun Sohn hast."

„Guten Tag, Marie, das ist nicht mein Sohn, das ist mein Neffe."

„Aha, dein Neffe!" Sie zog an ihrer filterlosen Zigarette im rechten Mundwinkel. „Ob Sohn oder nich, der Kleine fällt ja fast vom Fleisch. Der sieht dir aber ähnlich, komm ma näher."

Wir gingen an ihren Tresen, sie nahm ein langes Messer, schnitt ein Stück Topfkuchen ab und gab es mir.

„Probier ma", sagte sie, zog den brennenden Zigarettenstummel von der Unterlippe ab, warf ihn auf den Boden und zertrat ihn.

„Und?", fragte sie lachend, wobei ihre braunen Zähne, oder, was noch davon übrig war, sichtbar wurden.

Obwohl mir das Wasser im Mund zusammenlief, dass es wehtat, weil der Kuchen hochgradig süß war, sagte ich:

„Ausgezeichnet, Madame, wirklich ausgezeichnet ..."

„Du brauchst mich nich Madame zu nennen, das war ich mal, für dich bin ich Marie wie für alle andern, verstanden?"

„Ja klar."

„Und der Kuchen is nich zu süß?"

„Na ja, der hat's ganz schön in sich."

„Zucker meinste wohl, weißte was, da is noch ne halbe Flasche Cognac drin", sagte sie und lachte schallend. „Aber ner 42-jährigen machste nich so leicht was vor, verstehste, bist ja wenigstens einigermaßen ehrlich. Paul isst nämlich meinen schönen Kuchen nich mehr, is ihm viel zu süß ... Wie heißt du eigentlich?"

„Christian."

„Und was machste hier?"

„Ich will meinen Onkel ausquetschen, weil ich Theologie studieren will."

„Aha", sagte sie und kniff die Augen zusammen, „du willst das also von seinem Urteil abhängig machen, oder wie soll ich das verstehn?"

„Auch, nicht nur davon."

Glücklicherweise wollte sie mir zu dieser Aussage keine weiteren Erklärungen aus der Nase ziehen und sagte: „Na gut, dann pass ma gut auf, dass dein Lehrer dir nich den Geist verwirrt!"

Sie nahm wieder das Messer und schnitt ein doppelt so großes Stück von dem höchstsüßen Kuchen ab: „Lass ich euch für zwei Euro, zwei Männer, zwei Euro, ein Mann, ein Euro. Siehst du, mein Junge, so geht das, selbst gemacht ist immer noch am besten", sagte sie stolz und zog das Messer zwischen Daumen und Zeigefinger durch und aß dann die Krümel auf.

„Hör mal, Marie", mischte sich Paul jetzt zum ersten Mal ein, „nach deiner Rechnung haben wir aber einen zu geringen Marktwert."

„Hast du eine Ahnung", krächzte sie, weil sie sich verschluckt hatte, „euch beide zusammen würde ich für einen Euro mit nach Hause nehmen!" Vor Lachen bekam sie einen solchen Hustenanfall, dass Paul geistesgegenwärtig um den Tisch herumlief, ihr auf den Rücken klopfte und sie in den Arm nahm.

Als sie sich wieder beruhigt und ihre Mischung aus Hustentränen und verlaufenem Make-up mit einem Papiertaschentuch beseitigt hatte, sagte sie mit immer noch belegter Stimme: „Na, was sagste jetzt zu unserem Verhältnis, Kleiner? Ich kriege einen Anfall, damit er mich in den Arm nimmt. Tolle Nächstenliebe, was?"

„Na ja", sagte ich, „die Maries hatten es schon immer faustdick hinter den Ohren ... Aber wenigstens Liebe."

„So, was kann ich euch denn noch Schönes antun?", röchelte sie noch leicht, „ich empfehle den Bergkäse hier aus den Vogesen ..."

„Schmeckt himmlisch", sagte Paul, und man konnte sehen, dass ihm das Wasser im Munde zusammenlief.

„Wenn ihr den nich nehm würdet, dann würdet ihr auch nich in den Himmel komm, dafür sorge ich, Kerls. Also, was is?"

„Nun schneide uns mal einen schönen Remmel ab!", sagte ich witzelnd.

Sie kniff uns ein Auge, säbelte mit dem Kuchenmesser unter Kraftanstrengung ein ordentliches Stück ab, danach noch zwei ganz dünne Scheibchen zum Probieren.

„Damit keiner sagt, ich hätte euch verführt", lachte sie, „erst die Ware, dann die Probe ... Wollt ihr mir noch was abschwatzen?"

„Nein danke", sagte ich.

Sie packte alles schön sauber ein und sagte: „Gut, dann macht das zusammen 8 Euro ... Shiva, komm ma her! Die Kleine hat Durst. Zu fressen gebn darf ich ihr ja nix, sonst krieg ich Streit, tu ich auch nich ..."

Nachdem Shiva getrunken und wir uns verabschiedet hatten, gingen wir zur Schinkenfrau mit frischem Gesicht, dicken schwarzen Haaren, die zu Zöpfen geflochten waren, und großen braunen Augen, weit geschwungenen Brauen.

„Hübsche Frau", sagte ich.

„Du, in die hat sich mal ein ehemaliger Freund von mir aus Deutschland verliebt."

„Kann ich verstehen, sieht toll aus, schon allein diese üppigen Lippen ... Und was ist mit dem Freund?"

„Ja, die haben ein bisschen getingelt, und dann war's aus."

„Aha. Und? Hat sie einen Neuen?"

Paul schüttelte den Kopf.

„Wie alt ist sie eigentlich?"

„So Ende vierzig ... He, Freundchen, was soll die Fragerei? Du hast doch nicht etwa ..."

„Nein, nein, ist schon in Ordnung ..."

„Guten Morgen, Joséphine."

„Guten Morgen Paul, wen hast du denn da Schönes mitgebracht?", fragte sie und ihre Augen wurden noch etwas größer. Sie lächelte mich an.

„Meinen Neffen Christian."

„Ich dachte schon, du hast uns deinen Sohn verschwiegen. Was kann ich für euch tun?"

Ich kaufte drei ordentlich dicke Scheiben luftgetrockneten Schinken.

„Wieso drei?", fragte Paul.

„Eine für Jeanne."

„Den Schinken kriegt sie doch nicht runter."

„Ach so, ja, stimmt, dann für uns."

Ich kaufte noch zwei Scheiben gekochten Schinken für Jeanne, und der Pâté de foie gras, der Gänseleberpastete, konnte ich nicht widerstehen, nachdem wir probiert hatten.

„Die Frauen, die hier einkaufen, sind meist schick angezogen", bemerkte ich.

„Stimmt", sagte Paul, „man zeigt sich ja schließlich in der Öffentlichkeit, die Männer hingegen, es sei denn, sie sind besseren Standes, legen leider nicht so viel Wert auf ihr Äußeres. Na gut, Pastis und Boulespielen erfordern auch eher ein bisschen Nachlässigkeit, sie stehen ja schließlich mit einem Bein in der Kneipe und mit dem anderen auf dem Bouleplatz.

„Aber Joséphine war auch gut angezogen …"

„Sie geht dir wohl nicht aus dem Kopf, was?"

Ich grinste.

„Meinst du nicht, dass sie ein wenig zu alt für dich ist?"

„Ich weiß nicht, Paul, in der Liebe sind alle Kombinationen zugelassen, das ist meine Sicht der Verhältnisse, ein solches Paar finde ich sogar attraktiv."

„Jeder nach seinem Geschmack."

Ein Stück weiter oben konnte man die Boulespieler sehen aber auch hören. Auf meine Bemerkung sagte Paul: „Wenn man die Kugeln knallen hört, dann wollen gute Spieler in der Endphase die anderen vom Cochonet ‚wegknallen' oder sogar das Cochonet selbst an eine ganz andere Stelle bewegen."

„Und wer spielt um diese Zeit?", fragte ich.

„Ja, wer wohl?", fragte er mit einem leichten Unterton der Entrüstung zurück.

„Ich schätze mal die Rentner."

„Siehst du, und die lassen sich gehen … Madame nicht."

Wir wurden von manchen Passanten begrüßt, aber sie merkten schon, dass Paul durch meine Anwesenheit bedingt heute zu keinem Schwätzchen bereit war, was man durchaus verstehen konnte.

Wir kamen zu einem Mann mit großer Nase, der sein langes Haar mit einem roten Gummiband zusammengebunden hatte. Paul nannte ihn den Chèvremann. Er trug eine weiße Jacke zu Jeans. Er hatte seinen Käse in einem kleinen weißen Stand auf Rädern unter Glas.

„Der hat den besten Ziegenkäse weit und breit", sagte Paul, „guten Tag, Henri."

„Tach, Paul, und?"

„Christian, ist mein Neffe."

„Ah, zu Besuch … Dann kriegt ihr das Beste, was ich zu bieten habe, wie viel?"

„Gib uns mal sieben frische Käse, bitte."

„Jawohl, zu Diensten, die Herren, ganz frisch, noch tropfnass."

Er klappte die Glastür nach oben auf, nahm vorsichtig sieben runde Käse heraus und legte sie in eine Plastikdose, jeweils mit einem Blättchen Papier dazwischen.

„Einen für Jeanne?", fragte Paul.

„Klar."

„Was sagt ihr zum Wetter?" fragte Henri.

„Kann besser nicht sein", meinte Paul spontan.

„Weißt du was, Paul, es ist zu heiß hier bei uns, und anderswo ersaufen sie fast, in Mittel- und Nordeuropa …"

„Ja, das ist allerdings schlimm."

„Kennt Christian das Rezept?"

„Wir fangen heute damit an."

„Also gut, ist ganz einfach, schmeckt aber super: auf den Käse etwas Pfeffer, frische Rosmarinblätter, dazu eine schöne dicke Tomate und natürlich Baguette, und ein Glas Syrah, voilà, die Welt ist in Ordnung. So, 7 Euro bitte."

Er gab uns noch vier Zweige frischen Rosmarin mit.

„Paul, sollen wir noch etwas Gemüse mitnehmen?"

„Bitte kein Gemüse, wir müssen erst den Kühlschrank leer essen, das heißt höchstens einen Kopf Salat, der Frisette da drüben schmeckt gut, ist immer frisch; und drei dicke Tomaten."

An einem anderen Stand rief der Verkäufer: „Probieren Sie, meine Herren, probieren Sie, meine Oliven sind Spitze!"

Wir probierten jeder eine schwarze in Knoblauchsoße und eine grüne in Pfeffersauce. Wir bedankten uns, wandten uns ab und wollten gehen. Plötzlich rief der Verkäufer:

„Hilfe, Hilfe, die beiden haben mir Oliven geklaut!"

Wir blieben stehen, und Paul nickte mir zu, und wir kauften drei Kellen Oliven, und ich sagte: „Monsieur, Sie sind ein geschickter Verkäufer!"

„Tja", sagte er, „man muss sehen, wie man an Kunden herankommt."

„Und wenn wir jetzt nicht zurückgekommen wären?"

„Das glaube ich nicht, Monsieur, das ist zu theoretisch, Sie sind es ja."

„Und das nächste Mal, was machen Sie dann?"

„Dann mache ich es wieder so."

„Und wenn wir nicht probieren?"

Jetzt lachte er und sagte: „Dann schenke ich Ihnen ein paar Oliven, vielleicht beschäme ich Sie dann."

„Ah ja", sagte ich und gab mich geschlagen.

Als wir gegangen waren, sagte ich: „Der Kerl sollte Priester werden."

Wir kamen zu Christian Bigaud, dem Drehorgelspieler, der gerade Pause hatte, und ich fragte ihn Löcher in den Bauch. Er stopfte die Löcher bereitwillig, in dem er meine Fragen beantwortete. Seine Orgue de Barbarie – die Bezeichnung habe eigentlich mit Barbarei nichts zu tun, sondern der Fabrikant heiße Barberi aus Modena – sei fast einhundert Jahre alt. Sie funktioniert mit zusammenhängenden und gefalteten Lochkarten, die entfaltet und transportiert würden und durch deren Löcher Luft in die entsprechenden Pfeifen geblasen werde. Das Besondere seines Vortrags sei nicht nur das Drehen, sondern er singe selbst dazu ganz alte Chansons des rues (Straßenlieder) wie „Accordéon" oder „Les Toros" (Stierkämpfer) von Jacques Brel oder Lieder von Léo Ferré. Ich legte 5 Euro in seine Mütze, und er sang und spielte auf Wunsch „Barbarie" von Ferré, Le bonheur est si court (das Glück ist so kurz), „Jolie Môme" (Das hübsche Mädchen) und von Lafforgue „Julie, la Rousse" (Die rothaarige Julia).

Wir kamen zum großen Geflügelstand von Nadine und Pascal, einem freundlichen jungen Paar. Sie wunderten sich über mich, bis Paul sie über unser Verwandtschaftsverhältnis aufgeklärt hatte.
„Und wir dachten im ersten Augenblick, du hättest uns deinen großen Sohn verheimlicht."
„Warum sollte ich? Ich wäre stolz darauf!"
„Na, dann bist du eben ein stolzer Onkel", lachte sie, während sie ihre dunkelblonden Haare nach hinten strich; sie war Bretonin, Pascal kam aus Barjac, von der anderen Seite der Rhône.

In dem umfangreichen Angebot waren Tauben, Enten, Hühner, Hähnchen, jeweils mit Beinen und Füßen, an denen man das Alter ablesen konnte.
„Die Franzosen lassen sich nicht gern übers Ohr hauen", sagte Paul, „am Gemüsestand ritzt man sogar mit dem Fingernagel die Gurke an, um zu sehen, ob sie frisch ist. Das ist natürlich übertrieben, aber es bringt Sicherheit … Wir nehmen mal vier Wachteln", und zu mir gewandt: „Ist das okay?"
„Na klar, Paul, ich bitte dich!"
„Ah", fragte Pascal, „ist er heute die Bank?"
„Oh ja", sagte Paul, und eine solide, schreibt schwarze Zahlen."
„Oha, das ist heute selten geworden, wir leben doch alle auf Schuldenfuß …"

„Richtig, das muss man sich mal vorstellen, mit etwas, das gar nicht da ist, Geld eben."

„Wer kocht heute bei euch?", fragte Nadine.

„Ich", sagte ich, „haben Sie eine Empfehlung?"

„Ja sicher, die Wachteln sind ja ganz jung, schön die Herbes de Provence rein, die Kräutermischung, Thymian mit Stielen, Knoblauch nicht vergessen. Alternativ: Sie das heißt du – ich denke, wir duzen uns, das ist einfacher – also du wickelst sie in ein Weinblatt und eine Scheibe Speck, anbraten, Fleischbrühe angießen, zwanzig Minuten köcheln, nicht kochen, auswickeln, draußen lassen, den Fond einkochen, die Wachteln mit den Speckscheiben in die Sauce zurückgeben... Das ist es."

„Hört sich gut an... Und es läuft."

„Das ist ein gutes Zeichen."

„Darf es sonst noch etwas sein?"

„Ich hätte gern Eier für den Kuchen, zwölf Stück", sagte Paul

„Von frei laufenden Hühnern?"

„Frei laufende Eier", sagte ich dazwischen.

„So weit sind wir noch nicht", lachte Pascal.

„Also ich sehe schon", sagte Paul, „das wird ja heute Abend ein richtiges Festessen."

„Darf man denn den Anlass wissen, ich bin neugierig", fragte Nadine.

Paul und ich guckten uns an und zuckten mit den Schultern.

„Ach so", sagte Pascal, „wenn ihr keinen Anlass habt, schafft euch einen, zum Beispiel den Markttag."

„Sehr gute Idee", sagte Paul, „also, ein Markttag ist ein Festtag, und zur Erinnerung an die Gründung heute bringen wir das nächste Mal einen Champus mit!"

In dem Augenblick näherte sich uns von hinten ein Pulk deutscher Touristen, die ich schon vorher gesehen hatte. Zwei Paare, Mitte dreißig, Tennisschuhe mit weißen Socken, kurze Hosen, Polohemden, Männer wie Frauen, nur die Kinder in Jeans.

„Was isn das fürn Scheiß, guck ma da, kleine Hühner, fast noch Küken", motzte der eine Mann.

„Tatsächlich!", lachte der andere, „Halbstarke mit Flügeln, und der andere Scheiß da, die Idioten lassen sogar die Pfoten dran, damit et mehr wiecht, das glaubste nich, do..."

Paul drehte sich um und sagte auf Deutsch: „An ihrer Stelle würde ich mich jetzt bei den Verkäufern entschuldigen, denn die Wörter ‚Scheiße' und ‚Idiot' versteht mittlerweile jeder Franzose:"

„C'est vrai", bestätigte Pascal.

„Hör mal, du Giftzwerg, was mischst du dich hier überhaupt ein", sagte der erste und nahm seine Sonnenbrille ab, sodass seine erzürnten blauen Augen sichtbar wurden, „wenn ich sage, das is Scheiße, dann isses das, verstanden?"

„So isses", sagte der andere und baute sich ebenfalls vor Paul auf.

„Kommt, lasst das!", wandte eine der Frauen ein.

Da bezog ich Stellung: „Wenn Sie wüssten, dass das keine Hühner noch Küken sind sondern Wachteln, und wenn Sie die Gepflogenheiten hier kennten, dann würden Sie über die Pfoten anders urteilen, aber Sie wissen es offensichtlich nicht, können obendrein noch nicht mal Französisch und machen hier dumme Bemerkungen …"

Das brachte den ersten in Rage: „Was, jetzt fängst du Schnösel auch noch an!", und kam auf mich zu.

Ein blondes Mädchen drängte ihn ab: „Papa, nun lass das doch, du willst doch hier wohl keine Schlägerei anfangen !"

„Halt du dich da raus!"

„Sie entschuldigen sich jetzt bei den Verkäufern auf der Stelle", schmetterte Paul mutig.

Mir platzte der Kragen, und ich war kurz davor, der zweiten Maske eine reinzuhauen, provozierte sie aber noch mit den Worten: „Haun Sie doch ab! Leute wie Sie brauchen wir hier nicht, die sind sowieso nur auf der Durchreise in ihr geliebtes Benidorm, wo sie wie die Heringe rumliegen, sich Kalbshaxen und Sauerkraut reinhauen, deutsches Bier trinken, kein Wort Spanisch zu sprechen brauchen, weil sie es nicht können, und hier meckern sie über die doofen Franzosen …"

Die Maske identifizierte sich augenscheinlich zu einhundert Prozent mit derlei Behauptungen, mit dem Ergebnis, dass eine gezielte Faust auf mein Gesicht angeflogen kam. Nun bin ich zwar kein Profi, aber durch meinen Verein recht gut auf solche Situationen vorbereitet, auch wenn das Geschoss wortlos abgefeuert wird. Ich fing sie ab, die nach oben glitt, legte rechts aus, und meine Granate verfehlte ihr Ziel nicht, den Magen der Maske. Der Typ sackte zusammen, hielt sich den Magen und wehklagte. Ich war natürlich auf die Eskalation vorbereitet, fürchtete aber für Paul und sprang in Verteidigungsstellung à la Klitschko vor ihn.

In dem Augenblick fiel mir links und rechts jemand in den Arm: „Stop! Arrêtez! Sur le champs!", und ich sah in die Gesichter von zwei Gendarmen.

In der Zwischenzeit hatte nämlich Nadine die beiden Gendarmen herangewunken und ihnen die Sachlage wahrheitsgetreu erklärt.

„Gut", sagte der eine und holte seinen Notizblock heraus, „Pascal, wollt ihr Anzeige erstatten wegen Beleidigung?" „Ach

Quatsch, sie sollen sich entschuldigen und dann abhauen. Solche Leute brauchen wir hier nicht!"

„Pascal, nun fang du nicht auch noch an!", mahnte Nadine.

„Gut", sagte Paul und übersetzte den Deutschen den Stand der Verhandlungen.

„Ich erstatte aber Anzeige wegen Körperverletzung durch den da."

„Dann mache ich Sie darauf aufmerksam", sagte der zweite Gendarm, „dass Sie angefangen haben."

„Das ist nicht wahr, er hat angefangen!"

Da aber erhob sich von den Heerscharen der umstehenden parteiischen Zeugen ein Klagelied ob der Unwahrheit, wodurch sich die beiden Männer gezwungen fühlten sich zu entschuldigen, denn sie sahen ihre Felle fortschwimmem, und damit zog der Pulk kleinlaut ab, der Getroffene unter Absingen eines kaum verständlichen, schmutzigen Rachelieds.

„Unverschämtheit, sowas!", meinte Pascal immer noch erregt.

„Du solltest lieber Paul und Christian dankbar sein, die hätten sich fast für uns geprügelt", wiegelte Nadine ab.

„Bin ich ja", sagte Pascal ruhiger, „hast ne feine Rechte, Junge!"

„Vor allen Dingen, wie er die Rechte vom Angreifer abgefangen hat, wie e'n Profi, klasse", rief ein Zuschauer", worauf ihm ein vielstimmiges ‚Jawohl' folgte,

O.k.", sagte der andere Gendarm, „dann herrscht ja wieder Frieden, aber denkt dran, es sind ja nicht alle Touristen so", und zu mir gewandt fuhr er fort: „Sei froh, dass es so ausgegangen ist und nicht zu einer Geflügelschlacht gekommen ist."

Es dauerte ein paar Sekunden, bis es den ersten dämmerte und sie einen Lachanfall bekamen und es den anderen unter Tränen klarmachten: „Mensch, stell dir ma vor, das haste noch nich gesehn, bei soner Schlacht packt sich einer ne Ente und haut se dem andern aufn Kopp, dass es kracht, oder Pascal und Nadine befeuern die Angreifer mit Enteneiern oder mit Rebhühnern ..."

„Ach so, jetzt vesteh ich ... Mein Gott, die armen Tiere ..."

„Bist du doof? Die sind doch tot."

„Ach so ja, hatt ich ganz vergessen."

Shiva jedenfalls hatte sich unter der Geflügeltheke auf der Verkäuferseite verkrochen und kam, nachdem sich der Rauch verzogen hatte, mit weit aufgerissenen Augen hervorgeschlichen. Sie hatte sicher Angst, dass ihrem Papa etwas zustoßen würde.

Als wir gegangen waren, fragte ich Paul, wieso sich solche Leute so benähmen.

„Hinter dieser Überheblichkeit stecken oft Defizite, wie Minderwertigkeitskomplexe, sie wollen etwas Besseres sein und müssen deshalb anderes schlecht machen; das ist primitiv. Hinzu kommt in dem erlebten Falle noch: Sie bekommen nur wenig mit, weil sie die Sprache nicht beherrschen, und dann ist da noch ein tiefenpsychologisches Quant: Die Franzosen sind nicht so gut wie wir klasse Deutschen; darin ist noch ein Rest Chauvinismus, der sich über Generationen gehalten hat: Sie sind schlechter im Krieg, laufen davon, was im Übrigen völlig unrealistisch ist, oder sie haben schlechtere Ware ... Interessant ist übrigens das Gegenklischee: Es gibt eine ganze Reihe von Franzosen, die meinen, jeder spreche ihre Sprache, und es gibt diejenigen, die zu arrogant sind, um sich mit Fremden Mühe zu geben. Das rührt teilweise daher, dass ganze Landstriche überfremdet sind, weil es sich Mittel- oder Nordeuropäer leisten können, neue Häuser zu bauen. Das Problem ist vielschichtig, und deshalb ist es nicht so ganz einfach, an die Wahrheit heranzukommen."

„Aber französische Produkte sind doch genauso gut, wenn nicht sogar besser."

„Das ist es nicht, sie sind eben anders, und anders sein kann man nicht ertragen, man ist nicht duldsam. Du hast ja doch vorhin auf diese Ghettobildung in Benidorm abgehoben, oder nehmen wir ein anderes Bundesland, Mallorca ..."

„Das ist doch furchtbar! Es ist doch interessant, diese Andersartigkeit kennenzulernen, seine Kenntnisse zu bereichern."

„Bedenke, es ist noch nicht so lange her, da war man in Deutschland noch der Meinung, am deutschen Wesen soll die Welt genesen, oder man sang: Siegreich wollen wir Frankreich schlagen, oder es kam Versailles und darauf Hitlers Reaktionen. Die Geschichte lehrt uns allenthalben, dass Glaubenssätze, Klischees, festgemauerte Gedankengebäude viel Leid über die Menschen gebracht haben, und gerade Frankreich und Deutschland waren stark davon betroffen. Um der Wahrheit die Ehre zu geben, muss ich noch ein weiteres Argument anführen, und da spreche ich durchaus pro Tourist: Du möchtest die Sonne sehen und genießen, die Wärme, du möchtest entspannen et cetera, da lassen wir den Ballermann mal außen vor."

„Das stimmt auch wieder!"

Wir waren im Café de Paris angekommen, und ich hatte zwei Sahnekaffes, eine Art Latte macchiato, und zwei *Palermos* bestellt, einen Likör, den Paul empfohlen hatte. Shiva wollte unbedingt auf meinen Schoß. Sie knurrte aufgebracht und mutig, als ein größerer Straßenköter an unserem Korb herumschnüffelte und sich am liebsten die Wachteln herausgefischt hätte. Ob dieser unvorhergesehenen Warnung zog er unverrichteter Eroberungen ab.

„Ich wollte zu dem Anderssein noch etwas ergänzen", sagte Paul, „natürlich hemmt die Sprachunkenntnis gewaltig, aber Anderssein verunsichert auch, deshalb sucht man in jedem Land das, was man kennt, eben Pommes und Currywurst und n Kölsch und nen Deutschen. Wenn in Deutschland die Sonne schiene, meinetwegen so wie in Spanien, dann führen viel weniger Deutsche dorthin, denn du hast nur einmal Urlaub, und wenn es drei Wochen auf Fehmarn ununterbrochen regnet, dann kriegst du das arme Tier."

„Das ist richtig. Und wenn man sich einbildet, Ziegenkäse schmeckt nicht, dann sagt dir dein Gehirn, der schmeckt nicht, unter Umständen, weil er aus Frankreich kommt, was ja Blödsinn ist. Du hast schon recht, ich sehe immer deutlicher: Ob das Geschmäcker sind, Denkmuster, seelische Befindlichkeiten, nur nicht anders. Der Herdentrieb gibt Sicherheit. Individualität ist anstrengend und kann verunsichern. Wenn du nicht auffällst, bist du im Strom, da bist du gut aufgehoben …"

„Dass du Gefahr läufst, von Verführern aller Art weggetragen zu werden, merkst du gar nicht!"

„So, kleine Shiva, jetzt muss ich dich mal versetzen", sagte ich und gab sie Paul mit der Bemerkung: „Wenn du gestattest, werde ich jetzt meine Aufzeichnungen machen, sonst geht es mir wie dir mit deinen Loireschlössern."

„Um Gottes willen! Nichts ist so schlimm wie eine verzerrte Wirklichkeit. Dennoch waren Ort, Zeit und die Handlung des Dramas ein guter Gedächtnisschmaus, oder?"

„Aber sicher, klassisch, so was."

Als ich fertig war, sagte ich mit einem Seufzer, mir sei der Palermo zu Kopf gestiegen.

„Besser zu Kopf als in die Beine", scherzte Paul, „denn die brauchen wir zum Autofahren."

„Na, den Kopf doch auch, oder?"

„Hoffentlich … Morgen habe ich übrigens den ganzen Tag zu tun", sagte er, nachdem ich meine Notizen beiseitegelegt hatte. „Kann ich dir zu irgendetwas raten?"

„Jeanne und Maurice haben mir von dem See erzählt, vielleicht fahre ich da hin, da könnte ich meine Notizen auswerten."

„Gute Idee, vielleicht ein paar junge Leute kennen lernen oder auch ein hübsches Mädchen … abstauben", grinste er. Jetzt, dachte ich, sei die Gelegenheit gekommen, über seine und meine Beziehungen zu Frauen zu sprechen.

„Du Schmecklecker!"

„Ja, was denkst du denn! Auf jeden Fall ist der Plan d'Eau des Salettes ein Anziehungspunkt. Dann empfehle ich dir auf jeden Fall den kleinen Sonnenschirm, steht im Cagibi."

„Habe ich schon gesehen …"

Wieder nichts. Gelegenheit verpasst. Ich weiß nicht, woran das liegt. Da ist eine Grenze, und wir schrecken davor zurück, sie zu überschreiten. Ich weiß nicht warum.

„Damit du dir nicht den Hintern verbrennst, so dass zu Grün, Gelb und Blau nicht noch Rot kommt."

„Mach dich nur über mich lustig! Wer den Schaden hat …"

„… braucht für den Spott nicht zu sorgen … Nimm auf jeden Fall die Ente wegen des Wassers und denke bitte an genügend Trinkwasser aus der *Alimentation Coccinelle*, aber nur in Glasflaschen, nicht in Plastik wegen der Weichmacher, und mittags kannst du ja in der Pizzeria La Fringale essen."

„*La fringale?* Das heißt ja Gelüst oder Gier."

„So ist es. Jetzt weißt du, wo und wie du dich aufladen kannst. Und immer gut trinken!"

„Jawohl, Papa."

„Schön wär's", sagte er ernst und griff sogleich ein anderes Thema auf, „übermorgen habe ich mir frei gehalten für dich, denn dann habe ich ein Attentat auf dich vor."

„Oh, ein Attentat! Nimm dich in Acht und denke an meine Rechte."

„Oha, die möchte ich nicht zu spüren bekommen. Ich wollte dich sowieso fragen, hast du geboxt?"

„Habe ich, im Verein, danach Judo, alles zur Selbstverteidigung, also als Gegengewalt."

„Verstehe …"

„So, und jetzt dein Überraschungsei, dein Attentat, meine ich."

„Wir verlassen unser schönes provenzalisches Dorf, und bezwingen den Riesen."

„Den Mont Ventoux? Richtig bezwingen, zu Fuß, meine ich?"

„Da hätten wir vorher trainieren müssen. Ich habe sowieso schon ein paar Tage keinen Sport mehr gemacht, ich müsste wieder laufen. Na gut, kommt Zeit, kommt laufen … Nein, zu Fuß auf den Berg um diese Jahreszeit, das wäre Mord, mit dem Auto natürlich."

„Einspruch, Euer Ehren! Ich schlage vor, wir fahren mit dem Motorrad."

„Aber ich kann Shiva nicht so lange allein lassen."

„Die nehmen wir mit!"

„Und wie soll das gehen?"

„Die steckst du dir in die Jacke vor die Brust, Kopf raus, ab geht's."

„Keine schlechte Idee", sagte Paul und lächelte zufrieden. „Da oben werden wir auch so langsam den Grund angehen, weshalb du ja eigentlich hier bist ..."

„Über Theologie sprechen?"

„Ja auch."

„Soll ich dir mal was verraten, Paul? Die meiste Zeit habe ich den Anlass schon vergessen, weil ich hier so viel Neues erfahre. Trotzdem bin ich natürlich ganz gespannt."

„Kannst du auch ... Ach, noch etwas, in vier Tagen sind wir bei unserem belgischen Dichter zum Apéritif eingeladen."

„Ich auch?"

„Aber Christian, du gehörst doch zur Familie! Aber, im Ernst, sie haben dich ausdrücklich erwähnt."

Wir fuhren nach Hause, das heißt wir holten zunächst Wasser und übergaben Jeanne den Ziegenkäse und den gekochten Schinken und ein Baguette.

„Och Messieurs", sagte sie, „ich danke Ihnen herzlich, ich muss mich wohl mit der Zeit vertan haben, aber es ist verrückt, dass es zu Weihnachten so warm ist!"

„Bis Weihnachten ist es zwar noch ein paar Monate hin", sagte Paul, „aber, Madame, Sie wissen ja, man soll die Feste feiern, wie sie fallen ... Guten Appetit ..."

„Danke, meine Herren, vielen Dank."

Ich sagte ihr noch, ich käme morgen wieder zu einem längeren Gespräch.

Während ich zu Hause das Wasser in die Zisterne schüttete, bereitete Paul den kleinen Imbiss vor. Schinken, Ziegenkäse mit Tomaten, Brot und Grenache Noir aus dem Vrac, einem Plastikfässchen. Wir beschlossen, dass die Weichmacher uns in diesem Fall ungeschoren ließen.

Danach machten wir Siesta, Paul im Schlafzimmer, und ich wollte zunächst noch ein wenig arbeiten, was mir aber nicht gelang, und so legte ich mich in den Liegestuhl, und die Zikaden schmetterten mich in einen seligen Mittagsschlaf.

Als ich aufwachte, dachte ich über Paul nach. Er machte eigentlich einen zufriedenen Eindruck, ein Mensch, der für sich mehrere Lösungen gefunden hatte, die zu ihm passten. Was mir imponierte, war sein großes Wissen, nicht einspurig, mit viel Erfahrung, er hatte über vieles nachgedacht, wobei ihm sicher auch seine Kunden und Patienten zugutekamen. Wenn er ihnen helfen konnte, dann auch sicher aufgrund seiner Ausstrahlung. Was mich wunderte, war die Tatsache, dass er nie über seine Beziehungen zu Frauen sprach – ich erwähnte das schon –, aber ich konnte mir nicht denken, dass er ganz und gar zölibatär lebte, bis auf die Schäferin. Ich ließ mich sicher von seiner Haltung anstecken, denn ich sprach ja auch nur ausnahmsweise über eine Liaison zu der Schinkenfrau, mehr eine Träumerei als ernst gemeint. Ich nahm mir vor, einmal bei günstiger Gelegenheit mit Jeanne darüber zu sprechen, verwarf aber den Gedanken sogleich wieder, weil ich meinte, ich würde meinen Onkel irgendwie hintergehen, denn normalerweise redete ich nicht gern über andere hinter ihrem Rücken. Ich beschloss abzuwarten, nichts zu überstürzen, eine gute Gelegenheit zu erwischen. Und mal angenommen, ich würde nie etwas über seine Frauengeschichten (das ist der Plural der Fantasie) erfahren, wäre das so weltbewegend, würde das unsere, wie sollte ich es nennen, Freundschaft gefährden?

Es war seltsam hier oben, man war durch die Eichen abgeschirmt gegen die unbarmherzige Sonne, und es war so, als würden die uralten Bäume mit mir sprechen und mir Ruhe einflößen, gerade weil das Geschnattere der Zikaden einem manchmal auf die Nerven ging, weil man nur sah, wie die leichte Brise die Blätter bewegte, bis die Musikanten plötzlich wie auf Kommando aufhörten, weil sie durch irgendetwas gestört wurden, und dann konnte man das Raascheln hören, bis der Dirigent das Orchester wieder spielen ließ.

Seitdem ich hier war, fühlte ich mich anders als in Hannover. Ob das Glück war? Es war alles gut, so wie es war, trotz der Fallobstszene, die mich sicher nur warnen sollte, etwas achtsamer zu sein, nicht so unbesonnen, nicht so dösig, wie die Norddeutschen sagten, son Dösbaddel. Ich vermisste nichts, mir mangelte es an nichts, manchmal dachte ich an ehemalige Freunde, aber die hatten schon längst ihr Studium aufgenommen, oder der Wilfried war in Amerika. Das ist die Zeit, in der man sich aus den Augen verliert, aus dem Sinn vielleicht nicht. Und was sollte ich Wilfried erzählen oder Manfred, der zur See fuhr, so ohne Anschauung. So einen kleinen Ausschnitt über das Handy fand ich albern, weil der Duft und die Stimmung fehlten, also.

Und Paul, der war wirklich wie ein Vater. Das war jetzt natürlich Quatsch, ein irgendwie beschissener Vergleich, denn ich hatte ja einen sehr lieben Vater, aber Paul, wie sollte ich sagen, Paul plante Zeit für mich ein, ich spielte von Anfang an eine Rolle in seinem Lebensplan, auch wenn ich aus dem Nichts auftauchte, er nahm mich sofort an, ohne Umschweife, ohne Federlesens. Er gab mir jederzeit das Gefühl, dass ich willkommen war.

Nach der Arbeit machte ich uns das Abendmahl, wobei ich mir große Mühe gab, vor allem, weil ich wusste, dass man mit Gas ganz anders kochen muss als mit Strom, und weil Paul gut kochen konnte. Als er von draußen rief, ihm wehe ein wunderbarer Duft um die Nase, der alles andere übertreffe, stachelte mich der Stolz nur umso mehr an, denn, das war meine Überzeugung, was gut riecht, schmeckt auch gut: Die Wachteln waren eine Delikatesse, dazu passte der Salat mit einer einfachen Vinaigrette ausgezeichnet. Brot und eine Flasche Syrah erübrigten sich beinahe.

8

Der Mont Ventoux

Wir hatten den Riesen der Provence, den „mons ventosus", den „Windberg", von Bedoin aus kommend auf einer kurvenreichen Straße mit einiger Leichtigkeit bezwungen. Wir, das ist vor allem unsere kraftvolle Ducati Monster mit ihren 87 PS und wir drei Sitzgrößen, wobei Shivas Kopf durch den wirbelnden Fahrtwind eine rassige Stromlinienform angenommen hatte. Es sage mir keiner, dass Hunde das Motorradfahren nicht genießen können.! Als Shiva aus Pauls Jacke sprang, plusterte ein kühler Wind ihr Fell auf, und sie hatte natürlich nur Interesse daran zu erkunden, ob hier oben in luftigen Höhen von immerhin 1900 Metern irgendwelche Artgenossen ihren Duft hinterlassen hatten.

Ich erlebte den Gipfel mit gemischten Gefühlen, denn er entpuppte sich als Kalkschotterkuppe, als Geröllfeld, das ja von Weitem mit etwas Phantasie aussah, als sei er auch im Sommer schneebedeckt. Paul erklärte mir, dass sich hier oben ein Observatorium befinde, und die andere Station eine riesige Radaranlage sei.

Wir reihten uns in die Grüppchen von Touristen ein, die mit ihrem Lärm, zusammen mit den Kneipen und Andenkenläden den Berg verschandeln. Paul hatte die Kleine vorsichtshalber auf den Arm genommen. Er spürte meine Enttäuschung und zog mich nach einer Viertelstunde in Richtung Süden über den riesigen Parkplatz, auf dem gerade ein französischer Porscheklub mit Motorengedröhn seine Statussymbole aufheulen ließ, um anzukündigen, dass die Abfahrt unmittelbar bevorstünde. Währenddessen donnerten Militärflugzeuge über uns hinweg, die vom Stützpunkt Istre kamen, um die französische „Force de Frappe" vor Augen und Ohren zu führen und dem ganzen Lärmpegel das i-Tüpfelchen zu verpassen.

Shiva jedenfalls zitterte vor Angst und verkroch sich wiederum in Pauls Jacke in der sicheren Erwartung des unmittelbaren Weltuntergangs. Wahrscheinlich reichte ihr Denkvermögen nicht aus, um sich klarzumachen, wieso man denn zum Weltuntergang überhaupt einen Berg benötigt. Jedenfalls gehörte die Jacke zu einer Art Vogel-Strauß-Politik in diesem Fall über das Gehör. Mich wunderte, dass Paul diese plumpe Vorführung einer Entartung mit so viel Gleichmut aufnahm.

„Was willst du?", fragte er fast zynisch, „das ist der Abklatsch der Welt im 21. Jahrhundert: Masse, Macht, Lärm, Sensation, Kommerz oft mit wertlosem Kram et cetera. Es fehlt nur noch eine Loveparade mit 100.000 Menschen hier oben, auf der einen Seite rauf, auf der anderen Seite runter, und wehe, die Seiten werden vertauscht, dann kommt es zu einer Deathparade mit Desperados, die zu jeder Verzweiflungstat bereit sind ... Gut, ich glaube, wir verlassen dieses Horrorszenario."

Die Flugzeuge grummelten im Hintergrund, und die Porsches hatten sich verkrümelt und schickten ihre letzten Brummzuckungen nach oben. Am Rande des Platzes vor einem Geländer nach Süden hin standen Bänke, und wir besetzten eine, neben der ein Fernrohr angebracht war.

Ich erblickte eine wunderbare Landschaft mit bloßem Auge.

„Toller Anblick!"

„Ja, den hast du, eigentlich in alle Himmelsrichtungen, vor allem in die Alpen hinein. An ganz klaren Tagen, zum Beispiel im Frühjahr, kannst du in 200 km Entfernung den Mont Blanc sehen und im Süden das halb so weit entfernte Mittelmeer."

Paul steckte 50 Cent in den Schlitz, drehte am Fernrohr und sagte zu mir: „Komm, guck mal!"

„Das ist doch nicht wahr! Das ist ja unser Cabanon, die Eichenkronen, die Zypresse, man kann das genau sehen, echt toll, und alles bewegt sich durch das Hitzeflimmern. Wie weit mag das sein?"

„Ich schätze 10.000 Meter Luftlinie. Geh mal ganz vorsichtig nach links ..."

„Lavendelfelder, alles voll!"

„Das sind die von Sault."

„Der Kirchturm von Mormoiron ... Ich glaube, ich habe das Mittelmeer, sehr im Dunst, das flimmert, mein lieber Mann!"

„Das ist eher unwahrscheinlich, aber dein Glaube mag deine Fantasie befriedigen."

„Doch, das ist Wasser."

„Ich sag's doch, dann ist es eben Wasser."

„Och schade, zu Ende ..."

„Ich habe keine Münze mehr."

„Ich leider auch nicht."

„Das Wichtigste hast du gesehen!"

„Na, dann bin ich zufrieden."

„Komm, setz dich wieder. Ich bin noch aus einem anderen Grund hier heraufgekommen. Vor über 600 Jahren, genau am 26. April 1336, bestieg nämlich der italienische Dichter Francesco Petrarca gemeinsam mit seinem Bruder den letzten Ausläufer der Alpen, hier unseren Riesen ..."

„Du meinst den Schöpfer des ‚Canzoniere', in dem er seine Liebe zu Laura besingt?"

„Sehr gut, mein Lieber, jawohl die Liebe zu seiner Madonna angelicata."

„Die es doch tatsächlich gegeben hat", sagte ich mit stolzgeschwellter Brust ob meiner Bildung.

„Richtig, eine verheiratete Frau, die er zeitlebens verehrte und der das ganze Leben lang seine dichterische Inspiration galt. Aber gut, jetzt bitte ich dich in einer Art Meditation deine Fantasie zu beflügeln. Wenn du willst, kannst du dabei sogar die Augen schließen. Stelle dir vor, wir wären Francesco und sein Bruder, und wir bestiegen den Berg an einem Tag von unten bis oben zu Fuß quer bergein ... Was für Mühen bei dem Schuhwerk zu Anfang des 14. Jahrhunderts! Aber es ist still, kühl, ein leiser Wind raschelt durch die frischen Blätter der Bäume. Und als wir nach vielen Stunden die Höhe erklommen haben, brechen wir vor Erschöpfung fast zusammen. Aber die Belohnung ist umwerfend: Was für ein Panorama, was für eine Landschaft, ein tiefes weites Tal auf der einen Seite, die Berge auf der anderen. Was für eine Freude, was für einen Stolz, welche Genugtuung empfinden wir, den Berg bezwungen zu haben, und wir begreifen, dass die Besteigung des Berges ein Symbol der Auseinandersetzung mit uns selbst ist. Wir sind Neuzeitler, wir streben nach Erfahrungswissen. Was wir noch nicht so ganz begreifen, ist, dass wir am Anfang von etwas stehen, das man als die Renaissance und den Humanismus bezeichnen wird ..."

Paul machte eine Pause, und ich machte die Augen auf.

„Paul, weißt du was? Ich habe tatsächlich nichts mehr von dem Spektakel hier gehört, ich war weg."

„Dann warst du ganz entspannt, dann ist meine Tour de Trance ja gelungen ... Nebenbei bemerkt, die Tour de France war auch schon hier oben."

Ich lachte und sagte:

„Ja, ja, hoffentlich ohne Drogen!"

Da schweigt des Sängers Höflichkeit! Bevor ich es vergesse, ich hatte vor zehn Tagen eine Kundin aus Bielefeld bei mir, die brachte mir einen Zeitungsartikel eines Journalisten Marcus Ostermann mit, mit dem Titel ‚Mondlandschaft mit Petrarca'. Er beschreibt darin, wie er mit einem Freund ab etwa 1.000 m Höhe auf Petrarcas Spuren den Berg besteigt. Sehr lesenswert, habe ich zu Hause ..."

„O.k., kannst du mir heute Abend geben, ja?"

„Mache ich doch glatt. So, und jetzt wollte ich dir noch etwas Wichtiges sagen: Petrarca schleppte immer die ‚Confessiones', die ‚Bekenntnisse' des Augustinus mit sich rum. Und wie er nun hier oben stand, schlug er sie auf und las, ob zufällig oder notwendig, folgende Stelle aus dem 10. Buch im 8. Kapitel:

Und es gehen die Menschen hin, um die Höhen der Berge, die ungeheuren Fluten des Meeres, die breit dahinfließenden Ströme, die Weite des Ozeans und die Bahnen
der Gestirne zu bestaunen und vergessen darüber sich selbst ...

„Das war doch wohl etwas Neues! Die Natur erleben, und sich gleichzeitig auf sich selbst beziehen, oder?"

„Und ob das neu war! Nur du musst bedenken, Augustinus lebte im 4. und 5. Jahrhundert, und man kann sagen, dass erst Petrarca die ‚Confessiones' in ein neues Licht setzte. Die ‚Bekenntnisse' galten als ein Werk der Frömmigkeit, noch nicht als ein Werk moderner weltlicher Bildung. Anders gesagt: Im Mittelalter war die Welt eine feindliche, für den Menschen verderbliche, eine vorläufige in Bezug auf die jenseitige, während bei Petrarca die diesseitige Welt zählt, in der ich lebe, in der ich mich seelisch und geistig bilden kann und nicht andere damit beauftrage. Du siehst, dass hier – natürlich ohne dass Petrarca sich dessen bewusst sein konnte – die Grundsteine für die Aufklärung, für Evolution, Tiefenpsychologie, für moderne Wissenschaft überhaupt gelegt wurden."

„Mit anderen Worten: Der Blick von hier oben ist im doppelten Sinn ein Weitblick."

„So kann man das sagen. Die Menschen sollten sich wirklichkeitsnah erfahren, und dazu bedarf es der Selbsterkenntnis, denn wie oft sehen wir uns ganz anders, als wir in Wahrheit sind. Wir sollten uns allerdings lieben, so wie wir sind, so wie wir uns erkannt haben, wir sollten nicht sein, wie irgendeine Instanz, ein Ideal uns gern hätte. ‚Werde, der du bist.' Ich weiß nicht, wer das gesagt hat, aber für mich bedeutet es: Von meinen Anlagen und von meinen Möglichkeiten her erprobe ich mich und löse Probleme und mache mich frei von Fremdbestimmung. Natürlich leben wir nicht, ohne beeinflusst zu werden. Ich bin mir selbstverständlich bewusst, dass dadurch, dass sich alles immer ändert, ich Kompromisse eingehen muss."

„Entschuldige bitte, ist das jetzt hier die Bergpredigt oder das Wort zum Sonntag oder was?"

„Verzeih mir, ich habe mich wohl zu weit vorgewagt. Aber mein Vorläufer Petrarca hat sicher mit seinem Bruder ähnliche Gespräche geführt, er nannte das nur nicht psycho-sozial."

Paul legte seine linke Hand auf meinen rechten Arm und nickte mir wohlwollend zu: „Weißt du was? Uns dürstet."

Ich lachte und sagte: „In diesem Fall erlaube ich dir den Ausflug in die Gleichschaltung: Was uns alle im Augenblick eint, ist ein körperlicher Mangel."

Wir fuhren vorsichtig und mit Motorbremse nach *Malaucène* hinunter, das auf der Westseite des Ventoux liegt. Auf Pauls Wunsch machten wir auf der *Rue de Joannis* vor dem *Café du Cours* halt, um einen Kaffee zu trinken. Was war das für ein Temperaturunterschied, man schwitzte vom Nachdenken, deshalb beschlossen wir, unsere Gehirne zunächst in eine Art Mittagskoma zu versetzen nach dem Motto: Schwierigere Gedankengänge als Smalltalk im hintersten Fach ablegen und schmoren lassen, um sie bei Bedarf wieder aus dem Hinterhalt zu locken.

Zu diesem Bedarf kam es dann doch schneller als ich dachte, und zwar aus drei Gründen: Erstens ging mir Petrarca nicht aus dem Kopf, weil er nach meinem Dafürhalten eine große Persönlichkeit war, und zweitens, weil Paul gut über ihn Bescheid wusste, denn er hatte ihn zu einem seiner Lieblingsdichter erkoren, neben Baudelaire, Heine, Rilke, Krolow, Padus und anderen, und schließlich, weil es für uns beide keiner hirnzermarternden Anstrengung bedurfte.

„Na gut, ab 1326 lebten er und sein Bruder Gherardo in Avignon. Er hatte einen Sohn Giovanni und eine Tochter Francesca, die Mutter oder die Mütter kennen wir nicht."

„Soso."

„Ja, so ist das nun mal gewesen. Na gut, er besuchte Rom und wurde dort 1341 zum Dichter gekrönt, sein wichtigstes Ziel. 1352 ging er nach Mailand und ließ sich dort beim Erzbischof Visconti nieder."

„Der hat wohl immer gute Beziehungen gehabt, oder?"

„Vitamin B also, ist immer mindestens die halbe Miete. Und bedenke, er war berühmt, und der Erzbischof empfand es als Ehre, ihn anwesend zu sehen. Petrarca übernahm diplomatische Aufgaben in Venedig, Prag, Paris. Viele verstanden allerdings nicht, wie er im Dienst von Tyrannen bleiben konnte, den Nachfolgern des Erzbischofs. Seinem Florentiner Freund, Giovanni Boccaccio, sagte er, er fühle sich im Geiste frei."

„Na, das würde ich aber als Scheinargument bezeichnen."

„Ach, weißt du was, ich gehe noch weiter, das ist ein Makel … Wegen der Pest zieht er 1361 aus Mailand weg, geht nach Venedig, später nach Padua zu Francesco da Carrara. Der schenkte ihm ein Grundstück, und er baute sich ein Haus. Dort lebte er mit seiner Tochter Francesca, seinem Schwiegersohn Francescuofo und seiner Enkelin Eletta. Dort starb er 1374."

„Er hat ja nicht nur den Canzoniere geschrieben, oder?"

„Ach wo! Er schrieb historische Werke, z. B. ‚Von berühmten Männern', Biographien bedeutender Römer, Eklogen über die Missstände am päpstlichen Hof, ‚Über das einsame Leben', ‚Von der Muße der Mönche'. Erfahrungen und Erkenntnisse des Selbst sind wichtig. Er schrieb ich glaube 20 Briefe gegen das Papsttum und den Klerus, ‚Über Fettleibigkeit', ‚Über eine unfruchtbare Frau' …"

„Ist ja wirklich ein interessanter Typ, der Petrarca."

„Der hat hier in Malaucène sogar übernachtet vor dem Besteigen des Riesen."

„Oha, dann sind wir ihm sozusagen ganz nahe hier vor Ort."

„Näher geht's nicht."

Shiva, die mehrfach zu ihrem Papa aufgeschaut hatte, begann zu japsen, denn Papas Schoß hatte sich offensichtlich noch durch ihre Körperwärme bedingt in eine Vorkammer der Hölle verwandelt. Sie sprang hinunter und zog sich auf die kühlen Fliesen der Terrasse unter dem Tisch zurück. Und Papa bestellte ihr erneut kühles Wasser, das die hübsche Serviererin bereitwillig brachte. Beide Männer, das heißt wir, konnten nicht umhin, dem wackelnden runden Po der jungen Frau hinterherzusehen.

„Leckerer Kaffee", sagte Paul genüsslich.

„Noch leckerer", sagte ich mit schleckernder Zustimmung, „nachdem wir den Hintern der attraktiven Kellnerin bewundert haben."

„Ich komme noch einmal auf Petrarca zurück", sagte er ausweichend. „Ich meine, dass ein Dichter, ein Autor solcher Liebesgedichte, wirklich liebt. Und er liebt seine Laura, seine Madonna angelicata, ob es sie nun gibt oder nicht. Zwar ist Liebe ohne Sexualität, ohne Vereinigung, keine wirkliche Liebe nach meiner Überzeugung, dennoch geht der Traum von der vollkommenen Liebe eine Verbindung mit der Liebe zur Dichtung ein. Und die Dichtung stirbt nicht. Ich will noch etwas hinzufügen, um dich auf meine Ansicht der Verhältnisse vorzubereiten. Augustinus sagt, was nützt mir die Kenntnis der Natur, wenn ich mich selbst nicht kenne. Petrarca behauptet, indem ich über mich reflektiere, lerne ich mich als individuelles Leben im Zusammenhang mit der Geschichte der Menschheit kennen. Ich bekräftige, die Kenntnis der Natur ist die Voraussetzung dafür, dass ich mich und uns kennenlerne, damit ich mein Handeln und Denken beurteilen kann. Wenn die feinen Gesichtszüge, die blonden oder braunen Zöpfe, das Lächeln oder der Ernst einer Laura mich hinreißen, in mir immer wieder ein solch starkes Gefühl der Sehnsucht auslösen, dann liebe ich, dann bin ich … ich."

Ich schwieg betroffen. Paul trank einen Schluck Kaffee, und obwohl er mir ganz nah war, ging sein Blick irgendwohin in die Ferne.

„Warst das jetzt du oder Petrarca?", fragte ich betreten.

„Mein lieber Christian", antwortete er langsam und geduldig, „wenn wir lieben, sind wir alle Petrarca."

Er lächelte versonnen und brauchte einige Zeit, bis er die Tasse wieder richtig auf die Untertasse gestellt hatte.

Im ersten Augenblick dachte ich, er spinnt, jetzt ist er gleich reif für die Klapse, er redet barockes Zeug, das keiner mehr so richtig versteht. Im zweiten Augenblick dachte ich, über die Liebe zu reden ist gar nicht so einfach, man muss viel über sie wissen, man muss Erfahrung haben. Vielleicht hat er selbst so etwas erfahren und bringt es damit in Zusammenhang. Aber ich wollte nicht in ihn dringen, um ihn nicht bloßzustellen, und ich hatte das Gefühl, ich würde die Stimmung verderben, die trotz allem irgendwie heiter war. Wir waren zwar auf dem Boden, unten, aber es schien mir, als seien wir immer noch auf dem Berg, oben, und der Berg und Petrarca sprächen zu uns. Ich begriff, dass das Leben wohl einem Sinus gleicht, und dass wir ohne diese Abwechslung gar nicht leben könnten.

Wir kamen überein, bald aufzubrechen, denn wir beabsichtigten, uns noch vom Tourismusbüro eine Wanderkarte des Mont Ventoux zu besorgen, die es nach Pauls Ansicht gäbe. Ich wollte sie gern für alle Fälle mitnehmen.

Wir wurden aufmerksam auf ein Lied im Lautsprecher: E incontreremo stasera Menta e Rosmarino … Amor, d'amor sia l'amor perduto!!

„Kennst du es?", fragte Paul.

„Ja klar, Zucchero in den 90gern … I feel so lonely tonight."

„Die Liebe muss ja nicht für immer verloren sein", meinte Paul, „‚Paradise Lost', nennt das Milton, aber auch Paradise ‚Regained'. Und bei Dante gründet sich die dichterische Einheit von Person und Welt, von Welt und Person durch die Liebe. Wir verlieren und gewinnen immer wieder Paradiese."

„Michael Jackson singt sogar den Song: ‚Paradise is here'."

„Ah ja, ich erinnere mich, und ich denke, wir müssen nur genau hinsehen, die Augen offen halten, dann begegnet uns auch das Paradies …"

Ein Motorrad fuhr vor, eine BMW R 1200, und der Fahrer parkte hinter unserer Maschine, stieg ab und nahm für eine Minute unser Geschoss in Augenschein. Er nahm den Helm ab und entpuppte sich als Frau mit langen schwarzbraunen, gelockten Haaren, die sie unter dem Helm versteckt hatte. Sie legte den Helm auf den Sattel, kam die eine Stufe herauf und setzte sich uns gegenüber ebenfalls an den

Rand der Terrasse, denn sie hatte offenbar die Zugehörigkeit der Personen zu unserer Maschine identifiziert. Als sie Shiva unter dem Tisch entdeckte, lächelte sie, aber nur kurz, so als ob sie ihr Lächeln willentlich abstellte. Dann stand sie noch einmal auf und zog die Lederjacke aus und offenbarte eine weiße Spitzenbluse mit Rüschen an den Dreiviertelärmeln. Wir waren beide fasziniert und tasteten mit den Augen ihren Körper ab, von dem Scheitel bis zu Sohle: Ihr Gesicht mit schmalen braunen Augen, schön geschwungene Brauen, weiße Haut, keine Schminke, nur die Lippen waren dunkelrot angemalt, die Hände waren schmal, die Finger unberingt. Sie orientierte sich augenscheinlich an unserem Getränk und bestellte sich ebenfalls einen Café crème. Bei der Bestellung sah man beim Lächeln kleine Grübchen. Für mich war klar, die Kellnerin fällt gegen die Neue ab, aber dazu müsste man erst einmal den Hintern der Neuen näher in Augenschein nehmen können, denn Motorradzeug verbirgt viel.

Paul war der erste, der sich zu äußern wagte, leise und auf Deutsch: „Mein lieber Mann, die Venus von Malaucène!"

Mit seiner Namensgebung hatte er eine Vorauswahl getroffen, die nicht so ganz in meinem Sinne war, weil mich Venus immer an die von Milo erinnerte, und die hatte für meinen Geschmack ein zu breites Becken, war aber die Lieblingsfrau meines Kunstpaukers, womit er sie mir und anderen vermieste, weil er dauernd auf den Proportionen rumritt.

„Kennst du sie?", fragte ich in der Hoffnung, dass er jetzt würde loslegen können, denn eine solche Frau betörte einen doch bis in den kleinen Zeh.

„Noch nie gesehen", sagte er trocken.

„Hübsche Frau", kommentierte ich, weil mir nichts Besseres einfiel, denn ich traute mich nicht zu sagen, dass ich sie mal gern küssen oder mit ihr ins Bett steigen würde.

Es folgten noch ein paar Lieder Zuccheros, aber die passten nicht zur Stimmung.

„Mit der würde ich gern mal ne Nacht verbringen, guck dir diese knackigen Brüste und diese kräftigen Schultern an, Taille und Hüfte ein Superverhältnis à la Sophia Loren, mein Gott, steh mir bei!"

Ich war geschockt über so viel Offenheit, das hätte ich Paul gar nicht zugetraut, und ich fragte: „Wie alt mag sie sein?"

„Na, so Anfang dreißig ..."

„Nicht jünger?"

„Das könnte dir so passen!", grinste er und meinte dann, unsere Blicke seien schon unverschämt und eindeutig und störten die anderen Gäste.

„Ach Quatsch", entgegnete ich spontan, „die guckt doch genauso lüstern uns beide an, wohlgemerkt, nicht nur mich."

„Er ist gnädig, Shiva, hast du das gehört?"

Shiva hob ihr Köpfchen, drehte es und legte es wieder auf ihre linke Vorderpfote, worauf die Frau wiederum nur kurz lächelte.

Ich war mir nicht sicher, ob der folgende Vorschlag gut war, aber ich dachte, dass wir damit noch mehr Aufmerksamkeit erregen würden, deshalb schnitt ich das Thema Sprachenwechsel an: „Was hältst du von Französisch?"

„Pourqoi pas, warum nicht?", sagte er, ohne darüber nachzudenken.

„Ob die einen Freund hat?"

Die Venus war erstaunt und legte sogar die Stirn in Falten, denn jetzt stimmte das Nummernschild nicht mehr mit der Sprache überein. Ich hatte richtig entschieden.

„Bestimmt", meinte er, „vielleicht mehrere, aber keinen richtig."

„Wie meinst du das?"

„In ihrem Blick ist nicht nur Lüsternheit, wie du das nennst, oder Wollust, da ist auch ein trauriger Zug in ihrer Miene. Sieh genau hin, Sehnsucht in ihren Augen. Fantastisch, sie kann Männer genug haben, um das mal so zu nennen, die sie befriedigen, sie gibt auch guten Sex, sie macht dich fertig. Aber, was sie sucht, ist Liebe, kompromisslos, verstehst du?"

„Nein."

„Eine mit Vertrauen, einen Mann, an den sie sich anlehnen kann, der sie wirklich liebt, sich nicht nur an ihren üppigen Formen schadlos hält."

„Aber das geht doch gar nicht anders, Paul, sie versprüht doch gerade dadurch ihre Lockstoffe … Und das gehört doch zusammen, so will es schließlich die Natur, Liebe, Liebe, wie soll das gehen? Sie soll den Besten nehmen, der ihr starke Kinder machen kann", sagte ich aufgebracht, „und der guckt darauf, dass sie sie auch austragen kann …"

„Bin ich jetzt hier beim Paarberater oder was?"

„Na ja, ich habe mich damit beschäftigt."

„So so … Weißt du was, ich gehe mal auf die Toilette und überlasse dir die Spielwiese."

„O.k., ich komme mit."

„Du bleibst, sonst ist sie weg."

Das war mir peinlich, und ich hatte richtig Stress, weil ich nicht wusste, wohin ich gucken sollte. Ich ärgerte mich über mich, denn einerseits hatte ich doch sonst keine Hemmungen, Frauen anzusprechen, auf der anderen Seite hielt mich etwas zurück, denn ich bildete mir ein zu erkennen, dass sie tatsächlich traurig war und Sehnsucht hatte. Aber was sollte ich tun? Ich mochte diese Gefühlsverwirrungen nicht, und das machte mich unsicher. Es fehlte nur noch, dass ich rot wurde.

Da kam glücklicherweise Paul zurück.

„Na? Nichts gewesen? Da kann man nichts machen. Ich habe öfter Frauen bei mir, die in diesem Zwiespalt leben: Ich bin schön, also werde ich deshalb geliebt, ich werde nicht um meinetwillen geliebt ... Und die Männer verstehen das nicht. Die Frauen wollen nicht nur Sexobjekte sein, sondern gleichwertige Partnerinnen. Sicher sind One-Night-Stands gut für die Erfahrung von sich selbst, aber die andere Person – ich denke hier natürlich auch an Schwule – fühlt genauso, verstehst du, was ich meine?"

„Trotzdem, hier unsere Venus macht die Männer verrückt ... und am Ende hat sie keinen."

„Nun mache dir mal keinen Stress, so wie sie dich anschaut, ein Lockruf der Augen, würde sie sich dir sofort hingeben, denn du bist ein gut aussehender junger Mann."

„Danke für die Blumen."

„Aber sie sucht Liebe, ... und wenn ich mal ein bisschen träumen darf, ihr beide mit zwei Motorrädern an die Côte d'Azur oder nur bis La Ciotat, am Strand knutschen, baden, lecker essen gehen und dabei miteinander reden, einander kennenlernen ..."

„Mann, hör auf! Und dann ist immer nur der Anfang prickelnd wie in Liebesfilmen, und was kommt dann? Der Alltag, wo so langsam der Putz abfällt ..."

„Dann erst beginnt die Kunst des Lebens, vorher war es ein Rausch in der Balz, da hast du deine Natur, aber dann gesellt sich die Kunst der Liebe dazu, und das ist nicht nur Erotik und Sex.

Ich verstand nicht, was er meinte.

„Da erwächst ein neues Lebensgefühl, das auf lange Zeit angelegt ist, das Gefühl der Nähe", erläuterte er.

„Na toll. Und jetzt? Meinst du, ich soll sie ansprechen? Einfach so?"

„Mein lieber Christian, das muss dir dein Gefühl sagen, ich habe nur geträumt, und ich will dich nicht verkuppeln."

„Weißt du was, sprich du sie doch an, nicht für mich, meine ich, für dich. Du könntest Shiva als Brücke benutzen, oder?"

„Das wäre eine gute Methode, aber ich werde sie nicht ansprechen, weil ich weiß, dass sie dich mag und denkt, du seist mein Sohn. Du könntest sie fragen, ob sie morgen nach Mormoiron an den See kommt, wo du doch morgen bist, und du könntest mit ihr einen schönen Tag verleben ... Und du wüsstest auch", sagte er leiser, „wie sie wirklich aussieht, Beine und so ... Und außerdem, Shiva könntest du jetzt auch benutzen ..."

„Du bist mir einer! Willst mich nicht verkuppeln und liegst mir in den Ohren, ich soll sie anmachen oder anbaggern … du willst mich wohl loswerden, was?"

Venus stand auf und ging ins Café.

„Die zahlt bestimmt und geht", sagte ich unruhig.

„Ach was, die muss mal, und außerdem hat sie ja noch Helm und Jacke da liegen. Die hat keine Geldbörse mitgenommen, also, kühl dich ab!"

Sie kam wieder, setzte sich, blätterte im *Paris Match*, den sie sich geholt hatte, und las sich fest.

„Siehst du", triumphierte Paul.

„Also gut", sagte ich entschlossen, „jetzt mach ich mal einen diplomatischen Vorschlag: Wir gehen jetzt, das heißt wir lassen unsere Maschine stehen, gehen Gassi, damit Shiva sich die Pfoten vertreten kann, sehen uns ein paar Sachen an, du hast doch gesagt, du kennst Malaucène recht gut, wir kaufen die Wanderkarte, und dann kommen wir wieder hierher. Wenn sie dann, so Gott will, noch da ist, dann verabrede ich mich mit ihr. Wenn nicht, dann sollte es eben nicht sein, was mir allerdings leidtun würde."

„Dazu kann ich nur sagen", äußerte Paul ungehalten, „diese Art von ‚Gottesurteilen' sind mir zuwider, weil man die eigene Verantwortung einfach abgibt. Aber bitte, ich füge mich deinem Entschluss."

„Wenn ich jetzt nachgebe, ist es nicht mehr mein Entschluss."

„Das ist richtig", entgegnete er, „nur, deine Art von Diplomatie halte ich für keine gute Lösung, wenn sie weg ist, wirst du nie wissen, ob sie dich wirklich mag. Ach, was rede ich: Alea iacta est!"

„Ich sage dir nur zwei Dinge, und damit gebe ich Euer Ehren kontra: Ich werde sie nämlich wiedersehen, wenn nicht hier, dann irgendwo anders."

„Das ist durchaus möglich. Das Motorrad hat übrigens die 84, Vaucluse, sie könnte also von hier sein."

Wir sahen uns den Beffroi an, eigentlich den Bergfried, ein Gebäude, ein Turm, das den Frieden wahrt, den Hauptturm einer Burg.

Uns wurde allerdings bewusst, dass wir nicht so richtig bei der Sache waren, denn wir dachten beide an Claudia, wie wir sie jetzt nannten. Ich wollte sie nachher als erstes nach ihrem Namen fragen. Auf meinen Vorschlag zu wetten wollte Paul nicht eingehen, in einer solchen Sache wette er nicht. Ich war dabei, mir ein paar Worte zurechtzulegen, ein paar Sätze, was ich sagen würde – ich war nicht unerfahren in so was, obgleich ich dieses Vorgehen selten anwandte, weil ich die Spontaneität liebte, und es klappte meist zufriedenstellend. Ich wollte auf keinen Fall Paul vorschicken, denn meiner

Meinung nach war ich jetzt nicht nur reif, sondern wild entschlossen, Claudia anzusprechen.

Wir gingen durch die Passage de l'âne, die Eselspassage, wobei unsere Schritte immer schneller wurden. Wir bogen um die Ecke und sahen unser Motorrad, einsam und verwaist.
„Scheiße", sagte ich, und Paul gab seinen Senf dazu:
„Schade!"
Wir setzten uns enttäuscht und mürrisch auf unseren Ofen, und ich fuhr so plötzlich los, dass die Tauben auf der Straße in alle Richtungen stoben.

9

Am See Les Salettes

Ich war das zweite Mal hier am See mit seinem frischen, kühlen Wasser. Ich konnte schwimmen, mich etwas sonnen und mich unter dem Schirm meinem Schreiben widmen. Ich arbeitete meine Notizen aus, würzte sie noch mit frischen Erinnerungsfetzen, und dann las ich im ‚Canzoniere' einige Gedichte und ihre entsprechenden Kommentare. Paul hatte mir erlaubt, das Buch mitzunehmen, und ich verstand mithilfe der deutschen Übersetzung das Altitalienische ganz gut, als „Romanist" hatte ich mir ohnehin neben Französisch Italienisch als zweite romanische Sprache auserkoren.

Ich machte wohl den Eindruck, nicht gestört werden zu wollen, denn die Mitbadenden verhielten sich in meiner Nähe einigermaßen ruhig, und ich dankte es ihnen mit abwesenden Blicken.

Ich versuchte, manche Gedichte leise mitzusprechen, denn ich wollte den Rhythmus und sozusagen den Sound mitbekommen. Dabei war ich mir bewusst, dass so etwas ohne akustische Vorgabe durchaus in die Hose gehen konnte, unter Umständen sogar falsch war. Aber was soll's? Das war besser als gar nichts. Bei zwei Gedichten getraute ich mich sogar, sie mit entsprechenden Gesten laut zu deklamieren, was mir verständnislose Blicke und geflüsterte Ablehnung der unmittelbaren Nachbarn eintrug.

Auf dem Weg zum Cabanon nahm ich wie gewohnt Wasser mit nach Hause. Jeanne war sofort da.

„Oh, Monsieur, Sie haben aber schon Farbe bekommen!"

„Ja, Madame, gestern waren wir auf dem Ventoux, heute war ich am See ..."

„Und, hat es Ihnen gefallen auf dem Berg?"

„Man hat einen ganz wunderbaren Blick, und im See ist das Wasser schön erfrischend."

„Der Blick ist wirklich schön von da oben, aber ich glaube, ich möchte den Rummel im Sommer nicht mitmachen. Im Frühjahr ist es schön, aber auch kalt."

„Wissen Sie was, Madame", sagte ich spontan, „ich nehme Sie trotzdem demnächst mal mit nach da oben, aber auf dem Motorrad!"

„Ach, Monsieur", sagte sie verschämt und ungläubig, „meinen Sie wirklich?"

„Doch, ich meine es ernst."

„Die alte Hexe mit ihrem jungen Teufel auf dem Feuerofen!",
platzte sie heraus und kicherte, und ich pflichtete ihr bei: „Wir fliegen
schneller als auf einem Besen!"

„Sie sind zwar witzig, Monsieur, aber nicht so heiter wie sonst, ist
Ihnen eine Laus über die Leber gelaufen? Entschuldigen Sie, ich
wollte nicht indiskret sein …"

„Nein, nein, Ihre Frage ist berechtigt, wir waren gestern noch in
Malaucène, und da haben wir eine Frau im Café gesehen, mein Gott,
was für eine Frau! Und anstatt sie anzusprechen, sind wir wegge-
gangen, und als wir wiederkamen, war sie mit ihrem Motorrad auf
und davon. Ich könnte mir das Hemd zerreißen!"

„Das Hemd lassen Sie mal schön heil, Hemden sind teuer …
Also, wie sah sie aus? Beschreiben Sie sie."

„Langes, dunkelbraunes Haar, braune Augen, tolle Figur,
schwarzes Lederzeug …"

„Und eine weiße Spitzenbluse?"

„Ja, stimmt. Kennen Sie sie?"

„Ja sicher kenne ich die, und nicht nur ich. Das ist Rachel, sie ist
Halbjüdin, ich glaube 33 Jahre alt, arbeitet als Sekretärin beim
Bürgermeister in Carpentras, wo sie wohnt, weiß ich nicht, spricht
mehrere Sprachen, soweit ich weiß, sogar Deutsch. Sie war hier
schon mal die Schönheitskönigin der Region. Sie sollte Model
werden, wollte sie aber nicht."

Ich war so überrascht, dass ich gar nicht merkte, dass ich mit
einem vollen Wassertank auf halbem Weg zum Auto stehen
geblieben war.

„Monsieur", sagte Jeanne, „wenn ich mir die Bemerkung erlauben
darf, wie ich sehe, hat es Sie voll erwischt, denn nur unter solchen
Umständen erledigen Männer ihre Arbeit nur halb."

Ich war irritiert, und sie half mir auf die Sprünge: „Na, schauen
Sie mal, was Sie in der Hand halten!"

„Ach, tatsächlich, mein Gott …"

„Ist ja nicht schlimm, ist doch ganz normal … Paul hat mir mal
gesagt, frisch Verliebte verhalten sich wie Zwangsneurotiker, und es
hat irgendwie mit den Gehirnfunktionen zu tun."

„Schön, dass Sie die Frau kennen, diese Rachel. Wissen Sie noch
mehr von ihr?"

„Na ja, die kennen hier viele, eine schöne Frau, wirklich sehr
apart und begehrt, Monsieur, aber sie ist stolz, selbstbewusst, sie
weiß, was sie will, turtelt nicht mit jedem, an die kommt so leicht
keiner ran, Sie verstehen, was ich meine?"

Ich nickte.

„Hat Sie Ihnen denn schöne Augen gemacht?"

Wieder nickte ich.

„Kann ich verstehen", sagte sie und grinste, „was sagt denn Paul dazu?"

„Der sagt, das muss mein Herz entscheiden. Aber mein Herz hat mich ganz schön hinters Licht geführt."

„Ach ich weiß nicht, junger Mann, meist entscheidet der Bauch besser als der Kopf. Wissen Sie was, Monsieur? Sie war mal hier bei mir, Ende April war das, ein ganz warmer Tag, da hat sie mir ihr Herz ausgeschüttet: Die Männer wollen mit ihr anbändeln, meistens um mit ihr zu schlafen, aber sie sucht den Mann, der es ernst meint, verstehen Sie? Oh jaja, ich glaube, manchmal möchte ich auch so jung sein ... Aber wissen Sie, damals, wir waren alle verklemmt, total unaufgeklärt, und Sex, ach du lieber Gott! Aber die Zeiten ändern sich, und das ist gut so. Was rede ich? Ich wollte sagen, wenn Sie Rachel wirklich wiedersehen wollen, dann wird es auch geschehen. Sie treibt sich am Wochenende gern an der Küste rum, Cassis, La Ciotat, also so zwischen Marseille und Toulon, oder auf der anderen Seite, in der Camargue ... Sie fährt nicht an die Côte d'Azur, da wimmelt es von Machos, Papagallos, Paschas und all den Mecs, die mit ihren Statussymbolen Jagd auf Frauen machen. Na gut, Monsieur, ich sehe, Sie sind fertig, dann will ich sie nicht länger aufhalten. Ich wünsche Ihnen viel Glück ..."

„Danke, Madame, vielen Dank für Ihre Auskunft!"

Ich war schon gespannt auf Pauls Erwiderung, wenn ich ihm sage, dass Jeanne mich aufgeklärt hatte. Aber daran war überhaupt nicht zu denken, denn ich traf einen Paul an, dessen Gleichmut sich in Verdruss verwandelt hatte.

„Was hat dich denn aus der Fassung gebracht?", wollte ich wissen, „so leicht wirft dich doch nichts um."

„Ach, weißt du, mich hat eine Geschichte regelrecht geärgert, mit der heute eine Patientin zu mir kam. Sie kam mit ihrer persönlichen Geschichte, die mich gedauert hat."

„Kannst du mir irgendwas erzählen? Ich mein, dann wär ich mal dein Coach. Du kannst ja das Meiste für dich behalten."

„Also gut, letzten Endes verrate ich ja keine Geheimnisse. Also Elisabeth, so nenne ich sie mal, Anfang 50, unverheiratet, keine Kinder, verliebt sich in Markus, Pfarrer ihrer Gemeinde. Er lässt sich auf sie ein, und sie pflegen nachts bei ihr eine heimliche Liebschaft. Nach drei Jahren hält sie dieses Verhältnis nicht mehr aus: Sie möchte ein normales Leben mit ihm führen, mit ihm ausgehen, tanzen, essen. Sie findet es auch erniedrigend, von anderen mitleidig als Single angesehen zu werden. Auf Feste traute sie sich nicht, sagt sie, da hätte Markus sie siezen müssen. ‚Und dann hatte ich das

Gefühl', erzählte sie, ‚dass unsere letzte Nacht gekommen war, und ich bekam vor Schmerzen keine Luft. Dann rief er mich an, ich solle zu ihm kommen, mir würde schon eine Ausrede einfallen. Als ich in sein Büro kam, erkannte ich ihn nicht wieder, er war so blass, so ernst, und er reichte mir mit zitternden Händen ein Schreiben. Es war von seinem Bischof, der ihn versetzen wollte, weil das Gerede im Dorf überhandgenommen hatte. Ich war froh, denn jetzt würde er sich für mich entscheiden. Doch er sagte: Ich weiß, dass du mich liebst, deshalb wirst du mich auch verstehen. Unsere Liebe ist nicht von dieser Welt. Ich habe mich für die Kirche und für Gott entschieden!' "

Paul schwieg und nahm einen kräftigen Schluck Rotwein und wartete, bis ich mir ein Glas geholt und eingeschenkt hatte. Dann fragte er: „Na, was sagst du?"

„Empörend so was, unverschämt! Wie kann dieser Mensch mit ihr so lange poussieren und sie dann verstoßen, dieser Feigling?! Ich kann mich doch nicht zwischen Kirche und Liebe entscheiden oder Gott und Liebe! Die haben immer noch nicht kapiert, dass Sex das stärkste Bindemittel in einer Liebesbeziehung ist."

„Donnerwetter, du bist ja richtig engagiert!"

„Ja, was soll ich dir sagen, ich werde wahrscheinlich Theologie studieren, aber nicht unter römischen Umständen Priester werden, dazu ist mir Liebe viel zu heilig."

„Na ja gut, vielleicht ist hier heilig nicht ganz das richtige Wort, aber wir werden sehen."

„Konntest du ihr denn helfen?"

Paul seufzte. „Das war eine von den Nüssen, die nicht so leicht zu knacken sind. Sie lag vor mir, auf den Knien, verstehst du: ‚Bitte helfen Sie mir', weinte sie, ‚ich bin von so weit hergekommen, man hat mir gesagt, Sie könnten mir helfen …' Ich war so erschüttert, dass ich zunächst auch geweint habe, ich habe ihr aufgeholfen, sie umarmt und getröstet, und sie sah und spürte mein Mitgefühl, und das war eine gute Basis für eine Trauermeditation, in der man den Trennungsschmerz zulassen kann. Ich habe ihr geraten, ein ganz anderes Leben zu führen, mit allem Vorbehalt zu versuchen, im Internet einen Partner kennenzulernen, zumindest offen zu sein für neue Beziehungen. In weitere Einzelheiten gehe ich hier nicht. Das Dorf hat sie schon verlassen, aus der Kirche ist sie auch schon ausgetreten, weil ihr keiner helfen konnte oder wollte. Die Leute können so etwas doch nur in den seltensten Fällen, weil sie selbst in ihrem frommen Filz gefangen sind … Ja und dann habe ich sie gebeten, in ein paar Monaten wiederzukommen. Ich bin mal gespannt."

„Hast du das denn gutgeheißen, dass sie aus der Kirche ausgetreten ist?"

„Natürlich, das Beste, was sie tun konnte ... Ich mache uns jetzt mal was zu essen, und, da ich merke, dass du dich offenbar für solche Fälle interessierst, berichte ich dir später noch von einem anderen Vorkommnis."

In den Esspausen entwarf er ein anderes Bild:

„Das Ereignis sei auch wieder ein Beispiel für viele ähnlich gelagerte. Das habe ich nicht selbst erlebt, sondern dem Buch ‚Versöhnung' von Dr. phil. Mathias Jung entnommen, ein Schulbeispiel für die erdrückende Macht der Kirche, eine Macht, wie sie z. B. auch Hermann Hesse in der Auseinandersetzung mit seinem Predigervater erlebte. Also, da ist eine Frau Karina, 73 Jahre alt, die zusammen mit drei weiteren Geschwistern einen von der Bibel geprägten Alltag erlebte mit einem Dutzend Gebeten in 24 Stunden. Sie war gefangen in einer Angstneurose, hatte auch Angst vor dem strafenden Gott ... Ich selbst bezeichne ein solches Erziehungsumfeld als frömmelnden Terror durch die Eltern, die weder vom Leben noch von Kindern etwas verstehen. Gut, Karina machte eine Therapie und begegnete geistig Eugen Drewermann, von dem wir später noch sprechen werden."

„Von dem habe ich im Reliunterricht schon gehört."

„Ah, das ist gut ... Also, für sie war der entscheidende Schritt ihrer Individuation ihr Kirchenaustritt mit 66 Jahren nach 40-jähriger Tätigkeit als Religionslehrerin. Sie war der sogenannten Mutter Kirche mit ihrem Dogmatismus und so weiter überdrüssig. Sie hatte übrigens nichts gegen Jesus von Nazareth. Fazit: Die Befreiung von der Kirche und der von ihr erzeugten Neurose tut gut!"

„Bist du denn noch in der Kirche?"

„Ach iwo, Junge, später wirst du verstehen, warum nicht. Jetzt kann ich nur so viel sagen: Das passt nicht zu meinem Lebensstil, zu meinem Denkstil, zu meiner Moralauffassung ... Bist du denn noch in der Kirche?"

„Radio Eriwan: Im Prinzip ja, aber das hängt ganz von meiner Entscheidung ab, ob ich nun Theologie studiere oder nicht."

10

Zum Apéritif bei Sandrine und Joseph

Joseph, der mit seiner liebenswürdigen Ruhe und seinen hellwachen freundlichen Augen bestach, schenkte mir ein Büchlein mit Gedichten von ihm, übertragen von Paul. Ich schlug es auf und las:

Die Blumen des Ventoux

du hast die Schlüssel für deine Worte vergessen,
du hast mir den Duft der Rosen versprochen, die weinen.
Wenn ich da bin, dann stoße ich dich durch den Wind meines Mundes an.
Und plötzlich weinen die Rosen nicht mehr,
Sie schaukeln unter dem Regen der lächelnden Sonne.

Nach dem Verkauf seiner Fischfabrik in Antwerpen hatte er hier ein Haus mit mehreren Zimmern und einer überdachten Terrasse sowie einem Swimmingpool gebaut. Das Haus lag am Hang mit Blick auf das Dorf, praktisch unterhalb von Pauls Cabanon. Joseph schrieb nicht nur Gedichte, sondern auch Essays, Kurzgeschichten und Erzählungen. Romane seien ihm zu lang, meinte er, es müsse kurz und schmerzlos sein.

Sandrine war Sekretärin in der Fabrik gewesen, und hier malte sie jetzt, Portraits zum Beispiel von ihrem Mann, Selbstportraits, Landschaften und abstrakte Bilder. Auf einem der letzten Gattung erkannte man die Kirche von Mormoiron in Umrissen, auf einem anderen den Beffroi von Malaucène, ein Bild, das zeigen solle, wie die Zeit vergeht, meinte sie, ähnlich manchen Zifferblattaufsätzen bei Comtoiser Uhren, bei denen der Hahn nach hinten schaut, um auszudrücken, wo ist die Zeit geblieben? Tempus fugit. Sie malte in Acryl, in Öl, Gouache, aber auch in Wasserfarben. Mit Letzteren hatte sie Pauls Cabanon mehrfach verewigt.

„Ein Foto sagt nicht sehr viel", sagte sie auf meine Frage, „in den Bildern bin ich in zweifacher Hinsicht, einmal dadurch, dass sie meinen persönlichen Stil ausdrücken, zum anderen siehst du Mikroportraits von mir, da in den Fugen oder hier in der Zypresse. Es sieht aus wie ein Ast mit Zweigen, aber wenn du genau hinschaust, kannst du mein Gesicht sehen, sie stehen für meinen Geist."
„Da sind ja noch mehrere, da, und da …"

„Sehr gut beobachtet, Christian, du hast deinen Blick geschärft. Oder sieh mal hier, die Zikaden haben mein Gesicht, nicht die, die auf den Ästen sitzen und Violine spielen."

„Oder da ein Kontrabass, ich finde die Beinchen so schön, wie sie die Saiten greifen."

„Ja, finde ich auch witzig. Mein Mann liebt mich durch meine Bilder, und ich liebe ihn durch seine Verse, so nutzt sich die Liebe nicht ab, sie lebt abgebildet und geschrieben."

„Unsere sinnlichen Erfahrungen", ergänzte Joseph, „sind das Individuellste, was es gibt, und dennoch möchten wir gern allgemeingültige Regeln aufstellen, um die Frage zu beantworten, was die wahre Liebe ist."

Wir waren zu den anderen gestoßen, und ich dachte: Eigenartig, wie man Liebe aufrechterhalten kann. Sie wird nicht konserviert wie Lebensmittel in Dosen. Ich schilderte meine Gedanken ad coram publico, besonders Josephs Anmerkung zu allgemeinen Regeln für individuelle Erfahrungen.

Dazu sagte Pierre und schaute dabei seine Frau Brigitte an:

„Die Liebe ist lebendig und für jeden anders, und sie verändert sich, sie muss sich verändern wie alles. Natürlich gibt es ähnliche physiologische Abläufe im Gehirn und im Körper, wenn wir uns verlieben, und dennoch bleibt die sinnliche Erfahrung einzigartig ..."

„Ich möchte einen Vergleich anstellen", mischte sich Robert ein, „auch wenn ich Junggeselle bin, heißt das ja noch lange nicht, dass ich keine Ahnung von der Liebe habe. Also, mit der Liebe ist es wie mit dem Boulespiel, und der Vergleich hat folgenden Grund: Als ich ein Junge war, beobachtete ich gern die Boulespieler, und je mehr ich in verschiedenen Städten und auf unterschiedlichen Plätzen kennenlernte, desto mehr kam ich zu der Überzeugung, da stimmt doch etwas nicht ... Eines Tages traute ich mich bei uns in Carpentras einen alten Meister anzusprechen, der gerade aus der nächsten Kneipe kam und anständig nach Pastis roch. Ich bat ihn also, mir doch mal die Regeln des Pétanquespiels zu erklären. Er lachte und sagte mit verständnisvoller Miene: ‚Mein Junge, du brauchst drei Voraussetzungen: Anständige Kugeln, ein Cochonet und einen vernünftigen Platz. Regeln, die machen sich die Spieler selbst. Also, es ist wie mit der Liebe, du brauchst zwei Menschen, die machen ganz unterschiedliche Erfahrungen, aber daraus kannst du keine allgemeingültigen Regeln ableiten ... Oder?' "

Dagegen hatte niemand etwas einzuwenden, auch Paul nicht, obwohl wir ihn alle ansahen. Er zuckte nur mit den Schultern und deutete mit einem leichten Kopfschütteln an, dass er nicht die

Absicht hatte, dazu Stellung zu beziehen, was wir als Einverständnis deuteten.

Wir diskutierten über Entmündigung durch Experten. Wirkliche Experten, das heißt solche, die unabhängig sind, sind dünn gesät, und es gilt sie zu erkennen. Sehr viele Experten sind gekauft, denn Geld marschiert immer noch vorneweg, und so wird letzten Endes indirekt auch Politik gekauft, meist durch den Schwarm von Lobbyisten. Brigitte und Pierre sprachen über Geldanlagen, man muss selbst so gut sein, dass man bestimmen kann, wie man Geld anlegt, denn die Gierexperten und Banker haben ja bewiesen, dass sie auch nicht schlauer sind. Und wie oft versuchen sie nicht wie Politiker, ihre Unkenntnis durch Geschwätz und Ablenkung zu kaschieren. Du kannst sie für blöd verkaufen, indem du ihnen sagst, Omas Bratkartoffeln hätten gestern Abend auch nicht geschmeckt. Und die Großen und Reichen lässt man laufen, denn sie haben die richtigen Experten in der Wirtschaft, in der Justiz, in der Politik.

Wir lachten über Omas Bratkartoffeln, mit säuerlichen Mienen über die Großexperten.

„Wir können in der Tat nur dagegenhalten, wenn wir uns so weit wie möglich selbst zu Experten machen und unseren esprit gaulois derart anstrengen, dass die Pappnasenrömer das kalte Grausen kriegen", feixte Paul. „Denkt an meine Strom und Wasserversorgung. Ihr glaubt doch nicht im Ernst, dass die Atomlobby von Herzen bereit wäre, erneuerbare Energien zu fördern. Ich sage es mal ganz allgemein: Wir müssen die Experten entmündigen, denn die Macht liegt bei uns. So wie damals Kant den Wahlspruch der Aufklärung formulierte: ‚Habe Mut, dich deines eigenen Verstandes zu bedienen,' so sollten wir heute Mut haben, uns durch Selbstdenken von den Experten zu befreien, so dass ihre Entmündigung sich von selbst ergibt."

„Bravo!", riefen alle.

„Das ist schon so in Ordnung, Paulchen", meinte Maurice und provozierte einige Kommentare wie:" Oho," oder: „Da sieh mal einer an!".

„Also, ich wollte sagen", fuhr Maurice fort, „ich komm noch mal auf dein Programm zurück, Paul, die 400.000-Dächer-Programme, die Windkraftwerk-Programme, die Meeresströmungsprogramme und so weiter, das ärgert die Großkonzerne, und ein geringerer Verbrauch macht sie madig. Wie hieß der Typ noch in Indien, der protestierte?"

„Gandhi?", fragte Evelyne.

Maurice nickte.

„Non-violence", sagte ich, „also gewaltloser Protest."

„Jawohl, keine Gewalt, aber Macht, das isses doch."

„Wir können doch im Kleinen anfangen", meinte Pierre, „fahrt nur 80 oder 90 km/h mit dem Auto, dann bleibt den Ölmultis ihr Öl im Hals stecken, weil wir Sprit sparen. Und wenn ich die vielen LKWs sehe, dann denke ich immer, was transportieren die denn für einen Mist! Warum soll ich mir Rosen aus Israel kaufen, nur weil es im Augenblick keine Rosen bei uns gibt? Das ist doch alles Schwachsinn."

„Oder denkt an die Funkverschmutzung, jetzt hat die Polizei auch noch Digitalfunk!", schimpfte Paul, „oder wir haben mit Karte, Augen, Nase immer alles gefunden, wozu brauchen wir jetzt ein Navi?"

„Richtig", meinte Robert, „damit sind wir gläsern. Glaubt ja nicht, dass wir nicht durch das Navi beobachtet werden können. Big Brother weiß ganz genau, wo wir sind, nix da!"

„Elektronische Briefe", warf Alain ein, „nein danke, ein offenes Briefgeheimnis, ich lach mich ja kaputt!"

„Ich freue mich, dass ich zu einem Kreis von Usurpatoren gehöre", bemerkte ich, „ganz legal und legitim, ich bin auch der Meinung, wir dürfen viele Felder nicht den so genannten Experten überlassen, weil sie sich einen Bullshit um demokratische Strukturen kümmern. Das oberste Gesetz ist die Gier nach Geld, und sonst gar nichts. Aber die Erde wehrt sich schon und zeigt ganz deutlich. Die, die nur am Geld hängen, werden als Erste untergehen, denn Sicherheit vor der Wut der Erde gibt es nicht!"

„Hehe, sehr weitsichtig, hört euch den kleinen Großen an!", sagte Robert.

„Kassandra hat recht", meinte Paul, „entpuppt sich als moderner Philosoph. Auf die sollten wir mehr hören als zum Beispiel auf die abgeschlafften Argumente der Kirche."

„Ja gut", meinte Evelyne, „ich würde sagen, ein Prosit auf Paul. Wenn wir ihn nicht hätten! Er hat uns über viele Zusammenhänge aufgeklärt, damit sie es nicht schaffen, sich hinter Ausreden zu verschanzen, hinter diesem ewigen Geschwätz, das uns nur vom Wesentlichen weglocken soll."

„Genug des Lobes, liebe Freunde. Was ich letztlich sagen will, ist: Verschenkt eure menschliche Energie nicht, gebt eure Macht nicht an andere ab, dann könnt ihr diese Energie nutzen, um euch und anderen zu helfen."

„Einen Teil meiner Energie zieh ich aus diesem Glas Wein!", lallte Maurice.

„Schluss jetzt, Maurice," schimpfte Evelyne, „ich muss jetzt viel meiner Energie verschwenden, um dich darauf aufmerksam zu machen, dass du schon das fünfte Glas trinkst."

„Aber das macht doch nichts, mein Schnuckelchen."
„Es ist furchtbar, der Mann hat kein Maß!"

11

An den Wassern

Wir fuhren mit dem Zweirad nach Aix, Aix-en-Provence. Während wir mit Shiva den Cours Mirabeau rauf und runter marschierten, das heißt von der Fontaine du Roi René im Osten zur Fontaine de la Rotonde im Westen und wieder zurück, bat ich Paul um einen kleinen Steckbrief der Stadt.

„Ich liebe Aix, die Wasserstadt, sie hat eine besondere Atmosphäre und eine außerordentliche Stimmung. Das sind nicht nur die vielen alten Gebäude, sondern die Stadt als Ganzes mit ihren Brunnen, alten Platanen, und dem studentischen Flair. Aqua Sextiae Salluviorum ist die erste römische Stadt auf gallischem Boden. Die Stadt ist durch den Höhenzug des Lubéron und des Trévaresse vor dem Mistral geschützt, habe ich dir ja schon erklärt. Im Sommer ist allerdings die geografische Lage der Stadt in einer Senke von Nachteil, weil die Kaltluft zum Kühlen gefangen bleibt. Du merkst ja auch, wie heiß es ist, und mit den Abgasen der Autos ist das sogar gesundheitsschädlich."

Ich war nicht wenig erstaunt über die Stadtpalais aus dem 17. und 18. Jahrhundert, über die wirklich alten Platanen mit ihren weiten Kronen, die vor der Sonne schützten, über die Brunnen mit ihren Wasserspielen, die schicken Cafés und die vielen Geschäfte auf dem Cours Mirabeau. Die Museen, Kirchen und andere imposante Sehenswürdigkeiten sahen wir uns aus Zeitgründen nicht an, obwohl Paul der Ansicht war, dass wir das nächste Mal unbedingt Paul Cézannes Atelier in der Oberstadt besuchen sollten. Sein ganzes Atelier war noch im Original erhalten mit Staffeleien, Paletten, Pinseln, Leinwänden, teilweise sogar Farben, wenn man bedachte, dass der „Vater der modernen Malerei" im 19. und mit einem Zipfelchen im 20. Jahrhundert lebte.

„Wenn du die Montagne Sainte Victoire in natura siehst, sodann Cézannes Bild von ihr, und dann wieder die Natur, dann glaubst du deinen Augen nicht, weil die Natur ganz anders geworden ist", sagte Paul.

„Du meinst, das Bild Paul Cézannes verändert deine Sichtweise …"

Paul nickte und sah in die Ferne. „Emile Zola wuchs in Aix auf und war lange Zeit Cézannes Freund, Vasarely ist eng mit Aix verbunden, und die Pianistin Hélène Grimaud ist 1970 hier geboren. Also bitte!"

„Sie spielt die Sonate Nr. 2 in B-moll, die Trauermarsch-Sonate, von Chopin mit erhabener Schönheit. Die Traurigkeit kann uns umgeben, aber wir lieben das Leben, wir lieben die Liebe!", träumte ich, „das sagt schon allein der dritte Satz!"

„Soso", sagte Paul erstaunt und fuhr nach einer Pause fort: „Sie ist übrigens eine hübsche Frau!"

Wir setzten uns ins „Café Mirabeau" in die erste Reihe zur Straße und bestellten Kaffee und Croissants.

„Ich denke", sagte Paul, „die Zeit für die Theologie ist gekommen, sonst kriegen wir noch Ärger mit dem katholischen Erzbischof, der sitzt jetzt in der Kathedrale Saint Sauveur und passt auf, dass wir nicht ganz vom Glauben abfallen."

„So, meinst du, der beobachtet uns?"

„Naja, die müssen ja heute dafür sorgen, dass sie ihre Schäfchen ins Trockene kriegen, das heißt unter das Dach der Kirche ... Ihre Schwierigkeiten liegen ja auf zwei Ebenen: Sie können uns die Evangelien nicht mehr verkaufen, weil sie sie für bare Münze nehmen, und sie verklickern sie uns in einer Sprache, die man nicht mehr versteht ..."

„Die dritte Ebene ist doch wohl der Missbrauchsskandal."

„Na, dann könnten wir noch andere Ebenen hinzufügen, wo die Kirche sich nicht minder missbräuchlich verhalten hat ... Aber darauf kommen wir später noch, lass uns der Reihe nach vorgehen ... Du überlegst also Theologie zu studieren. Dann möchte ich dich vielleicht erstmalig oder ein zweites Mal auf Goethes ‚Faust' aufmerksam machen:

Habe nun, ach! Philosophie,
Juristerei und Medizin,
Und leider auch Theologie
Durchaus studiert mit heißem Bemühn.
Da steh ich nun, ich armer Tor!
Und bin so klug als wie zuvor."

Ich nickte. „Faust bedauert insbesondere, dass er Theologie studiert hat und die anderen Fächer auch, aber es hat alles nichts gebracht ... Ich würde sagen, ihm fehlt die Erfahrung des Lebens, bis er sie erreicht hat, bleibt er ein armer Irrer, denn klug ist man nicht durch graue Theorie."

„Sehr richtig, alle Theorie ist wirklich grau ... Ich könnte dir z. B. ‚Die großen Badenden' von Cézanne beschreiben oder das Wachsfigurenkabinett von Madame Tussaud oder den letzten Verkehrsunfall oder wie Monsieur Pop, der Hund eines Nachbarn in Mormoiron, sein Bein in einer Riesenspreize gegen eine Platane hebt, die Fantasie gibt die Wirklichkeit nicht her, weil sie auch je nach Blickwinkel immer anders ausfallen muss, kurzum: Es fehlt die Anschauung ... Und sogar kanalisierte Bilder im Fernsehen sind nur ein Ausschnitt."

„Kennst du Bilder von Lovis Corinth."

„Ja, kenne ich. Welches meinst du?"

„Ostern am Walchensee."

„Ja klar, hängt in Hannover ... Was siehst du?"

„Die Wolken, und du?"

„Die wunderbare, klare Luft, man riecht sie förmlich."

„Ja, dann müsste ich mir das Bild noch mal ansehen, wenn ich wieder da bin."

„Also", sagte Paul und schaute den beiden Hintern zweier junger Frauen nach, was ich auch tat, „ich komme wieder zum Thema zurück mit dem großen Nachteil – und da habe ich dich ja schon eingestimmt – Theologie ist Theorie. Es gibt eine Reihe von Wissenschaftstheoretikern, die der Meinung sind, die Theologie sei keine Wissenschaft, obwohl sie an staatlichen Universitäten in theologischen Fakultäten gelehrt wird. Sie sei zum Beispiel nicht ergebnisoffen, mit anderen Worten Gott, der Glaube, die Offenbarung und so weiter werden einfach vorausgesetzt und seien weder falsifizierbar noch verifizierbar. Ein Anspruch auf absolute Wahrheit ist ausgeschlossen ..."

„Gilt das auch für dich?"

„Ich sage es mal ganz einfach, also ohne jetzt über andersartige Beweisgründe und Ausflüchte herumzulabern, jawohl, das gilt auch für mich. Sodann: Es gibt keine Freiheit der Lehre. Die Kirche besetzt die Lehrstühle, und die katholischen Fakultäten geben sogar eine Lehrerlaubnis heraus.

Als Nächstes: Teildisziplinen wie zum Beispiel die Missionswissenschaft sind meiner Meinung nach auch ethisch nicht zu akzeptieren und andere intellektuell fragwürdig. Gerade was die Missionstätigkeit anbelangt, möchte ich insgesamt behaupten: Hilfe, die Christen kommen! Sicher, gehet hin in alle Welt und lehret alle Völker – wer das auch immer gesagt haben mag –, aber von brutaler und brachialer Gewalt, Mord und Totschlag ist nicht die Rede."

Eine Gruppe niederländischer Touristen kam vorbei und übertönte sämtliche andere Geräusche.

„Ich komme wieder zum Thema Theologie zurück: Was Eugen Drewermann besonders kritisiert, ist die abstrakte Abtrennung der dogmatischen Theologie von den Nöten, der Angst, den Erfahrungen der Menschen. Der Dogmatismus mit seinen manchmal unsinnigen, ja irrsinnigen Festlegungen, lächerlicher oder grotesker Gedankenakrobatik erreicht heute viele Menschen nicht mehr. Wir werden noch darauf zu sprechen kommen ..."

„Ja gut, ich wollte dich gerade um Beispiele bitten. O.k."

„Wir können die Sache auf die Spitze treiben: Wenn behauptet wird, dass z. B. Glaube eine Lebensäußerung, aber keine Wissenschaft sei, dann brauchte sie auch nicht an den Universitäten gelehrt zu werden. Aber welchen Wissenschaftsbegriff lege ich zugrunde? Auch oder gerade bei objektiver Forschung wird immer die Denkweise, die Fragerichtung, die Argumentationsweise des Forschers, des Subjekts also, eine Rolle spielen."

„Trotzdem kann das Ergebnis", unterbrach ich Paul, „nicht vorherbestimmt sein, das muss doch offen bleiben, ich kann doch nicht Voraussetzungen zugleich als Gegenstandsbereich behandeln. Ich muss auch, so hab ich das mal in einem philosophischen Traktat formuliert, die Voraussetzung kritisch prüfen können."

„Sehr gut! Machen wir einen kleinen Exkurs: Sören Kierkegaard sagt: ‚Das Höchste, was ein Mensch vermag, ist, dass er sich von Gott helfen lassen kann. Gott dringend nötig zu haben, ist des Menschen höchste Vollkommenheit'. Gut, das sagt ein dänischer Schriftsteller und Philosoph. Eine Voraussetzung zur Beurteilung dieser Meinung wäre Kierkegaards Leben und seine Zeit. Das würde hier zu weit führen. Aber für sich genommen bedeutet die Aussage: Für meine höchste Vollkommenheit brauche ich Gott, das heißt ohne Gott bin ich nicht vollkommen, oder?"

„Nun, wir können uns durchaus helfen, indem wir den Geist Gottes, diese Energie, von der du gesprochen hast, in uns wirken lassen."

„Sehr schön, denn dann kommt man auch nicht auf die Idee, dass der Mensch, der der Hilfe Gottes bedarf, ein Schwächling sei, oder, so hat man sogar erklärt, dass Gott eine Erfindung mensch-licher Schwäche sei: Wir hätten Gott geschaffen, weil uns sonst unsere eigene Hilflosigkeit über den Kopf wachsen würde."

„Aber wozu sollten wir Gott schaffen, wenn diese Energie ist?"

„Aha!", lachte Paul, „ich sehe schon, meine Missionstätigkeit trägt Früchte."

„Ja, aber ohne Gewalt!"

„Ich denke", fuhr Paul fort, „unsere Hilflosigkeit hat einfach mit dieser überlieferten Gottesvorstellung zu tun, der dogmatischen Trennung von Gott – gleich Geist – und Mensch. Bei allem Lehren und Lernen stellt sich immer wieder die gleiche Frage: Was wollen wir lehren und lernen? Die didaktische Frage also. Seit dem Pisaschock vor zehn Jahren hat sich in Deutschland nichts geändert, es wird in den Schulen genauso gelitten wie vorher, alles ist in der Bürokratie versandet, und das System ist das alte geblieben. Auf die

Religion übertragen: Wir brauchen einen Pisaschock der Religion, eine neue Didaktik, damit Kirche und Co. Spaß macht, weil sie etwas mit dem Leben zu tun hat."

Wir bestellten uns zwei Flaschen und eine Schale Wasser für Shiva, die Paul anschließend mit Wasser einrieb, um ihr etwas Kühlung zu verschaffen Von Paul hatte sie zwischendurch ein paar Lekkerlis bekommen, die Kunden und Patienten immer wieder mitbrachten, so biologisch wie möglich. Sie hatten, so Paul, immer wieder Lekkerlis für ihn selbst und für Shiva im Gepäck.

Obwohl es heiß war, genoss ich unseren Platz, von dem aus wir das Leben und Treiben in einer Stadt bewusst oder weniger bewusst wahrnehmen konnten. Diese Ambiance und unser Gespräch versetzten mich in eine Hochstimmung, wie sie besser nicht sein konnte. Ich weiß nicht, aber es war so, als wäre ich in dieses Auf und Ab, in diese Bewegungen, Musik, in dieses lässige Geschehenlassen verliebt. Ganz selten schoss mir Rachel durch den Kopf. Wenn sie jetzt vorbeikäme, würde ich sofort aufspringen und sie an unseren Tisch locken. Aber unsere geistige Beschäftigung wäre dahin.

Ich war froh, dass wir eine Pause machten, denn ich musste meine rechte Schreibhand regelrecht schütteln, um die Verkrampfung zu lösen. Paul und ich vereinbarten, dass, wenn ich rein muskulär auch in Kurzschrift nicht mitkommen würde, ich es ihm ausdrücklich sagen sollte, dann würde er eine Pause machen und abwarten, bis ich aufgeholt hätte.

Als Rhetoriker wusste er natürlich ganz genau, dass es immer darauf ankommt, in kürzester Zeit viel zu sagen, was man nur durch Schnelligkeit erreichen kann. Bei Politikern und anderen Predigern ist es ja üblich, in längerer Zeit wenig oder fast nichts zu sagen, weil man ja taktisch reden muss. In unserem Fall hatte ich protestiert, wir seien nicht in einem Parlament, und ich sei kein Gegner, den man mundtot machen müsse. Und das war das Schöne an Paul, er war nicht verärgert oder beleidigt. Er war kein Parteigänger, nur ein Mensch mit Überzeugungen, die variiert, ergänzt oder umgestoßen werden konnten. Um zu überzeugen, sagte er immer, muss man viel wissen und es verstanden haben, hinzu müsse dann noch ein guter Sprach- und Sprechstil kommen.

„Also gut", sagte er, „hier nun der Bericht unseres Korrespondenten aus dem Weltall über die kosmologische Evolution: Am Anfang, das war vor 13,7 Milliarden Jahren unserer Zeitrechnung, gab es den Urknall, oder anders gesagt, wurde der Urknall aus der Taufe gehoben, und das war der Beginn von allem."

Was nun folgte, war eine Geschichte dieser Evolution bis heute in Kurzform, wobei natürlich Newton und Einstein eine hervorragende Rolle spielten: Hat das Universum einen Anfang? Viele Wissenschaftler witterten dahinter ein verhülltes christliches Dogma. Ist das Universum ungeschaffen? Dann bedarf es keiner Schöpfung, vielleicht eines Schöpfungsmythos.

„Hier möchte ich schon einmal zwischenschalten, die Genesis beginnt angeblich am 23. Oktober 4004 vor Christus, und der biblische Gott habe die Welt (Erde?) in sieben Tagen erschaffen. Man sieht schon, dass Gott mehr Zeit hätte verwenden müssen.

Für mich ist die Kenntnis der Evolution spannend und lebensnotwendig, denn nur damit kann ich beurteilen, wo ich Religion und Theologie ansiedeln kann, mit anderen Worten: Wirkt Gott, wenn ja, wo und wie, wenn nein, warum nicht und so weiter. Eine Teilantwort haben wir uns ja schon gegeben: Gott ist Energie!"

Wir machten wieder eine Pause und sannen nach, öffneten uns erneut der Außenwelt, und ich dachte, wie notwendig, unerlässlich doch auch die Kenntnis der Außenwelt für die Innenwelt ist, denn nur in der Außenwelt lernen wir das Leben und Entwicklung kennen. Nach einer langen Phase des Schweigens, während der wir die Menschen beobachteten, in einem kleinen Ausschnitt ihrer Hast oder ihrem Müßiggang, schöne Menschen, Mitteleuropäer, aber auch Asiaten mit dem fremden Zungenschlag, und mit dem Willen und dem Fleiß, die südeuropäische Sprache zu lernen. Ich bewunderte sie.

„Weißt du was, Paul?", unterbrach ich die Stille.

Er schaute mich an.

„Lass uns ans Meer fahren, dahin, woher wir stammen, und dann werde ich dich weiter nach Gott fragen ..."

Wir fragten den Kellner, wo man Badehosen kaufen konnte, und wir ließen das Motorrad stehen und marschierten die zwanzig Minuten zu Fuß. Shiva war froh über die Bewegung. Paul kaufte sich eine blaue mit weißem Delphin, ich eine grüne mit einem weißen Fischsymbol.

Wir fuhren nach Cassis, einem Städtchen zwischen Marseille und Toulon in einer Bucht an der Calanque-Küste. Es war kühler als in Aix, weil ein leichter Seewind wehte. Es gab viel Maquis, obwohl im Jahr 1990 über 3.000 Hektar abgebrannt waren. Auf der Place Baragnon ging gerade der Gemüsemarkt zu Ende, die Händler räumten ab. Wir bekamen trotzdem noch etwas Obst.

Die berühmten Steinbrüche waren alle geschlossen. Der Stein war beliebt und konnte leicht und billig per Schiff transportiert werden, weil die Steinbrüche am Meer lagen. Die Steine waren zum Beispiel für den Hafenbau in Marseille oder Alexandria verwandt worden, sogar für den Sockel der Freiheitsstatue in New York. Der Weinbau von Cassis war nicht unbedeutend und brachte bekannte Rot-, Rosé- und Weißweine hervor. Die Haupteinnahmequelle war jedoch der Tourismus. 1944 soll Antoine de Saint-Exupéry auf dem offenen Meer zwischen Cassis und Marseille abgeschossen worden sein, deshalb hat man einen Lehrpfad eröffnet, den Sentier du Petit Prince.

Wir weihten unsere Badehosen im kühlen, klaren, grünblauen Wasser ein, ein wohliger Genuss, und ließen es uns anschließend am Strand gut gehen. Ich fühlte mich hier zu Hause, und Paul meinte, dass Vorfahren von mir hier vielleicht mal gesiedelt, möglicherweise die Gegend unsicher gemacht hätten. Ein graurotkariertes Frottierhandtuch, das ich immer im Motorradkoffer hatte, roch zwar nach Käsefüßen und feuchten Klostermauern, reichte aber quergelegt wenigstens für unsere Oberkörper, sogar noch für Shiva, die sich zwischen uns quetschte. Einen Sonnenschirm hatten wir auch nicht mitgenommen, so war es dieses Mal meine Aufgabe, Paul vor einem Sonnenbrand zu warnen, da er so käsig aussah wie ein Chèvre. Er nahm sich meine Mahnung zu Herzen und zog sich nach zwanzig Minuten sein T-Shirt und die Jeans an.

Nach einer längeren Entspannungsphase, in der wir vor uns hindösten und den Modergeruch des Handtuchs einatmeten, nieste Shiva plötzlich und legte sich in den Sand. Daraufhin fingen wir beide gleichzeitig an zu reden, und ich sagte:
„Ich werde uns nachher noch zwei Handtücher kaufen ... Wir waren total nicht auf Baden eingestellt ... Ich wollte noch fragen, wo Gott ist."
„Hast du denn immer noch nicht genug?"
„Ich glaube, ich bin wieder in Form. Von Gott kann ich nicht genug kriegen, also, wo ist er?", beharrte ich auf meiner Frage.
„Gott, das heißt der Geist, ist da, wo wir Verantwortung für einander als Individuen übernehmen und für unseren Planeten, denn wir sind ein kleiner Teil von ihm. Wir machen uns die Erde nicht untertan, dann wären wir von dem Geist verlassen. Ich kann mir nicht vorstellen, dass Gott, er/sie, sozusagen als Astro- oder Kosmonaut in einer Art Raumpapamobil mit hoher Geschwindigkeit durch das Weltall rast, um hier und dort mal zu kontrollieren, ob die Gravitation und das Trägheitsgesetz eingehalten werden." Paul wunderte sich, warum ich grinste.

„Ich stelle mir das gerade vor."

„Ernstzunehmende Wissenschaftler gehen heute davon aus, dass es nicht nur ein Universum gibt, sondern viele, die man als Multiversen, Megaversen oder Pluriversen bezeichnet. Jeder Mensch hat Doppelgänger in anderen Universen. Unser Universum ist groß, aber endlich, und alles ist schon mal da gewesen, es wiederholt sich. Nach dem Urknall verteilt der Zufall die Materie im Raum, und die Unendlichkeit sorgt für Wiederholungen. So gesehen ‚lebt' jeder von uns ewig. Zwar lebt unser nächster Doppelgänger so weit weg, dass wir niemals einen Kontakt zu ihm herstellen können, denn die Lichtgeschwindigkeit ist begrenzt, die Denkgeschwindigkeit hingegen nicht, und so können wir ihn uns denken.

Möglicherweise hat jedes Universum einen Gott, oder wir stellen uns einen Doppel-, Multi-, Mega- oder Plurigott vor, wenn wir aber bedenken, dass dieses Wesen ja Geist ist, eine Energie, deren Verbreitung über die endliche Lichtgeschwindigkeit hinausgeht, dann können wir leicht begreifen, dass er durch die Wiederholungen auch ewig ist. Und Wiederholung heißt: Alles ist in Bewegung. Alles klar?"

„Naja ... Ich dachte eben an meinen Doppelgänger ..."

„Ich sage ja, Denken ist immer gut. Soll ich weitermachen?"

„Ja klar, wozu sind wir denn hier?"

„Man kann mit Fug und Recht sagen, dass dieser Geist die Evolution, auch die Evolution des Menschen, eingeleitet hat, wobei Evolution immer Werden und Vergehen bedeutet. Das einzig ‚konservative' Element ist Gott, das geistige Prinzip, das sich im Werden und Vergehen zeigt."

Ich bat Paul um etwas Zeit, um die wesentlichen Gedanken mitschreiben zu können.

„In Mose 1,1 heißt es: Lasst uns Menschen machen, ein Bild, das uns gleich sei, und weiter: Und Gott schuf den Menschen zu seinem Bilde, und schuf sie als Mann und Weib (Frau). Und später dann im Paradies ist nun wieder Adam da, und Eva muss erst noch geschaffen werden. Das Alte Testament enthält diese Schöpfungsgeschichte, die wir selbstverständlich als Schöpfungsmärchen ansehen müssen, wobei die Schreiber Gott sicherlich sozusagen als geostationär angesehen haben in einem geozentrischen Weltbild. Dass die Schreiber es genau meinten, ist klar: Sie haben sich Gott vorgestellt als ihresgleichen, also eher dem Menschen ähnlich, daher auch der Mann mit dem Bart, oder aber ein klassischer Seiltrick, das Verbot einer Vorstellung überhaupt."

„Das geht doch gar nicht!"

„Ganz recht."

„Du meinst also, die Schöpfungsgeschichte ist Mythologie?"

„Was denn sonst? Sie ist eine Geschichte, eine Erzählung, die sich Menschen ausgedacht haben, genau wie andere Geschichten zu einer Zeit, als man quasi noch nichts von der Entstehung der Welt wissen konnte.

Nun ja, wir dürfen nicht vergessen, dass der erste Teil der Bibel israelitisches Gedankengut enthält. Und niemand weiß mit Sicherheit, wer die Bibel geschrieben hat. Das trägt nicht unbedingt zum besseren Verständnis der Bibel bei. Wir wissen auch nicht genau, wann sie entstanden ist."

Dass wir von Anliegern beobachtet wurden, war nichts Ungewöhnliches, von Strandläufern und Spaziergängern wurden wir jedoch ganz offensichtlich bestaunt, vielleicht sogar bewundert. Einer aus einer Gruppe traute sich sogar zu fragen: „Je m'excuse, Messieurs, aber was geschieht hier?"

Ich platzte heraus: „Er ist ein prophète, und ich bin sein Schreiber."

In dem Moment schloss Paul die Augen und meditierte, und die Leute machten Anstalten sich zu setzen, um zuzuhören. Als ich ihnen sagte, er predige auf Deutsch, zogen sie ab.

Kaum waren sie außer Reichweite, sagte Paul grinsend:

„Christian, ich kann nicht mehr, komm schnell ins Wasser!", und wir rannten los und lachten uns im Wasser kaputt:

„Bist du verrückt, so ein Scheiß!"

„Wieso, die Leute haben das doch geglaubt, und das Tollste war doch, du als meditierender Prophet in der Badehose, mein Gott, und mit Hund! Echt, eh, das muss man gesehen haben!"

Wir schwammen ein bisschen, bis Shiva uns zurückbellte. Da wir kein trockenes Handtuch hatten, ließen wir uns von der Sonne trocknen, bis unsere Haut sich als Saline entpuppte, die zu jucken anfing. Wälzen im Sand, schlug ich vor, ein einfaches und wirksames Rezept.

„Eigentlich beim Mundhalten ging die Geheimniskrämerei so richtig los", fuhr Paul fort. „Als dann Andreas van Maas, ein flämischer Katholik des 16. Jahrhunderts, meinte, es habe einen späteren Überarbeiter gegeben, setzte die Katholische Kirche das Buch sofort auf den Index, den kennst du ja, oder?"

„Ja, ziemlich idiotisch, Leuten vorschreiben zu wollen, was sie lesen dürfen und was nicht!"

„Na ja, hier zeigt sich ja eine Grundhaltung der Kirche: Einerseits vertuschen, andererseits einmischen in das Leben der Menschen. Im 17. Jahrhundert sagte der englische Philosoph Thomas Hobbes,

Mose habe den größten Teil nicht geschrieben. Das Buch von La Peyère wurde verbrannt und mit dem Kirchenbann belegt, der Autor wurde eingekerkert, sozusagen gezwungen, zum Katholizismus überzutreten und abzuschwören, was er auch tat. Dritte Grundhaltung: Intoleranz und Gewalt. Spinoza behauptete, der Pentateuch sei von jemandem geschrieben worden, der lange nach Mose gelebt habe. Spinozas Werk wurde von Katholiken und Protestanten mit dem Bann belegt, kam auf den Index, und auf ihn selbst wurde ein Anschlag verübt. Vierte Grundhaltung: Pack schlägt sich, Pack verträgt sich ... Und so geht das weiter."

„Was zeigt das deiner Meinung nach?", fragte ich.

„Sie wollen eigentlich alles aufrechterhalten, wie es wie auch immer überkommen ist, ob es der Wahrheit entspricht oder nicht. Meiner Ansicht nach wissen sie meist gar nicht, was Wahrheit überhaupt ist, weil sie sich in einem geistigen und seelischen Ghetto befinden. Und die andere Seite, die sogenannten Gläubigen, sind gar nicht gläubig, sondern leichtgläubig.

Wir werden es später noch deutlicher sehen: Die Kirche ist Andersdenkenden gegenüber immer intolerant gewesen, und das kann lebensbedrohlich sein."

Ich nickte.

„Wenn diese Geschichte ein Märchen, ein Mythos ist, dann kann ich zufrieden behaupten, den Sündenfall gibt es gar nicht, und somit gibt es auch keine Sünde. Ist das nicht ein Fortschritt? Stelle dir einmal vor, was alles an Schandtaten hätte vermieden werden können in der Geschichte der Kirche!"

„Ja gut, in der Geschichte", sagte ich vorwurfsvoll, „das ist doch alles passé, an solche Kinkerlitzchen glaubt doch keiner mehr!"

„Einspruch, Euer Ehren! Hast du gedacht! Es ist noch gar nicht so lange her, da berichtete mir ein Patient aus Deutschland, ein deutscher katholischer Bischof habe im Fernsehen gesagt, Homosexualität sei eine Sünde. Der Berichterstatter meinte erbost, solche Leute hätten sie nicht alle auf der Pfanne. Er selbst war schwul, verstehst du? Ich konnte ihn nur darin unterstützen, als er sein Vorhaben äußerte, sofort aus der Kirche auszutreten."

„Aber hör mal, der Bischof lebt doch wohl im Wolkenkuckucksheim, oder?"

„Es ist eigentlich lächerlich, wenn es nicht so ernst wäre. Aber sie nehmen sich selbst den Wind aus den Segeln mit ihrem festgefressenen Konservatismus. Ich frage mich oft, was diesen Leuten so durch den Kopf geht."

„Der Zölibat wahrscheinlich."

„Der sicher auch … Es gibt ja heute Leute, die der Meinung sind, dass diese Art von Enthaltsamkeit gesundheitliche Schäden nach sich ziehen kann."

„Verstehe … Komm, pack deine Sachen ein, wir haun ab!"

„Jetzt schon nach Hause? Paul bitte, hier ist es so schön, und es ist doch noch so früh am Nachmittag!"

„Wer redet denn von nach Hause? Es geht weiter, wo wir nun doch schon mal an der Küste sind, oder?"

„Völlig einverstanden, prima!"

Wir brausten los in Richtung Osten auf der Corniche des Crêtes, einer Panoramastraße mit Superaussicht aufs Meer. Wir erreichten die Stadt la Ciotat, provenzalisch la Ciutat, was *die Stadt* bedeutet. Sie zählt 30.000 Einwohner und wird von einem 155 Meter hohen Felsen überragt, dem *Bec de L'Aigle, dem Schnabel des Adlers*. Wir kauften uns zwei große Badetücher in Weiß, damit sie einigermaßen zu unseren Badehosen passten. Wir fuhren zum Hafen und von da zum Strand, stellten unser Motorrad sichtbar ab und suchten uns einen Platz nicht so nah am Wasser. Es war ganz schön Betrieb, hauptsächlich Touristen, wie wir vermuteten. Wir gingen schwimmen, und es war ebenso angenehm wie in Cassis, nur alles größer, breiter, mit einem weiten Blick auf die Bucht. Wir legten uns auf unsere neuen Badetücher und stellten fest, dass sie nach Chemie stanken, und wir lachten beide, als ich Paul fragte, ob wir nicht lieber unser ‚Moderlieschen' nehmen sollten. Er meinte, die Sonne würde schon das Übrige tun wie bei dem angenehm riechenden ‚Moderlieschen', das ich zum Trocknen ausgebreitet hatte. Paul hatte schon etwas Farbe bekommen, an den Oberschenkeln und auf dem Rücken war fast schon die rote Grenze erreicht. Wir legten uns auf den Bauch mit Shiva zwischen uns, betteten unseren müden Kopf auf einen Arm, umklammerten mit der ausgestreckten Hand den Riemen unseres Helms und schliefen beim Rauschen des Meeres und dem Gelächter der spielenden Kinder ein.

Plötzlich wachte ich auf, weil ich einen kräftigen Schlag aufs Hinterteil bekommen hatte. Ich sprang auf, Shiva bellte, und Paul setzte sich aufrecht hin und zog den Bauch ein. Wir blickten in drei der schönsten Augenpaare Frankreichs.

„Messieurs, es tut uns aufrichtig leid. Der Ball hat Sie wirklich nur durch Zufall getroffen."

„Ist ja schon gut", sagte ich und war froh, dass der Ball nicht in meine Fallstelle eingeschlagen war.

„Was für ein schöner Zufall", meinte Paul verschlafen, „dann könnten wir ja mitspielen, oder?"

„Ja klar", sagten die Mädchen.

„Also", sagte Paul, stand auf, begrüßte die Mädchen mit Handschlag und sagte:

„Ich heiße Paul, bin uralt, und das ist mein Neffe Christian, urjung."

Die Mädchen kicherten.

„Und das ist Shiva, Pauls Tochter", sagte ich.

Die Mädchen kicherten wieder, knieten nieder und streichelten Shiva, die sich auf den Rücken legte und dieses Streicheln mit drei Händen mit Wollust genoss.

Dass Paul vergaß, seinen Bauch einzuziehen, konnte nur daran liegen, dass er wie ich einen jener seltenen kostbaren Einblicke hatte, die zwar nicht alles, aber doch das meiste zeigen, einen Hauch von Erotik.

Die größere, ältere der Mädchen mit rotblondem Haar, hellbraunen Augen und einer Mannequinfigur stellte die anderen beiden Mädchen vor:

„Das ist meine Cousine Madeleine, sie ist sechzehn und noch Schülerin, zur Zeit außer Dienst, und das ist meine Cousine Thérèse, achtzehn, als Schülerin kurz vor dem Abitur ebenfalls ohne Beschäftigung in den Ferien."

„Wir sind aus La Ciotat", sagte Thérèse mit vorgestülpten Lippen, „und unsere blonde, ausgeflippte Cousine Françoise kommt natürlich aus Paris, sie ist einundzwanzig und studiert Germanistik, d. h. zur Zeit junge Männer…"

„Komm, hör auf, so mit mir anzugeben, bist ja nur neidisch."

„Und was machen Sie so?", fragte Madeleine, „da wir ja nun mal dabei sind, die Datenbank zu vervollständigen."

Sie hatte eine süße, feine Stimme, die noch das Mädchenhafte erklingen ließ. Beide Südfranzösinnen hatten große dunkelbraune Augen und schwarzes, langes, kräftiges Haar mit einem kastanienfarbenen Schimmer, das sie zu einem Pferdeschwanz zusammengebunden hatten, und beide hatten Figuren wie eine schlanke, bauchige Vase und schmale Hände. Sie trugen schwarze Bikinis, Françoise einen roten. Ihre Haut war leicht sonnengetönt, während die beiden Schwestern ganz helle Haut hatten, die einen krassen Kontrast zu ihren Bikinis bildete.

Die Mädchen ließen von Shiva ab und erhoben sich.

„Wir", sagte ich, „machen einen Tag Ferien am Meer, mein Onkel Paul und ich. Er ist Deutscher, von Geburt meine ich, er lebt in Mormoiron, im Vaucluse, und berät Menschen. Er war Gymnasiallehrer mit Religion, Französisch und Physik, er ist aber auch Diplompsychologe. Ist das so richtig, Paul?"

„Na ja, du gibst ganz schön mit mir an, und das ist mir ein wenig peinlich, besonders aus dem Grund, weil es in Frankreich unüblich ist, mit seinem Beruf oder mit seiner Ausbildung zu strunzen."

„Das macht doch nichts", meinte Françoise, „dann wissen wir wenigstens, mit welchem Kaliber wir es aufnehmen müssen!"

„Das ist richtig", sagte Thérèse, „ein Professeur eben, ein Pauker."

„Bitte hört auf, ihn in eine Schublade zu pressen, ich glaube, er ist ein netter Pauker", piepste Madeleine.

„Danke für die Blumen", bedankte sich Paul.

„Und jetzt Sie!", forderte Thérèse mich auf.

„Ich? Ich komme aus Deutschland, aus Hannover. Ich weiß noch nicht, was ich studieren soll, ob ich mit Theologie anfange oder nicht, ich bin also hier, um eine Entscheidung zu treffen ... Ich denke, Paul hat mich mit abschreckenden Beispielen bald so weit gebracht, dass ich mit dem Studium dieses Fachs erst gar nicht beginne."

„Och, ich weiß nicht", wartete Françoise mit Kritik auf, „ich mache das, was ich will. Mich hätte keiner von der Germanistik abbringen können. Ich hatte einen so guten Deutschlehrer, ein Deutscher, und isch bin überzeugt", fuhr sie auf Deutsch fort, „isch werd das auch zum gut Ende führen."

„Françoise, das ist nicht nett", fiel ihr Madeleine ins Wort, „sprich bitte Französisch ... Außerdem warst du in den Lehrer verliebt, du hast das Fach ihm zuliebe gewählt, das ist eine Hommage an Rainer, das ist es."

„Keine Frage", gab Françoise unumwunden zu, und ich war sehr erstaunt über diese unmittelbare Offenheit, durch die sich jede weitere Diskussion erübrigte. Ich schlug vor, dass wir uns duzen, und natürlich waren alle damit einverstanden.

„Du bist doch kein Deutscher, oder?", fragte Thérèse mich.

„Kein reiner", antwortete ich, „mein Vater ist Deutscher, meine Mutter ist Marokkanerin, und ich bin in Marrakesch geboren, in Marokko."

„Ah, so ist das".

„Wohnen denn deine Eltern auch in Hannover?", fragte Madeleine.

„Meine marokkanische Mutter hat uns verlassen, als ich zehn war, das war in Marrakesch, und meine jetzige Mutter ist Pauls Schwester."

„Verstehe", sagte Madeleine und gab sich einen erwachseneren Anstrich, indem sie ihre Stimme um zwei Töne nach unten verlagerte.

Shiva sprang an allen drei Mädchen immer wieder hoch, bis sie sich wieder hinknieten und erneut mit ihr kuschelten.

„Wenn wir jetzt aufstehen, kratzt du uns wieder mit deinen langen Zehen, du Lümmel", meinte Françoise.

„Ihr habt sie von Anfang an verwöhnt, das merken sich Tiere", kommentierte ich.

„So", sagte Paul und kniff mir ein Auge, „komm Christian, wir sind dann mal eine Stunde weg, und die Mädchen können Shiva weiterhin Streicheleinheiten geben und auf unsere Sachen aufpassen. Diese vielen Zärtlichkeiten kann man ja nicht mit ansehen."

„Das könnte euch so passen!", protestierte Françoise, und ihr markantes Kinn wölbte sich noch ein paar Millimeter weiter vor, „das meint ihr doch nicht ernst, oder?"

„Natürlich nicht", grinste ich beschwichtigend, „er will euch nur provozieren."

„So ein coquin", gab Madeleine ihren Senf dazu, „du bist wie unser Lateinlehrer, voller Ironie!"

„Ist das denn so schlimm?", fragte Paul.

„Manchmal schon, wenn er zu persönlich wird, aber meist ist sein cours sehr lebendig."

„Vergiss nicht, Madeleine, Lehrer sind auch nur Menschen."

„Kommt!", forderte ich alle auf, „wir laufen ans Wasser, da stören wir keinen, wenn wir Ball spielen ..."

Ich schnappte mir den schwarzweißen Ball und rannte zum Wasser. Die anderen flitzten hinterher, einschließlich Shiva, die jedoch nicht ins Wasser lief, weil sie wasserscheu war.

Zuerst war es ein einfaches Zuwerfen und Auffangen, wobei wir uns bis zum Bauch ins Wasser trieben, dann wurde der Ball als Spritzer benutzt. Dann folgte ein Hechten nach dem Ball, Torwartallüren also, und was dann geschah, war eine Mischung aus Handball, Kopfball, Rugby und Ballabjagen, insgesamt also ein wüstes Getobe, schließlich mit vorsichtigem Beinstellen, Umwerfen, Umstoßen, immer mit der Absicht, dem Besitzer den Ball zu entreißen. Knuffe, Berührungen aller Art blieben natürlich nicht aus, vor allem der atemberaubende Spaß und die Freude am Spiel. Wir alle lachten uns halb tot, besonders über die Äußerungen, die fielen und die dazu passende Mimik:

Warte du Schuft, ich nehme dir deinen Skalp;
Die Trophäe kriegst du nicht;
Ich will Strandmeister bleiben;
Das kommt gar nicht in Frage, das ist mein Ball;
Nicht in diesem Leben;
Lass dir was anderes einfallen, ich bin hier der Poseidon;
Deinen Dreizack kannst du dir in die Haare schmieren;
Jetzt komme ich, und das kostet dich deinen Kopf;
Ich bin die Ballkönigin von La Ciotat;

Gewesen!

Was mich erstaunte, war, dass ich keine Schmerzen mehr am Steiß spürte, wie kraftvoll Paul mithielt, der doch um einiges älter war als wir, wie die Mädchen sich mutig und gewandt mit ihren schlanken Körpern im Wasser wanden wie Schlangen, ob im Angriff oder auf der Flucht. Einmal rief Madeleine: „Ich weiß nicht mehr, ob ich lache oder weine ..." Und ihre Schwester rief: „Ist doch egal, es sieht sowieso keiner!"

Uns ging so langsam allen die Luft aus, und wir schalteten unser Spiel ein paar Gänge runter. Was mir auffiel, war, dass Françoise häufig meine Nähe suchte, also vielleicht für Augenblicke den Geist des Spiels vergaß, ein paarmal ganz offensichtlich, um mich zu berühren, und ich hatte nichts dagegen, obwohl ich es mir nicht anmerken ließ und mit Eifer meine Neutralität zur Schau stellte. Es war eigenartig, denn wenn sie mich angriff, schienen ihre Augen etwas anderes zu sagen als ihre Mimik. So etwas hatte ich noch nicht erlebt.

Die Mädchen nannten unser Spiel eine „Bataille de l'Eau", eine Wasserschlacht, und sie waren einhellig der Meinung, dass sie eine solche Herausforderung noch nie erfahren hatten, und dass das wohl unvergesslich sein würde. Shiva jedenfalls hatte dem ganzen Treiben mit ziemlicher Fassungslosigkeit zugesehen, sicher mit der Schlussfolgerung, dass ihre Angehörigen völlig übergeschnappt seien, Passanten waren eher interessiert oder betrachteten das ganze Theater kopfschüttelnd. Ich hatte weder Lust noch Muße, aus ihrem Verhalten ihre Mentalität abzuleiten, was ohnehin ein gewagter Versuch gewesen wäre.

Unserem Treiben wurde jedenfalls plötzlich und unerwartet ein jähes Ende gesetzt, als Madeleine schrie: „Da, da klaut einer eure Helme!"

Wie von der Tarantel gestochen schäumten wir alle aus dem Wasser, Françoise und ich waren die Schnellsten. Wir liefen hinter einem etwa Zwölfjährigen her, der mit beiden Helmen das Weite suchte. Als er sah, dass wir ihn einholten, ließ er die Helme in den Sand fallen und raste davon. Aber Françoise, offenbar 100-Meter-Läuferin in 11 Sekunden, bekam ihn zu fassen und gab ihm eine derartige Ohrfeige, dass er hinfiel, während sie recht derb auf ihn einschimpfte. Der Junge lief heulend davon.

Die Ohrfeige verstand ich nicht recht, weil ich es nicht für angemessen hielt, aber ich sagte nichts dazu.

Nachdem unser Adrenalinspiegel sich gesenkt hatte und wir feststellen konnten, dass unsere Helme glücklicherweise nicht gelitten hatten, sagte Paul:

„Gratuliere, Françoise, du treibst wohl Laufsport, oder?"

„Jeden Tag fünf bis zehn Kilometer im Bois de Boulogne!"

„Das kann man merken, aber ...", fuhr er ernster fort, „wenn ich mir die Bemerkung erlauben darf, die körperliche Züchtigung war nach meiner Meinung unnötig."

„Dazu sage ich folgendes", verteidigte sich Françoise, „wenn man nicht früh genug anfängt, diese Brüder zurechtzustutzen, dann züchten wir uns geradezu die Diebe heran, die Räuber, die, die mit einem Nagel an der roten Ampel an deinem Wagen einen Kratzer machen. Du springst raus, läufst hinter dem Kerl her, und ein anderer springt in deinen Wagen und haut damit ab. Gerade hier im Süden muss man aufpassen, die haben teilweise Spitzeneinfälle, denn das Angebot durch die Touristen ist groß."

„Ja, da ist sicher was dran", warf ich ein, „aber vielleicht war das doch ein wenig unverhältnismäßig, der hatte ja ne rote Backe wie'n Krebs."

„Och, ich weiß nicht, ich glaube, die war noch nicht rot genug! Ich will euch was sagen, und das können meine Cousinen bestätigen: Es war, ja es war vor zwei Jahren, meine Familie war hier zu Besuch an einem Wochenende im Mai. Wir stiegen aus dem Auto, und am Parkplatz empfing uns ein Junge und bot uns einen Strauß frischer Maiglöckchen an. Mein Vater war ganz lieb und sagte, er möge Verständnis haben, wir hätten wirklich keine Verwendung dafür ... Als wir von unserem Einkauf zurückkamen, war die Motorhaube zerkratzt. Der Beamte in der Gendarmerie winkte ab:

,Monsieur, da müssen Sie den Täter schon auf frischer Tat ertappen, und dann kann es noch für Sie gefährlich werden, wenn er seine Helfershelfer herbeiruft. Übrigens kommen die oft aus ganz anderen Gegenden, sodass wir sie hier schlecht identifizieren können. Es tut mir leid ...' Natürlich waren wir verärgert, und mein Vater nahm sich vor, nie wieder den Wagen auf einem solchen Platz abzustellen ... Voilà, aus Schaden wird man klug, aber häufig nützt solche Klugheit auch nichts. Aber vielleicht versteht ihr mein Verhalten jetzt besser."

Wir waren an unseren Platz zurückgekommen, den die drei Frauen Madeleine, Thérèse und Shiva bewacht hatten. Paul fragte, ob ihnen ein Umzug recht wäre. Als sie etwas verwundert dreinschauten, nahm er unsere Klamotten und breitete sie neben denen der Mädchen aus. Aber, dachte ich, man muss sich die Farben einfach passend gucken.

Madeleine jedenfalls war ganz begeistert und meinte, dann könnten wir aus der Nähe quatschen.

„Sie ist geschwätzig", sagte Thérèse, und Madeleine konterte: „Und du verknallst dich in jeden Strohhalm."

„Nana", sagte Paul, „erzähl mir lieber was von euren Freundinnen und Freunden", was sie bereitwillig taten.

Françoise saß mit angewinkelten Beinen auf der linken Gesäßbacke mir gegenüber ziemlich nah und stützte den Oberkörper mit dem linken Arm ab. Mit der rechten Hand zeichnete sie zwischen unsere Handtücher zuerst Smilies in den Sand, dann einen Kreis mit dem männlichen und dem weiblichen Geschlechtssymbol, also mit Speer und Schild des Mars und Spiegel der Venus mit einem Plus dazwischen. Dann sah sie mich durchdringend an. Ich schloss für eine Sekunde die Augen und nickte kaum merklich. Danach wischte sie den Kreis in aller Eile aus.

Paul kam herüber und schlug vor, dass wir Françoise Deutsch beibringen könnten, indem wir alle Dinge um uns herum bezeichneten. Wir brauchten nur hin und wieder ihre Aussprache zu korrigieren, sie war wirklich gut. Die beiden anderen Mädchen langweilten sich zunächst, spielten dann jedoch mit Shiva Fangen und wollten sich kaputtlachen, weil Shiva so schnell war und die lustigsten Verrenkungen machte.

Plötzlich stand Françoise auf, nahm ihre Geldbörse und sagte zu mir: „Komm, Christian, wir holen Crêpes!"

Die anderen beiden Mädchen wollten uns unbedingt begleiten, wogegen sich Françoise jedoch verwahrte mit der Begründung, sie müssten auf die Sachen aufpassen und Paul Gesellschaft leisten.

Wir schlenderten den Strand hinauf und wussten, dass die Blicke der anderen sich in unsere Rücken bohrten, gingen die Promenade entlang, bis die Zurückgebliebenen uns nicht mehr sehen konnten. Sie nahm meine rechte Hand in ihre linke, sah mich von der Seite an und sagte: „Hör mal, Chris, du bringst mir Deutsch bei und ich dir l'amour!"

„Du bist verrückt", sagte ich.

„Genau das ist es! Du musst nur das Ungewöhnliche, was keiner für möglich hält, als ganz normal ansehen."

Sie stellte sich vor mich, legte ihre Arme um meinen Hals, presste sich an meinen Körper, und wir küssten uns so heiß und so ausgiebig, dass mein kleiner Großer die Badehose ausbeulte und sich zwischen ihre Oberschenkel bohrte. Ich legte meine Hände auf ihre

Taille und streichelte ihren Po, was sie zu einem leichten Quieken veranlasste. Ich hatte offenbar den Test bestanden, denn sie zog mich in eine Nebenstraße, wo gleich vornean bei einem Haus in einer Nische hinter einer Mauer zwei Mülltonnen standen. Aus einer stank es bestialisch nach Fisch oder verfaultem Fleisch. Wir hatten hintereinander Platz, sie vor mir. Sie beugte sich vor, ging mit einer Hand an meine Badehose, ich zog ihr den Bikinischlüpfer herunter, sodann mir meine Badehose, und schon konnte ich meinen Johannes bis zum Anschlag in ihr Feuchtgebiet versenken.

„Wenn jetzt jemand kommt!", hauchte ich.

„Das ist es ja, die Angst ist gerade der Reiz dabei ... Je mehr Angst du hast, umso geiler ist es", keuchte sie.

Tatsächlich, die Befürchtung erhöhte die Wollust, und ihr Feuchtgebiet war zu einem heißen See geworden, in den der Strom sich zwischen den beiden Ufern der Mündung ergießen konnte, in den Quickiesee. Oh, mon Dieu!

Schließlich schoben wir uns langsam rückwärts aus unserem Nischenversteck, und ich gab ihr ein Papiertaschentuch. Sie legte es sich als Binde in ihren Slip und sagte: „Die Armen kommen sowieso nicht ans Ziel ... Dann kommen sie eben wieder heraus."

Auch wir waren herausgekommen, konnten uns drehen, einander in die großen erregten Augen sehen, uns umarmen und erneut küssen. Hätte ich mich dieser erotischen Verplanung widersetzen sollen, dieser ausgefeilten Kunst der Verführung? Ihre Küsse schmeckten nach Himbeeren, framboises de Françoise, und ließen mich den Gestank vergessen ... Wir setzten die coolsten Mienen auf und marschierten Hand in Hand etwa zehn Minuten zu einer Crêperie. Dass wir zunächst schwiegen, lag wohl daran, dass wir damit beschäftigt waren, unser gemeinsames, intimes Erlebnis zu verarbeiten.

Sie gefiel mir, ihre unkonventionelle Art, ihre Spontaneität, und sie sah gut aus, fand ich. Zuerst hatte ich gedacht, sie sei Schauspielerin, weil sie ihre Gefühle direkt äußerte und ein umfangreiches Ausdrucksrepertoire besaß. Ich war neugierig, wie sie wohl Trauer zeigen würde, aber ich wollte das in gar keiner Weise provozieren. Wieso auch? Dafür müsste es konkrete Gründe geben. Und sie war keine Schauspielerin, sie war ganz natürlich. Und das mag man am anderen, dass er/sie so ist, wie sie ist. So schätzte ich jedenfalls Paul auch ein, und ich dachte, ich sei wohl auch ziemlich natürlich.

Wir bestellten zehn Eierkuchen, womit wir Madame Crêpe überforderten, denn sie hatte nur zwei Platten, aber Françoise redete

ihr gut zu, sie könne doch auf einen Schlag viel Geld verdienen, und das gefiel der Madame, vor allem, weil wir Geduld hätten und sie nicht antreiben würden: Vier Crêpes mit Grand Marnier, drei mit Abricot und drei mit Cognac. Auf den großen, dünngebackenen Teig wird jeweils die Zutat aufgebracht, gegossen oder geschmiert, und dann zusammengefaltet.
Ich sog den Orangenduft des Likörs ein, nach dem die ganze Crêperie roch, und draußen Françoises Haar, an dem ich schnupperte. Und sie schnüffelte an meinem Oberkörper.
„Meer mit Grand Marnier", lachte sie.
„Warte", sagte ich und lies meine Nase über ihre vollen Brüste gleiten.
„Hm", sagte sie.
„Hm", sagte ich mit prüfendem Blick, „Himbeereis."
„Himbeereis? Du spinnst!"
„Für mich sind deine Brüste mit Himbeereis gefüllt, so flüstert es mir meine Fantasie zu ..."
Sie hielt die grüne Börse in der linken und die Tüte mit den Kuchen in der rechten, und wir küssten uns wieder.
„Weißt du was, Chris, komm doch ein paar Semester nach Paris. Ist doch egal, was du studierst. Du kannst bei uns in Versailles wohnen, wir haben ein großes Haus, fast ein Schloss, mein Vater ist Arzt, weißt du?"
„Ist das dein Ernst?"
„Mann, sehe ich so aus, als würde ich dir einen Bären aufbinden? Im Gegenteil, wir könnten uns oft sehen, verstehst du, ich, wie soll ich sagen, ich mag dich ... sehr", sagte sie und guckte mich mit verträumten Augen an, „du gefällst mir."
„Du mir auch."
„Echt?", fragte sie und ihr kleiner Mund verzog sich zu einem breiten Lächeln, und während ich sie wieder küsste, diesmal ganz zärtlich, kam mir der Gedanke, wie gut es war, dass sie beim Küssen nicht lachte. Als wir Anstalten machten, unseren Weg fortzusetzen, waren wir erstaunt, denn Portemonnaie und die Kuchen lagen im Sand.
„Das ist nicht so schlimm", sagte ich, „es ist nur das Fett der Tüte, das den Sand angezogen hat, die Kuchen sind o.k."

Als wir zurückkamen, Hand in Hand, sie mit der Geldbörse, ich mit der Tüte, fragte Madeleine sogleich: „Wo habt ihr so lange gesteckt?"
„Wir haben uns geliebt, und das hat ein bisschen gedauert", gab Françoise mit einer solchen Nonchalance und Kaltblütigkeit zurück, dass die Schwestern einander ungläubig ansahen und loskicherten.

„Seid ihr eifersüchtig?", fügte Françoise noch hinzu und verteilte zunächst je einen Kuchen, die alle nach Orangen rochen, denn der Duft hatte sich gegen Cognac und Aprikosen durchgesetzt.

„Weißt du was, Françoise, du spinnst und willst bloß angeben mit deinem ‚wir haben uns geliebt', nörgelte Thérèse.

„Glaub doch, was du willst."

Paul verzog keine Miene, aber ich ahnte, welche Vermutungen er anstellte, und ich wurde ein wenig rot, was mich ärgerte, denn mir mangelte es an Gleichmut. Die Schwestern sagten nichts mehr dazu, bemerkten glücklicherweise meine Gemütslage nicht. Françoise, die mich durchschaute, fiel mir nicht in den Rücken, und Paul lenkte geschickt ab: „Wir haben über das französische Abitur im allgemeinen und über das der Mädchen im Besonderen gesprochen. Beide Mädchen wollen das Bachaud gut bestehen, damit sie Medizin studieren können, wahrscheinlich in Montpellier, oder Marseille, Aix, vielleicht sogar in Lyon, dann sind sie weit genug von zu Hause weg. Dort wollen sie sich vielleicht mit Françoise treffen …"

„Ja, das haben wir mal überlegt", sagte Françoise und wischte sich, wie die beiden anderen Mädchen auch, die Fettfinger im Sand ab. Ich gab ihnen Papiertaschentücher. Die Eierkuchen schmeckten lecker, waren aber nur ein Tropfen auf den heißen Stein.

„Wieso kommt ihr gerade auf Medizin?", fragte ich.

„Unser Vater ist Arzt", sagte Madeleine.

„Ah, ich verstehe, Françoises Vater ist auch Arzt."

„Die beiden sind doch Brüder, haben beide in Paris studiert", klärte Françoise auf.

„Ah, jetzt kapiere ich den familiären Zusammenhang."

Paul hatte seinen zweiten, einen Cognac-Crêpe, noch übrig und sagte: "Ich stelle meinen zweiten zur Verfügung. Wir machen ein Ratespiel – wer die Antwort weiß, bekommt den Kuchen. Welche berühmte französische Pianistin ist 1969 in Aix geboren?"

„Hélène Grimaud!", schmetterte Françoise heraus.

„Mann, das ist unfair!", protestierte Madeleine.

„Also gut", sagte Paul langsam und mit Bedacht: „Sagt mir die Lebensdaten Shakespeares."

„Ah, ich weiß!" sagte Thérèse, „warte, ich hab's gleich, Moment noch, ich komm gleich drauf …"

„Also, was jetzt, weißt du's, oder weißt du's nicht?", fragte Françoise ungeduldig.

„Ich hab's vergessen", schmollte sie, „das Spiel ist ungerecht!"

„Und du?", fragte Paul mich.

„Ich weiß es nur ungefähr, ich passe."

„Und Françoise?"

„Also, dass er 1616 starb, weiß ich, das Geburtsdatum, so 1550?"
„So alt ist er nicht geworden, 1564. Aber immerhin, dir gebührt der Preis, prima!"
Sie freute sich.
„Gratuliere", sagte ich, „ich hätte nur das 16. Jahrhundert gewusst!"
„Dann ist Françoise besser!"
Er gab ihr den Kuchen, und sie teilte ihn einigermaßen gerecht durch drei, nachdem ich abgelehnt hatte.

Ich war abwesend: Die Quickieszene ließ mich nicht los, diese weiche Haut, schöne Beine hatte sie, die saftige Muschi, an ihren prallen Brüsten konnte ich mich ja noch nicht schadlos halten, diese Selbstverständlichkeit der Verlockung, und diese Schnelligkeit, mit der alles geschah, sie hatte mich überrascht und verzaubert. Sie machte einfach keine Umstände, so als ob alles ganz natürlich wäre, und das hat einen besonderen Reiz. Bis heute war ich ziemlich überzeugt davon gewesen, dass ich weder naiv noch bürgerlich war, aber jetzt begann ich doch zu zweifeln. Es war gut, wenn man auf Menschen traf, die einem dabei helfen, seine oft festgefahrenen Meinungen zu verändern.

„Komm ans Wasser, Chris, lass das Träumen", riss mich Françoise aus meinen Gedanken, „Fortsetzung folgt."
Ich wusste nicht, was sie am Wasser wollte, aber ich ging mit, das heißt wir gingen alle ans Wasser, einschließlich Shiva. Wir wuschen uns mit nassem Sand die Hände, um das Fett zu entfernen, und Paul sagte, nachdem er meine Missbilligung wahrgenommen hatte: „Es ist besser als gar nichts, und deine Taschentücher reichen sowieso nicht für alle."
„Schon gut ..."

Die Schwestern bemerkten offenbar eine Veränderung an mir, denn sie schauten mich anders an, aber sie waren taktvoll und sagten nichts. Paul war mal wieder der Retter:
„So Christian, es ist halb acht, lass uns nach Hause fahren. Es war schön bei euch Mädchen, habt Dank für alles ..."
Und jetzt flogen wieder die ‚grosses bises', die Küsschen, hin und her und links und rechts und links, und Shiva wurde geknubbelt und geküsst, und die heiligen Schwüre des Wiedersehens wurden ausgetauscht, und zum Schluss wurde das Motorrad bewundert, und dann erschallten die hellen Mädchenstimmen in der Huldigung von Shivas „Sozius" in Pauls Jacke. Françoise gab mir noch schnell einen leichten Kuss, und ich konnte ihr noch zuflüstern: „SMS!", dann

brausten wir los, bis die winkenden Hände nur noch Schmetterlinge waren.

Als wir zu Hause ankamen, bereiteten wir uns ein kaltes Mahl mit Pasteten, einem Gemüsesalat, Tomaten, Ziegenkäse, und dazu gab's den unverzichtbaren Rotwein.
„Françoise und ich haben gevögelt", sagte ich.
„Wie, was, gevögelt? Tatsächlich?"
„Doch, einen Quickie hinter zwei Mülltonnen."
„Du bist ja total verrückt! Aber alle Achtung, so weit habe ich's noch nicht gebracht. Ich dachte, ihr hättet euch geküsst, klar, aber gleich ne Nummer mitten in der Stadt ... Tja, was soll ich sagen? Ist in Ordnung. Hat sie dich denn verführt, wenn ich fragen darf?"
„Hat sie, und weißt du, was das Geilste an der ganzen Aktion war?
„Na?"
„Die Angst, entdeckt zu werden, steigert deine Lüsternheit, den Sinnenrausch, ins Unermessliche."
„Echt? So etwas kenne ich zwar nicht aus eigener Anschauung, mich wundert nur, dass dabei kein Stress auftrat."
„Im Gegenteil, du fühlst dich so was von super, das gibt's gar nicht!"
„Vielleicht ist der kurze Genuss intensiver als der lange Anlauf."
Ich holte uns noch zwei Ziegenkäse und sagte dann:
„Morgen fahre ich mit Jeanne auf den Ventoux."
„Wie bitte?", fragte er ungläubig.
„Das habe ich ihr versprochen, morgen Vormittag ..."
„Ja gut, was soll ich dagegen haben? Ich merke schon, du wendest zunehmend Schocktherapien an."
„Sie ist die heiße Hexe, sagt sie, und ich der schnelle Teufel."
„Solange du nicht der kalte Teufel bist", feixte er.

Als ich im Bett lag, stellte ich mir vor, wie ich Françoises wunderbare Oberschenkel streichelte.

12

Die Hexe und der Teufel

Jeanne schockierte mich mit ihrem Aussehen: dunkelrote Perücke, grüne Lippen, abgetragene braune Lederjacke, darunter eine weiße Bluse mit weitem Kragen, graue Hose mit Aufschlag und Bügelfalten, schwarze Pumps mit Riemen und Knopf. Sie hatte wohl ihre Reliquienkammer geplündert, denn das ganze Zeug roch muffig und nach Mottenkugeln. Ich hoffte, dass der modrige Duft auf dem Gipfel verflogen sein würde. Ihre schon bekannte Tasche durfte bei dieser Montur natürlich auch nicht fehlen.

„Na, was sagen Sie, Monsieur?"
„Ehrlich gesagt bin ich sehr überrascht."
„Haben Sie etwas anderes erwartet? Ich bin schließlich eine Hexe! Aber ich gebe zu, ein wenig habe ich meinen Augen auch nicht getraut, als ich mich so vor dem Spiegel sah. Außerdem stinkt das Zeug wie der Teufel!", grinste sie.
„Na, dann passt das ja gut zusammen."
„Aber im Ernst, Monsieur, Sie machen mir eine große Freude. Ich war vierzig Jahre nicht mehr da oben, wenn ich richtig gerechnet habe. Aber Sie wissen ja, was ist schon die Zeit, wenn man so viele Jahre auf dem Buckel hat wie ich!"
„Also gut, gut festhalten, denn ich werde dem Feuerstuhl echt die Spritze geben."

Auf gerader Strecke fuhr ich heulende 150 km/h, in den Kurven natürlich vorsichtiger.

Jeanne hatte einen Helm abgelehnt, obwohl das verboten war, sie wollte die Verantwortung übernehmen. „Meine Perücke ist mein Helm, basta!"
Sie jauchzte und gab Laute oder Sätze von sich wie:
„He, oh, ah, gib ihm Saures, so ist es Spitze, oh Mann, ist das ne Phase!"

Ich stellte mir vor, ich führe mit ihr so zwei Stunden irgendwohin und sie würde das gesamte onomatopoetische Wörterbuch runter- und raufjauchzen – ich würde verrückt, obwohl, ich hatte viel Verständnis für einen solchen Vulkanausbruch der Freude und Begeisterung. Sie war nicht von allen guten Geistern verlassen, sondern von ihnen besetzt – eine Hexe eben.

Als wir oben das ganze Leben und Treiben in Augenschein genommen hatten, sagte sie missbilligend: „Dieser Touristenrummel ist ja schlimmer, als ich es mir vorgestellt habe. Ich weiß, dass man der Vergangenheit nicht nachtrauern sollte, aber man muss den Eindruck haben, man passt einfach nicht mehr in diese Welt."

„Na ja, möglicherweise sind wir der Zeit schon voraus! Schauen Sie mal, wie die Leute stehen bleiben, um uns als Paar zu bewundern oder zu bestaunen: der Teufel in Schwarz und die Hexe in Rot."

„Tatsächlich! Und die da, da drüben, die haben gesagt, guck ma, ne Sensation!"

„Na bitte, Sensationen – die Leute können Sie heute nur noch mit so etwas hinter dem Ofen hervorlocken. Das ganze Leben ist eine Zirkusnummer!"

„Haben Sie eine andere Lösung?"

„Dazu bin ich noch nicht alt genug, Madame!"

Wir prusteten los und konnten uns gar nicht mehr einkriegen.

Als wir wieder Luft bekamen, sagte sie ernst:

„Sie nehmen mir doch meinen Ausbruch nicht übel, oder?"

„Madame, ich bitte Sie."

Wir waren an der Bank angekommen, auf der ich mit Paul gesessen hatte, und sie sagte: „Das ist natürlich schön hier, daran kann ich mich noch erinnern. Allerdings gab es früher hier mehr Getreidefelder als Wein, aber der Wein bringt natürlich mehr ein."

Ich nickte, dann sah ich sie wieder an. „Madame, darf ich Ihnen eine Frage stellen?"

„Aber, Monsieur, Sie dürfen fragen, was Sie wollen."

„Wieso die rote Perücke und der grüne Lippenstift?"

Sie kicherte. „Wenn das Alter meint, uns grau einfärben zu müssen, bitte schön, dagegen gibt es Maßnahmen! Rot ist die Farbe der Liebe, des Blutes, der Lebenskraft – all das, was mich immer noch ausmacht. Dass ich kerngesund bin und mich wohlfühle, soll man doch auch sehen können."

Ja, das war typisch Jeanne.

„Rot ist auch die Farbe der Wollust, eine der sieben Todsünden. Der Teufel trägt Rot, normalerweise, aber auch Schwarz. Die Hölle ist rot ... Früher sagte man sogar: Rote Haare, Gott bewahre!" Sie fing laut an zu lachen.

„Was ist los?", fragte ich.

„Ich habe mir gerade vorgestellt, Sie hätten hellrote Strähnen in Ihren Haaren. Furchtbar, so was, aber eben teuflisch. Sie haben so schönes Haar, junger Mann!", strahlte sie, „naja, und Grün setzt sich gut ab, ist mal etwas anderes als rote Lippen. Natürlich weiß ich, dass ich die Leute mit dem ganzen Zinnober provoziere."

Sie entnahm ihrer Handtasche einen kleinen runden, braunen Taschenspiegel, schaute sich an und zupfte hier und da an ihrer

Perücke. „Provozieren ist meine Absicht, um die Leute vom langweiligen Normalen abzubringen."

„Und was ist das, Ihrer Meinung nach?"

„Was das Normale ist, wollen Sie wissen? Dieses langweilige Normale ist der Konsum, der Konsum um jeden Preis, der Zwang, hier was mitgehen zu lassen, weil die Erinnerung nicht ausreicht. Nehmen Sie Weihnachten, das höchste Fest des Konsums. Nehmen Sie Reisen, man will sich nicht erholen, man will was erleben, weil man sonst nichts erlebt. Aber in Wirklichkeit bekommt man wenig mit, weil man sich nicht für das Andere interessiert, spricht die Sprache des Landes nicht. Man gönnt sich keine Ruhe, weil unruhig sein ein Zustand ist, den man vorzeigen kann wie die unendlich viele Arbeit, die man hat."

„Sie sind ja ganz schön kritisch."

„Monsieur, ich habe Ihnen doch schon gesagt, ich habe viel Zeit zum Nachdenken, und bei mir unten kommen viele Menschen vorbei, also ich weiß Bescheid. Eigentlich ist das Leben schon gut eingerichtet: Man arbeitet in der Jugend und im Mittelalter, damit man nicht etwa im Alter die Krankheiten bezahlt, sondern ein langes Leben genießen kann, Sie verstehen?"

„Glauben Sie eigentlich an die Hölle und an den Teufel?"

„Hirngespinste von Besserwissern, die anderen Menschen Angst machen wollen. Ich bin zwar katholisch, aber schon fünfzig Jahre nicht mehr in der Kirche gewesen, weil ich diesen Unsinn und vieles andere nicht mehr akzeptiere. Glauben Sie mir, seitdem kann ich wunderbar klar denken. Und Sie, glauben Sie an so was?"

„Na ja, ich bin immer noch auf der Suche, das heißt, ich bin auf der Suche nach der Frage, ob ich nun Theologie studieren soll oder nicht. Was die Hölle und den Teufel anbelangt, haben Sie sicher Recht, das sind alles Erfindungen von Menschen, sogar Augustinus erfand die Teufelspakttheorie, die wiederum großen Einfluss auf den Hexenwahn hatte."

„Na gut, mit Ihrer Frage sind Sie ja sicher bei Paul gut aufgehoben, der kann Ihnen da besser helfen als ich, ich bin dafür nicht zuständig."

„Was halten Sie denn von den Hexen?"

„Gut, sprechen wir von denen in der Vergangenheit. Heute wissen leider viel zu wenig Menschen, dass sich die Kirche mit Blut besudelt hat. Das sind Mörder gewesen, die alle diese Frauen verbrannt haben, weil sie mit dem Teufel im Bunde gewesen sein sollen."

„Ein furchtbares Ritual ..."

„Und ob. Und was die wenigsten wissen, oft wurden Katzen zusammen mit den Hexen verbrannt, das hatte Papst Innozenz VIII.

angeordnet. Das war Ende des 15. Jahrhunderts ... Wissen Sie, was früher in Aix passierte? Das fällt mir gerade ein. Da wickelte man am Fronleichnamsfest den hübschesten Kater wie ein Baby und stellte ihn dann in einem Schrein aus. Da wurde er als Gott des Tages verehrt mit Blumen, Weihrauch und so weiter. Aber schon zu Johannes wurde er mit einer Anzahl Katzen in einen Weidenkorb gesperrt und vom Bischof und von den Priestern unter Zeremonien in Brand gesteckt. Und dann zogen die Leute durch die Straßen und sangen Psalmen."

„Und das alles im Namen Gottes und der Kirche. Und die dumpfen Menschen taten nichts dagegen, im Gegenteil, sie machten mit, und dieses Mitmachen bei bösen Veranstaltungen hat ja bis heute Tradition – man denke an den Missbrauch."

„Wissen Sie was, Monsieur, wir hören auf damit, unser Ausflug ist viel zu schade für das Thema, bei Kirche kommt mich das kalte Grausen an."

Ich stand auf und sagte: „O.k. fahren wir nach Malaucène, ich lade Sie ein."

„Ah, coquin, Sie wollen Rachel wiedersehen ..."

Ich lachte. „Und außerdem hätte ich einen enormen Vorteil, sie kennt Sie, und wir könnten uns sofort an einen Tisch setzen."

„Ganz schön raffiniert, aber ich stehe zu Ihrer Verfügung. Sie ist eine schöne junge Hexe, die passt zu Ihnen."

Wir brausten runter. Jeanne war schnell wieder vergnügt. Im Café du Cours trafen wir Rachel leider nicht an, dafür aber sofort neugierige Blicke. Ich bestellte Kaffee und Kuchen, weichen Kuchen, und anschließend rauchte Jeanne aus ihrer dreißig Zentimeter langen Teleskopzigarettenspitze mit echtem Hornmundstück eine Gauloise ohne Filter und bekam sofort einen heftigen Hustenanfall, womit wir noch mehr neugierige Blicke auf uns zogen. Die Bedienung hatte unsere Bestellung allerdings mit wohlwollendem und sympathischem Einverständnis aufgenommen, und die Nachricht über ein exotisches Paar hatte sich wie ein Lauffeuer in Kellnerkreisen herumgesprochen, denn man kam nacheinander heraus, um uns zu beäugen. Als Jeannes Anfall im Abklingen begriffen war, röchelte sie mit heiserer Stimme und stoßweise:

„Ich rauche ja nur ... ein paar Mal ... im Jahr, meist zu Festen, zu Weihnachten ... zu Ostern und so weiter. Und dann aber richtig, verstehen Sie? Dann bekommen die Bakterien ... und Viren es mit der Angst ..."

„Na gut, Gauloise ohne Filter, das ist ja schon fast eine Rauchvergiftung, der reinste Teer neben all den anderen tausenden von Schadstoffen. Aber das Entscheidende ist doch, das Ganze ist ein Genuss, wenn auch zu Anfang die Lunge erst mal dicht machen will, dabei aber vergisst, dass auch wieder Luft rein muss."

„So ist es", lachte sie, „der Genuss hat auch ein Recht, wenn ich sonst gesund lebe."

Ich bestellte zwei Cognac, zwei Martell, und sagte: „Madame, zur Feier des Tages, Prost! Es lebe der Genuss! Der Teufel ist los, deshalb tanzen die Hexen."

„Was ?!", sagte sie und sprang auf, und wir drehten drei Runden auf der Straße, bis ich dachte, ihr geht die Puste aus.

„Ach, Monsieur, wunderbar, Sie sind ein Kavalier, aber Schnaps, Rauchen und Tanzen, alles auf einmal ist zu viel, ich bin aus der Übung! Und der Besen lässt auf sich warten!", und wir lachten unanständig.

Ich bekam eine SMS von Françoise: Ich vermisse dich sehr.'
Weil ich dieses Aufstehen und Weggehen albern finde, blieb ich sitzen und rief sie an:

„Hör mal, meine Liebe, ich danke für deine Nachricht, ich dich auch, ich komme morgen Nachmittag um fünf."

„Oh toll", sagte sie, „vielleicht können wir am Strand zelten. Mein Onkel und meine Tante sind für eine Woche verreist, Ärztekongress in Paris, gleichzeitig Urlaub bei meinen Eltern. Meine Cousinen habe ich bequatscht, die halten dicht. Also bis morgen, Küsschen."

„Du mich auch!"

„Na warte, du, du, du Schmeichler, du kannst was erleben!"

„Also, bise."

„Bise!"

Ich erklärte Jeanne, wo ich Françoise kennengelernt hatte, und wer sie war. Sie gratulierte mir zu meinem Erfolg, und ich beschrieb ihr die Mädels.

„Müssen ja schöne Mädchen sein", kommentierte sie, „und sind Sie verliebt?"

„Ja – in alle drei!"

„Donnerwetter!"

„Nein, nein, nur in Françoise, die ist mit 21 schon sehr verständig …"

„Und Paul?"

„Na Paul, der ist ganz verrückt auf die Mädchen, er mag sie alle sehr."

„Und sie ihn bestimmt auch, wenn ich mich nicht irre, er ist bestimmt sehr charmant."

„Sie irren sich nicht."

Ich erzählte ihr die Spielszene am und im Wasser, und sie ging richtig mit.

„Mein Gott!", sagte sie, „das hätte ich erleben wollen, super!"

Ich bestellte noch zwei Cognac.

„Monsieur, verzeihen Sie, aber bitte denken Sie an den Alkohol, auch wenn Sie der Teufel sind!"

„Jawoll", mimte ich einen Betrunkenen, „ich bin jetz bsofn, ein bsofner Teufel, hic, wir köön nich mehr nach Hause fahn, schlafn hier auf ner Bank n Rausch aus, basta …"

„Um Gottes willen, Monsieur!"

Ich lachte vor Vergnügen, dass ich sie reingelegt hatte.

„Sie sind mir ein Schlawiner, Sie haben mir einen richtigen Schrecken eingejagt. So, cincin, danach fange ich an zu singen: Je ne regrette rien …"

Ich zahlte, und wir zischten ab. Sie sang zwar keine Psalmen, dafür aber Liederbruchstücke aus einem halben Jahrhundert, dabei fehlte nicht mal: Je t'aime.

Ich setzte sie zu Hause ab, und sie fiel mir um den Hals und bedankte sich hundert Mal für diese wollüstigen Verführungen, wobei sie es schließlich nach mehrmaligen Versuchen aufgab, das letzte Wort richtig auszusprechen. Dennoch fand ich, dass sie gut roch, sie hatte sich offenbar, als sie kurz vor unserer Abfahrt auf die Toilette getaumelt war, eine ganze Flasche schweres Parfüm über den Leib geschüttet: Sie roch also unter anderem nach Parfüm und Fahne.

Als ich am Nachmittag mit Maurices Diane Wasser holte, war von Jeanne nichts zu sehen, und mir wurde bewusst, dass ich sie vermisste.

13

Angst

Paul war nicht zu Hause. Er hatte einen Zettel auf dem Schreibtisch hinterlegt: *Bin bei einem Freund in Orange. Habe Shiva mitgenommen. Bin gegen Abend wieder zurück.*

Ich schrieb zunächst meine Hexenerfahrungen in Kurzschrift nieder und wollte sie dann ausarbeiten, aber mich überkam eine andere Lust. Paul hatte nämlich das Johannesevangelium weiter übersetzt und dazu einen Essay geschrieben über Angst; das interessierte mich.

In Johannes 6, 16-21 wird die Geschichte erzählt, wie Jesus' Anhänger in einem Boot einen See überqueren, um auf der anderen Seite Kapernaum zu erreichen. Sie haben schon eine Stunde gerudert und ungefähr fünf Kilometer zurückgelegt, als es dunkel wird, und ein Sturm aufkommt. Da sehen sie plötzlich Jesus auf dem Wasser daherkommen, und sie bekommen große Angst. Habt keine Angst, sagt er, ich bin es doch, und sie ziehen ihn ins Boot.

Weiter war Pauls Übersetzung noch nicht gediehen, aber im Essay bezog er sich auch auf den Schluss des 16. Kapitels, wo der Geist als Beistand und Lehrer wirkt, wo die Welt zwischen Angst und Frieden schwebt. Jesus sagt: In der Welt habt ihr Angst, aber fasst Mut, ich habe die Welt besiegt.

Ich dachte nach: Was ist das für eine Welt, in der der Mensch Angst hat? Was bedeutet Angst überhaupt?

Dazu schrieb Paul im Essay: Angst ist ein Grundgefühl, das sowohl bewusst als auch unbewusst wahrgenommen wird. In der Evolution bedeutet sie einen Schutzmechanismus, um ein angemessenes Verhalten gegen Gefahren auszulösen. Neben vielen anderen Ängsten ist wohl heute die Angst vor einer erneuten Finanzkrise die wichtigste.

Die Stoiker und die Epikureer sahen Angst als ein künstliches Gefühl an, dem man mit Gelassenheit (Ataraxie) begegnen müsse. So hat Angst vor dem Tod keine Bedeutung, da er nicht zum Leben gehört; Angst vor den Göttern ebenso wenig, weil zwischen der Welt der Götter und der des Menschen eine scharfe Trennlinie bestehe. Augustinus meinte, dass Angst der Zustand sei, den der Mensch erfährt, wenn er von Gott getrennt ist.

Die Existenzphilosophie (etwa Kierkegaard) beschreibt Existenzangst als eine Angst, die dadurch entstanden ist, dass der Mensch in seiner Phylogenese (somit auch der Ontogenese) seine Verbundenheit mit der Natur, der Welt, verloren hat, sich in eine fremde Welt „geworfen" fühlt. Der Mensch hat zwar viele Freiheiten gewonnen, aber er hat sozusagen vor diesen Freiheiten Angst, vor diesem In-der-Welt-Sein (Heidegger). Diese Angst meint Jesus, diese existentielle Angst in der Welt. Er hat sie überwunden.

Nun ist aber der Mensch durch nichts leichter zu beherrschen als durch seine Illusionsbedürftigkeit (Topitsch), und er fällt allzu leicht auf Denkmodelle herein, die ihm vorgaukeln, „dass ohne Gott bzw. ohne den Glauben Staat, Gerechtigkeit, bürgerliches Leben und jede Form von Ordnung zusammenbrechen." (Gerd Scobel, Der Ausweg aus dem Fliegenglas, S.71) Oder lassen wir den englischen Literaturwissenschaftler Terry Eagleton zu Wort kommen: „Selbst wer glaubt, Gott sei letztlich der Sinn des Lebens, muss deshalb nicht unbedingt glauben, dass die Welt ohne dieses göttliche Fundament überhaupt keinen Sinn hat. Der religiöse Fundamentalismus entsteht aus der neurotischen Angst, ohne einen letzten Sinn gäbe es keinen Sinn." (bei Scobel, S. 84).

Wenn die Kirche die oben genannte Illusionsbedürftigkeit mit Jesus Gedanken verknüpfte, sodass der Mensch daraus Hoffnung schöpfen könnte, wäre ein großer Schritt getan. Was macht aber die Kirche? Sie droht dem Menschen mit leichtfertiger Arroganz und in pompöser Bemäntelung mit furchteinflößender Selbstherrlichkeit und Selbstgefälligkeit. Sie versetzt die Menschen in Angst vor Strafen, vor Sünde, vor der Hölle, vor einem zornigen Gott und schürt so angstbesetzte religiöse Vorstellungen, die oft in psychotischen Wahnvorstellungen und ekklesiogenen Neurosen enden: Der Mensch ist wiederum von der Macht der Angst besetzt. Die Kirche kann sich nicht mehr hinter einer Kritikimmunität (Scobel) verschanzen, denn sie verliert mehr und mehr ihre Kraft der Welterklärung. „Wie viele Möglichkeiten – und das bedeutet immer auch: wie viele Möglichkeiten, das Leben zu genießen und Spaß zu haben – gehen dem verloren, der die Vielfalt des Lebens aussperrt!" sagte nicht Jesus, wie man meinen könnte, sondern Gerd Scobel (a.a.O., S. 44/45)

14

Bei Françoise

Françoise und ich tingelten durch die Stadt, küssten uns, tranken Kaffee, aßen Kuchen und plauderten mehr über die Zukunft als über die Gegenwart, in der wir uns gut aufgehoben fühlten. Sie vermittelte mir wieder das Gefühl einer üppigen Realität; alles war selbstverständlich, alles würde gut bleiben. Die Erfahrung, verstanden zu werden und zu verstehen, vielfach auch ohne Worte, war neu für mich.

Ich schmuste gern mit ihr, deshalb saßen wir immer eng nebeneinander. Sie hatte weiche Wangen, die nach ihrem Parfüm rochen, Amarige von Givenchy aus Paris. Sie hatte einen leichten, schwungvollen, fröhlichen Gang, und wenn sie saß und die Beine überschlug, konnte man die schlanken Oberschenkel sehen. Sie sah gut aus, dachte ich, und sie wusste es, und sie wusste auch, dass ich es dachte. Und sie war gescheit, dabei sehr natürlich, also nicht überkandidelt wie so mancher Pariser. Ihre Gesichtsform war nicht mehr so unberührt, so unbedarft wie die ihrer jüngeren Cousinen, die noch keine Prägung hatten. Schade, dachte ich, dass diese Unberührtheit verlorengeht, aber das ist der Preis des Alterns und unserer Zivilisation. Aber ihre schönen braunen Augen sahen mich so ruhig und immer etwas sehnsüchtig an, als wollten sie jeden Augenblick Küsse und noch mehr Nähe erheischen.

Während wir Hand in Hand dasaßen und mit den Fingern spielten, erzählte ich ihr von Tahiti, von einem Land, mit dem ich mich einmal wegen Gaugin in Kunst beschäftigt hatte. Bei dieser Beschäftigung war mir die natürliche Schönheit der Frauen aufgefallen. Vielleicht waren sie länger „jung", weil sie zufriedener waren.

„Weißt du was, wir fliegen bald einmal nach Tahiti, und dann kannst du mich weiße Schönheit mit den Frauen vergleichen, und dann werden wir ja sehen, welche schöner sind."

„Und dann werden sie dich mit der Fiare bekränzen, mit der Gardenie, die bei Anbruch der Dunkelheit ihren Duft verströmt. Und wir beide werden es den Tahitianern nachmachen: Bei einem Anfall von Fiu lässt der Tahitianer alles stehen und liegen und ist zu keiner Arbeit mehr zu bewegen, und wenn man ihm noch so viel Geld anbietet."

„Ich habe da noch ein Angebot, mein kleiner Chris, ein Angebot in ganz naher Zukunft: Demnächst schmücke ich mich auch einmal mit einer Girlande als einziger Bekleidung, was hältst du davon?"

„Ich weiß, dass das keine leeren Versprechungen sind, ich warte darauf. Aber ich sage dir mal etwas, heute bist du viel zu schick für mich. Das geblümte, kurze Kleid steht dir sehr gut, die hochgesteckten Haare, die weißen Sandaletten, es stimmt alles. Und ich habe nur die Jeans und das lila-weiß gestreifte Hemd an."

„Sei nicht traurig, Chris, du gefällst mir so, wie du bist, und ich brauche dir nicht zu sagen, du gefällst mir auch ohne Kleidung", sagte sie und schob sich ein ansehnliches Stück Apfelkuchen in den Mund.

„Du bist eine Wilde. Wenn die Grenzen der Moral nicht wären, würdest du mich hier auf dem Stuhl vernaschen, stimmt's?"

„Es stimmt, und zwar würde ich mich rückwärts auf deinen Schoß setzen, mit geschlossenen Beinen …"

„Das sind ja Aussichten!"

„Eben, ich möchte dir den Mund wässrig machen. Ich glaube, das heißt auf Deutsch genauso, oder?"

Ich nickte.

„Chris, ich wollte dich noch etwas fragen: Hast du eigentlich Angst vor der Zukunft?"

„Wie meinst du das?"

„Na ja, wie alles so wird; rosig sieht die Welt ja nicht aus. Und wie geht es mit uns weiter?", fragte sie.

„Also, ich sage dir das, was mir dazu gerade einfällt: Warum sollte ich Angst vor der Zukunft haben? Das würde ja bedeuten, dass ich Angst vor Veränderungen hätte, habe ich aber nicht. Alles wird immer wieder anders. Und die Welt? Die macht sowieso, was sie will, ob rosig oder nicht, wir dichten ihr viel zu viel an, sie ist nun mal so, wie sie ist."

„Aber das bringt doch Unsicherheit mit sich."

„Es gibt keine Sicherheit."

„Und mit uns?"

„Es ist gut, so wie es ist."

„Ich wollte dich noch etwas anderes fragen. Hast du's dir mit Paris überlegt?"

„Sagen wir es so, es ist nicht aus der Welt."

„Sagte der Diplomat und ließ alle Türen offen."

„Hoffentlich hat er die Klotür zugemacht."

„Chris, du spinnst!", lachte sie, und gerade dieses Lachen über einen Witz oder eine humorvolle Bemerkung, bei der, wie ich schon sagte, ihr kleiner Mund sich zur breiten Schnute eines Clowns vergrößerte, ließ mich in Verzückung geraten. Diese kleinen

Zaubereien, denen wir auf Schritt und Tritt begegnen, wenn wir nur genau hinschauen, schützen uns vor Entzauberung, und ich sagte: „Wie schön du bist, wenn du lachst."

„Echt?"

„Aber im Ernst, ich ziehe Paris wirklich in Erwägung."

„Ich habe das nämlich mit meinem Vater abgeklärt, alles paletti. Und jetzt noch etwas ganz Raffiniertes: Wenn du Medizin studieren würdest, sagte er, dann würde er dich so fördern, dass du keine Luft mehr kriegst."

„Das ist natürlich auch ein Aspekt: Da springt der Student einfach von der Theologie zur Medizin und macht es wie die Politiker."

„Mit dem Unterschied, dass du ein sehr gutes Abitur hingelegt hast."

„Das ist allerdings richtig, sagt aber auch noch nicht alles ... Den Politikern habe ich eins voraus: Ich bin selbstkritisch. Sag mal, sollen wir deine Cousinen nicht zum Eis einladen?"

„Die wollten mit ihren Freundinnen weg, aber vielleicht sind sie schon wieder zu Hause. Hör mal, du Schuft, du hast dich doch wohl nicht in Thérèse verliebt?"

„Nein, doch so was nicht! In beide Mädchen natürlich!"

„Du coquin misérable", äußerte sie mit gespieltem Unmut, stand auf und trommelte von hinten mit beiden Fäusten auf meine Schultern. Dann beugte sie sich vor und küsste mich. Ich stand auf, presste sie an mich, bis sie kaum noch Luft bekam, und sie sagte: „Hör auf, Chris, bitte, du tust mir weh!"

Ich ließ lockerer und sagte: „Deine Schläge waren auch nicht von gestern."

„Entschuldige, mein kleiner Liebling, das war nicht meine Absicht", sagte sie und schlängelte sich um mich wie ein kleines Mädchen, das von ihrem Vater ein Geschenk erbetteln möchte.

„Außerdem", fuhr sie fort, „eine Beziehung ohne Leidenschaft schafft Leiden, damit du klar siehst."

„Du bist nicht nur schön, du bist auch noch klug. Wie soll ich das bloß verkraften?"

Wir setzten uns wieder, und sie antwortete: „Indem du meiner Leidenschaft auf gleiche Weise entgegenkommst."

„Oh, Gott, hilf mir, diese Frau macht mich schon in der Frühphase zum Krüppel."

„Soll ich dir mal was sagen? Leidenschaft stirbt noch nicht mal im Rollstuhl!"

Françoise rief die Mädchen an, und sie kamen gern ins Café. Auch sie hatten sich fein gemacht, als stünde ein Opernbesuch bevor. Als ich das erwähnte, meinte Madeleine keck: „Ja klar, *Die Macht des Schicksals*, bald musst du dich entscheiden."

Françoise erklärte ihr die Bedeutung von Leidenschaft, worauf sie protestierte: „Was weißt du schon von meinen Beziehungen, so!", und zog ein Schmollmündchen.

„Meinst du, wir sind hier im Süden so kalt wie ihr im Norden? Fehlurteil, mein Schätzchen!", polterte Thérèse los, „unsere Erfahrungen musst du erst mal haben."

„Ist ja schon gut", wiegelte Françoise ab, „ich sehe, ich habe euch unterschätzt."

So waren es die Mädchen zufrieden, schleckten ihr Eis und bedankten sich für die Einladung, wobei ihre Blicke ab und zu unterschwellig die Frage zu verraten schienen: Was habt ihr gemacht? Worüber habt ihr gesprochen? Habt ihr euch häufig geküsst? Ich jedenfalls fühlte mich wie ein arabischer Fürst, der die Wohltaten seiner Frauen in einem Mikroharem genoss, obgleich es hier und zu dem Zeitpunkt zu keiner Tuchfühlung kam. Thérèse konnte offenbar Gedanken lesen und meinte, es wäre interessant zu ergründen, mit welcher von ihnen ich wohl beginnen würde, und alle Mädchen kicherten erwartungsvoll. Ich fühlte mich jedoch überfordert und lenkte ab, indem ich einen Witz erzählte, der eigentlich gar nichts mit dem Thema zu tun hatte:

Klein Erna sagt zu Fritzchen, nachdem sie zwei Eis geholt hat: Dein Eis ist mir in den Sand gefallen. Oder: Kann ich mal an deinem Eis naschen? Es tut nicht weh.

Und wie das bei Witzen so üblich ist, einer zieht den anderen nach sich, wobei die Mädchen mit Anspielungen nicht hinter dem Berg hielten. Thérèse lieferte den ersten:

Ein Typ kommt zum Arzt und sagt: Herr Doktor, ich glaube, ich bin impotent. Das werden wir gleich haben, sagt der Arzt, zeigen Sie mal ihre Genitalien. Da streckt der Typ die Zunge raus.

Madeleine: Eine ältere Frau kommt in ein Heiratsvermittlungsbüro und sagt zur Angestellten: Ich suche einen Mann. Welche Vorstellungen haben Sie denn, fragt die Angestellte. Na ja, er sollte liebenswürdig sein und gebildet. Er muss ebenso gut singen wie tanzen können und Geschichten erzählen. Aber ich möchte auch, dass er zu Hause bleibt, und dass er die Klappe hält, wenn er mich nervt ... Ich sehe schon, was Sie brauchen, sagt die Angestellte: Sie sollten sich einen Fernseher zulegen.

„Moment", sagte Françoise, „ich hab auch noch was Hübsches aus Papas Ärztekalender: Es wird Tag, und die Hochzeitsnacht eines jungen Paares endet. Die junge Frau zieht sich an, geht in die Küche, um Kaffee zu machen, während der junge Mann im Bett bleibt.

Anschließend kommt sie mit einem Tablett und stellt es ihm lächelnd auf die Knie. Er nimmt die Tasse Milchkaffee, gibt ein Stück Zucker hinein, rührt mit einem Teelöffel um und trinkt langsam. Er schüttelt den Kopf und sagt zwischen den Zähnen: Scheiße! Milchkaffee kann sie auch nicht zubereiten!

„Hehe", meinte Madeleine, „so nem Pascha würde ich noch nicht mal heißes Wasser zubereiten."

„Na, ich weiß nicht", sagte ich, „wenn du richtig verliebt bist, versalzt du sogar das Essen."

„Ich hab noch ein paar auf Lager", sagte Thérèse und legte los:

Zwei Sultane klönen mit einander: Sag mal, wie machst du es, wenn du abends eine von deinen dreißig Konkubinen aussuchst? Och, das ist gar nicht schwer. Ich gieße einen Eimer Wasser drüber, und ich nehme die, die am meisten dampft.

In einer spanischen Kirche ist ein Mädchen vor einer Statue der Heiligen Jungfrau im Gebet vertieft: Heilige Jungfrau, die du empfangen hast, ohne zu sündigen, mache, dass ich sündigen kann, ohne zu empfangen.

„Schön wär's!", meinte Françoise lakonisch, „ich schlage vor, wir gehen zum Strand und schwimmen ein bisschen."

„Dann müssen wir erst unsere Badesachen holen ... Wir sind gleich wieder da."

In der Zwischenzeit lag ich mit Françoise am Strand, und wir küssten uns, schmusten und schnäbelten, bis die Mädchen kamen, und dann sprangen wir gemeinsam ins Wasser und tobten ein wenig herum. Als wir das Meer verließen, sagten die Mädchen, sie vermissten Paul, er sei so ein netter Mann. Ich tröstete sie, ich käme bestimmt wieder mit ihm her, und dann könnten wir zusammen einen drauf machen. Alle Mädchen waren zudem der Meinung, sie müssten auch bald Shiva wiedersehen, sie gehöre doch irgendwie dazu.

„Ich möchte euch gern eine Frage stellen", sagte ich, „und ich bitte euch, sie mir ganz offen und frei zu beantworten. Existiert Gott?"

„Was soll das denn jetzt?", fragte Madeleine überrascht zurück.

„Nun lass ihn doch!", wandte Françoise ein.

„Na ja," sagte ich, „ich habe so den Eindruck, wir reden oft um den heißen Brei herum, oder wir verdrängen das Thema, weichen einer solchen Fragestellung aus."

„Warum stellen wir denn eine solche Frage überhaupt? Ist die eigentlich relevant?", fragte Thérèse und fuhr fort, „also für mich stellt sich das so dar: Ich weiß es nicht, und ich denke, wir können es auch nicht wissen, denn wir können Gott nicht nachweisen."

„Ich finde, Thérèse hat recht", meinte Madeleine, „und wir weichen der Frage gar nicht aus, sondern sie hat einfach keine Bedeutung ... Das wäre genauso, als wenn du fragen würdest, was ich dazu meine, ob es einen Papagei mit Eselsohren gibt."

„Wäre das nicht möglich?", fragte ich lachend zurück.

„Möglich vielleicht, aber was haben wir davon, wenn wir es wüssten? Wir haben ebenso davon, wenn wir es nicht wissen. Ich verstehe gar nicht, warum wir so viel Lärm um nichts machen. Ich denke, andere Fragen sind wichtiger: Wo bleibt die Demokratie? Wie können wir Finanzmarodeure unschädlich machen? Nach welchen Werten wollen wir leben? Was meinst du, Françoise?"

„Ja gut, also deine letzten Fragen in Ehren, Madeleine, es lohnt sich tatsächlich darüber zu diskutieren, aber ich denke, wir sollten erst mal bei Christians Thema bleiben. Ihr habt recht: Ob es Gott oder einen Gott gibt, können wir einfach nicht wissen oder nicht entscheiden, weil unsere Vernunft und auch unser Verstand an eine Grenze stoßen. Zweitens meine ich, dass die ganze Sache auch historisch, also ideengeschichtlich und geographisch bedingt ist, und ich nehme mal unser Land: Wir sind laizistisch, das heißt nicht erst seit der Verfassung von 1958 garantieren wir im Prinzip eine strikte Neutralität allen Religionsgemeinschaften gegenüber. Ich will sagen, in meiner Familie sind wir nicht religiös, zumindest haben wir mit Kirche nichts zu tun, sind aber durchaus tolerant. Drittens, ich bin demokratisch, was die Zugehörigkeit zu einer Kirche ganz, zu einer religiösen Gemeinschaft meist ausschließt, und viertens, ich denke pluralistisch, das heißt zum Beispiel, jeder soll seinen Glauben haben, muss aber ebenfalls tolerant sein und mich nicht zu irgendetwas zwingen wollen ... Soll ich euch mal was sagen? Ich hab vor kurzem was gelesen, was mich tief und nachhaltig bewegt hat, und das geht so: Je friedvoller der Geist, desto besser ist das für die Gesundheit. Wut produziert keinen Seelenfrieden, Mitgefühl bringt uns inneren Frieden, weil es das Herz öffnet ... Und wer hat das gesagt?"

Wir zogen alle die Mundwinkel nach unten, legten die Stirn in Falten, zuckten mit den Schultern, schüttelten den Kopf, strengten dennoch unsere grauen Zellen an, die mit Lichtgeschwindigkeit versuchten, irgendwelche Kenntnisfetzen miteinander zu verbinden, aber wir waren einfach nicht gut und nicht kenntnisreich genug. Auch gefühlsmäßig kriegten wir kein Ergebnis auf die Reihe. Ich bat Françoise, die Sätze noch einmal langsam zum Mitschreiben zu wiederholen, und dann schwatzten wir ihr das Geheimnis ab.

„Das steht nicht in der Bibel", sagte sie, „wo es steht, weiß ich auch nicht, aber es ist vom Dalai Lama."

Wir kauten alle an der Aussage herum, jedes Wort gewichtend, erstaunt vor allem über den Zusammenhang von geistigem Frieden und Gesundheit.

„Ich will noch mal auf Gott zu sprechen kommen", nahm Thérèse den Faden wieder auf, während sie auf den Kreis stierte, den sie mit dem Zeigefinger der rechten Hand in den Sand gezogen hatte, „nehmen wir mal an, Gott existiert nicht, ich mein, das können wir ja denken, aber was ist dann? Dann haben wir eigentlich nichts, sagen wir mal, was über uns hinausgeht, dann ist alles leer. Ich hab mal gehört, wie einer sagt, da oben ist niemand. Das beunruhigt uns doch, oder? Ich denke, wir sind trotzdem alle irgendwie religiös, wir wollen doch was Mystisches, was Geheimnisvolles, und wenn es Götter sind."

„So, Christian, jetzt bist du dran!", forderte Madeleine mich auf, „jetzt bist du uns eine Antwort schuldig."

„Das nächste Mal", sagte ich, „ich wollte nur mal kurz wissen, wie ihr darüber denkt."

Ich sprang auf und lief zum Wasser. Françoise lief hinter mir her und hielt mich auf, und die Mädchen bildeten einen Ring und tanzten im Gegenuhrzeigersinn um mich herum, wobei sie sangen: Der Chris ist dran, der Chris ist dran. Ich wagte nicht, diesen Zauberkreis zu durchbrechen und gab mich geschlagen.

„Nun höret also, edle Jungfrauen", hob Françoise lächelnd an, als wir uns wieder auf unseren Platz begeben hatten, „was dieser Jüngling, Christian, der Listenreiche, uns zu sagen und zu beichten hat."

„Also, zu beichten habe ich eigentlich nichts, im Gegenteil, ich bin euch dankbar für eure freimütige Auskunft, und ich sage euch noch was, ich denke so ähnlich wie ihr darüber. Aber, und das ist der Unterschied, ich bin ja eigentlich hier oder besser bei Paul, um noch mehr über die Sache zu erfahren, und auch, um eine für mich richtige Entscheidung zu treffen. Wenn ich der Überzeugung wäre, dass es keinen Gott gibt, warum sollte ich dann Theologie studieren? Aber ich bin mir wie ihr nicht sicher. Ich will auch nicht ins kalte Wasser springen und denken, Appetit kommt beim Essen, und später stelle ich dann fest, es war alles für die Katz, oder ich mache es wie viele Scheinheilige, die so tun als ob, und in Wirklichkeit machen sie sich und vor allen Dingen anderen was vor, diese Scheinpriester. Oder ich bin schon zu alt und sage, da musst du durch! Nee, nee, dann lieber raus wie Paul, aber das muss man erst mal bringen!"

„Richtig argumentiert", sagte Madeleine.

„Also, ich glaube schon, dass ich an Gott glaube, die Frage ist nur, an welchen. Von Paul weiß ich, dass der Monotheismus von altägyptischen und jüdischen Vorstellungen abgeleitet wurde, was die Christen übernommen haben. Damit will ich auch sagen, dass man eine Menge wissen muss, bevor man glauben kann …"

„Wissen und glauben ist aber doch was Anderes", warf Thérèse ein.

„Ja sicher, ich sage ja nicht, dass man umso weniger an Gott glauben kann, je mehr man weiß. Die Frage ist nur, was die Theologie mir bieten kann, die ja immer noch an Universitäten gelehrt wird, obwohl man sie kaum noch als wissenschaftliche Disziplin bezeichnen kann. Und was ist, wenn ich spüre, dass der Gott der Kirche nicht meiner sein kann?"

„Welcher könnte denn deiner sein?", wollte Françoise wissen.

„Na ich glaube der, der Paul vorschwebt. Gott ist nicht ein alter Mann, schon gar nicht eine Person, sondern Geist, Energie, ein Prinzip, das Wesen von etwas. Zweitens, niemand hat die Wahrheit allein gepachtet, es gibt keine wahre Religion, es gibt viele Religionen. Voodoo ist zum Beispiel auch eine."

„Ah, ist das die mit den Voodoo-Puppen?", fragte Madeleine.

„Ganz recht. Ich wollte noch sagen: So wie es die Evolution der Vernunft gibt, so gibt es auch die Evolution des Glaubens …"

„Moment mal, was soll das denn heißen?", wollte Madeleine wissen.

„Das soll heißen, dass auch der Glaube sich verändert wie alles, wobei natürlich auch immer der Irrtum vorbehalten bleibt. Ich glaube, worauf man sich verlassen kann, ist das Werden, man kann Vertrauen zum Wandel haben."

„Und wie sieht es mit der Liebe aus?", fragte Françoise, „ich glaube, dass ein Glaube sich ähnlich verhält wie die Liebe, ob ihr's glaubt oder nicht", grinste sie.

„Und wie soll das gehen?", fragte Thérèse.

„Indem man sich auf einen Menschen einlässt und verlässt zum Beispiel. Gemeinsame Erfahrungen sind wichtig, ein Miteinander, ein offenes Mitgefühl, obwohl wir wissen, dass wir nichts und niemanden festhalten können."

„Das klingt gut", meinte Madeleine, „aber ich glaube, dafür müssen wir erst mal erwachsen werden, ich mein selbständig."

„Also", sagte ich, „ich denke, ihr widersprecht mir nicht, wenn ich behaupte, dass uns gewissermaßen im Kreis drehen, so wie wir es immer gemacht haben: Erst waren wir Heiden oder Säkulare, dann Christen, und jetzt wieder Säkulare … Vielleicht kommt danach ja ein neues, ein entschlacktes Christentum, das wär ja mal was. Denn jetzt ist es schwer, eine Entscheidung zu treffen."

Gegen Abend holten Françoise und ich das Zweimannzelt aus ihrem Auto, und wir machten Anstalten es aufzubauen. Die Mädchen guckten neugierig und neidisch zu und kommentierten unseren Hausbau. Madeleine äußerte: „Stellt es nur ja schön an die Mauer, damit euch die Sündflut nicht wegspült."

„So weit sind wir noch nicht, außerdem empfinden wir das gar nicht so!", konterte ich.

„Ich würde es mit den Füßen zum Wasser aufstellen, dann geht ihr nicht so schnell unter", griente Thérèse.

„Das kommt immer auf die Position an", entgegnete Françoise spitz, „außerdem würde ich sagen: Behaltet eure eifersüchtigen Sticheleien für euch. In einem Zelt habt ihr auch noch nicht mit einem Mann übernachtet, hau!"

Plötzlich kam ein großer dicker Kerl vom Wasser her auf uns zu und rief:

„So, du blöde Tussi, du hast meinen Bruder geschlagen, jetzt gibt's was aufs Maul!"

„Moooment!", erwiderte Françoise und ging in Verteidigungsstellung, „er wollte uns Helme klauen!"

Ich ging dazwischen, und er verpasste mir ohne Vorwarnung und ohne Umschweife zwei Faustschläge zielgenau auf die Augen. Ich schwankte, fiel nach hinten und schlug mit dem Hinterkopf gegen die kniehohe Mauer. Ich erholte mich jedoch nach kurzer Zeit, sprang taumelnd auf den Kerl zu, riss ihn von Françoise weg und donnerte ihm mit voller Wucht mehrere Faustschläge in den Magen und dann einen Knieschlag zwischen die Beine. Er torkelte, sackte zusammen und blieb stöhnend liegen, wand sich und röchelte:

„Du Schwein, du elendes!"

„Du müsstest dich mal sehen!", sagte ich kalt und mit zitternder Stimme, und mir blieb fast die Luft weg, dennoch traf ich blitzschnell Entscheidungen: „Los, schnell!", befahl ich, „das Zelt ins Auto und ab nach Hause!"

Wir sammelten alles ein, Zeltteile und Klamotten, die Mädchen hüpften im Badeanzug ins Auto, ich sprang in der Badehose auf mein Geschoss, und ab ging's. Um den Dicken kümmerten sich Leute.

Zum Glück war es nicht so weit, doch als wir das Motorrad im Innenhof der Villa geparkt hatten, und ich den Helm abnahm, hatte ich mich offenbar in einen Chinesen verwandelt, allerdings in einen, dessen Schlitze dabei waren, sich gänzlich zu schließen, sodass ich der Hilfe anderer bedurfte, denn ich war mit Blindheit geschlagen.

Thérèse und Madeleine jammerten unaufhörlich: „Oh Gott, guck mal, wie er aussieht!" „Mist, dass Papa nicht da ist." „Françoise, was machen wir jetzt?"

„Scheiße", sagte ich, „mein Kopf schmerzt."
„Ist dir schlecht?", fragte Françoise ruhig.
„Nein, aber ich habe bestimmt ne Beule!"
„Hast du", stellte sie fest, nachdem sie meinen Hinterkopf untersucht hatte, „ist halb so schlimm, wir kriegen das schon hin, keine Panik."

Und dann geschah etwas, was ich nicht für möglich gehalten hätte:

Unter Françoises Anleitung verwandelte sich der Salon in ein Mehrbettzimmer in der besten Privatklinik vor Ort, das Ganze für mich in ein Hörspiel unter Mitwirkung des angeschlagenen Patienten und dreier süßer Krankenschwestern. Die baldige Heilung war vorprogrammiert, dachte ich, obgleich ich Schmerzen hatte. Sie setzten mich zunächst in einen Sessel, sie behandelten die Kopfwunde, wie sie das nannten, mit einer brennenden Substanz und legten anschließend eine Kompresse an. Dann wurden meine Lider, Brauen und Stirn mit einer kühlenden Flüssigkeit betupft, wobei ich mir die Bemerkung erlaubte, dass ich davon ausginge, dass es sich weder um Salz- noch um Schwefelsäure handelte. Sie ließen sich jedoch nicht aus der Ruhe bringen, denn alle diese Maßnahmen wurden von der Oberschwester vorgenommen, während die Unterschwestern hin- und hereilten. Ich machte mir Sorgen und fragte, ob sie sich denn auch alle angezogen hätten, worauf Françoise meinte, im Gegenteil, in einer Luxusklinik seien die Frauen alle leicht bekleidet, Berührungen seien allerdings verboten, was ich bedauerte. Spöttisches Gekicher musste ich mir natürlich auch anhören, weil die Unterschwestern Vergleiche anstellten wie *Zombie* oder *Mister Gori*.

Auf meine Frage antwortete Françoise: „Ich habe viel von meinem Vater gelernt an Wochenenden, wenn die Arzthelferinnen nicht zugegen waren."

„Hast du Hunger?", fragte Madeleine.

„Nicht direkt Hunger, aber Appetit schon."

„Das ist ein gutes Zeichen, dann hast du keine Gehirnerschütterung."

„Morgen hast du ne ganze Blumenhandlung im Gesicht, mein kleiner Boxweltmeister", sagte Françoise und küsste mich, als die Unterschwestern abwesend waren, um in der Küche eine Kleinigkeit zu essen zu machen, „Wein gibt's nur ein Glas, ich nehme an, du weißt, warum."

„Ist schon klar, ich bin euch allen sehr dankbar."

Beim Essen wiederholten die Unterschwestern noch einmal das Drehbuch des Kampfes mit allen Einzelheiten, wobei Françoise nur hier und da korrigierend eingreifen musste: Es war der Magen und nicht die Brust des Gegners, und es waren die Nüsse, nicht die

Oberschenkel. Allerdings käme es bei einem Bericht ja auch immer auf die Perspektive an, insoweit seien Berichte der Wahrheit mehr oder weniger nah, man sollte den Augen anderer nur mit Vorbehalt trauen.

„Thérèse, hole bitte meinen Wagen rein. Stelle ihn bitte in die leere Garage. Hier ist der Schlüssel."

Ich bekam noch einen Lindenblütentee, der mich beruhigen sollte, denn dass ich nicht die Augenlider bewegen konnte, machte mich nervös. Françoise meinte, ich sollte mich nicht in irgendwelche Ängste steigern und gab mir Papiertaschentücher, damit ich die „Tränen" abwischen konnte.

„Armer tapferer Krieger", sagte sie, „hast dich für mich geschlagen, hast eine tolle Belohnung verdient."

Sie schleppten Matratzen herein, legten vier nebeneinander, darauf Kopfkissen und Decken. Auf meine Frage meinte Thérèse: „Du schläfst in der Mitte, ich rechts, Françoise links und neben mir Madeleine."

„Macht doch nicht so viele Umstände!"

„Keine Widerrede", gab Thérèse zurück, „wir müssen auf dich aufpassen!"

Dann legten wir uns alle schlafen und hielten Händchen. Mir schien das zunächst albern, aber schließlich verstand ich ihre Zuwendung und Verantwortung mehr und mehr.

„Wenn jetzt unsere Eltern kämen", sagte Madeleine leise.

„Dann wäre es auch nicht schlimm", stellte Thérèse in gleicher Lautstärke fest, „sie sind doch liberal. Außerdem würde Mama zwar wegen der Unordnung schimpfen, aber Papa würde sagen: Mein Gott, das bisschen Unordnung, das bringen sie doch schnell wieder in Ordnung. Sei doch froh über unsere wohlgeratenen Töchter, sie trinken nicht, sie rauchen nicht, sie nehmen keine Drogen, sie huren nicht rum, sie sind gut in der Schule, sie wollen mal richtige tolle Frauen werden, also, was willst du!?"

„Ja, das stimmt", flüsterte Madeleine, „außerdem kommen sie sowieso nicht vor dem *Fête Nationale*, Françoise, oder?"

„Das ist richtig, die beiden Väter klappern tagsüber die Museen ab, ob es für euren Vater noch was Neues über ägyptische Kunst gibt. Darauf ist er ganz erpicht. Ja, und mein Vater will seine Uhrensammlung aufstocken. Na ja, und die *Bouquinistes* sind natürlich auch dran …"

„Tja, aber die beiden Frauen erst, die kümmern sich um Kleidung, das heißt besser gesagt um Stoffe," schwärmte Thérèse, „deine Mutter als ehemalige Designerin bei *Béliard* schneidet zu, und unsere Mutter näht die tollsten Kleider oder Kostüme, alles Einzelstücke, absolute Spitze."

„Und abends", sagte Madeleine, „geht's dann ins Theater, ins Kino, in die Oper oder total schick essen ... Ich freue mich schon, in den nächsten Ferien sind wir ja bei dir, und da werden wir Paris unsicher machen."

„Leise", murmelte Françoise und verschluckte sich, dass sie husten musste, „Mist, jetzt hab ich ihn wieder wach gemacht, ich dachte, wir haben ihn in den Schlaf geködert, er zuckte schon ..."

„Fast", wisperte ich, „danke für alles, ihr lieben Feen, und schlaft schön."

Als Madeleine am nächsten Morgen vom Bäcker zurückkam, brachte sie die Boulevardzeitung mit. In großen Lettern stand auf der Frontseite: *Marokkaner schlägt Franzosen krankenhausreif.* Françoise beschwerte sich spontan bei dem Zeitungsfritzen: Das sei so nicht in Ordnung, und sie stellte den Vorgang mit Vorgeschichte dar: Helme, Junge et cetera. Wenn sie am nächsten Tag keine Richtigstellung brächten, würden wir sie wegen übler Nachrede und falscher Behauptungen vor Gericht verklagen. Der Typ lenkte sofort ein, er hatte wohl den Pariser Akzent erkannt.

Zu meiner Überraschung rief Paul auf meinem Handy an, er habe ein komisches Gefühl gehabt und sich Sorgen gemacht. Ich schilderte ihm kurz die ganze Geschichte, die ihn sehr erstaunte. Erfreut war er, als ich ihm sagte, dass wir ihn und Shiva alle sehr vermissten. „Wir werden uns ja alle bald wiedersehen. Grüße mir die Damenwelt und verpasse ihr einige wohlschmeckende Schmatzer!"

„Das wird sofort erledigt", sagte ich und forderte die Damen auf, zu mir zu kommen, die ich wie durch einen Schleier in Umrissen wahrnehmen konnte, und küsste sie auf Bestellung.

„Hast du gehört?"

„Ich bin neidisch und eifersüchtig."

„Das geschieht dir recht!", redeten die Mädchen dazwischen.

„Wann kommst du nach Hause?"

„Heute oder morgen, sobald ich wieder klar sehen kann. Dass ich ein Chinese bin, kann man ja unter dem Helm nicht erkennen."

15

Das Zweite Testament

Ich blieb doch noch einen Tag und eine Nacht länger bei den Mädchen, bis ich so langsam wieder den mitteleuropäischen Blick bekam, obwohl meine zweite Hälfte ja aus Nordwestafrika stammt. Den wunderbaren Tag verbrachten wir geruhsam im Garten, und ich konnte die Erlebnisse des Vortags wenigstens einigermaßen in Kurzschrift zusammenfassen, bis sich alles in Tränen auflöste. Françoise lernte deutsche Vokabeln, die ich sie abfragte, und die beiden Schwestern gingen ihren Lieblingsbeschäftigungen nach: Thérèse las auf meine Empfehlung *Die Liebe in den Zeiten der Cholera* von Marquez, und Madeleine beschäftigte sich mit Koch- und Backrezepten, wobei sie nicht müde wurde, uns den Mund wässrig zu machen.

Als ich dann am Folgetag losfuhr, fiel uns der Abschied schwer, und wir lagen uns in den Armen, als ob ich nach Amerika auswanderte. Über alle acht Wangen liefen auch ein paar echte Tränen, die in Heulen ausgeartet wären, hätte ich nicht noch schnell den wundersamen Kurzwitz erzählt:

Mami, Mami, ich will nicht nach Amerika!
Sei still! Schwimm weiter!

Paul begrüßte mich als den verlorenen Sohn und wollte alles haarklein erfahren, was ich erlebt hatte. Anschließend sagte ich ihm, dass ich wissbegierig sei, worauf er meinte, er sei bereit und begann auch sofort:
„Gott ist kein mieser kleiner Vollstrecker kirchlicher Rachegelüste', wie Paul Schulz sich ausdrückt, oder einer, der mit seiner Angst vor Strafen die Menschen in geistige und seelische Not bringt, Gott ist keine verborgene Person, sondern Geist und Energie, die sich zwischen Personen und in der Welt ereignet. Bei der ganzen Diskussion um Gott stoßen wir auf ein Phänomen, das ich als ausweichende oder biblische Logik bezeichnen möchte, ich habe das ja schon angedeutet: In 1. Mose 1.26 heißt es *Lasset uns Menschen machen, ein Bild, das uns gleich sei* und *Und Gott schuf den Menschen zu seinem Bilde, zum Bild Gottes schuf er ihn*, 1. Mose 1.27, also sieht der Mensch Gott ähnlich. Worin aber besteht diese Ähnlichkeit? Ist es die Körperform, die Anatomie? In 5. Mose 5.8 lesen wir *Du sollst dir kein Bildnis machen in irgendeiner Gestalt, weder von dem, was oben im*

Himmel, noch von dem, was unten auf Erden, noch von dem, was im Wasser unter der Erde ist."

„Also, was ist nun? Das ist ja ein Widerspruch!", sagte ich.

„Genauso ist es, ich behaupte eine Ähnlichkeit, und gleichzeitig verneine ich sie. Das ist nur in einem völlig abstrakten Denken über Grenzen hinaus möglich, wobei mir meine Fantasie hilft, eine Gottähnlichkeit zu erlangen.

Im Gegensatz zu Gott – wobei die Männlichkeit nur eine gedachte ist – ist Jesus von Nazareth – nicht von Bethlehem, da war er nie, nicht einmal bei seiner Geburt – ein historischer Mensch, der übrigens sechs oder sieben Jahre nach ihm geboren ist."

„Das klingt komisch", sagte ich und grinste.

„Na ja, in diesen Kreisen musst du mit allem rechnen! Also, die Frage erhebt sich, ob Jesus nun einen Vater hat oder nicht. Wenn Joseph der Vater ist, und Maria und Joseph ein Paar oder sogar verheiratet sind, ist Jesus ehelich. Wenn Joseph nicht der Vater ist, könnte man Jesus als unehelich bezeichnen.

Es gibt noch eine hübsche Geschichte: Die erste Frau, die in katholischer Theologie einen Lehrstuhl erhielt, war Uta Ranke-Heinemann, eine Studienkollegin Joseph Ratzingers, des heutigen Papstes. Später allerdings verlor sie ihren Lehrstuhl, weil sie aus einem Buch Ratzingers zitierte, sie war der Meinung, dass die Jungfrauengeburt nicht biologisch, sondern theologisch zu verstehen sei. In seinem Buch *Einführung in das Christentum* von 1968 sagt Ratzinger nämlich: Die ‚Lehre vom Gottsein Jesu würde nicht angetastet, wenn Jesus aus einer normalen menschlichen Ehe hervorgegangen wäre'".

„Echt?"

„Na klar, aber schon damals stieß der progressive ‚Häretiker' auf den Unwillen konservativer Theologen, die seine Gefährlichkeit erkannten. Als er dann Kardinal war, inzwischen zum Präfekten der Glaubenskongregation aufgestiegen, eigentlich Chef der ehemaligen Inquisitionsbehörde, wollte er einen Brief seiner ehemaligen Kommilitonin nicht mehr beantworten, die ihn um Argumentationshilfe bat."

„Was soll man von einem solchen Verhalten halten?"

„Na, ich denke, es spricht für sich selbst, und Scobel, bei dem ich das gelesen habe (S. 457 f.), sagt sogar: ‚Von einem solchen Spitzenmanager wurde natürlich anderes erwartet, als einer Theologin beizuspringen, die sich auf eine seiner Jugendsünden berief."

„Eigentlich schade, das wäre doch mal ein neuer Ansatz gewesen."

„Man kann das bedauern oder nicht, es kommt immer auf dasselbe heraus: Nur nichts verändern. Aber ich sage dir, Christian, Weisheit kann man nur erlangen, wenn man mindestens einmal verrückt gewesen ist, sonst bleibt man das ganze Leben ein Narr. Du siehst ja, man ist von Illusionisten umgeben."

„Moment, nicht so schnell, ich komme nicht mit."

„Gut, ich warte, das heißt, ich hole uns eine anständige Portion Tapas und ne ordentliche Buddel."

Danach setzte Paul seinen Bericht fort: „Ich komme zu den Evangelien. Mit ihnen ist es wie mit der stillen Post, am Ende weiß man nie, wie eigentlich der Anfang war. Um redlich zu sein, muss man sagen, die Synoptiker und auch das Johannesevangelium sind Hörberichte, die außerdem einem Ausleseprozess unterlagen. *Markus* ist 70 nach Christus entstanden, *Matthäus* 100 und *Lukas* 85 bis 90 nach unserer Zeitrechnung. Das Johannesevangelium ist wohl das jüngste, 100 bis 110 nach Christus. Die apokryphen oder verbotenen Schriften hat man nicht in den Kanon aufgenommen, also zum Beispiel das *Protevangelium des Jakobus,* das *Thomasevangelium,* das *Nikodemusevangelium* und andere.

Bultmann, dem man den Stempel ‚großer Theologe' aufgedrückt hat, behauptet sogar, die Evangelien seien keine objektiven Berichte über Jesus, sondern subjektive Glaubensaussagen. Wir könnten eigentlich nichts mehr darüber sagen – nota bene, nichts – wie es mit Jesus war. Bultmann meint auch, man könne die Kenntnis über Jesus auf einer Postkarte unterbringen."

„Na ja, wenn ich klein genug schreibe, kann ich auf ner Postkarte ne ganze Menge unterbringen. Außerdem ist das auch eine Frage der Qualität, nicht nur der Quantität."

„Das glaube ich auch, aber Fakt bleibt, die Kenntnis über Jesus geht gegen Null. Historisch ist also nur das subjektive Reden über Jesus in der Urgemeinde, nicht das objektive Reden Jesu selbst. Mit anderen Worten, alles das, was Jesus in den Mund gelegt wird, muss er nicht gesagt haben, einiges kann er gesagt haben. Das heißt nun auch konsequenterweise, alles autoritäre Beharren auf absoluten und ‚ewigen' Wahrheiten, sozusagen eine Betontheologie, die anderes Denken als störende Erkenntnisse ignoriert und bekämpft, richtet sich am Ende selbst zugrunde. Falsches Wissen wider besseres Wissen aufrecht erhalten zu wollen ist schiere Dummheit und hat mit Wissenschaft nichts zu tun, denn nicht Leugnen, sondern Argumentieren, unter Umständen Widerlegen wäre der Anfang von Wissenschaft, oder das, was ich schon angeführt habe.

Nicht zuletzt deshalb geht den vielen Kirchenaustritten oft ein Entfremdungsprozess voraus, der die Unfähigkeit vieler Theologen beweist, den Transformationsprozess (Schulz) offen zu gestalten. Es wird vieles vertuscht, verheimlicht, und der moderne Mensch wird durch das ununterbrochene Gerede der Kirchenleute von Sünde, die es nicht gibt, und Schuld, die der Mensch nicht hat, zermürbt. Es ist wie bei einem Verhör, auf den Menschen wird Macht ausgeübt, was jedoch bei vielen – und das ist das Erfreuliche – keine Wirkung mehr zeigt."

„Was hat denn nun Jesus getan, dass sie ihn töten wollten?", unterbrach ich ihn, um seine Predigt abzukürzen.

„Jesus hatte den radikalen Anspruch, irrsinnige, unmenschliche Regeln, Gebote oder Verbote abzuschaffen und geriet damit mit der sogenannten Tora in Konflikt. Er setzte sich über Tora-Normen hinweg, er heilte zum Beispiel am Sabbath ... Seine Botschaft ist nicht etwa, an ihn zu glauben, seine Botschaft ist der Mensch selbst, der sich in Frage stellt, seine Botschaft ist, nach Neuem zu suchen, etwas zu verändern. Rettung, Trost, Hoffnung, Vergebung, Sinn, Schutz, Wohlergehen ist da, wo der Mensch selbst für Rettung, Trost und so weiter sorgt. Jesus lehrt, Mitgefühl und Handeln kann der Mensch nicht auf jemand anders übertragen. Sitzt nicht auf goldenen Stühlen herum und schwätzt, sondern bewegt euch, dann bleibt ihr gesund an Körper, Geist und Seele, auf geht's!

Noch einmal zu Bultmann: Wir können heute traditionsgeschichtlich überhaupt gar nicht mehr an den historischen Jesus herankommen, will sagen, auch die Briefe des Paulus sind nicht von Paulus, die Evangelien sind nicht von den genannten Autoren, ein Glaubensbekenntnis kannte weder Paulus noch die Urgemeinde. Über die Schöpfung, über die junge Frau Maria, über die Sünde, über die Hölle und über Gott, den Geist, haben wir ja schon gesprochen.

Die Kirche hat über Jahrhunderte eigenes Denken unterdrückt, sie hat mit Glaubensnormen, Dogmen und so weiter brutal ihre Macht ausgeübt. Von Galilei oder Giordano Bruno wird noch zu sprechen sein ..."

„Aber das ist doch alles Schnee von gestern", wiegelte ich ab.

„Hast du gedacht, mein Lieber: Extra ecclesiam nulla salus. Die Kirche maßt sich immer noch an, Menschen zu bevormunden, um sie vom Denken abzuhalten. Aber damit muss Schluss sein: Extra ecclesiam maxima salus. Auf die Aufklärung, Lessing oder Drewermann gehe ich später noch ein.

Als der ‚Ketzer' Rudolf Augstein Anfang der 70iger Jahre sein berüchtigtes Buch schrieb *Jesus Menschensohn*, da fielen die Kirchenleute über ihn her."

Paul ging ins Haus, kam mit dem Buch zurück und entnahm ihm ein etwas vergilbtes Zeitungsblatt, entfaltete es, lächelte stolz und sagte:

„Das ist eine Seite aus der ZEIT Nr.5 vom 26. Januar 1973. Da schreibt Augstein unter anderem: ‚Ich bezweifle, dass die Barmherzigkeit durch das Christentum in die Welt gekommen ist.' Weiter unten – hier schau mal – befindet sich ein Bild, auf dem

Eugen Kogon zu sehen ist, der das bedeutende Buch *Der SS-Staat* geschrieben hat. Na jedenfalls leitet Kogon hier die Diskussion (früher hieß das Inquisition). Augstein wird von seinen Theologen-Kritikern in die Zange genommen. Wenn du magst, kannst du dir ja später den Artikel durchlesen. Bei dem Untertitel ‚Bergpredigt' oder ‚Feldrede' schreibt Augstein ja: ‚Man kann sich also nicht wundern, bei Paulus und bei dem oder den Autoren des Markus-Evangeliums die Forderungen der so genannten Bergpredigt nicht zu finden. Sie scheinen den ersten Christen gar nicht bekannt gewesen zu sein, und ich ziehe daraus den Schluss, dass sie schwerlich auf Jesus zurückgehen'.

Worauf ich deine Aufmerksamkeit aber besonders lenken möchte, ist hier – warte – ja hier in der vorletzten Spalte, da wird Augstein statt mit den Flammen eines Scheiterhaufens mit den Floskeln aus dem Stall des Augias aus Theologenmunde konfrontiert:
- Sexuelle Bezüge gereizter Fantasie
- Verantwortungslose Fälschung
- Gewissenloser Journalismus (er war ja Herausgeber des SPIEGEL)
- Kindheitserinnerungen des Knaben Augstein an Streichers STÜRMER (ein Naziblatt)
- Regression in die Oralphase und die phallische Phase
- Antireligiöse Propaganda wie in der stalinistischen Ära
- Lügerei auf jeder Seite

Er habe ein saudummes (Stachel), ein diabolisches (Pesch) Buch geschrieben. Pesch nimmt übrigens, hier ganz links, an der Fernsehinquisition teil. Stachel (Nomen est Omen) will mit seiner Gegenschrift nicht den *Stall des Augsteinias* ausmisten, sondern nur einen einzelnen ‚Schweinekoben'. Der Betroffene sagt noch: ‚So sind schon die Kirchenväter mit ihren Gegnern verfahren, da hat sich nichts geändert."

Paul berichtete dann noch über die Schneise der Verbrechen, die die Kirche auf dem Gewissen hat: Von den Kreuzzügen, dem heiligen Gemetzel, von den Juden- und Muslimmassakern, den Albigensern, den Waldensern, Katharern, Ketzern und Hexen bis hin zu dem Reformator-Terroristen Calvin. Für ihn gäbe es eine Linie von da bis zur Gestapo und Stasi. Andersdenkende oder Missbrauchsopfer werden nach dem gleichen menschenverachtenden Schema behandelt: Opfer missachten – Täter decken – Akten vernichten, alles im Namen Gottes oder in Jesu Namen."

Wir nahmen ein paar kräftige Schlucke.

„Die christlichen Kirchen berufen sich auf einen Jesus, den es nicht gab, auf ein Leben, das er nicht gelebt hat, auf eine Vollmacht, die er nicht erteilt hat, auf eine Gottessohnschaft, die er selbst nicht für möglich gehalten und auch nicht beansprucht hat. Die historische Person Jesus wurde aus mehreren Figuren zusammengesetzt und durch Paulus ‚geglaubt'. Karl Rahner meinte, Jesus hätte sich gewundert. Ich denke, er hätte gelacht.

Das Rezept der Kirche heißt: Man füge der Sünden- und Schuldgläubigkeit – das hat das Judentum dem Christentum vermacht – die Schriftgläubigkeit hinzu, und daraus entsteht dann die Mahlzeit, die immer gleich schlecht schmeckt. Religion, sagt Freud, ist der Versuch, die Sinnenwelt, in die wir gestellt sind, mittels der Wunschwelt zu bewältigen. Ich sage, einer so gearteten Wunschwelt bedürfen wir gar nicht.

Jesus war ein Rebell gegen das Gesetz, in das die jüdische Religion ihren Gott gebettet hatte, den alten Jahweh, zornig, rücksichtslos, rachsüchtig, unsensibel, aber auch barmherzig und empfindlich. Er ist unsympathisch und sympathisch; Jesus ist menschlicher. Wenn das Gesetz die Menschen in Schach hält, dann befreit uns Jesus davon.

Jesus war sicher verheiratet, hatte wahrscheinlich Kinder, nur so dachten die Evangelisten nicht, und deshalb steht es auch nicht in den Evangelien. Schade, das wäre doch eine frohe Botschaft.

Die Kirche seit Konstantin, so meint Augstein, erbringe den Nachweis, dass sich mit der Ausbreitung des Christentums nicht göttliche Wahrheit durchgesetzt hat, sondern menschliche Macht. Und ich sage: Leider ohne viel Aufhebens von der Liebe zu machen, denn die Liebe wäre des Aufhebens wert.

Augustinus, der Erfinder der Erbsünde, sagte sinngemäß, er würde den Evangelien nicht glauben, wenn ihn die Autorität der katholischen Kirche nicht dazu bewegen würde."

„Und was bleibt uns dann von Jesus noch übrig?"

„Das ist eine gute Frage, denn kein Mensch hat jemals so viel Aufhebens oder Wirbel gemacht wie er. Wir wissen fast nichts, aber wir spüren seine Absicht. Nur die religiösen Betonköpfe und Märchenonkel behindern eine neue Menschlichkeit. Sie sehen ihre Felle davonschwimmen ..."

„Weißt du was, Paul, hör auf zu predigen, bleib auf dem Teppich!", ereiferte ich mich jetzt, „was erzählst du da für einen Scheiß! Wenn wir von Jesus nichts wissen, können wir auch seine Absichten nicht kennen, logo? Ich habe die Nase voll von deinen Scheißgeschichten, die die Kirche bloß in den Dreck ziehen ... Ich wollte von dir eine Entscheidungshilfe, und was machst du? Du laberst mich zu mit dieser ganzen Scheißkritik! Es fehlt nur noch, dass du behauptest, Jesus sei gar nicht gestorben und auch nicht auferstanden!"

So, jetzt hatte ich es ihm aber gegeben, denn er schluckte und wurde kreidebleich. Ich hatte einen Puls von bestimmt 100, ich war wütend und konnte so richtig die Sau rauslassen. Die Flasche Rotwein, die wir beide schon gekippt hatten, tat ihr Übriges, denn sie löste mir die Zunge.

„So ist es", sagte er mit bebender Ruhe.

„Was heißt das, so ist es?"

„Das heißt, wir erfahren es nicht, dass er am Kreuz gestorben ist. Es hat Menschen gegeben, die stundenlang am Kreuz gehangen haben, und sie haben es überlebt, sogar solche, die nicht mit Riemen oder Seilen festgemacht waren, sondern mit Nägeln. Mit seiner inneren Kraft, mit seiner Energie, hat es Jesus auch überlebt, er war zu dem Zeitpunkt ein Fakir oder ein Yogi. Also brauchte er nicht begraben zu werden. Sie haben ihn gepflegt und dann außer Landes gebracht ..."

„Ich weiß!", schrie ich jetzt, „damit du unser Weltbild kaputt machst!"

„Ein schönes Weltbild habt ihr euch da zurechtgebastelt!", wurde er jetzt auch lauter, „wenn die Auferstehung Jesu keine Tatsache wäre, dann stünde es schlecht um den so genannten Glauben, nicht wahr? Im 1. Korinther 15.14 schreibt Paulus: ‚Ist aber Christus nicht auferstanden, so ist unsere Predigt vergeblich, so ist auch der Glaube vergeblich ...'"

„Du fängst schon wieder mit dem Scheiß an!", regte ich mich erneut auf, „du willst mir unbedingt die Theologie ausreden. Du solltest Saul statt Paul heißen."

Jetzt lehnte er sich auch auf, und seine Stimme schallte von der Hauswand wider: „Was ist das für ein Glaube! Meinst du im Ernst, Jesus wollte alle diese Verbrannten, Geköpften, Geschlachteten, nur weil sie anders dachten als die Kirche? Mit ihnen ist er verbrannt, geköpft oder geschlachtet worden!
Meinst du im Ernst, du Grünschnabel, Jesus wollte, dass Menschen sich mit AIDS infizieren, weil Starrköpfe Kondome verbieten nach dem Motto: Lieber tote Christen als lebende Nichtchristen? Diesen Schwachsinn musst du mir mal erklären. Meinst du im Ernst, Jesus hätte gewollt, dass so viele Kinder und Jugendliche missbraucht werden, die ihr ganzes Leben lang darunter zu leiden haben? Was willst du in einem solchen Verein, frage ich dich ... Nein! Jetzt hörst du mir weiter zu! Das sind Verbrechen, die schonungslos geahndet werden müssen. Hier in diesem Hemd kannst du die Tränen der Opfer nachzählen! Schweigegeld bieten sie ihnen an, 25.000 Euro für eine kaputte Seele! Von wegen Scheißgeschichten. Mein lieber Mann. Lies mein Buch über die Opfer!"

„Und was hat das mit mir zu tun?", fragte ich jetzt beherrschter.

„Du willst nur eine reine Theorie, eine Theologie, die es nicht gibt", sagte er ebenfalls ruhiger, „sie ist besudelt von der Kirche, befleckt von dem Samen ihres Ungeistes. Dann studiere nur deine Theologie, bitte schön, und strebe am besten gleich den Rang eines Bischofs an, dessen Gehalt von bis zu 12.000 Euro vom Staat bezahlt wird – nota bene nicht von den Kirchensteuern – du wohnst fast mietfrei, hast eine Dienstkarosse mit Chauffeur und kannst als heimlicher Kurfürst Hof halten …"

„Du bist ja nur neidisch."

„Es tut mir leid, ich würde mich schämen und hätte ohne Unterlass ein schlechtes Gewissen dem Steuerzahler gegenüber, und ich würde rot werden, weil ich kein Vorbild sein könnte, und weil ich in erheblichem Maße dazu beitrüge, unseren Staat zu ruinieren."

„Das ist doch jetzt alles nicht wahr!"

„Studiere deine Theologie, damit du Bescheid weißt, dass die Bibel nicht nur für den Zölibat oder die Hexenverfolgungen oder die Häretiker herhalten muss, die Bibel ist sozusagen das Vermächtnis der Untaten, die Bibel, ein Buch von Menschen erdacht."

„Das stimmt doch hinten und vorne nicht, das denkst du dir doch alles nur aus, weil du dich in die Ecke gedrängt fühlst."

„Gut, du hast einmal die zweite Seite der Medaille gefordert, hier ist sie, kurz angetippt: Es gab im Mai 1934 die so genannte Barmer Theologische Erklärung der evangelischen Kirche, ein mutiges und gefährliches Unterfangen gegen den Nationalsozialismus, oder es gab im Jahr 2.000 ein Schuldanerkenntnis der Dominikaner für ihre Diskriminierung, Ausgrenzung und Vernichtung Andersdenkender …"

„Das ist keine Ehrenrettung für das, was du mir vorhin an den Kopf geknallt hast. Weißt du was, du kannst mich mal!"

„Dann denke darüber nach, du Holzkopf", sagte er in gewohntem Gleichmut.

„Du mich auch", erwiderte ich mit einer Mischung aus Trotz und Traurigkeit, obwohl ich merkte, dass mein Adrenalinspiegel sich langsam senkte. Paul war enttäuscht. Ich stand auf, trank den letzten Schluck Wein aus und zog mich in meine Schmollecke auf dem großen Stein am unteren Ende der Wiese zurück.

Ich hätte heulen können vor Kummer, weil ich mich über mich selbst ärgerte, vor allem deswegen, weil ich mich von ihm so zuquatschen ließ, und dass ich mit den Ausarbeitungen meiner Stenoberichte nicht mehr nachkam. Also projizierte ich meinen Ärger auf ihn. Das war es also, wovor mich die anderen gewarnt hatten: Er macht so zu sagen auf die Missstände aufmerksam, und man muss zu dem Ergebnis kommen, dass die Kirche wirklich krank ist. Mir erschien das aber dennoch alles zu einseitig, nur gegen diese Einseitigkeit konnte ich doch nur mit mehr Wissen ankommen, und deshalb beschloss ich, mich noch schlauer zu machen. Vielleicht braucht man die Kirche gar nicht, um Jesus zu verstehen, dachte ich, sie könnte sogar hinderlich sein ... Wie war das noch mit *Unheilig?* Geboren, um zu leben, und der Sinn ist, du hast mir gezeigt, wie wertvoll mein Leben ist.

Ich fühlte mich unwohl, nicht, weil ich einen schweren Kopf hatte - so schwer war der nun auch wieder nicht – nein, wegen etwas anderem. Mein Vater sagte immer: Nie im Streit auseinander gehen, so ganz ohne Trost, das nagt an der Seele, dann lieber: Ganz wie du willst Liebling, nur Friede. Ist zwar ganz schön geheuchelt, ist aber auf die Dauer heilender, weil beide Seiten die Heuchelei kennen und sie in guter Absicht gelten lassen. Ich meine, ich streite ganz gern oder gebe kritische Breitseiten, aber dabei muss man sich wohlfühlen, und das war jetzt nicht der Fall.

Ich wollte die Seele so gern baumeln lassen, wie es so schön heißt, den Duft des Abends gelassen aufnehmen, der sich auf das Land legte. Dieser Duft ist leichter als am Tag, es riecht nicht mehr so stark nach verdorrtem Maquis, der von der erbarmungslosen Sonne gepeinigt wird.

Ich schaute sehnsüchtig zum Berg hinüber und wünschte, er könnte mir eine Prise Aufmunterung spenden, etwas Licht in das Dunkel der Verwirrung bringen, er hat doch die Übersicht, um meinen Geist in eine ganz andere Richtung zu wenden. Er könnte auch predigen, aber mit verständnisvollen und aufrichtigen Worten, er würde mir ein beruhigendes Signal senden.

Und siehe, der Berg sprach, von ihm kam ein Signal: Françoise rief an. Zunächst wollte sie wissen, was denn los sei, ich hörte mich gar nicht gut an, ob ich schon wieder Opfer einer Schlägerei geworden sei. Wenn sie eine geistige Schlägerei meine, sagte ich, so habe sie recht, aber beide Kontrahenten seien quasi leer ausgegangen. Das glaube sie nicht, sagte sie, denn etwas bleibe immer hängen, und zum anderen kläre Blitz und Donner die Fronten, man dürfe nur nicht nachtragend sein, das sei ihre Einstellung. Auf ihre Frage entgegnete ich, ich würde ihr den Zusammenhang erklären, wenn wir uns wiedersähen, dazu sei das Telefon wegen der Länge nicht geeignet und nicht nur wegen der Länge. Auf meine Frage sagte sie, der Grund ihres Anrufs sei schlicht Sehnsucht nach mir, ein Gefühl des Mangels auf allen Ebenen: Worte, Lächeln, Lachen, Haut, Streicheln, Augenblicke und Blicke in die Augen, Gemeinsamkeit, Klang der Stimmen ...

„Da bin ich total überfordert", sagte ich, „du erstickst mich ja mit deinen fantastischen Begierden. Auf der anderen Seite, wenn ich's mir genau überlege, würde ich dich jetzt auch gern küssen."

„So zum Trost, oder?"

„Nicht nur das."

„Kann ich morgen mal rüberkommen, einfach so?"

„Du zu mir? Na, ich weiß nicht, lieber nicht."

„Ach, Chris, Paul mag mich doch auch, er hat bestimmt nichts dagegen. Ich bleibe auch die Nacht bei dir, meine Cousinen sind auf meiner Seite, zu Geheimnisträgerinnen verurteilt. Wir könnten das ausprobieren, was ich dir gesagt habe. Hast du keine Lust?"

„Doch, schon, aber ..."

„Was aber?"

„Na ja, vielleicht ist es Paul doch nicht recht, und ich kann ihn jetzt nicht fragen."

„Komm, gib dir einen Ruck! Es wird bestimmt schön. Ich küsse dich so gern oder höre deine Stimme, im Original, versteht sich. Und wenn alle Stränge reißen, gehen wir in ein Hotel, irgendwo, wir sind doch frei! Vorher schick essen. Ich schwatze auch bestimmt nicht so viel und mache auch sonst wenig Lärm, du weißt schon ... Also mein kleiner deutscher Coquin, was ist?"

„Also gut, du Schmeichelkatze, du hast mich überredet. Ich erwarte dich morgen Vormittag gegen 10 Uhr an der Roche Blanche am Ortseingang. Da hole ich dich ab, und dann fahren wir an den See. Bringe deinen Bikini mit, damit ich deine tolle Figur bewundern kann. Später fahren wir nach oben, er hat Kundschaft, alles klar?"

„Nach oben gen Himmel?"

„Du bist verrückt!"

„Ist das nicht schön, mein Lieber? So ganz für uns?"

„Ich bleibe lieber auf der Erde. Sag mal, was machen die beiden Teenies?"

„Och, den beiden geht's gut, die feiern morgen bei einem Freund Geburtstag. Madeleine meint, vielleicht entjungfere er sie, obwohl er Blondies liebt. Und weißt du, was sie ihm schenken? Du glaubst es nicht: Eine Negerpuppe!"

„Ach, der Arme. Hoffentlich versteht er die Provokation."

„Wieso?"

„Na ja, das soll doch wohl auf die beiden hinweisen, sie sind doch schwarz, ich meine, sie haben schwarze Haare."

„Ach so meinst du das. Ich glaube, du machst es zu kompliziert. Ist ja auch egal. Übrigens Onkel und Tante kommen zum Fête Nationale zurück. Na ja, was soll's. Ach so, ich bringe hundert Pariser mit, o.k.?"

„Meinst du, das reicht?", lachte ich.

„Ich denke, für's erste schon", lachte sie, „dann sehen wir weiter. Küssi!"

„Bis morgen." Ich war ihr dankbar, sie hatte mich aufgeheitert, und der Geist des Berges, hier die Antenne, hatte sich mir dienstbar gemacht. Eine Nacht allein mit Françoise. Gute Aussichten.

Ich kam zum Haus und traf weder Paul noch Shiva an, doch als ich eintrat, hörte ich Paul leise schnarchen, er schlief also seinen Rausch aus. Eigentlich hätte ich an meinem Tagebuch weiter schreiben sollen, aber ich hatte keine Lust, und da ich noch nicht müde war, suchte ich mir auf Empfehlung des Hausherrn sein Buch über Ketzer *Das Leben und Wirken hervorragender Ketzer* von Paul Wegner.

Es war sicher kein Zufall, dass ich noch auf ein anderes Buch von ihm aufmerksam wurde mit dem Titel *Parallelwelten*. Was war das? Ich überflog den ersten Essay, dessen Sinn es war darzustellen, dass wir an einem weiteren Beispiel ablesen können, wie sich über zweitausend Jahre lang große Denker getäuscht haben, bis jetzt Neurobiologen das genaue Gegenteil herausgefunden haben. Es geht um die Frage, wie wir entscheiden.

Früher glaubte man, dass der Verstand, das rationale Denken, weit über den Gefühlen steht, dass Gefühle rationale Entscheidungen behindern, unseren Erkenntnisprozess beeinträchtigen, dass menschliche Emotionen irrational sind. Durch die Neurowissenschaft weiß man heute, dass Gefühle bei Entscheidungsprozessen eine unverzichtbare Rolle spielen. Ohne Gefühle sind Entscheidungen sogar unmöglich. An diesem Beispiel sieht man wieder ganz deutlich, wie sich Überzeugungen halten können, ohne dass Nachweise erbracht wurden.

Nun aber zu den Ketzern, über die ich mir Notizen machte. In der Einleitung betont der Autor, dass die Verbrechen manchmal nicht allein in den Händen der Kirche lagen, sondern sich Politik und Kirche gemeinsam die Hände schmutzig machten, sich zum Beispiel auch durch das Vermögen der ‚Verblichenen' bereicherten.

Savonarola hielt Reden gegen die Verkommenheit der herrschenden Schichten, des Adels und des Klerus. Er wurde am 23. Mai 1498 gehängt und dann verbrannt. Am 23. Mai 1998 befürwortete Johannes Paul II. eine sogenannte Seligsprechung. Damit meinte die Kirche offenbar, ein Verbrechen gesühnt zu haben.

Giordano Bruno wurde durch die Inquisition überführt. Er war Priester, Dichter und Philosoph. Am 17. Februar 1600 wurde er in Rom verbrannt, weil er unter anderem die Unendlichkeit des Weltraums und die ewige Dauer des Universums vertrat.

Jan Hus wurde am 6. Juli 1415 mitsamt seinen Schriften verbrannt, weil er zum Beispiel die Kreuzzugs- und Ablassbullen verurteilte.

Johannes Sylvanus wurde Weihnachten 1572 im erzwungenen Beisein seiner Kinder in Heidelberg im Namen des Heiligen Geistes im Schatten der Heilig-Geist-Kirche mit dem Schwert enthauptet, denn er hatte ein antitrinitarisches Glaubensbekenntnis geschrieben, das heißt, er war ein Gegner der Dreifaltigkeit ... Macht hoch die Tür! Fröhliche Weihnachten.

„Die schillerndste Provokation der Kirche in ihrer Angst um den Verlust ihres Machtfundaments", so drückte es Paul aus, „war *Galileo Galilei*."

Als ich gegen drei Uhr aufwachte, stellte ich fest, dass ich mit dem Kopf auf Galilei eingeschlafen war, der mich hoffentlich im Schlaf beeinflusst hatte. Von ihm und von den vielen anderen bedauernswerten Vordenkern hatte ich aber nicht geträumt. Mir wurde nur allzu bewusst, dass man mit Bibelstellen keine Wissenschaft machen kann, weil die Bibelstellen eine ganz andere Zeit und in jeder Hinsicht ein veraltetes Welt- und Lebensbild widerspiegeln. Und genau das ist es, was Jesus lehrt: Befreit euch von bedeutungslos gewordenen Traditionen und sinnlosen, ja sinnwidrigen Glaubenssätzen! Ändert eure Gedanken, dann habt ihr Anteil am Geist und an der Energie Gottes, das ist sein Testament, sein Vermächtnis.

16

Das Lächeln der Bäckerin

Am nächsten Morgen hatte ich Herzklopfen, aber Paul begegnete mir freundlich wie immer, und dennoch stellte ich eine Veränderung fest, so als hätte die Beziehung einen kleinen Riss bekommen, da war eine winzige Reserviertheit. Er entschuldigte sich als Erster:
„Ich bitte dich um Verzeihung", lächelte er leicht, „ich war zu intolerant."
„Ich möchte mich auch entschuldigen", sagte ich demütig, „ich ... ich war einfach bockig."
„Es ist nicht so schlimm, vielleicht entspreche ich nicht deinen Erwartungen, aber ich denke, wir raufen uns schon wieder zusammen, oder?"
„Das glaube ich bestimmt", sagte ich und war erleichtert.
„Was hast du vor?", fragte er.
„Hast du heute Kundschaft?"
„Ja, eine Mutter mit Kind und einen Mann."
„Gut, dann fahre ich zum See schlafen."
„Schlafen?"
„Ja, ich habe mir die halbe Nacht um die Ohren geschlagen mit *Parallelwelten,* richtig spannend, aber auch mit *Leben und Wirken hervorragender Ketzer.*"
„Aha", sagte er erstaunt, „sehr gut, dann hast du ja dein Wissen erweitert. Ich gratuliere, dass du das noch mit dem dicken Kopf geschafft hast."
„Meiner war gar nicht so dick, denke ich."
„Also meiner schon, Alkohol plus Adrenalin, das heißt Stress, das braucht viel Energie. Na, wie dem auch sei, du bist einfach fitter als ich ... Das Vorrecht der Jugend!", lächelte er wieder."
„Dafür kannst du insgesamt mehr vertragen."
„Das kann schon sein, meine Leber hat sich eingesoffen."
„Ich glaube, meine auch", grinste ich, „die Verführung ist groß. Gut, ich haue gleich ab. Ich komme dann heute Nachmittag wieder und bringe den halben See mit rauf für unsere Wassertonne."
„Klar", schmunzelte er, „einschließlich aller Mikroben und sonstigen heilbringenden Bestandteilen."
„Sollen wir noch zusammen frühstücken?", fragte ich.
„Du, das geht schlecht, Mutter und Kind kommen gleich, und ich muss mich für die hübsche Frau noch etwas zurechtmachen. Es ist schon spät, weißt du."
„Ist es die Eitelkeit?"

„Ein Quäntchen, ja, viel mehr aber die Ästhetik. Ich finde, auch ein Mann sollte ein gepflegtes Bild abgeben."

Ich schaute auf die Uhr. „Halb neun! Ach du Scheiße, ich habe verpennt!"

Ich machte eilig mein Bett, räumte auf, raffte meine Sachen zusammen und rief nach oben: „Ich bin dann mal weg!"

„In Ordnung, bis später!"

Ich fuhr direkt zum See Genezareth ... Quatsch!, dachte ich, das Ganze nimmt überhand, jetzt fange ich auch schon an! Ich muss unbedingt dafür sorgen, dass ich Bodenhaftung behalte, sonst werde ich noch ein irrer Religiöser, oder man sollte lieber sagen, ein religiöser Irrer.

Es war wieder ein warmer Tag, es würde sogar heiß werden, das versprach der Dunst. An klaren Tagen war es kühler. Es waren erst wenige Leute da, vor allen Dingen Familien mit Kindern, die hier Urlaub machten. Ich trank im *Petit Café* einen großen Milchkaffee und wanderte dann ein Stück am Strand entlang und ließ mich der Schleuse gegenüber nieder, wo ich glaubte, alles im Blick zu haben. Ich hatte kein Buch mitgenommen, nicht einmal mein Tagebuch, weil ich der Meinung war, ich würde nichts Besonderes erleben, beziehungsweise Unspektakuläres ohne weiteres in Erinnerung behalten. Ich legte mich hin, die Unterarme als Stütze, und beobachtete die Kinder am Rand, wie sie spielten.

Ich dachte an den Vorabend und an die Folgen, und mir fiel Petrarca ein, mit dem alles begonnen hatte. Ich war dabei, mich zu verlieren. Was wollte ich? Wo war mein Selbst? Es wurde Zeit, dass ich wusste, was ich wollte. Paul hatte recht, ich hatte zu hohe oder andere Erwartungen. Ich nährte eine Art geistiger Bequemlichkeit nach dem Motto: Papa Paulo wird's schon richten, ich bin der Trichter, und Papa Paulo füllt ihn mit allen Tricks der Theologie, sodass ich mit Leichtigkeit alles herunterlerne, ohne viel zu denken oder auch zu verstehen. Erkennen, verstehen, bewältigen, ein hehrer Grundsatz, aber ob der für die Theologie so nötig war? Was gibt es in der Theologie überhaupt zu verstehen? Glauben, was andere einem erzählen, fertig. Erkennen und lernen, das wollte ich eigentlich, aber was macht er? Er trickst mich in eine gewisse Ecke, projiziert womöglich seine Ketzerei auf mich. Und ich bin schon wieder nicht ich selbst, ich bin wie ein Hammel in einer Partei, ein Parteigänger ohne kritischen Verstand. Doch ich hab einen ganz besonderen Vorteil, die Frauen. Also: Gott und Jesus und die Frauen, voilà, das ist doch ne tolle Trinität! Und Françoise? Sie ist in der Tat ein sehr hübsches Mädchen, Frau fast, sie ist sehr reif, hat klare Ziele:

Germanistik, Journalistin, Korrespondentin für französische Zeitungen, Radio, Fernsehen in Deutschland, fertig. Sie weiß, was sie will. Und ich bin ein gefundenes Fressen, bestimmt nicht nur rein funktional, denn als Paar kippen wir schon aus dem Rahmen. Ob sie für mich ein gutes Pendant ist, eine gute Partnerin. Woher soll ich das wissen? Klar, ich finde sie attraktiv, sehr sexy, kriege sofort n Ständer, wenn ich sie nur sehe.

Ich musste grinsen, weil ich mir mich plötzlich vorstellte als Pfaffen, vielleicht mit Hütchen oder im Ornat und dann mit ner Sprache drauf, die man nur in Büchern findet, und dann dieses ewig süffisante, himmlische es-ist alles-so-einfach-man-muss-nur-glauben-Lächeln, weil man dauernd ich weiß nicht wie viele Jungfrauen vor Augen hat. Die Journalistin Françoise interviewt mich über unser Leben mit sechs Kindern, die sie nicht von irgendwelchen Institutionen prägen lassen möchte. Ich aufm Bolzplatz à la Don Camillo, spiele mit den Kindern in der Kutte Fußball, kann ich mir schon gut vorstellen: Pfarrer treibt mit seinen Kindern Sport, ist bestimmt besser als irgend ne Muckibude im Vatikan. Ist das mein Lebensziel? Vielleicht mache ich es wie Petrarca: Françoise und andere Frauen sind für Bett und Kinder, und ... Laura, tja Laura, ist die Geliebte, zu der man keinen Kontakt hat, ja gut Sichtkontakt, aber keinen körperlichen. Denn Laura als Geliebte mit Sex? Ich weiß nicht, das passt nicht zusammen. Ach, was rege ich mich auf über ungelegte Eier, ich bin kein Dichter wie er. Außerdem auf Entfernung, mein lieber Francesco, das ist zu billig, dir fehlt die Erfahrung, du hast dich immer nur vor Sehnsucht verzehrt, du hast sie nicht ein Mal im Arm gehabt. Das ist ein großer Unterschied! Ich weiß, was du sagen willst: Für dich gilt: Ohne Sehnsucht keine Dichtung.

Du bist alt genug, lasse alles auf dich zukommen, trötet mir mein weiser Superonkel ins Ohr und kann mir mein schlechtes Gewissen meinem Vater gegenüber nicht ausreden. In meinem Alter fließt es nur so von Yüppies in Frankfurt, und ich Würstchen liege hier wie ein satter römischer Feldherr, dem gleich die nächste Kleopatra zur Begutachtung vorgeführt wird, während ich mir doch allen Ernstes überlegen sollte, wie ich es anstelle, meinen reichen Vater zu entlasten. Lasse alles auf dich zukommen, sagt Paulchen, Gott wird dich leiten, und du wirst seine Energie spüren. Na dann Prost Mahlzeit. Ich bin ja kein schlechter Mensch, denke ich jedenfalls. Auf böse Menschen ist Verlass, die ändern sich nicht. Lasse alles auf dich zukommen. Alles? Na dann gute Nacht!

Mist, Françoise, sie war bestimmt pünktlich! Und ich bin unpünktlich, das hat sie nicht verdient.

Sie machte mir keine Vorwürfe, als ich mit hängender Zunge und Entschuldigungsbücklingen angedackelt kam, im Gegenteil, wir lagen uns in den Armen, und unser Zungengeknutsche war himmlisch und aufsehenerregend, so erregend, dass wir fast ne Nummer auf dem Rücksitz ihres Fords hingelegt hätten.

„Bitte, Françoise, das geht hier nicht, wir erregen öffentliches Ärgernis, sie werden die Sittenpolizei informieren.

„Du hast ja recht, mein Süßer, aber ich freue mich so, verstehst du?", strahlte sie mich an.

„Ja klar, ich mich auch, aber es gibt Grenzen", sagte ich wie ein Opa, der auf dem Dachfirst steht und denkt, sollste vorm Springen erst noch ne Flasche Wodka austrinken? Russisch Roulette aufm Dach, ist mal was andres, weil doch die Kleine, die ist fünfzig Jahre jünger als ich, mich verschmäht hat! ... Ist doch n beschissener Vergleich. Jesus kann das viel besser, der ist aber auch viel ernster.

„Was ist mit dir, du bist so abwesend?", fragte sie.

„Entschuldigung, ich bin ein wenig müde."

„Hast du denn schlecht geschlafen?"

„Nicht viel geschlafen. Ich habe mir die halbe Nacht mit Lektüre um die Ohren geschlagen."

„War das so spannend?"

„Das kann man wohl sagen: Erstens ohne Gefühle können wir gar nicht entscheiden, das kann der Verstand nicht allein, und zweitens, Paul beschreibt das Leben und Wirken einiger besonderer Ketzer und natürlich ihr Ende."

„Also von dem ersten bin ich überzeugt. Übrigens sagte dein Landsmann Schiller schon 1795 in *Die ästhetische Erziehung des Menschen*, das war nach der Revolution, die Menschen seien nicht reif für die Freiheit, weil die Aufklärungszeit einseitig den Verstand bevorzugt hatte gegenüber dem Gefühl, voilà!"

„Man hat von Platon bis in unsere Zeit geglaubt, Entscheidungen würden durch Gefühle behindert."

„Die Zeiten ändern sich und damit die Erkenntnisse und die Überzeugungen, was willst du? Und wie ist es mit dir und Paul?"

„Wir haben uns wieder bekrabbelt."

„So ein Krach ist gar nicht so schlecht", sagte sie und schnalzte mit der Zunge, „das reinigt die Atmosphäre."

„Aber da ist ein Sprung im Teller."

„Das macht auch nichts, der Sprung sagt die Wahrheit. So, wie ist es, fahren wir rauf?"

„Nee, geht nicht, der Psycho-Onkel muss noch ein paar Patienten versorgen oder verarzten. Wir fahren heute Nachmittag rauf. Jetzt geht's an den See. Du folgst mir, o.k.?"

„O.k., prima", strahlte sie mit Grübchen und diesen schönen klaren, tiefsinnigen Augen.
„Hast du Badesachen mit?"
„Badesachen, Zelt, Rucksack, Kaffee, was zu essen. Das Essen und der Kaffee sind ein herzlicher Gruß von meinen Cousinen, die mich beneiden."
„Das ist aber nett von ihnen."
„Ja, sie sind lieb. Weißt du, ich liebe es, in der Natur zu sein und Kaffee zu trinken, da wo es mir gefällt."
„Dann pflegst du die Picknicktradition vieler Franzosen."

Wir fuhren zum Parkplatz am See, nahmen unsere Sachen – ich nahm noch Françoises Rucksack – und dann marschierten wir los und ließen uns ungefähr da nieder, wo ich gelegen hatte, nur ganz oben, wo wir nur den Maquis im Rücken hatten. Ich spannte den Schirm auf, dann legten wir uns mit den Füßen zum See auf den Bauch, wandten einander das Gesicht zu, streichelten und küssten einander, wie es sich in der Öffentlichkeit gehört. Auf ihren Wunsch fasste ich Pauls Berichte über die Ketzer zusammen.
„Chris, hör bitte auf, das ist ja furchtbar! Das trübt meine Gedanken. Lass uns an etwas anderes denken, an etwas Schöneres ... Sollen wir zwei Sprachen sprechen oder eine?"
„Wie du möchtest."
„Gut, dann lass uns Deutsch reden, dann kannst du wieder lachen."
„Wieso lachen?"
„Na gut oder schmunzeln, weil ich irgendetwas nicht richtig oder doof ausspreche. Du korrigierst mich aber, ja?"
„Och, ich weiß noch nicht ... "
„Bitte, Chris, sonst bist du ein Schuft."
„Dann bin ich eben ein Schuft."
„Chris, dann schlafe ich heute auch nicht mit dir, so!"
„In Ordnung, ich korrigiere dich; ausnahmsweise."
„Du musst es gern tun."
„Ich tue es gern. Komm, lass dich küssen."
„Oh Mann, tut das gut, besonders, wenn ich keine Luft mehr kriege. Sag mal, hast du Paul gesagt, dass ich da oben nachten will?"
„... übernachten."
„dass ich da oben übernachten will?"
„Siehst du, es geht doch gut. Nein habe ich nicht, ich wollte ihn nicht beunruhigen oder überfordern, verstehst du?"
„Ach, weißt du, er wird uns nicht, wie sagt man das mit dem Kopf?"
„Er wird uns schon nicht den Kopf abreißen."

„Ah ja, das muss ich mir merken."

Wir setzten uns hin, sie holte ein großes Vokabelheft aus dem Rucksack und machte sich Notizen. Anschließend förderte sie eine Thermoskanne aus dem Rucksack, goss zwei Becher mit Milchkaffee voll und stellte einen Teller mit Croissants zwischen uns auf unser Badetuch. Nachdem wir gegessen und getrunken hatten, nahm ich ihre Hand, und wir rannten ins Wasser und bespritzten uns wie in La Ciotat. Anschließend schwammen wir bis zur Schleuse und zurück und legten uns wieder hin, diesmal auf den Rücken, und später stützten wir uns auf dem Ellenbogen ab.

„,Ach verweile doch, du Augenblick, du bist so schön.' Es ist ein wunderbares Gefühl, und es ist so selten, ich bin glücklich", sagte sie.

„Und wie fühlt sich das an?"

„Das ist wie Frieden, nichts kann mir was anhaben, ich bin hier und jetzt gut aufgehoben. Und es ist schön hier, weißt du das? Auch wenn es ein stilles Wasser ist."

Ich wusste nicht recht, was ich sagen sollte, denn ich wollte ihren Glücksmoment nicht stören. Mir war natürlich bewusst, dass auch ich der Anlass war, da ist alles stimmig, das Orchester spielt im Einklang, was nicht unbedingt harmonisch zu sein braucht.

„So still ist das Wasser ja nicht, denn der See wird immerhin durch einen Bach gespeist, und das Wasser fließt da drüben an der Schleuse ab."

„Gut gemacht, Monsieur le Professeur … Komm, küss mich!"

„Du bist unersättlich, was?"

„Was dagegen?"

Ich kniete mich hin, nahm sie in den Arm und küsste sie. Sie lässt einem keine Ruhe, dachte ich, immer ist sie mit irgendwas beschäftigt, dennoch genieße ich unsere Zweisamkeit.

„Setze dich mal bitte hin, mit dem Gesicht zum See. So ist es gut. Jetzt schließe die Augen", forderte sie mich auf. „Ich mache mit dir ein Fantasiespiel, also pass auf", fuhr sie mit leiser Stimme fort, „es ist dunkel geworden, zwei Kerzen brennen auf dem Tisch und beleuchten zwei Gläser, die mit Rotwein gefüllt sind. Leise Musik ertönt, es ist das Lied *Je t'aime*. Du sitzt sehnsuchtsvoll auf dem Sofa und wartest auf mich. Ich komme herein in einem langen schwarzen, durchsichtigen Rock und schwarzer Bluse, beides aus Tüll. Ich bin geschminkt und habe dunkelrote Lippen, die Haare sind hochgesteckt, ich trage rote Schuhe mit hohen Absätzen. Ich bewege mich rhythmisch zu der Musik, komme dir ganz nah, damit du mein Parfüm riechen kannst, und tanze wieder weg. Und ich mache Striptease, und du schaust gierig auf meine bordeauxrote Reizwäsche, die du auffängst, nur die schwarzen Seidenstrümpfe lasse ich an. Ich sage nichts … "

„Bitte, Françoise, hör auf!"
„Wieso? Na gut, du kannst deine Augen wieder aufmachen, du hast es geschafft, du hast eine gute Fantasie ... Sieh mal, dein Stehaufmännchen!"
„Françoise, du bist total verrückt, lass den Quatsch!", sagte ich grinsend im Befehlston und legte mich auf den Bauch.
„Wieso? Weißt du noch, als ich dir sagte, du bringst mir Deutsch bei und ich dir die Liebe?"
„Natürlich weiß ich das noch."
„Also, das klappt doch wunderbar. Wenn es nicht geklappt hätte, hättest du gewonnen. Liebe hat immer mit Fantasie und Verrücktheit zu tun."
„Das glaube ich sofort. So jetzt küsst du mich zur Strafe."
„Nichts lieber als das."
„Nichts."
„Nichts ... Aber es gibt noch was, was lieber ist."
„Was ich lieber täte."
„Was ich lieber täte heute Abend."
„Du ... "
„Was bedeutet eigentlich Religion für dich?", fragte ich.
„Nein, Chris, nicht schon wieder, wir haben das Thema doch schon durchgekaut. Ich habe mit Kirche, Religion, Theologie nichts am Hut. Trotzdem bin ich tolerant, es soll jeder nach seiner Fasson selig werden. Ich glaube aber – du verzeihst – das ist etwas für Menschen, die unselbstständig sind. Ich denke, es war Feuerbach, der sagte, Religion ist Opium für das Volk. Für mich zählen Fakten, ich tue meine Arbeit, ich bin fleißig, ich glaube an das Gute im Menschen, an die unerschöpfliche Vielfalt der Natur hier und im Universum, an die Wissenschaft und an die Liebe, amor und caritas. Ich weiß, dass die Erde sich immer öfter und heftiger wehren wird, weil Umweltmörder meinen, sie müssten alles verderben, alles in Geld verwandeln, aber das fällt auf sie zurück ... Habe ich das nicht schön gesagt?"
„Alle Achtung!"
„Das war ein Zitat aus einem Referat von mir. Hat gut gepasst, oder?"
Ich nickte.
„Ich glaube auch, dass Denken und Handeln dem, den praktischen Leben dienen soll."
„dem."
„O.k. dem. Und ich bin eine Anhängerin von Epikur: Carpe diem; glücklich sein und Freude und Lust empfinden, ich bin sehr pragmatisch, ich bin weder Philosophin noch Dichterin, also

abgehoben. Ich denke auch sehr positiv, für mich ist das Meiste ganz einfach."

Sie hatte sich auf eine Gesäßbacke gesetzt und die Beine angezogen, und unsere Knie berührten dich. Sie lächelte unwiderstehlich. Ich war überwältigt, weil ihr ganzes Wesen plötzlich vor mir saß: Sie ist ein wunderbares Mädchen, dachte ich.
„Und was sagt deine Seele zu deinem Lebenskonzept?", wollte ich wissen.
„Ach, Chris, ich sagte es doch schon, mein kleiner Philosoph, es ist alles eins, verstehst du? Ich sage ja zu meinem Leben, ich liebe Epikur, also das Streben nach Seelenruhe zu Lebzeiten, wobei Unerreichbares nicht von Bedeutung ist. Ich habe mich entschieden, und meine Gefühle zählen für mich. Ich habe jetzt so langsam begriffen, was das schöne deutsche Wort *Gemüt* bedeutet, das wir im Französischen nicht haben, da kommen *âme und coeur und sentiment* nicht mit, es ist das fühlende Herz. Weißt du, ich kann mich auf mich verlassen."
Sie stupste mit dem Zeigefinger der rechten Hand auf meine Nasenspitze.
„Und was ich dir von den Schandtaten der Kirche berichtet habe, ich meine, fühlst du nicht mit? Lässt dich das kalt?", fragte ich.
„Auf keinen Fall, aber das ist Geschichte, bis auf die Missbrauchsfälle natürlich. Für Geschichte könnte ich ebenso Gräueltaten der Nazis erwähnen, zum Beispiel das Massaker von Oradour, bei dem die Deutschen hunderte Männer, Frauen und Kinder ermordeten."
„Davon habe ich in Geschichte gehört, das war im Juni 1944. Ich denke, man kann nicht sagen, das ist Geschichte, das heißt, das ist vergangen ... Was ich sagen will, ist, Geschichte ist lebendig."
„Das stimmt schon, sozusagen als Mahnung. Ich wollte nochmal auf meinen Pragmatismus zu sprechen kommen, der stellt sich mir so dar: Stelle dir den Alltag eines Paares vor, in Paris zum Beispiel, unterer Mittelstand, beide arbeiten, gehen abends öfter aus und so weiter. Man liebt einander. Was soll da noch die Religion? Sie hat keine Leitfunktion. Naturwissenschaft, Politik, auch Philosophie, Medizin Geisteswissenschaften, alles o.k., gut und gesund leben, nicht üppig, verstehst du, das mag ich nicht, dann den Körper fit halten, ich laufe im Bois de Boulogne bei allem Wetter ... "
„Bei jedem Wetter."
„Bei jedem Wetter, und morgens mache ich Übungen nach dem Aufstehen, pour allonger les tendons."
„um die Sehnen zu dehnen."
„Oh, das reimt sich ja, Moment ... "

Sie schrieb das in ihr Vokabelbuch und zeigte mir dann ein paar Übungen: Beugen, Strecken, breitbeinig mit durchgedrückten Knien und Händen auf dem Boden.

„Siehst du, das ist gut für den Körper, für die Seele, für den Geist und ganz wichtig für Sex, denn wenn du beim Sex nicht entspannt bist, kannst du dich nicht gehen lassen, und ein Orgasmus rückt in weite Ferne."

„Donnerwetter!", sagte ich bewundernd.

„Siehst du, und meine Cousinen sind ohne Kraft …"

„kraftlos, lahm."

„Also die krieg ich immer ran, und sie machen mit, weil ich ihnen sage, Männer wollen keine unbeweglichen Schlafpuppen, sondern pliable Mädchen …"

„biegsame Mädchen."

„biegsame Mädchen, die sich langsam verführen lassen, wo man Schritt für Schritt dem Liebhaber die eigene Macht über sich in seine Hände gibt, sogar in seine Zunge. Das habe ich extra gelernt, gefällt dir das?"

„Ich finde das sehr poetisch."

„Siehst du, Frauen sind auch romantisch."

„Du bist ganz schön raffiniert!"

„Aber nicht im Sinne von schlau oder durchtrieben, sondern von verfeinert."

„Ah, ich verstehe, du möchtest die Kunst der Sexualität verfeinern, ist das richtig?"

„Richtig, ich weiß, dass viele Frauen leider keinen Orgasmus kennen, weil der Penis die Klitoris zu wenig reizt, und da hilft auch der Cunnilingus."

„Und umgekehrt?"

„Das heißt Fellatio, für die meisten Männer ein unglaublicher Genuss!"

„Gut, dann ist hiermit die Aufklärungsstunde beendet, denn hier müsste jetzt der praktische Unterricht beginnen", sagte ich lehrerhaft.

„Das dauert ja nicht mehr lange", sagte sie bedeutungsvoll.

„Willst du mir eigentlich mit deinem Pragmatismus die Theologie ausreden?"

„Um Gottes willen, bist du verrückt? Wenn du das willst, wenn das deins ist, ist das doch wunderbar. Ist doch zum Teil auch interessant, auch wenn die Kirche kleinkariert, engstirnig und weltfremd ist. Ist doch auch egal, lass sie doch! Wenn es aber keine Sünde gibt, braucht Jesus auch nicht zu sterben. Das tut dem Typ doch keinen Abbruch. Er war bestimmt ein toller Hecht, als er denen da, den Pharisäern und Sadduzäern, was weiß ich, auf die Pfoten gehauen hat. Solche Mecs verdienen das heute noch. Und die

Römer? Die wollten ihre Ruhe haben, fertig. Solche Gifties wie Jesus brauchen wir, damit nicht alles verkommt."

„Mein lieber Mann, ich bewundere deine Deutschkenntnisse."

„Studium, Radio, Fernsehen, Zeitungen, und dann gibt's ne ganze Menge Kommilitonen in Paris, wir treffen uns immer im Quartier Latin."

„Aha, daher weht der Wind."

„Dadurch lerne ich einfach sehr viel, ich habe schon einige Schätze angehäuft, guck mal hier!"

Sie drehte ihr Buch um, öffnete es von hinten und zeigte mir familiäre Ausdrücke, Umgangsdeutsch und vulgäre Formulierungen.

„Mein lieber Scholli", sagte ich, *„verpiss dich, zisch ab, fauler Sack, auf den Sack gehen.* Die kennst du alle. Aber nicht durcheinander verwenden.

„Bist du verrückt? Ich sage doch zu keinen Freunden, von denen ich mich verabschiede: Ich muss mich jetzt verpissen ..."

Wir mussten beide lachen. Dann schüttete sie uns noch eine Tasse Kaffee ein, zu der wir ein paar Plätzchen aßen. Danach legten wir uns eine Weile auf den Rücken und schwiegen, während wir Händchen hielten. Weil es so heiß war, gingen wir noch eine Runde schwimmen. Als wir uns umzogen, verwandelten wir jeweils das Badetuch in eine Umkleidekabine. Als Françoise auf einem Bein stand, um sich ihren Slip anzuziehen, verlor sie das Gleichgewicht und riss mich mit um, der ich das Tuch krampfhaft zu- und festhalten wollte, und sowohl wir selbst als auch die umliegenden Badegäste hatten Spaß, und wir brauchten für den Spott nicht zu sorgen. Bevor wir aufbrachen, erinnerte ich Françoise daran, dass sie mir noch etwas über *Hingabe* sagen wollte.

„Also Hingabe ist für mich, wenn ich einer Sache oder einem Menschen die volle Aufmerksamkeit zukommen lasse oder ihn so annehme, wie er ist. Oder wenn ich mich ihm zum Beispiel beim Sex in vollem Vertrauen verschenke. Was hältst du davon?"

„Das kann ich gut nachvollziehen, denn in den meisten Fällen sind Menschen so egoistisch, dass sie anderen keine Aufmerksamkeit schenken."

„Und oft wollen sie auch etwas anders haben, den anderen anders haben, und das kann Stress und Kampf erzeugen. Eine Heilung kann nur erfolgen, wenn wir den Kampf vermeiden."

„Die Religionen wollen ja", fuhr ich fort, „dass du dich Gott hingibst, aber sie übersehen, dass das göttliche Prinzip in allem ist."

„Vielleicht können wir Paul unseren Gedankengang vortragen, mal sehen, was er davon hält."

„Oh wie schön, jetzt sehe ich ja ein Paar, Monsieur, Mademoiselle, das sieht ja wunderbar aus, selten, glauben Sie mir!", sagte Jeanne, die sofort herausgekommen war, als sie uns sah.

„Madame, ich möchte Ihnen meine Freundin vorstellen, Françoise."

„Bonjour, Madame, Christian hat mir schon viel von Ihnen erzählt!"

„Na das will ich doch hoffen, vor allen Dingen von meinen Untaten und von unserer Teufelsfahrt."

„Ja klar, das muss ein tolles Bild abgegeben haben."

„Oh, Mademoiselle, glauben Sie mir, ich zehre heute noch davon. Schade, dass wir keine Fotos gemacht haben ... Er ist ja ein liebenswerter Kerl", sagte sie leise, weil sie meinte, ich bekäme es wegen des plätschernden Wassers nicht mit, „und wie der aussieht! Ein richtig schöner Mann. Aber Sie sind auch eine schöne Frau, ich glaube, Sie passen sehr gut zusammen."

„Madame", flüsterte Françoise, „was glauben Sie, wie unsere Kinder einmal aussehen werden."

„Wie die Götter", schwärmte Jeanne, „Engelsgesichter, herrlich!"

„So, wir können aufsteigen", sagte ich, „Madame, à bientôt ... Und du, folge mir nach!"

„Passen Sie gut auf, Françoise, er braucht sie noch! A demain!"

Als wir nach oben kamen und ausstiegen, empfing uns laute Musik, die alles in Töne hüllte, sodass man die Zikaden nicht mehr hören konnte. Vielleicht waren sie auch vor Schreck verstummt. Ich bedeutete Françoise still zu sein und führte sie nach unten auf die Wiese, wo Paul uns nicht hören konnte.

„Was ist das?", fragte sie, „ich habe das schon mal gehört, ist das Wagner?"

„Es ist ganz ungewöhnlich, dass er schon am Nachmittag Musik hört. Das ist gerade der zweite Satz aus der Symphonie Nr. 3, der *Eroica* von Beethoven, der sogenannte Trauermarsch. Ich weiß nicht, wie lange das noch dauert, aber es folgt noch das Scherzo und das Finale, vielleicht nicht ganz eine halbe Stunde."

„Du kennst dich aber gut aus."

„Beethoven ist mein liebster klassischer Komponist, und deiner?"

„Ich höre auch gern Klassik und freue mich immer über einen Konzert- oder Opernbesuch mit meinen Eltern. Ich bevorzuge keinen Komponisten. Spielst du ein Instrument?"

„Ja, Klavier."

„Toll! Sollen wir jetzt hier warten?"

„Auf jeden Fall, wir sollten ihn nicht stören, es ist eine besondere Aufnahme, da bin ich mal gespannt."

Sie schaute sich um und blickte in alle Richtungen.

„Chris, weißt du was, ich bin begeistert. Mein Gott, ist das hier schön! So versteckt, und trotzdem hat man einen solchen Blick zum Ventoux, toll, Chris, wirklich toll! Da hinter dem Haus, das sind Aprikosenbäume und hinter dem Rondell?"

„Kirschbäume."

„Welche Sorte?"

„Du, die Sorte weiß ich nicht, aber es sind knackige, dunkelrote Kirschen."

„Und wie groß ist das Grundstück?"

„Ungefähr siebentausend Quadratmeter. Ich schlage vor, du wartest ab, Paul erklärt dir das alles. Komm, wir setzen uns auf meinen Stein, wenn er nicht zu heiß ist."

„Au ja, kuscheln auf einem heißen Stein, eine neue Erfahrung."

Die Musik hörte auf, und wir gingen langsam zum Haus. Shiva kam als erste angepest und konnte sich gar nicht beruhigen, sprang an Françoise hoch, bis sie ihr einen ganzen Sack voll Streicheleinheiten verabreicht hatte. Pauls Empfang konnte herzlicher nicht sein:

„Hallo, ihr beiden, hallo, Françoise, das ist ja eine Überraschung, herzlich willkommen in der Villa Bergblick!"

„Schön, dich wiederzusehen", sagte Françoise, „ich hoffe, du verzeihst mir, dass ich so ohne Ankündigung hier hereinplatze."

„Euer Attentat ist gelungen, ich freue mich. Wo hast du die Mädchen gelassen?"

„Die haben etwas anderes vor."

„Ah ja, schade eigentlich, na vielleicht das nächste Mal. Und was sagen Onkel und Tante?"

„Die hätten sicher nichts dagegen, warum auch? Paul, weißt du was? Ich bin platt, so schön ist es hier!"

Wir setzten uns unter die Eichen, und Paul ging ins Haus und kam mit zwei Kuchen heraus: „Als ob ich es geahnt hätte: Einen Begrüßungskuchen und einen zur Versöhnung."

„Paul, soll ich dir helfen, den Tisch zu decken?", fragte Françoise.

„Das kannst du gern tun, komm mit rein, ich muss sowieso noch Kaffee kochen, dabei erzählst du mir, was ihr so getrieben habt."

Na toll, dachte ich, dann werde ich wohl hier nicht mehr gebraucht. Andererseits genoss ich die Ruhe genau wie die Zikaden.

Paul berichtete, dass er wieder einen besonders schwierigen Fall zu bearbeiten hatte: Das Mutter-Tochter-Verhältnis nach der Trennung. Der Vater war ausgezogen, der ältere Sohn ebenfalls, aber nicht zum Vater. Die Schulleistungen der Tochter nahmen rapide ab, und sie bekam zunehmend Depressionen.

„Nach meiner Überzeugung nehmen die Trennungen zur Zeit überhand, ich glaube, die Menschen machen es sich zu leicht, Beziehungen werden konsumiert wie ne Pizza, zack, die nächste. Man hat doch Freude und Leid geteilt, Gefühle ausgetauscht, Liebe gegeben und empfangen. Für mich ist das etwas Kostbares, das ist ja nicht nur Sex! Sehr viele wissen noch nicht mal, was Sex ist", engagierte sich Françoise.

„Viele Menschen können sich dem Partner gegenüber nicht öffnen, weil sie Angst haben, ihre Schwächen könnten gegen sie verwendet werden", fügte Paul hinzu, „andere kommen mit Veränderungen nicht klar, zum Beispiel mit dem Altern."

„Ich hab mal ne Statistik gelesen, da gehen 22% fremd, mehrmals sogar, oder nur 25% sind mit dem Aussehen ihres Partners zufrieden, das spottet doch jeder Beschreibung", meinte Françoise.

„Wegen der Schweigepflicht darf und will ich euch auch nichts Konkretes nennen, aber das vielschichtige Thema hat natürlich mit Erziehung, Bildung, Vorbildern, Charakterstärke und sozialem Status zu tun", führte Paul aus. „Lasst mich das mal ein wenig verallgemeinern: Eltern stehen heute unter enormem Druck, sind oft verunsichert und können den gestiegenen Anforderungen nicht gerecht werden, weil heute vieles anders geworden ist. Bildungsdruck, Erziehungsdruck führen häufig zu Stress, auch der finanzielle Druck, mit dem vor allem sozial schwache Familien konfrontiert werden. Eltern sind heute hohen Erwartungen ausgesetzt, mit denen sie oft allein gelassen werden ..."

„Welche Lösungen hast du denn anzubieten?", wollte Françoise wissen.

„Darauf wollte ich gerade zu sprechen kommen. Lösungen struktureller Art sind: Anerkennung des Lebenskonzepts, eine gute Vereinbarkeit von Familie und Beruf und vor allen Dingen eine qualitativ gute Beratung und Betreuung. Zudem müssten sich die Bildungssysteme schnellstens erneuern. Mein ganz persönlicher Lösungsansatz ist natürlich immer die Liebe", lächelte Paul Verständnis heischend.

„Alles schön und gut", wandte ich ein, „es muss aber doch die Freiheit geben zu erkennen, dass es zum Beispiel nur noch eine Qual ist zusammenzuleben, mit Kindern sicher noch schwerer als ohne."

Françoise warf mir einen fragenden Blick zu.

„Erlaubt mir einen kleinen Exkurs: Vor über fünfzig Jahren schrieb Dr. John A.T. Robinson, seinerzeit anglikanischer Bischof in den Slums im Süden Londons, das Buch *Honest to God*, das den deutschen Titel trägt *Gott ist anders*, den französischen Titel weiß ich nicht. Man hätte den Titel eher mit *Gott gegenüber redlich oder ehrlich* übersetzen sollen. Wie dem auch sei, das Buch löste damals nicht nur in England eine Riesenbewegung aus, denn Robinson wollte für jene sprechen – schon zu jener Zeit, wohlgemerkt – die die herkömmliche Denkweise und Moralität der Kirche nicht mehr akzeptieren wollten und konnten ..."

„Hast du das Buch?", wollte ich wissen.

„Steht in der Bibliothek."

„Wie geht's weiter?", war Françoise begierig zu erfahren.

„Ich sage das mal sinngemäß. Jesus wollte zum Beispiel nicht, dass seine Ideen als Vorschriften gelten sollten, die die Menschen nun unter allen Umständen einhalten müssten, ihre Handlungen allemal als richtig oder falsch ansehen sollten. Diese Vorschläge sind keine Gesetze, die festlegen, was die Liebe in einem bestimmten Augenblick von irgendjemand fordern kann, sondern Vorstellungen, die die Liebe in einem bestimmten Augenblick von uns fordert. In der Bergpredigt oder Feldpredigt – ob sie nun wahr ist oder nicht – sagt Jesus nicht, was wir unbedingt tun sollen, er gibt uns also keine moralischen Regeln vor, sondern schlägt vor, wie wir uns ändern können. Seine Gedanken über die Ehe sagen nicht, dass die Ehescheidung das größere von zwei Übeln ist, sondern dass Liebe, bedingungslose Liebe, nicht beinhaltet, dass man sich festlegt. Man kann nicht voraussehen, ob die Liebe in bestimmten Situationen die absolute Selbsthingabe verlangt oder nicht. Jesus entscheidet nicht für uns, sondern er empfiehlt, dass wir uns ganz dem öffnen, was auf uns zukommt."

„Entschuldige, Paul", warf Françoise ein, „das bedeutet ja, dass wir völlig frei sind."

„Frei in dem Sinne, dass die Vernunft uns die Gesetze vorgibt, wie Kant es meinte. Es ist letzten Endes nichts weiter unterstellt als die Liebe ... Robinson gibt noch Folgendes zu bedenken: ‚Warum sollte ich das junge Mädchen nicht verführen', fragt sich ein junger Mann. Nun ist es aber viel schwerer für ihn sich zu fragen, ob er sie wirklich liebt oder wie sehr. Wenn er sie nicht genug liebt, dann handelt er unrecht, oder – und jetzt passt auf – er liebt sie, dann achtet er sie viel zu sehr, als dass er sie verführen würde", grinste Paul neugierig.

„Das ist aber nun wirklich alter Tobak", sagte ich kopfschüttelnd, „über solche Moralvorstellungen sind wir doch weit hinaus, oder?"

„Na ja, ich weiß nicht," meinte Françoise, „sicher, wir wollen es heute wissen, wir wollen Erfahrungen machen, wie's geht, und was man davon hat, aber dafür sind wir meist zu oberflächlich, denn ich glaube, Robinson hat recht, und ich beziehe das auch gern auf mich, uns fehlt die Achtung vor dem anderen, wir meinen, Sex sei alles ..."

„Ich glaube", sagte ich, „wir haben eins vergessen, und das ist, uns dafür zu bedanken, wie viel Liebe Paul in die Kuchen gebacken hat."

„Mensch, da hast du recht, Chris! Vielen Dank, Paul."

„O.k.", sagte Paul, „komm Françoise, ich zeige dir mein Domizil mit allem Drum und Dran." Ich blieb zurück, um abzuwaschen.

Jesus war ein Träumer, stellte ich mir vor, aber in einer Welt des Geldes, der Gier, der Zirkusspiele, der Medien, des so genannten Internets, der Großmächte und -konzerne, der Globalisierung des Übels und der Missachtung des Individuums, des Missbrauchs der Toleranz, in einer Welt, der die Menschen zunehmend ausgeliefert sind, in der die Menschen sich nur noch mit Mühe und großem Aufwand selbst bestimmen können, da sollten Jesus' Träume immer mehr in den Vordergrund rücken. Offenbar hat auch Jesus wie Hamlet gesehen, dass die Welt aus den Fugen ist. In diesem System gibt es schon längst keinen allgemeinen Wohlstand mehr: Viele arbeiten sich zu Krüppeln, damit wenige ihren „Reichtum" genießen, der oft in geistig-seelischen Krankheiten besteht. Das werde ich als Theologe predigen ... Wir brauchen im Grunde das, was hier auf einem Schild über dem Abwaschtisch steht: Wir brauchen Handler statt Schwätzer, Zupacker statt Salbaderer, Lang- statt Kurzdenker, Kurzweiler statt Langweiler, Politiker statt Schönredner, Vorbilder statt Nachbilder, Technokraten statt Bürokraten, Hobbyisten statt Lobbyisten, Demokratie statt Demokratur.

Ich wunderte mich, wo die beiden so lange blieben. Sie hatten Shiva mitgenommen, um sie auszuführen, aber das dauerte normalerweise auch nicht über eine Stunde, und es war nichts zu sehen und zu hören. Als sie dann schließlich zurückkamen, hörte ich sie schon von weitem kichern, gackern und lachen, richtig doof.

„Was ist los?", fragte ich mit vorgetäuschter Ungerührtheit.

„Och, Paul hat mir ein paar Stories erzählt, die bei ihm bei Beratungsgesprächen passiert sind, und dann haben wir uns auch noch Witze erzählt ..."

„Welche Stories denn?"

„Na ja", lachte Françoise, „einmal, da pinkelte ein Junge vor Angst seine proppenvolle Blase in die Hose, das lief alles unter den Stuhl und bildete eine Lache, die Paul und die Mutter erst entdeckten, als Shiva anfing sie aufzulecken. Die Mutter hatte natürlich keine zweite Hose mit, und so zog der Junge dann, nachdem er gewaschen worden war, von Paul eine Unterhose an und auch eine alte Hose. Die Mutter schickte später alles mit einem Geschenk zurück. Der Kleine muss toll ausgesehen haben."

„Was gibt's denn da zu lachen?", fragte ich.

„Mann, Chris, stell dir das doch mal vor!"
„Na, ich weiß nicht."
„Na gut, dann hab' ich die Geschichte schlecht erzählt. Paul, erzähl du ihm die Witze!"
„Also gut, zwei. Der erste ist original Mormoiron: Eine Frau sagt zu einer anderen: Du, ich glaube, ich bin bekloppt! Sagt die andere: Du bist verrückt, du bist doch nicht bekloppt! – Ein Ehepaar, er hundert, sie neunzig, kommt zu einem Anwalt. Sie wollen sich scheiden lassen. Fragt der Anwalt: Warum kommen Sie denn jetzt erst? Sagt sie: Wir wollten warten, bis die Kinder tot sind."
„Makaber", meinte ich.
„Du, Christian", sagte Françoise, und ihre Stimme klang so, als würde sie im nächsten Augenblick ein Geständnis ablegen, „ich muss dir etwas sagen."
„Ja", sagte ich mit zunehmender Unruhe, „dann tue es doch."
„Ich habe mit Paul ... Was ist denn, Christian? Ist dir nicht gut?"
„Kommt, setzen wir uns doch!", forderte ich die beiden auf.
„Ja, o.k.", sagte sie besorgt, „und, ist es besser?"
„Es ist nichts, es ist alles in Ordnung."
„Dann bin ich zufrieden; du bist so blass, weißt du. Na gut, also ich wollte sagen, ich habe mit Paul über unser Anliegen gesprochen, ich meine, dass wir beide im Haus schlafen wollen ... Damit ist er nicht einverstanden."
„Wieso das denn nicht?", fragte ich missbilligend und erstaunt.
„Ja, also", nahm Paul freundlich dazu Stellung, aber auch ernst und bestimmt, „damit hat es eine besondere Bewandtnis. Es ist so, dass ich denke, dass ich nicht prüde bin, dass es mir auch scheißegal ist, ob jemand mich als Kuppler ansieht, aber in diesem besonderen Fall müsste ich euch dringend bitten, im Zelt zu schlafen, hinten irgendwo auf der Wiese. Oder ihr könnt auch gern die Betten hinten aufstellen und draußen schlafen. Eine solche Nacht vergesst ihr euren Lebtag nicht."
„Alles schön und gut", sagte ich, „aber das verstehe ich trotzdem nicht."
„Welche Bewandtnis hat es denn damit?", wollte Françoise wissen.
„Die Geschichte habe ich noch nie jemandem erzählt, sie ist mein Geheimnis. Es gibt Gerüchte über mich, die mehr oder weniger der Wahrheit nahe kommen, aber niemand weiß bis jetzt etwas Konkretes. Sagen wir es so: Da ich zu euch Vertrauen habe, zu euch beiden, würde ich heute Abend versuchen, euch nach dem Abendessen hier draußen bei Wein und Kerzenschein mein Geheimnis anzuvertrauen, sozusagen zu beichten. Mit *versuchen* meine

ich, dass ich wohl vor lauter Gefühlsausbrüchen ins Stocken geraten könnte."

„Das würde doch nichts ausmachen", meinte Françoise freimütig, „du ehrst uns doch mit deinem Geständnis."

„Ja, so kannst du es nennen", sagte Paul und plinkerte mir zu, „es sind sozusagen meine *Confessiones* oder besser Bruchstücke einer großen Konfession."

„Also gut", sagte Françoise ziemlich resolut und stand auf, „ich mache uns jetzt etwas zu essen. Nein, Chris, ich allein, alles andere hält nur auf. Kalte Küche also, und dann hören wir Pauls Geschichte. Übrigens, wenn sie gut erzählt wird, ist mir das lieber als ein Film, der ja vorgefertigte Bilder präsentiert, die die Fantasie behindern. Und vielleicht ist es ja auch noch spannend."

Sie hatte öfter von der Norm abweichende Gedankengänge, das mochte ich an ihr ... Und Confessiones? Das ist das ganze Leben, überlegte ich, man erzählt immer nur Bruchstücke davon. Ich glaube, wir begreifen unsere eigene Evolution – das uralte Erbe unserer Erbanlagen – eher als den Zucker der Liebe, unsere Launen. *Nobody is perfect,* sagte Paul immer, aber es gilt auch *no body is perfect,* einschließlich *soul* und *mind.*

Vorletzte Nacht hatte ich einen Traum, der mich immer noch verfolgte: Ich ging mit mehreren Leuten irgendwohin, und links neben mir ging eine vollschlanke Frau in einem durchsichtigen blauen Tüllkleid. Ich streichelte beim Gehen einmal ihren Po und die hinteren Oberschenkel, und sie sagte, mein Gott ist das schön. Worauf ich sagte, das können wir ja fortsetzen. Nun werden einige behaupten, das sei ein Sextraum. Das reicht aber nicht, denn soweit ich das verstehe, ist die Traumaussage hinter dem Traumtext versteckt: Mein Unbewusstes sagte zu mir zu dieser Unbekannten, wie mein Bild von der Frau schlechthin geprägt wurde, von der Mutter, den Freundinnen, ja von der Heiligen bis zur Hure. Die leicht verhüllte Nacktheit war sicherlich das Symbol für die eigene „Blöße". Ich „entblöße" mich nur mit Vorsicht, ich habe Angst vor der Wahrheit. Nach C.G. Jung zeigt die unbekannte Frau im Männertraum immer die weibliche Seite der Seele, die so genannte „Anima".

„Entschuldige bitte, ich wollte nicht unhöflich sein, ich war so in Gedanken."

„Du brauchst dich nicht zu entschuldigen, Gedanken sind das Ureigenste des Menschen, das sollte man nicht stören", erwiderte Paul.

Die Zauberin kam heraus, deckte den Tisch, stellte die Mahlzeit mit flinken Händen auf, goss Wein ein und wünschte uns allen guten Appetit. Ich dachte, wenn eine Frau den Tisch deckt und Essen anbietet, so ist es etwas anderes. Es ist alles viel gefälliger, viel runder.

„Ich wollte mir gern noch ein paar Aufsätze von dir anschauen, zum Beispiel *Gedanken über die Hexenverfolgungen,* dann *Sexueller Missbrauch in der katholischen Kirche* und den Traktat über *Drewermanns Glauben in Freiheit.* Den dicken Schinken schaffe ich ja gar nicht."

„Man sollte eigentlich immer zu den Quellen gehen", meinte Paul, „das weißt du ja auch. Im Übrigen hat Drewermann über fünfzig Bücher geschrieben, von denen habe ich auch erst ein paar gelesen, aber der Mann ist sehr wichtig. Durch ihn verstehen wir vieles gründlicher und besser ..."

„Was denn zum Beispiel?"

„Vor allem die Zusammenhänge zwischen Tiefenpsychologie und Dogmatik oder auch zwischen kirchlicher Willkür und Machtanmaßungen. Letztere erreichen aufgeklärte Menschen allerdings kaum noch, weil solche Anmaßungen das Recht auf eigenes Denken und Fühlen versperren."

„Ja klar, scheint tatsächlich wichtig zu sein."

„Lies meinetwegen erst meinen Traktat, dann wird der dir aber nicht mehr genügen, und dann wird dich der Schinken anlocken."

Françoise hörte aufmerksam zu, als sie den Käse brachte und auf einen entsprechenden Fingerzeig wortlos kleine Stückchen vorlegte: Reblochon, Munster, Bergkäse aus den Vogesen und aus dem Ardèche, verschiedene Camemberts, darunter den leckeren Rustique aus der Normandie. Da es noch warm war, stellte sie die Käseplatte schnell wieder in den Kühlschrank.

„Chris, besorgst du uns Wein? In meinem Auto sind drei Flaschen in der Kühltasche. Hoffentlich kochen die nicht schon, sonst trinken wir Glühwein."

Ich hole die Tasche mit drei Flaschen *Vin de Cassis,* hochprozentig, dunkel, AOC. Ich legte zwei in das Eisfach des Kühlschranks, brachte eine mit und goss ein.

„Der ist einfach zu warm. Ich glaube, wir müssen pusten", scherzte Paul.

„Wartet", sagte Françoise, „wir haben eiskaltes Volvic. Ich werde meinen Wein etwas verdünnen. Er haut dir sowieso bald die Beine weg, er ist fast so stark wie der Chateauneuf du Pape ... Und Chris, du bist so lieb und denkst an die Flaschen im Eisfach, ja? Gefrorener Wein sprengt die Flaschen. Und vor allem zu kalt schmeckt er nicht."

„Gut!"

„Ich passe auf ihn auf, damit er daran denkt!", frotzelte Paul.

„O.k., dann erinnere ich Paul daran, dass er mich daran erinnert!", konterte ich.

Nachdem wir gegessen und Françoise und ich abgeräumt hatten, holte Paul zwei kleine Laternen aus dem Cagibi, in die er je ein Teelicht stellte und erläuterte, dass das erstens nicht so blende, und zweitens keine Tiere in den Flammen sterben müssten, weil sie durch das Glas abgehalten würden.

Françoise und ich setzten uns auf die Bank mit Blick auf den Cabanon, und Paul ließ sich uns gegenüber auf einem Stuhl nieder. Die Sonne war untergegangen und warf ihre letzten goldgelben Strahlen auf den Gipfel seiner Majestät, der von einer Gloriole umgeben schien. Die Heimchen begannen mit der Wachablösung, denn die Zikaden begaben sich nach getaner Arbeit allmählich zur Ruhe. Ein kühles Abendlüftchen verscheuchte die warme Luft. Paul goss uns kühlen Wein ein, und wir tranken auf das stärkste Gefühl, auf die Liebe. Françoises Augen glänzten im Widerschein der Kerzen, sie saß ruhig und zurückgelehnt neben mir mit einem erwartungsvollen Gesichtsausdruck, und ich hatte ein Gefühl des wohligen Aufgehobenseins. Paul begann zu erzählen, anders als sonst, mit einem feierlichen Unterton, so als würde er die Vergangenheit heraufbeschwören wie eine Schlange, dass sie vor uns tanzte.

„Es war vor eineinhalb Jahren, da lud Alain mich in Villes zum Abendessen ein. Ich hatte ihn erst kurz vorher beim Apéritif bei Maurice kennen gelernt, und wir hatten Gefallen an einander gefunden. Seine Frau Alberte hatte ein provenzalisches Mahl zubereitet mit Truthahn, richtig edel und üppig, für mich extra Kartoffeln, also nicht als Gemüse, wie die Franzosen das machen, sondern wie die Deutschen als Hauptbestandteil des Menüs. Während des Essens musste ich feststellen, dass das begleitende Baguette ganz besonders gut schmeckte.

‚Tja, mein Lieber', erklärte Alain stolz, ‚mit unserem Bäcker kommt so leicht keiner in der ganzen Gegend mit, schmeckt alles Spitze, nicht nur das Brot, auch die Kuchen, besonders der Apfelkuchen, du weißt ja mit den schön dekorierten Apfelscheiben, dem dünnen Boden und dem zarten Überzug. Unser Bäcker, Monsieur Buffard, ist ja auch Konditor, musst du wissen. Warum seine Produkte so gut schmecken, bleibt allen ein Rätsel. Viele haben versucht, das rauszubekommen, aber Fehlanzeige, und so scheinen der Grund und die Rezepte ein gehütetes Geheimnis zu bleiben wie bei nem guten Likör, nehmen wir einen Chartreuse oder Bénédictine, was weiß ich.'

‚Ja gut', sagte ich, ‚Villes ist ja nicht weit von mir, dann werde ich da mal in den nächsten Tagen reinschneien und mir ein paar Leckereien mitnehmen.'

‚Seine Croissants sind auch so köstlich', ergänzte Alberte, ‚er ist ein Meister seines Fachs, und dann die kleinen Tartes mit Erdbeeren, Kirschen, also wirklich, gut süß natürlich, aber nicht zu süß, verstehst du? Mit dem vielen Zucker haben wir ja in Frankreich ein Problem. Also solche Köstlichkeiten haben wir noch nirgends in Frankreich gegessen, und wir haben Verwandte in Dax, in Lyon, in Toulouse ... Leider nicht im Norden.'

‚Aber Paul, ich warne dich ...', fuhr Alain fort.

‚Hör auf damit!', befahl Alberte, ‚das sind doch alles nur Gerüchte!'

‚Wieso?', fragte ich, ‚was gibt es denn da so Geheimnisvolles?'

‚Das sind seine drei Töchter, fast so schön wie meine Frau,' schmunzelte Alain, ‚aber drei schwarze Perlen, sage ich dir. Die älteste ist Colette, 36 glaube ich, oder, Alberte?'

Alberte rief aus der Küche: ‚Ja, das kommt hin, dann Marie, 35, dann die schönste Perle, sie ist, na, sie wird jetzt 33 sein, das ist Laure.'

‚Die drei schönsten Hexen des Vaucluse!', trompetete Alain.

‚Wieso Hexen?', fragte ich.

‚Alain, nun lass das doch!', forderte sie ihn auf, als sie aus der Küche mit Nachschlag zurückkam.

‚Warum denn, Alberte? Das kann er doch ruhig wissen.'

‚Ach, du willst ihm nur den Mund wässrig machen.'

‚Auf einen mehr oder weniger kommt es doch nicht an. Nun rede doch nicht immer dazwischen!', sagte Alain unwirsch. ‚Also, die Sache ist die: Hinter denen waren schon Männer her, wer weiß, wie viele, als die in den Zwanzigern waren, aber dann hieß es plötzlich aus, Feierabend, der ist weg, der kommt nicht mehr, und dann munkelte man, die würden die Männer alle ablehnen. Manche waren überzeugt, die verzaubern die Frauen erst, dann klaun sie ihre Seele, und dann haun sie ab. Das könnte man danach immer sehn, die Frauen würden dann immer so blass aussehn.'

‚Alain, nun dichte mal nicht zu viel dazu ... Aber grundsätzlich hat er ja recht', wandte sie sich mir zu.

‚Wieso hinzudichten? Ich bin Polizist, verstehst du, nix hinzudichten, auf die Fakten kommt es an, und sonst nix. Ich hab doch mit eigenen Augen gesehn, wie die aussahn, und ich geh mehr in die Bäckerei als du.'

‚Und ist da was Wahres dran?', fragte ich neugierig, ‚ich meine, dass man Veränderungen feststellen konnte?'

‚Tja, sagen wir es so, so genau weiß das keiner, aber dieser Gegensatz, verstehst du? Sehr hübsche Frauen und keine Männer, also keine, die bleiben. Dieser Widerspruch, das provoziert natürlich Spekulationen.'

‚Na ja!', sagte Alberte, ‚du musst ihm sagen, der Vater ist so streng katholisch, also zu Hause, zur Kirche geht er selten, höchstens mal zu ner Frühmesse. Man sagt, die beten dauernd, also bei jeder Gelegenheit am Tag. Da kommst du hin, und die beten.'

‚Die Lehrlinge sagen, der betet sogar über dem Teig.'

‚Seid ihr sicher, dass die nicht protestantisch sind?', wollte ich wissen.

‚Oh mein Gott', sagte Alberte, ‚hundertprozentig katholisch, der hat in Frankreich rumgesucht nach ner passenden Katholikin, das wissen wir vom Pfarrer, dem hat Alain mal was zugeschoben, da hat der geplaudert.'

‚Und warum macht er das? Ich meine, warum betet er so viel? Schmecken deswegen seine Backwaren so gut?'

‚Ja', lachte Alain, ‚das haben sich vor dir auch schon ein paar Schlaue gefragt, aber niemand weiß das so genau. Die Leute sagen, mit dem Beten hat er die Familie im Griff, oder der terrorisiert die damit. Na, jedenfalls kommen die Töchter oft verweint in den Laden.'

‚Die Mutter hat nichts zu sagen', fuhr Alberte fort, ‚die sieht ganz verhärmt aus und läuft bloß in schwarzen Sachen rum, er übrigens auch. Auch die Mädchen durften noch nie Farben tragen. Und die Mädchen, ja mein Gott, Frauen müsste ich sagen, die haben Haare, sag ich dir, wie schwarze Rossschwänze, fast wie indische Frauen, und die haben wunderschöne braune Augen, von den anderen Äußerlichkeiten ganz zu schweigen.'

‚Also, irgendwas stimmt da nicht,' meinte Alain, solche Backwaren und so ein, na, ich will nicht sagen grimmiger Bäcker, oder, mein Schatz?'

‚Nee, nicht grimmig', meinte Alberte, ‚der ist sehr ernst, eher ängstlich, der guckt dich nie an, der Blick ist auch sprunghaft, verängstigt eben ...'

‚Der kommt ja auch nur in den Verkaufsraum, um die Regale aufzufüllen, der verkauft ja nicht, aber der ist auch nicht ansprechbar.'

‚Ist das denn ein Psychopath?', fragte ich.

‚Das weiß ich jetzt nicht, was meinst du, Schatz?'

‚Das weiß ich auch nicht ... Ich mein, was isn das, ein Psychopath?'

‚Das ist jemand, der seelisch und charakterlich gestört ist.'

‚Auf jeden Fall!', war Alberte überzeugt.

‚Da bin ich mir ganz sicher,' bestätigte Alain.

‚Gut, meine lieben Gastgeber,' sagte ich, ‚bei der ganzen Geschichte beginne ich, mich unwohl zu fühlen, weil ich unhöflich bin. Ich möchte der Dame des Hauses ein großes Kompliment machen, es schmeckt alles köstlich, Alberte, wie ein Weihnachtsmenü. Herzlichen Dank.'

‚Weißt du, Paul, man tut, was man kann', sagte sie bescheiden, ‚es freut mich, dass es dir schmeckt. Komm, nimm noch ein Stück Fleisch und noch etwas Soße.'

‚Vielen Dank, es geht wirklich nicht mehr.'

‚Dann werde ich dir nachher eine Keule mitgeben.'

‚Daran werde ich eine ganze Woche essen.'

‚Das wird dich schon nicht umbringen.'

‚Das wäre kein natürlicher Tod, oder?'

‚Sicher nicht!', gab Alain seinen Senf dazu.

Das Käsegedeck musste ich ausfallen lassen, das Dessert, eine weiße Mousse, wollte ich nicht ablehnen, dennoch gestand ich: ‚Ich bin jetzt kurz vor der Explosion ... Was die drei Hexen betrifft, so werde ich der Sache mal auf den Grund gehen.'"

Paul unterbrach seine Erzählung, um uns zuzuprosten und um uns zu fragen, ob es uns gut geht und ob ich mit meinen Notizen mitkäme.

„Ziemlich spannende Geschichte. Ich komme gut mit, vor allem, weil Françoise mich rechts krault und Shiva mich links leckt."

„Verräter! Ich finde, du kannst gut erzählen, Paul", lobte ihn Françoise, und die Erzählung scheint es ja in sich zu haben. Danke, dass du sie auf Französisch vorträgst, Deutsch würde mich viel mehr anstrengen, und dauernde Unterbrechungen wären schade."

Paul fuhr fort: „Also, ich wollte mir die Damen zur Brust nehmen.

‚Da sei mal ganz vorsichtig', meinte Alain, ‚an denen sind schon ganz andere Ritter gescheitert.'

‚Och', sagte ich mit flammenden Augen wie ein Abenteurer, ‚ich werde mal sehen, wie ich das mache, vielleicht als Troubadour sehnsüchtige Lieder singen, oder sie mir einzeln vornehmen, Colette, Marie und Laure ... Da fällt mir ein, ich rief vor kurzem einen Freund im Elsass an, den Henri, der hat da so eine Art Herberge, ist immer belegt. Ich fragte, wie es ihm ginge, und er sagte, toll, ich liebe alle Frauen. Alle?, fragte ich zurück, und er sagte, ja, alle, eine nach der anderen. Ich weiß, dass das stimmt, bei ihm übernachten viele Single-Frauen, er hat mir Fotos gezeigt ... Also, ich werde es so ähnlich machen.'

‚Sagte der Truthahn und verlor eine Feder nach der anderen', feixte Alain, und wir mussten alle drei lachen wegen seiner Spontaneität, und ich fügte hinzu: ‚Das ist doch nicht etwa der Truthahn, den wir gerade verspeist haben! Mir war schon aufgefallen, dass er kein Fett hatte.'

‚Kein Fett bedeutet immer viel Liebe, und deshalb ist er auch so lecker, mein Schatz, oder?'

Am Sonntag darauf machte ich meinen Antrittsbesuch in der Bäckerei. Wie so oft war der Laden halb so groß wie mein Wohnzimmer, der Ladentisch keine drei Meter lang, eine alte Klingelkasse mit Drehhebel hatte ihren Glanz nicht verloren. Ein offenbar findiger Mechaniker hatte sie von Francs auf Euro umgestellt, sicherlich keine leichte Aufgabe. Das Museumsstück schoss wie zu alten Zeiten die Schublade heraus, sodass das Kleingeld davon abgehalten werden musste, sich über den Fußboden zu ergießen, man musste die Schublade also im letzten Augenblick sanft abbremsen. In der beleuchteten Auslage unter dem Ladentisch lachte einen eine Torte nach der anderen an. Hinten an der Wand waren die Regale vollgestopft mit aufrecht stehenden Broten, Baguettes, Flûtes und Fladenbroten, die Croissants lagen auf dem Ladentisch. Alle Backwaren wurden in Papier eingepackt, das mit Schwung in der richtigen Größe von einer Rolle abgerissen wurde.

Der Verkaufsraum war überfüllt mit Männern, teilweise mit zerzausten, meist ungekämmten Haaren mit Liegeabdrücken, in Trainings- oder Freizeitanzügen, ungewaschen, unrasiert. Auf dem Weg zu dem *Bureau de Tabac*, wo man Zeitungen, Zeitschriften, Zigaretten und andere Rauchwaren kauft, kehrt man kurz beim Bäcker ein, wo man allerdings die meiste Zeit verbringt, weil man anstehen muss.

Als ich ankam, musste ich zunächst mit anderen draußen in einer Schlange warten, doch als ich hineinging und nicht nur alles durch das Schaufenster beobachten konnte, sah ich die drei Moiren, oder soll ich Galateas sagen? Sie nahmen geschäftig die Bestellungen entgegen, packten die Waren ein und würzten alles mit ihrem freundlichen *darf es sonst noch etwas sein? Merci, bonne journée, Monsieur ...* Dazwischen quietschten die Rollen, ratschte und raschelte das Papier, klingelte die Kasse, nachdem die Zahlenrolle den Preis runtergerattert hatte, und die dunklen, oft rauen Stimmen der Männer verabschiedeten sich.

Als ich mich dem Tresen näherte, sah ich die schönen gepflegten Hände, die vollschlanken Figuren in schwarzer Kleidung, die Augen und Haare wie angekündigt, die vollen Busen und üppige, ungeschminkte Lippen. Ich sog den Duft im Raum ein, ein Gemisch aus frischen Backwaren, dem Parfüm der Frauen, dem gut oder übelriechenden Schweiß der Männer und ihren Körpergeruch. Vor allem aber nahm ich die knisternde Erotik wahr, die von den drei Frauen ausging. Ich wäre gern der Weberknecht gewesen, der sich still in die linke rückwärtige Ecke an der Decke verzogen hatte, denn ich hätte stundenlang den Frauen zusehen mögen, um ihren Bewegungen zu folgen und um alle Geräusche in mich aufzunehmen. Hier war etwas, das man als gespannte Harmonie bezeichnen könnte.

Ich merkte gar nicht, dass ich an der Reihe war und die eine der Frauen mich mehrmals nach meinen Wünschen fragen musste, bis mein rechter Nachbar mich darauf aufmerksam machte.

‚Oh, Entschuldigung, es tut mir leid‘, stotterte ich.

‚Ah, Monsieur, das macht doch nichts‘, lächelte sie und strahlte mich an, ‚bitte sehr.‘

Es war Laure. Zwischen uns sprang sofort ein Funke über, was ich an ihren Augen bemerken konnte, die für den Bruchteil eines Augenblicks noch größer wurden. Ihr Blick traf mich tief, und ich musste auf sie einen ähnlichen Eindruck gemacht haben, denn für Sekunden war sie abgelenkt. Ich weiß nicht mehr, was ich gekauft habe, ich weiß nur noch, dass Laure viel mit mir zu tun hatte und sicher dachte, ich müsste die Mäuler einer Großfamilie stopfen. Ausschließlich zu mir sagte sie am Schluss *au revoire* mit einem unüblichen *e* hinten dran. Obwohl mir Männer freundlich die Ladentür öffneten, bemerkte Laure, dass ich nicht alles auf einmal mitbekam.

‚Warten Sie‘, sagte sie bereitwillig, ‚ich helfe Ihnen ... Wo haben sie ihr Auto?‘

Da sie mich noch nie gesehen hatte, vermutete sie sicher, dass ich mit dem Auto bis vor die Bäckerei gekommen war. In Wirklichkeit hatte ich den Wagen aber ungefähr dreißig Meter weiter abgestellt, weil der Parkplatz an der Bäckerei besetzt war.

‚Es sind nur ein paar Schritte.‘

Ich wusste, dass ich schnell handeln musste, mir fiel nur nicht ein, was ich so geschwind herausbringen sollte, denn der aufkommende Stress, ihre schönen Beine, die wackelnden Hüften, ihr Duft benebelten meine Gedanken und Sinne, und mir fehlte die überlegene Kaltblütigkeit. Ich artikulierte also nur:

‚Madame, ich finde, Sie sehen wunderbar aus. Ich komme wieder und lade Sie zum Essen ein oder ...‘

‚Ach, Monsieur‘, sagte sie erst lächelnd und dann etwas traurig und abgewandt, so als wollte sie vermeiden, dass man sieht, dass wir miteinander kommunizierten, ‚Sie sind sehr lieb, aber ich glaube, das geht nicht, ich ... vielen Dank, ich muss jetzt gehen.‘

Bevor sie die hellgrüne Ladentür öffnete, schaute sie sich noch einmal um, lächelte wieder ganz leicht, und ihre Augen grüßten mich.

Es hatte mich getroffen, ich war verliebt, sozusagen vom ersten Augenblick an. Ich hatte das Gefühl, ich wollte sie nicht unbedingt besitzen, sondern beschützen, ich wusste nur nicht hinreichend, wovor und warum. Ich hatte jedenfalls so viele Backwaren eingekauft, dass ich sie an mehreren Tagen nicht allein essen konnte. Ich gab Jeanne etwas ab, ich brachte einiges zu Maurice und Evelyne.

‚Ah, aus Villes hast du die Sachen', sagte Maurice grinsend, ‚na da haben dir wohl die Mädchen den Kopf verdreht, was? Sei schön auf der Hut, der Papa erschießt dich schneller, als du glaubst.'

Ihr spinnt alle, dachte ich, ich gehe meinen Weg. Und ich ging meinen Weg, ich kaufte wieder und wieder in der Bäckerei, und wenn sie konnte, bediente mich Laure. Ich zerbrach mir den Kopf, wie ich an sie herankommen könnte: Zettelchen zustecken – schwierig genug über den Ladentisch – ihre Telefonnummer, da kam ich nicht ran, ich gab's auf und dachte, Jesus wird mir schon helfen. Ich war so naiv zu glauben, dass der Funke der Liebe ein göttlicher ist, und so würde mir der Weg schon bereitet werden, wenn es so vorgesehen wäre.

Und ob ihr's glaubt oder nicht, eines Tages traf ich sie, und in der Zwischenzeit war mein Mut gereift: Ich wollte gerade den Laden betreten, als ich sah, dass sie am Seiteneingang Papier und Kartons in eine Mülltonne stopfte. Ich hin:

‚Laure, bitte, ich heiße Paul, ich möchte Sie kennen lernen, ich habe mich in Sie verliebt.'

Sie erschrak: ‚Monsieur, Paul, um Gottes willen, das darf niemand hören, uns darf auch niemand sehen ...'

‚Warum denn nicht?'

‚Es geht nicht.'

‚Wenn man will, geht alles, bitte, Laure! Ich komme heute Abend und hole Sie ab.'

‚Sind Sie verrückt? Nein, Paul, es geht nicht', entgegnete sie und war ganz blass geworden. Sie holte aus der Mülltonne wieder Pappe heraus, um sie in kleinere Stücke zu zerreißen.

‚Dann sage ich Ihnen jetzt ein paar Mal meine Handynummer, und Sie lernen sie auswendig.'

‚Paul, Sie quälen mich.'

Ich war enttäuscht und wollte gehen. Sie fasste mich am Arm, und mir lief ein Schauer den Rücken herunter.

‚Sagen Sie Ihre Nummer, ich rufe Sie an. O.k., bise, mein Lieber, ich rufe Sie an. Sobald es geht', flüsterte sie, und ein verzauberndes Lächeln spielte um ihre Lippen, als sie in der Seitentür verschwand."

„Na, dann hattest du es ja geschafft!", sagte Françoise, räkelte sich und fragte: „Wieso nanntest du die drei Frauen vorhin außer Moiren auch Galateas? Ich sehe da nicht den Zusammenhang."

„Das kann ich dir erklären: Es ist selten, dass wir den Partner unserer Träume finden, trotzdem geben wir die Suche nach unserem Ideal nicht auf. Ovid lässt nun den Bildhauer Pygmalion seine Vorstellung in Marmor meißeln, und er verliebt sich in die Frauenstatue, Galatea, und Venus, die Göttin der Liebe, erweckt sie zum Leben. Ich denke natürlich auch an George Bernard Shaws Stück."

„Aber das ist es ja gerade", sagte ich, „in einer Beziehung unterdrückt der dominantere den anderen und lässt seine Individualität nicht hochkommen, aber Eliza Doolittle lässt sich von Professor Higgins nicht die Butter vom Brot nehmen."

„Sehr richtig, was ich sagen wollte ist, wenn wir uns verlieben, verlieben wir uns auch in unsere Wunschvorstellung, das heißt in jedem von uns schlummert auch ein Pygmalion, und wenn wir dann wirklich lieben, das heißt unseren Narzissmus überwunden haben, können wir auch den Geliebten/die Geliebte so annehmen, wie er/sie ist."

„Das ist aber eine Kunst, das muss man erst mal hinbekommen", meinte Françoise und gab mir mit der flachen Hand einen Klaps auf den Oberschenkel.

„Jawohl, das ist die Kunst der Liebe", sagte Paul, „lasst uns auf sie trinken! Soll ich weitermachen?"

„Aber selbstverständlich, du kannst uns doch jetzt nicht mit dem Messer im Rücken hier sitzen lassen!", protestierte Françoise.

„Also gut. Es kam kein Anruf, und ich ging wieder in den Laden. Laure schob die Mundwinkel nach unten, zuckte mit den Schultern, womit sie mir bedeuten wollte: Es ging nicht, sie konnte offensichtlich nicht. Mir wurde klar, dass es keinen Sinn machte, diese Frau im Sturm zu erobern, was mir eigentlich liegt, aber ich befürchtete, ich würde die ganze Sache nur noch schlimmer machen, also musste ich mich in Geduld üben. Aber Liebe und Geduld vertragen sich besonders am Anfang nicht gut, da hilft nur die Flucht in die Fantasie. Petrarca konnte sie in Dichtung verwandeln, dazu reicht meine aber nicht aus. Gut, ich versuchte, die Geduld ein wenig durch Hoffnung zu verdrängen.

Ich hatte den Eindruck, dass Laures Schwestern Bescheid wussten, das war jedoch nur eine Vermutung, denn sie verhielten sich zwar neutral, oder ich sage mal bewusst gleichgültig, aber in ihrem Gesichtsausdruck war etwas wie Einverständnis, wenn sie fast unsichtbar mit dem Kopf nickten.

Dann kam eines Tages eine SMS: Komme heute Abend. B. Keine Anrede, nichts sonst. Ob das von Laure war? Von wem denn sonst. Hat sie noch einen zweiten Namen? Aber das wäre ja Unsinn! Ihre Leute kennen den doch, B. wäre höchstens gut, um mich nicht zu kompromittieren. Sie konnte natürlich nicht wissen, dass mir so etwas alles scheißegal ist. Ich würde meine Liebe in aller Öffentlichkeit bekannt geben. Liebe ist etwas für zwei in der Allgemeinheit, für alle, etwas Beschlossenes, ein Geschehen, das für alle sichtbar ist, ein Vorbild im wahrsten Sinne des Wortes ... Ja gut, wenn nicht hier, dann eben in Marseille, in Les-Saintes-Maries, la Ciotat, was weiß ich wo. B.? Ja klar, boulangerie, boulangère, Bäckerin, und nicht Laure, also L... Das war es, dachte ich und merkte nicht, wie verrückt und verwirrt ich war, wie sehr aus dem Häuschen. Vor lauter Freude wusste ich zuerst nicht, wo ich anfangen sollte, bis ich mich ein wenig beruhigt hatte und dann eins nach dem anderen machte. Ich wollte sie doch würdig empfangen und ihr zeigen, wie sehr ich sie achtete ... Was ist, Christian?"

„Verzeih, wenn ich dich unterbreche, aber meine Augen werden müde bei dem schwachen Licht."

„In Ordnung, kein Problem."

Paul stand auf und kam mit neuen Teelichten, die Françoise in die Laternen stellte und anzündete. Dann brachte er einen kleinen 12-Volt-Akku und eine kleine Tischlampe.

„Es tut mir leid, dass ich nicht eher daran gedacht habe. Der Akku ist immer geladen. Mit dem kleinen Punktstrahler, in dem drei große LED's sitzen, kannst du drei Nächte hintereinander schreiben."

„Klasse, danke."

„Oh, mon Dieu", sagte Françoise und stand auf, „unser Wein im Eisfach!"

„Mensch, stimmt", meinte Paul, „es wird Zeit, ihn aus der Eiszeit zu befreien. Ich denke, wir werden diese Flasche auch noch runterkippen. Ansonsten stehen die Vracs bereit. Alles in Ordnung? Gut, dann erzähle ich weiter.

Ich saß da, wo ihr jetzt sitzt und wartete. Es wurde langsam dunkel und kühl. Ich holte mir eine Jacke, machte diese beiden Laternen an und nippelte ein wenig Rotwein in der Hoffnung, dass nicht jemand anderes unsere Zusammenkunft stören würde.

Je länger es dauerte, umso nervöser wurde ich. Abende können lang sein. Nicht dass ich Angst hatte, eine Frau wenn nötig zu verführen, aber ich dachte, dazu wäre es noch viel zu früh. Trotzdem, ich wollte keine Fehler machen, ich bin zwar sensibel genug, meinte ich, aber in einem solchen Zustand der Liebeserregung kann einem schon mal die Sicherung durchbrennen. Aber das in deinem Alter!, kicherte mir einer meiner Geister ins Ohr. Na ja, sagte ich, ich bin zwar keine zwanzig mehr, aber ... man wird sehen. Bleibe ruhig, sagte ich mir jetzt – sicher von den Geistern beeinflusst – wenn man ganz natürlich bleibt, wenn man ganz auf die Stimme des anderen hört und auch wieder nicht zu steif wirkt, dann wird's schon gut werden, alles eine Frage der geistesgegenwärtigen Strategie! Als Optimist denkt man, es wird schon nichts schiefgehen, denkt man.

Ich weiß noch. dass mir der Witz aus den *Lukasburger Stilblüten* einfiel:

Der Lehrer zum Schüler: Der Mensch denkt, Gott
lenkt. Bilde das Imperfekt.
Der Schüler zum Lehrer: Der Mensch dachte, Gott
lachte."

Wir mussten alle drei lachen, und Françoise wollte wissen, was das ist *Lukasburger Stilblüten*, und Paul erklärte ihr, dass das Stilblüten seien, meist aus Aufsätzen von Schülern. Er habe die Bücher in der Bibliothek, nur auf Deutsch, sie sollte sie lesen, sie seien sehr erheiternd. Wenn wir wollten, zwinkerte er uns zu, könnte er die Erzählung jederzeit abbrechen.

„Auf gar keinen Fall!", sprudelte ich heraus, „ich muss doch den spannenden Augenblick genau beschreiben, wo der Vater mit der Kalaschnikov auftaucht und dir Feuer unter dem Hintern macht."

„Chris, du spinnst!"

„Als sie plötzlich aus dem Dunkel auftauchte, begrüßten wir einander herzlich, küssten uns begierig und gingen ins Haus nach oben. Shiva war verstört und verkroch sich in ihr Körbchen im Wohnzimmer. Oben angekommen, verhielten die Frau und der Mann uns so, als hätten wir alles schon mehrfach geprobt, uns die Fantasie mit Handlungen und Verhaltensweisen vollgestopft, wohl wissend, dass alles immer ganz anders sein kann, die Hauptsache hemmungslos. Wir zogen uns aus, langsam, verhalten, nur nichts überstürzen, damit der frisch gebackene Partner keinen missverständlichen Eindruck bekommt, wir umarmten einander nackt und genussvoll, verschwenderisch. Dann legte sie sich ins Bett, und ich deckte ihren Körper mit Kuss- und Streicheleinheiten zu, bis sie die Woge der Erregung mitriss, erst dann schliefen wir mit einander. Ihr wollüstiges Lächeln brachte mich zur Raserei, sodass ich ihr einen gewaltigen Orgasmusschauer abringen konnte, um mich dann schließlich in sie zu ergießen.

Alles war immer noch rücksichtsvoll und zärtlich trotz der ungezähmten Schwelgerei, sogar harmonisch, auch wenn wir nicht gleichzeitig zum Höhepunkt gelangt waren. Als ich die Missionarsstellung verlassen und mich neben sie gelegt hatte, sagte sie ganz sanft und mit abnehmender Aufwallung:

‚Du bist mein erster Mann, Paul, damit du Bescheid weißt. Ich wusste bis jetzt nicht, wie sich das anfühlt. So ein Orgasmus ist wunderbar, ich war in einer ganz anderen Welt. Ich bin völlig unverkrampft, absolut entspannt, ich habe mich richtig gehen lassen ... Du bist klasse!'

‚Weißt du', sagte ich, ‚ich finde dich bewundernswert ... Du riechst so gut, du hast eine so schöne Haut, eine so tolle Figur, und deine Brüste bringen mich noch zur Weißglut!' Dabei knabberte ich an ihren Brüsten, streichelte ihren Körper wieder, bis sie zu zittern begann und flehentlich fragte:

‚Rieche ich nach Brot?'

‚Ja auch, ein wenig, aber deine Haare riechen nach dir.'

Ich lasse jetzt mal ein wenig von dem Bettgeflüster aus, das ist ja ohnehin das Geheimnis der Paare. Dann sagte sie:

‚Paul, ich mag dich sehr, du gefällst mir, ich habe schon ein wenig über dich erfahren können, aber ich dachte immer, du seist ein Priester, das fand ich spannend, ich habe dich mal auf dem Markt von Bédoin gesehen. Ich malte mir aus, wie es wohl wäre, mit einem Priester zu schlafen. Das muss doch geil sein, oder?'

‚Du, damit habe ich keine Erfahrung', sagte ich, und sie lachte, während sie mein Glied in die Hand nahm, um es auf die nächste Runde vorzubereiten, wobei sie die Reiterin spielte.

Nachdem wir uns beruhigt hatten, bekam sie plötzlich Angst: ‚Paul, ich muss dich unbedingt um Vorsichtsmaßnahmen bitten: Du müsstest dein Auto unter allen Umständen hinter Monsieur Grevisses Cabanon stellen, er ist ja so selten da, das weiß ich. Dann parke ich mein Auto dahinter. Bitte schließe dann beide Haustüren, mache die Fensterläden zu und schalte nur gedämpftes Licht ein, vielleicht ein Teelicht. Es darf niemand wissen, dass ich bei dir bin, andernfalls bin ich in Lebensgefahr.'

Wir setzten uns auf die Bettkante, Adam und Eva, die nicht zu erkennen brauchten, dass sie nackt waren, eine Frau und ein Mann, die im Begriff waren, sich in einander zu verlieben. Und die Liebe kommt einfach so, immer aus dem heiteren Universum, denn alle Universen sind voll der Energie des Erossex und wir auf dem Weg zu Erotomaniacs. Im Sexikon steht ganz eindeutig: Liebet einander, damit ihr klug werdet.

‚Die Liebe kommt und überrascht uns', sagte ich, und sie meinte: ‚Ich weiß, dass du den Grund für diese Maßnahmen kennen möchtest, aber du fragst nicht, das zeigt mir deine Sensibilität und deine Zuneigung, dein Gefühl für mich.'

Ich stellte mich vor sie und begann mit ihren Brüsten zu spielen, bis sie es nicht mehr aushalten konnte, dann zog ich mir das dritte Mäntelchen über, und sie setzte sich rücklings auf meinen Schoß, und die Bettkannte ächzte ob des Gewichts, aber ich hoffte, dass sie den Druck aushielt, und so war es.

Wir legten uns nebeneinander und hielten Händchen.

‚Ich kann nie genau sagen, wann ich komme. Lasse dein Handy an, du hast ja verstanden, was B. heißt, oder?'

Ich wollte das Wort sagen, aber sie hob ihren Oberkörper und hielt mir den Mund zu, legte sich halb auf mich und küsste mich. Wir lagen lange Zeit neben einander und äußerten uns nicht. Dann flüsterte sie:

‚Du bist so schön warm.'

‚Du bist so schön kühl. Ich kann nicht schlafen.'

‚Ich auch nicht, es geht gar nicht, ich muss gleich los, bevor es hell wird.'

Als sie dann fort war, hätte ich heulen können vor Glück und wegen der Trennung. Wir liebten uns, ich konnte eine schöne weibliche Frau im Arm halten, eine Frau mit einem Mysterium, eine Sphinx, die sich vielleicht immer noch einbildete, ich sei ein Priester, na und? Was ich erfahren hatte, war eine außerordentliche Zärtlichkeit, das wollte ich mir erhalten, sie mir bewahren. Natürlich war ich neugierig auf des Rätsels Lösung, aber ich wusste, welche sie auch sein würde, sie würde mich nicht aus der Ruhe der Liebe bringen. Diese Gewissheit machte mich zufrieden und auch stolz, denn ich dachte: Sieh an, was die Liebe nicht alles bewirken kann.

Ich ging wie üblich ab und zu in die Bäckerei, aber da war nichts Auffälliges, ganz selten kam ihr Vater und lieferte Backwaren nach, sehr selten ihre Mutter. Ihr Vater sah mich nicht an, er sah wohl niemand an, er blickte anscheinend mit seinem zerfurchten Gesicht immer nach innen. Er war bestimmt einmal ein schöner Mann gewesen und hatte sicher große braune Augen gehabt, jetzt hatte er Ringe, und die Augen waren verkniffen. Ihre Mutter sah ich nur zweimal, sie sah sehr verhärmt und blass aus, ein starker Gegensatz zu ihrer schwarzen Kleidung. Laures Schwestern bedeuteten mir mit Blicken Verständnis und Einverständnis. Ich genoss weiterhin diesen überwältigenden Duft von Frauen und Brot. Ich kann es euch nur annäherungsweise schildern: Brot und Frau, das bedeutet für mich Essen und Heim. Ein Dach und Nahrung zusammen mit dem Duft stachelt das Althirn, den Mandelkern, an zu genießen."

Paul machte eine Pause, denn Françoise war aufgestanden, um die letzte Flasche Wein zu holen, die ich öffnete.

„Ich denke, ich unterbreche jetzt hier, dann kommt ihr zu eurem wohlverdienten Schlaf", grinste er.

„Das könnte dir so passen!", entgegnete ich, „jetzt ist die Flasche offen, wir können den Wein ja nicht umkommen lassen." Und Françoise meinte:

„Er hat recht, und außerdem, du bist so offen, deine Geschichte ist so seltsam schön, so authentisch ..."

„So aufwühlend, vielleicht sogar traurig."

„Traurig glaube ich nicht, undurchsichtig schon und geheimnisvoll."

„Also dann, cincin", sagte er und fuhr fort:

„Bei den nächsten Treffen verrammelten wir das Haus und machten eine Probe: Man konnte von außen nichts sehen, es war also niemand da. Wir blieben jetzt unten, und wir lernten einander mehr und mehr kennen: Unsere Erkenntnisse, unser Können, unsere Gedanken, unsere Wünsche. Es gab viele Übereistimmungen und Ähnlichkeiten. Beim Sex machten wir eine ganze Reihe nur denkbarer Versuche. Laure war sehr einfallsreich, dass es zunächst so aussah, als hätte sie jahrelang Erfahrungen mit Männern gemacht, was sie allerdings vehement bestritt, und ich wusste, sie sagte die Wahrheit. Bisweilen fühlte ich mich nicht so ganz wohl, weil ich meinte, sie investiere zu viel in unsere Beziehung und ich zu wenig. Ab und an geriet ich sogar in Stress, weil ich fürchtete, ihr nicht genug Manneskraft bieten zu können.

‚Es ist schon ausgeglichen, mein Lieber, keine Sorge, du bist der König der Streichler und Liebkoser, und ich bin die lockende Königin, die aus dem kleinen Henkelmann im Nu wieder ein strammes Paulchen, einen festen Zauberstab, machen kann.'

Na ja, eure Phantasie wird euch da schon weiter helfen. Alles geschieht immer zur Freude des anderen. Laure jedenfalls blühte verräterisch auf, aber sie dankte dem Schicksal, dass es uns zusammengeführt hatte. Sie wollte mein ganzes Leben kennen lernen und ich ihrs, und so flüsterten wir einander unsere Lebenserfahrungen zu.

Eines Tages wollte ich es wissen: ‚Liebe Laure, ich denke, es ist an der Zeit, ich will nicht länger warten.'

Sie verlor augenblicklich ihre Heiterkeit, dieses kostbare, fast kindliche Lachen und ihr Lächeln, das mich um den Verstand brachte, jedes Mal, wenn sie es aufsetzte. Und sie forderte mich doch tatsächlich auf ihr zu sagen, dass ich sie liebe. Warum ist denn Liebe mit einem solchen Ernst verbunden?', fragte ich mich und sie.

‚Na ja, die Liebe ist leider etwas Ernstes, eine Entscheidung, und Entscheidungen sind immer ernst, die Liebe versteht keinen Spaß, weil sie ernst genommen sein will. Sie hat etwas mit Aufrichtigkeit zu tun und mit Verantwortung, die kann man nicht lächerlich machen ...'

‚Aber ich möchte eine heitere Liebe.'

‚Die haben wir doch zur Genüge gehabt, das ist das Spiel, und dieses heitere Spiel setzen wir ja fort, keine Angst, aber die andere Seite ist die Wahrheit.'

Für mich war die Antwort auf die Aufforderung klar, denn die Frage hatte ich mir schon hundertmal gestellt: Ich liebe sie uneingeschränkt, und das sagte ich ihr, nicht um ein Geständnis zu erpressen, und ich fügte hinzu: Was auch kommen mag. Das beruhigte sie. Wir setzten uns auf die beiden Ratanstühle einander gegenüber. Ich zündete ein Teelicht an und schaltete das Licht aus. Sie begann leise aber noch gut vernehmlich zu sprechen:

‚So höre denn meine Geschichte: Mein Vater ist ein sehr frommer und strenger Mann. Er kommt aus einer katholischen Familie. Er betet immerzu, macht uns drei Mädchen – ich sage mal lieber Frauen – Angst vor dem strafenden Gott, Gott möge uns die Teufel der Welt austreiben, Gott wird uns mit Feuer verbrennen, wenn wir den Eltern gegenüber nicht gehorsam sind. Und so geht das Tag um Tag, soweit ich mich erinnern kann. Über Liebe und Sexualität durfte in unserem Haus niemals gesprochen werden. Ein männliches Wesen durfte uns nie besuchen, Verwandte mit Jungen wurden nur widerwillig eingeladen, und wir durften nicht mit den Jungen allein sein. Besuche bei Verwandten wurden ebenso kontrolliert. Meine Eltern hatten eine Heidenangst, dass wir ein uneheliches Kind bekommen. Als ich vierzehn war, sagte mein Vater zu mir, was er schon Colette und Marie gesagt hatte:

‚Ihr macht mir keine Schande! Wenn eine von euch mit einem Kind nach Hause kommt, schlage ich sie an der Haustür tot!'

Das hatte sich tief in uns festgesetzt, obwohl wir eigentlich nur theoretisch wussten, wie man an ein Kind kommt. Als meine Schwester Colette zwanzig war, fing sie mit einem netten Jungen zu poussieren an. Für meinen Vater war nur wichtig, dass er katholisch war und sie heiratete, und dass die Kinder katholisch erzogen wurden.

Plötzlich war die Beziehung zu Ende, die nächste genauso. Meine Eltern interessierte das wenig oder gar nicht. Darüber gesprochen wurde nicht. Schließlich fragten Marie und ich unsere Schwester, was denn los sei. Sie sei heimlich bei einem Frauenarzt gewesen, um untersuchen zu lassen, ob alles in Ordnung sei, aber der habe gesagt, sie könne keine Kinder bekommen, das sei wohl psychisch bedingt. Daraufhin suchten Marie und ich andere Frauenärzte auf, die sagten uns das Gleiche und schickten uns zu einem Psychologen. Der klärte uns auf: Die Angst habe uns unfruchtbar gemacht. Unsere Eileiter seien so verklebt, dass wir keinen Eisprung haben könnten. Er habe mit den Gynäkologen Kontakt aufgenommen, und dieses Ergebnis sei ihrer aller Diagnose. Und dann kam Colette mit der Wahrheit heraus: Sie hatte ihren Männern das gesagt, und da hatten die sie sausen lassen.'

Laure stockte und unterbrach ihren Bericht, fing an zu weinen und schluchzte:

‚Oh, mein Gott, Paul, ich habe solche Angst dich zu verlieren. Ich liebe dich so, weißt du, aber ich stecke in einem solchen Dilemma. Ich weiß, dass du so gerne Kinder mit mir hättest, du hast öfter darüber gesprochen ... Es ist alles so furchtbar.'

Sie jammerte mich, und ich konnte meine Tränen auch nicht zurückhalten, aber ich nahm sie in den Arm und tröstete sie, und wir setzten uns aufs Sofa.

‚Es ist zwar schade', sagte ich, ‚aber dann können wir eben keine Kinder haben. Die Liebe steht über allem.'

‚Das sagst du so einfach.'

‚Weil es so einfach ist.'

‚Weißt du, ich wollte schon ins Kloster gehen oder einfach abhauen, irgendwohin, wo mich keiner kennt, weg von meinem Terrorvater, der mein ganzes Leben zerstört hatte mit seiner beschissenen Religion und mit seiner Angst. Er war krank im Kopf und in der Seele und hatte auch meine Mutter auf dem Gewissen. Ins Kloster wollte ich dann doch nicht, weil eine Bekannte mir sagte, sie sei zehn Jahre im Kloster gewesen und dort brutal ausgenutzt worden. Daraufhin sei sie krank geworden, habe Depressionen bekommen, bis sie dem Kloster den Rücken gekehrt habe ... Weißt du, ich würde so gern frei sein mit dir, mich schön machen, irgendwo in einem Café herumsitzen mit dir, mich in aller Öffentlichkeit mit einem Mann zeigen, den ich liebe, auf den ich stolz bin. Mein Gott, was für eine Sehnsucht habe ich danach!'

‚Ich will dir was sagen', entgegnete ich, ‚wenn wir erst einmal verheiratet sind, dann gehen wir hier weg. Ich gebe hier alles auf, und wir gehen irgendwohin, ich fange neu an. Hier ist alles schöne Materie und Natur, zugegeben, aber das, was man nur durch einen anderen Menschen greifen und begreifen kann, das ist die Liebe, immateriell.'

‚Du willst mich heiraten trotz allem?', fragte sie ungläubig, ‚vielleicht bin ich ja auch schon krank im Kopf.'
‚Du bist so normal wie irgendeine Frau! Natürlich werde ich dich heiraten. Dann übertragen wir dein Geheimnis auf das Geheimnis unserer Beziehung, das ist die göttliche Energie, verstehst du?'
‚Ich verstehe.'
‚Sieh mal', sagte ich, ‚ich bin so viel älter als du, du schenkst mir so viele Jahre deines Lebens, und du weißt auch nicht, wie alt ich werde.'
‚Du wirst sehr alt, und ich bin immer zwanzig Jahre jünger als du, was macht das schon? Ich will immer deine wunderbare Gefährtin sein.'

Jedes Mal, wenn sie wieder gehen musste, tat es uns weh, und jedes Mal, wenn sie wiederkam, war es für uns ein Fest. Kurz nach ihrem Geständnis hatte sie vorgeschlagen, wir sollten es doch mal ohne Kondom versuchen, das sei bestimmt noch schöner, und so war es auch. Wir nutzten die Gunst der Stunde und hatten *reinen* Sex mit allem Drum und Dran.

Eines Nachts wachten wir auf, weil Shiva angeschlagen hatte. Dann klopfte jemand gegen die eiserne Außentür und rief:
‚Mach auf, ich weiß, dass du da drin bist, sonst hol' ich dich raus!'
‚Das ist mein Vater mit verstellter Stimme, was machen wir bloß?', fragte sie ängstlich.
‚Nichts, gar nichts', sagte ich kaltblütig. Shiva bellte wie verrückt, und die Stimme rief rosenkranzartig immer wieder dasselbe. Laure flüsterte:
‚Ich habe Angst.'
Dann wurde mit Füßen gegen die Tür getreten, anschließend mit Fäusten gegen den eisernen Fensterladen geschlagen und gebetsmühlenartig immer wieder derselbe Satz geschrien.
‚Jetzt reicht's!', sagte ich entschlossen.
‚Was willst du tun?'
‚Wart's ab!', flüsterte ich, obwohl ich bei dem Lärm hätte laut sprechen können. Ich schlich mich mit der abgedeckten Taschenlampe nach oben, nahm mein Jagdgewehr aus dem Schrank, lud zwei Schrotpatronen ein, machte das Fenster auf und dann den Fensterladen und feuerte einen Schuss über die Eichen, dann noch einen auf den Mond. Dann herrschte Totenstille.
‚Hast du ihn erschossen?', fragte Laure ängstlich und streichelte Shiva auf ihrem Schoß. Die Hündin zitterte vor Angst und Aufregung und die Frau kaum weniger.

‚Das müsste schon mit dem Teufel zugehen. Nein, ich habe in den Himmel geschossen.
‚Dann ist es gut. Damit hat er sicher nicht gerechnet.'
Die Schüsse summten uns noch lange im Ohr, und wir konnten nicht mehr schlafen wegen der Gemütserregung. Der Terrorvater – ihn vermuteten wir als Urheber des nächtlichen Überfalls – kam nicht mehr.

Und dann geschah etwas, was ich bis heute nicht verstanden habe. Kurze Zeit danach kam Laure auch nicht mehr. Sie war verschwunden, und glaubt mir, sie ist trotz aller meiner Nachforschungen und Anstrengungen unauffindbar. Ich warte jeden Tag und jeden Abend auf ein Zeichen, auf dem Handy ein B oder sonst etwas, nichts, ich habe es nie verstanden, bis heute nicht, glaubt mir."

Paul rollten die Tränen über die Wangen, und Françoise und ich trösteten ihn, aber wir konnten auch nicht verhindern, dass unsere Augen nass wurden, weil er uns dauerte, und, ich muss es ehrlich gestehen, seine Geschichte bewegte uns. Wir meinten auch, wir hätten das Gefühl, dass er einen solchen Ausgang nicht verdiente. Auf der anderen Seite wollten wir uns aber auch nicht auf irgendwelche Spekulationen einlassen.

„Ich danke euch jedenfalls für eure Zuwendung und dass ihr mir zugehört habt", fuhr Paul fort, „jetzt versteht ihr mich vielleicht besser. Seht, die Mauern der Bäckerei sind für mich Mauern des Schweigens geworden, weil die Konstante fehlt. Laures Schwestern scheinen auch nichts zu wissen, und ich gehe davon aus, dass ohnehin alles Wesentliche heruntergeschwiegen wird, und die schönen jungen Frauen müssen ihre Sehnsüchte herunterschlucken. Aber hier meine Innenmauern sind Gesprächsspeicher, sie leben, in ihren Ritzen sind Wortfetzen versteckt, die ich hören kann, und Geräusche der Liebe, der Zärtlichkeiten, Lachen und Heiterkeit und vor allem das Lächeln der Bäckerin."

In jener Nacht hatten Françoise und ich hinten auf der Wiese keinen Sex, weil wir die Stille und ihre Geheimnisse nicht entweihen wollten. Dennoch sagte ich leise zu ihr hinüber – war ich noch wach oder war es in einem Traum? – ob er das alles wirklich erlebt hat, oder hat er sich das alles nur eingebildet? Sie antwortete nicht.

Als ich am nächsten Morgen erwachte, hatte sich der neue Tag schon breit gemacht, und neben mir im Bett lag eine junge Frau, die mich mit ihrer Leidenschaft überhäufte, sodass es kein Entrinnen mehr gab. Sie war zu ihrem Pragmatismus mit seinen wunderbaren Seiten zurückgekehrt.

17

Eine Bergpredigt

Nichts geht über eine junge Hexe, die das Leben noch vor sich hat, mich aber jetzt schon verzauberte. Françoise genoss die Fahrt hoch zum Riesen mit Jauchzen, mit Lauten, als würde sie in einem Karussell im Kreis herumrasen oder auf der Achterbahn für drei Sekunden die Schwerelosigkeit spüren. Der Verlust der Schwerkraft überträgt sich dann auch auf die Seele, weil einem für ganz kurze Zeit die Last des Lebens genommen wird, Sekunden, in denen das Leben vollständig gelingt.

Wir kümmerten uns nicht um den Trubel auf dem Gipfel, alle sollten das bekommen, was sie verdienten und brauchten. Wir genossen den Blick ins Tal, und ich schöpfte Françoises Aufforderungen zum gemeinsamen Schauen voll aus. Guck mal da und guck mal hier, hast du das gesehen? Eine enge Gemeinsamkeit zeigt sich dadurch, dass man sich Seite an Seite etwas anschaut, etwas miteinander genießt, zusammen erlebt und jeweils die Blickwinkel des anderen bestaunt und sozusagen eine Augenblicksphilosophie ins Leben ruft, das Staunen schlechthin, das Platon als den Ursprung der Philosophie bezeichnete. Françoise pflichtete mir bei, dass uns jedenfalls bewusst wurde, dass wir vom gemeinsamen Genießen zehrten, und dass im Vollzug dieser Gedanken der Mensch selbst lebt, es kommt einem seelischen und geistigen Streicheln nah.

Wir sprachen über Francesco Petrarca, und ich erläuterte ihr Gedanken, die Paul mit mir ausgetauscht hatte: Petrarcas Begegnung mit Laura, sein Canzoniere, in welchem er seine Liebesleidenschaft in Versen ausdrückte, das Zusammentreffen von Naturerlebnis und Rückbesinnung auf das Selbst, die Erkenntnis, dass die Welt eine eigene Wertigkeit besitzt. Der Mensch erlebt die Welt nicht wie im Mittelalter als eine vorläufige Phase hin zum Jenseits, sondern als Bestandteil seines Lebens hier und jetzt. Und dann redeten wir auch über Paul und unser Mitgefühl für ihn.

„Weißt du", meinte Françoise, „wir haben über die Bergpredigt gesprochen, und bei mir ist nicht viel hängen geblieben, aber woran ich mich gut erinnere, ist die Stelle, wo Jesus von Gottes Liebe spricht, dass die glücklich sind, die weder jemanden verurteilen noch verdammen, sondern die verzeihen und jedem die Möglichkeit für einen neuen Anfang geben. Hat nicht Paul auch die Möglichkeit für einen neuen Anfang? Was meinst du?"

„Ja klar, wenn man es so sieht, dass er sogar ohne Laure einen neuen Anfang machen kann; mit einer anderen Frau, meine ich."

„Chris, wie kannst du so etwas sagen?! Er liebt doch gerade *sie!* Verstehst du das nicht? Weißt du, wenn er auf Kinder verzichtet um ihretwillen, er, der Kinder liebt, das weiß ich doch auch, so wird sie hoffentlich durch seine Liebe seelisch geheilt ... Der Vater gehört eigentlich verurteilt wegen Grausamkeit. Das ist ja das Problem, der Terror besteht ja in der Zerstörung eines ganzen Lebens. Paul sagte mir, dass all die Missbrauchsfälle in der katholischen Kirche gerade deshalb so schlimm, so gemein, so unmenschlich sind, weil die ehemaligen Kinder und Jugendlichen ihr ganzes Leben darunter zu leiden hätten. Es sind seelische Verletzungen, die zu seelischen Narben geworden sind. Er kennt viele Fälle, sagt er, wo Menschen wegen dieser Vorfälle keine echte Beziehung eingehen können. Er hat darüber ja geschrieben."

„Stimmt, das wollte ich mir auch noch zu Gemüte führen."

„Ich wollte noch sagen, dass gerade die Beziehung der beiden, wie soll ich sagen, einen Ausgleich für die Ungerechtigkeit darstellt: Die unter dem Vater leidende Frau, die den liebt, der sie sozusagen rettet ... Eine ganz blöde Situation ist nur, dass sie abgehauen ist. Vielleicht ist sie ja auch tot, hat sich das Leben genommen."

„Das sind alles Spekulationen. Aber wenn man diese Kriminalgeschichte jetzt mal ein wenig beleuchtet: Vielleicht wollte sie weg von ihrem Vater und wollte Paul einfach nicht zumuten, ihretwegen alles aufzugeben. Vielleicht kommt sie ja zurück."

„Ich glaube nicht, dass sie in die Nähe des Vaters zurückkommt."

„Na gut, es sind eben alles Mutmaßungen. Wir wissen eigentlich nichts, und da geht es uns wie mit Jesus oder mit der Bibel insgesamt: Wir wissen sozusagen gar nichts ... Soll ich dir mal etwas verraten? Ich werde doch Theologie studieren!"

„Ja klar, aus Protest gegen Paul und seine Ansichten."

„Nee, nee, nicht nur, meine Liebe, sondern auch, weil du die Bibel einfach nicht wörtlich oder historisch nehmen darfst. Ich habe so das Gefühl, da steckt mehr dahinter. Ich will dir das mal so verklickern. Du kennst doch Konrad Lorenz, oder?"

„Ja sicher, der hat doch Untersuchungen gemacht mit Tieren, mit Gänsen, glaube ich."

„Richtig, aber zum Beispiel auch mit Fischreihern. Er hat eine Gruppe Fischreiher richtig üppig aufgezogen, die bekamen also mehr zu fressen, als sie brauchten. Was machten die? Sie stritten sich, sie schmissen ihre Eier aus dem Nest, begingen Ehebruch. Dann zog er eine andere Gruppe auf. Die mussten jeden Tag hart arbeiten, denen wurde nichts geschenkt, die umsorgten ihre Eier für den Nachwuchs, die hatten gar keine Zeit sich zu zanken, im Gegenteil, die halfen einander, sie mussten jeden Tag die Welt neu erobern. Was sagt dir das?"

„Na ja, die Reichen haben sozusagen nichts zu tun, sie langweilen sich und sind niederträchtig. Die Armen, die, die hart arbeiten, haben gelernt, mit den Problemen des Lebens fertig zu werden, und sie schätzen das Leben, sind wohl moralischer. Aber sag mal, steht das denn in der Bibel, ich meine jetzt symbolisch?"

„Natürlich so nicht, aber so ähnlich: Glücklich alle, die wissen, dass ihr Leben ganz und gar ein Geschenk Gottes ist, die das Brot der Schmerzen, der Not und der Armut teilen wollen. Ihnen gehört die Zukunft einer geschwisterlichen Welt."

„Das steht aber im Zweiten Testament, oder?"

„Das ist doch auch die Bibel. Ich sag's jetzt mal überspitzt: Es gibt viele Reiche, deren Gier nach immer mehr sie antreibt, die meinen, sie könnten ihr Glück im Äußeren erreichen. Dabei werden sie unter Umständen krank im Kopf, im Herzen und an Gliedern ..."

„Und die Armen, die müssten ja dann gesund bleiben."

„So ist es auch, auch wenn sie ungesunde Nahrung zu sich nehmen müssen, sich keine guten Ärzte und teure Medikamente leisten können. Sie suchen ihr Glück im Inneren. Aber – und das ist ihre Macht, derer sie sich häufig nur nicht bewusst sind – sie können in ihrem Streben nach Veränderung eine Gefahr für die konservativen Reichen sein, sie sind die Menschen der Revolte."

Mozarts kleine Nachtmusik tönte aus dem Rucksack.

„Hier, halt mal bitte!", sagte Françoise, gab mir ihre Tasse Kaffee und kramte im Rucksack nach ihrem Handy, lehnte sich zurück, stellte den Rucksack neben die Bank und meldete sich:

„Allô! Ah, c'est toi, Antoine, bonjour. – Es geht mir sehr gut, danke. – Mit Christian auf dem Mont Ventoux. – Ja, jaja; nein, so doch nicht! – Ist ja in Ordnung. – Nein, nur heute noch, heute Nacht noch. – Ich komme morgen zurück. – Nein. – Nein, Antoine, ich sage doch ... – Versprochen. – Im Laufe des Tages. – Früher geht nicht, ich will mir doch meine Kiste nicht kaputt fahren. – Sicher wissen Mama und Papa Bescheid. – Antoine, wenn ich es doch sage. – Gestern noch, aha. – Reg' dich bitte nicht auf! Wenn ich sage, ich komme, dann komme ich auch. Ich sage doch nicht, ich komme und komme dann nicht! Mon Dieu! – Ja gut, Küsschen an alle, bye, bye."

„Dein Onkel?"

„Ja klar, die sind gestern zurückgekommen. Boh, der Typ geht mir auf den Senkel. Motzt darum mit seiner Strafpredigt. Mein Onkel und meine Tante Sophie machen sich große Sorgen, wie das so schön heißt, außerdem soll ich mit meinen Cousinen ausgehen. Übermorgen ist Fête Nationale, und da wollen sie die Familie beisammen haben. Sie haben die Verantwortung für mich, musst du dir mal vorstellen, in meinem Alter, ich mache mit dem Deutschen rum, vögele wahrscheinlich mit ihm auf Teufel komm raus, wir passen nicht auf, und schon bin ich schwanger und versaue mir mein ganzes Leben, meine Zukunft, meinen Beruf, blablabla. Immer diese Mediziner! Was sagst du dazu?"

„Ja gut, versetze dich mal in ihre Lage, ich meine, sie haben ja tatsächlich die Verantwortung. In gewisser Weise kann ich das verstehen ... Du bist also dann übermorgen nicht mehr da?"

„Ja, so ist es. Und du kannst auch nicht kommen, das will mein Onkel nicht erlauben. Die nächsten vierzehn Tage soll ich mich zur Verfügung halten: Wir fahren nach *Les Baux* bei Arles, in die *Camargue* und was weiß ich wohin. Dazu habe ich gar keine Lust, das kenne ich doch alles schon. Und dann die verstopften Straßen, weil sie alle fahren, und die Hitze, die vollen Lokale, so was Idiotisches. Ach so, und dann die Parfümerien, ja das war's noch, die Produktionsstätten in *Grasse*, die interessieren mich aber, das ist neu für mich, darüber habe ich mal einen Bericht im Fernsehen gesehen."

„Wo ist denn Grasse?"

„Soweit ich weiß, nördlich von *Cannes*. Und da wird viel Lavendel hier aus der Provence verarbeitet."

„Schade, dass ich dich so lange nicht sehen kann. Ich dachte, ich könnte dich mitnehmen zum Kloster Notre-Dame-des-Neiges. Ich bin nämlich eingeladen von den Belgiern."

„Ah ja, von denen hast du mir erzählt, von dem Dichter und der Malerin."

„Na gut, dann haben wir nur noch diese Nacht."

Sie stand auf, setzte sich auf meinen Schoß, und wir küssten uns ausgiebig, bis ich sagte:

„Françoise, bitte hör auf, du tust mir weh!"

18

Der Nationalfeiertag

Am Vorabend des Fête Nationale fuhr ich mit Sandrine und Joseph zum Kloster *Notre-Dame-des-Neiges*, einer katholischen Abtei im *Ardèche*. Sie fuhren öfter dorthin, besonders im Sommer, weil es kühl war und weil sie für sich und die Apéritifbrüder und -schwestern Köstlichkeiten einkauften.

Wir kamen kurz nach 14 Uhr an, als gerade der Verkaufsraum geöffnet wurde und viele Besucher hineinströmten. Ich hätte weder die große Zahl der Besucher noch die Länge des Tresens vermutet, der mindestens zehn Meter lang war und an dem fünf Mönche bedienten. Man konnte Tafelwein kaufen, roten, rosé und weißen, Schaumwein, Muscat halbtrocken und trocken, Apéritifs, Muscat und Quineige, Digestifs, Reine des Neiges, gelb und grün. Sodann wurden feste Produkte aus dem Kloster oder der Region angeboten: Würste, eine Art Salami, manche vierzig Zentimeter lang, Schinken am Stück oder in Scheiben, luftgetrocknet oder geräuchert, verschiedene Käsesorten, Bergkäse und Ziegenkäse, schließlich Konfitüren, Marmeladen, Gelees und auch Souvenirs. Man konnte im Restaurant essen, im Hotel übernachten, und man konnte wandern.

Ich wunderte mich nicht, dass wir zusammen fast 1.000 Euro ausgaben. Ich lud die beiden zu Kaffee und Kuchen auf der Terrasse ein, wo es angenehm kühl war. Als ich die beiden fragte, ob sie mit ihrem Einkauf zufrieden seien, sagte Sandrine:

„Und ob, wir haben uns mal wieder für ein paar Wochen eingedeckt. Die Mönche des Zisterzienser- und Trappistenordens leben ja von ihrer Hände Arbeit gemäß dem Vorbild der Apostel."

„Und warum kauft ihr gerade hier ein?"

„Das hat mehrere Gründe", sagte Joseph, „erst einmal, weil die Produkte Ökostandard haben, na ja, und dann, weil die Franzosen Feinschmecker sind, ich denke nur an die Wildpastete, entschuldige bitte, mir läuft das Wasser im Mund zusammen, obgleich wir hier den köstlichen Kuchen genießen. Und drittens, wenn du einmal zum Beispiel den Quineige getrunken hast, lässt du wahrscheinlich den Pastis stehen. Das ist natürlich auch eine Geldfrage, klar, aber du verstehst, was ich meine. Und schließlich die Preise, wenn du die einmal mit denen eines Feinkostladens vergleichst, dann schneidet das Kloster besser ab."

„Und man muss auch noch die soziale Komponente berücksichtigen", steuerte Sandrine bei, „das Kloster ist dem alten Grundsatz treu *ora et labora, bete und arbeite,* es ist eine Goldgrube, die

Haupteinnahmequelle der Gemeinde. Du hast ja gesehen, wie viele Touristen hierher kommen. So manch einer verbringt hier einen oder mehrere Tage, verbindet das Angenehme mit dem Nützlichen, und, ich will dir eins sagen, Christian, wir beide lieben hier die Atmosphäre und die Kühle der Bergregion im Sommer."

„Wofür Religion gut sein kann!", bemerkte ich, „und dann die Düfte drinnen und draußen, eine Räucherkammer mit Zusatzdüften."

„Das kann man so sagen", lachte Joseph, „übrigens hielt sich Robert Louis Stevenson hier im September 1878 auf."

„Der Verfasser der *Schatzinsel*."

„Genau. Er reiste mit einem Esel durch die *Cévennen* und schrieb darüber."

„Sag mal Christian, entschuldige die Frage, aber warum hast du Françoise nicht mitgebracht?", wollte Sandrine wissen, „sie ist ein so hübsches, frisches Mädchen, richtig schade, ich habe euch vorgestern noch in der Stadt gesehen."

„Ich bedaure das auch, aber sie konnte leider nicht mitkommen." Ich berichtete das Notwendige zu dem Thema und sagte auch ausdrücklich, dass wir gezwungenermaßen Funkstille vereinbart hatten.

„Weißt du was, Christian, ein Gutes hat die Sache dann ja doch, man kann sich prüfen, ob man einander vermisst, sich nach dem anderen sehnt. Dann könnte Liebe mit im Spiel sein." Und Joseph fügte hinzu:

„Drum prüfe, wer sich ewig bindet, ob er nicht noch was andres findet! Das Wort *besser* wollte ich nicht verwenden."

„Joseph, mache es ihm doch nicht noch schwerer!"

„Gut, du hast recht, ich mache es ihm leichter. Kopf hoch, Christian!"

Zu Hause fühlte ich mich nach langer Zeit mal wieder einsam. Die Verursacherin war Françoise. Sie war nicht nur eine aufregende Gespielin, sondern eine unterhaltsame Gesprächspartnerin. Bei ihr hatte sich meine Vermutung bestätigt: Frauen denken und fühlen anders, deshalb ist eine Partnerschaft so wichtig. Ich weiß, dass ich einem Klischee verfalle, wenn ich das so behaupte, aber ich nehme noch Sandrine hinzu, sie sind gefühlvoller, diplomatischer, ausgleichender; das macht sie liebenswert. Ob das mit Françoise allerdings zu einer dauerhaften Partnerschaft führt, weiß ich nicht, obwohl, ich denke schon, wenn ich uns im spiegelnden Schaufenster sehe, sind wir wirklich ein tolles Paar.

Am Fête Nationale ging ich abends mit Paul zu Fuß nach unten, wir ließen Shiva im Haus, denn sie mochte den Lärm nicht. Paul tanzte sogleich mit einigen Frauen aus dem Dorf, die mit ihm ziemlichen Spaß bekamen. Ich fragte mich, wieso er ein so heiterer Mann sein konnte, wo er doch seine Geliebte verloren zu haben schien. Anscheinend trennte er zwischen dem Verlust und dem Augenblick im Hier und Jetzt.
Ich selbst hatte keine Lust zu tanzen, ich war nicht in der Stimmung. Mit Françoise hätte ich gar nicht mehr aufgehört. Nehmen wir einmal an, ich hätte mich mit den netten Mädchen vergnügt – da waren hübsche Touristinnen dabei, sogar deutsche, wie ich hören konnte, oder Engländerinnen mit rotblonden Haaren, braunen Augen, Sommersprossen und ganz zarter weißer Haut, die mich mit lustvollen Augen anblickten – nehmen wir also einmal an, ich hätte die schönste mit den grünen Augen, sie hieß Emma, gerade geküsst, wogegen ja überhaupt nichts einzuwenden wäre, und in dem Augenblick wäre Françoise aufgetaucht – ich wäre als großer Sünder zu Kreuze gekrochen, weil ich im Gegensatz zum Heiligen Antonius der Versuchung nicht widerstanden hätte.

„Komm!", sagte Paul schnaufend, zog sein Sakko aus, hängte es über eine Stuhllehne und lockerte seine Krawatte, „sei kein Spielverderber, das ist doch ein schöner Abend ... Da ist die Franzi aus München, ein fesches Weib, sag ich dir, die steht auf dich, schnapp sie dir doch mal!"

Der Saxophonist der Sechs-Mann- Kapelle kündigte einen Rock n' Roll an. Die sind verrückt, fand ich, bei der Wärme! Ich verdrückte mich an die Bar zu Laurent und kippte einen kühlen Rosé nach dem anderen runter, bis seine Frau Janine ihn darauf aufmerksam machte, dass ich mich offenbar betrinken wollte.

„Doucement, Christian, doucement, das lohnt sich nicht, du bist gleich besoffen! Wenn man traurig ist, ist der Alkohol nur umso wirksamer."

„Ist mir scheißegal."

„Trink nicht so viel Frustwasser!", scherzte Paul, „übermorgen sind wir bei Maurices Schwester Monique in Orange eingeladen zu ihrem 50igsten Geburtstag ... schon zum Mittagessen natürlich, ein großes Fest, sag ich dir."

„Weißt du was, Paul, geh da bitte alleine hin, ich hab keine Lust. Wenn ich wenigstens Françoise mitnehmen könnte, dann wär das was andres."

„Was nimmst du, Paul?"

„Gib mir noch n' kühlen Weißen."

„Subito, Signore." Manchmal machte Laurent keinen Hehl daraus, dass er eigentlich Italiener war, seine Eltern stammten aus Apulien.
„Grazie", sagte Paul.
„Prego."
„Alla salute, cin cin," sagte Paul, „also, mein lieber Christian, die Françoise dürfte doch gar nicht, die hat doch Hausarrest, oder besser Familienarrest."
„Unsinn! Da fahr ich hin, quatsch die dem Alten ab, dem Medi-Onkel, un feddich. Wir sin eingelan, verklicker ich dem, vonnem ganz hohn Tier, verstehste, un da brauch ich ne Tischdame. Ohne Bütten und Goldrand, einfach so."
„Entschuldige bitte", stellte Paul genervt fest, „du missachtest die Spielregeln hier in Frankreich! Erstens, wenn man zum Essen eingeladn wird, geht man hin, damitte klar siehst, es sei denn, man kriecht aufm Zahnfleisch, weil eim die Schweinegrippe oder ne Phobie n Strich durch die Rechnung macht, und zweitens – war doch zweitens, oder? – also wenn die Freundin, sag ich jetzt ma, nich eingeladn is, dann geht man allein wien Witwer, kapiert?"
„Was sinn das für Sittn, haste dir wohl jetz selbst ausm Kreuz gedreht, oder?"
„When in Rome, do as the Romans do, not as the Germans, mein kleiner Klugscheißer, o.k.?", sagte er, und strich mir über den Rücken, „ich have Monique nämlich ausdrücklich gefragt, verstehste, ausdrücklich, und sie sagt sie hat schon sechzig Gäste, es wär einfach kein Platz mehr da, damitte Bescheid weiß. Willst ja nich die ganze Zeit mit deiner Schmusi unterm Tisch hocken oder was!", lachte er sich kaputt.
„Mon petit Paul", presste eine rassige schwarze Französin durch ihre nach vorn gestülpten Lippen, „du küsst mich jetzt, und dann tanzen wir."
Auwei, dachte ich, wenn das man gut geht, er hatte ganz schön Schlagseite, fand aber ohne weiteres ihre Lippen, und dann war zwischen ihm und ihr kein Zentimeter Platz. Guck dir den Kerl an, sinnierte ich, wehe, wenn sie losgelassen! Der wirbelt ja ganz schön Staub auf, der Tussi ist es wohl auch egal, wenn beide sich hinlegen. Kannst es ja auch haben, sagte mein Über-Ich, die warten doch alle nur drauf. Der Alkohol löst die Lippen und die Beine.
„Let's do the same, please, I'm Emma, the Conquerer", sagte die hübscheste der Engländerinnen, die mit den grünen Augen, und quetschte sich zwischen mich und die Bar.
„D' you mean kiss and dance?"
"That's what I mean."
"And what first?

"Kiss."
Sie ließ mir keine Zeit zum Überlegen, legte ihre weißen, warmen Arme um meinen Hals, und wir küssten uns. Donnerwetter, überlegte ich, während sie ihren vollen Busen gegen meine Brust presste, die geht aber ran. Wir tanzten ein paar Runden, wobei mir ganz schwindlig wurde, ich sah trotzdem die feixenden Gesichter ihrer Freundinnen. Auf meine Frage sagte sie, sie komme aus Battle, dem kleinen Städtchen, wo damals Wilhelm der Eroberer die Engländer besiegte, und ich bemerkte, das stecke ihr wohl noch im Blut, was ihr ein köstliches Lächeln entlockte. Ich brachte sie zu ihren kichernden Freundinnen zurück und bedankte mich.

„Na also", meinte Paul, „es geht doch!"

„Es war wohl ne Wette."

„Is das nich egal? Dann haste eben mal ne hübsche Engländerin geküsst und im Arm gehabt, Mann!"

„Naja, das stimmt schon."

„Also, wie is das jetz mit Orange?"

„Ich hab wirklich keine Lust, da sin bloß alte Leute, das is mir zu langweilich."

„Du weiß doch gar nich, ow da nich auch junge Leute sin, Mann, du bist doch sonst nich aufn Mund gefalln ... Bidde, tus mir zuliewe. Wir brauchen auch nich zu fahrn, wir fahrn bei Maurice mit, und Evelyne fährt zurück, die trink ja den ganzen Tach nur ein Glas Wein, jede Stunde ein Schlückchen, verstehste?", sagte er und lachte schallend.

„Also gut, weil du's bis!"

„Klasse", freut mich", rief er aus und schlug mir auf die Schulter, dass mir fast das Glas aus der Hand gefallen wäre, „könnten wir dann auchn paar Kleinichkeitn ausm Import vonner Abtei als Geschenk mitnehm?"

„Tu, was du nich lassen kannst."

„Sauber, Junge, tauchst doch noch zu was! Dann kaufen wir nochn schön Blumenstrauß bei Madame Roussel, un feddich is der Lack. Was sagste?"

„Schon o.k.."

„Hastn bisschen Sehnsucht, oder?"

„Na ja, ne Handvoll, so, doch schon, echt ... Sieht man das?"

„Klar sieht man das, und ich verstehs auch. Son Kloß hab ich noch heute, wenn ich an Laure denke. Schick deiner Copine doch trotz Verbot sone kleine elektronische Superpraliné, is doch extra prickelnd: Verstoß gegen blödsinniges Gebot!"

„Meinste?"

„Wenn ichs dir doch sage! Du wirstse schon nich kompromttt ... also blamiern."

„Ich werd mirs überlegn."

„Komm, wir wandern hoch, hier is nix mehr los, un wir sin abgefüllt. Vive la France!"

„Vive la Trance!"

19

Die Geburtstagsfeier

„Wir müssen uns schick machen", hatte Paul gesagt, „Jeans, Hemd und Schuhe sind in Ordnung, aber deine Jacke passt nicht."
„Ich habe keine andere", hatte ich erwidert.
Da war guter Rat teuer, denn Pauls Jacken waren zu groß oder standen mir nicht. Paul kam jedoch auf die Idee, Joseph zu fragen, weil der ungefähr meine Figur hatte und auch noch Geschmack an den Tag legte. Joseph war sofort bereit und kam sogar mit mehreren Sakkos zu uns nach oben, sodass ich mir ein passendes aussuchen konnte: Es war grau mit großem Karo, hatte braune Lederflicken auf den Ellenbogen und innen graues Seidenfutter, und die Innentaschen waren mit dunkelroter Seide besetzt. Es war klar: Ich war besser angezogen als Paul, so!
Shiva wollten wir nicht mitnehmen und ließen sie bei Brigitte, die passte gern auf Tiere auf.

Im Auto erklärte Maurice: „Wir sagen immer noch, wir fahren nach Orange, das war mal so, weil meinte Schwester bis vor drei Jahren da wohnte. Dann lernte sie Charles kennen, das ist ihr zweiter Mann, und zog mit den Kindern ins Schloss nach Chateauneuf. Charles besitzt ja ne Domaine, das Weingut Terret Noir. Er produziert Rotwein, aber auch den weißen Picardan. Aber die wichtigste Rebsorte, des Gebiets, meine ich, das is der Grenache."
„Aber auch unsere Rebsorte, der Syrah, is vorhanden", ergänzte Evelyne.
„Richtig, oder die Sorte Muscardin. Du musst sie alle ma probiern, Christian ... Du kennst sie ja, Paul."
„Ja, das ist wahr. Ich habe sie in guter Erinnerung. Vor allem weiß ich noch, wie oft ich mir den Kopf kratzen musste."
„Da hat der Wein keine Schuld", schmunzelte Evelyne und fuhr fort, „es ist eine sehr gute Weingegend mit säurearmen und alkoholreichen Weinen. Es kommt auch noch darauf an, ob die Trauben entrappt sind oder nicht."
„Was bedeutet das?", fragte ich.
„Mit oder ohne Stielen vergoren."
„Der Wein is lange lagerfähig", bemerkte Maurice, „so zehn Jahre, manche sogar Jahrzehnte. Das Gebiet reicht bis Sorgues und Orange."

„Der Boden besteht aus Kieselsteinen", fuhr Evelyne fort, „die mit rotem Lehm vermischt sind, und die geben nachts die Wärme an die Reben ab."

„Tolles Prinzip", sagte ich, „und woher kommt der Name Chateauneuf? Wahrscheinlich von den Päpsten in Avignon, oder?"

„Jawohl", mischte sich Paul ein, „hier in Chateauneuf steht noch eine Ruine der Sommerresidenz des Papstes XYZ, die wurde im 14. Jahrhundert erbaut. Was soll man sagen? Weib, Wein und Gesang passt zur Kirche."

Charles empfing uns herzlich im weißen Smoking und schwarzer Fliege, Monique trug ein langes rotes Kleid, eine Kreation von Landon aus Paris, wie wir später erfuhren. Wir gratulierten ihr mit guten Wünschen für die Zukunft, dankten ihr für die Einladung und legten unsere Geschenke auf einem dafür vorgesehenen Tisch ab. Ein junges Mädchen in Schwarz mit weißer Spitzenschürze stellte unsere Sträuße zu anderen in einen großen Messingbottich. Ein gleich gekleidetes Mädchen servierte uns Champagner auf einem Silbertablett, ein Glas kühlen Léon Chandon aus Reims. Wir plauderten kurz mit Monique, die sich über das Wetter freute, froh war, dass der Mistral nicht wehte und dass es dennoch nicht zu heiß war, alles super, bis die nächsten Gäste kamen, Frauen in eleganten Kleidern, Männer in Anzügen. Paul meinte, es seien an die achtzig Gäste gekommen, Landadel, oberer Mittelstand, Exzellenzen, Reiche, Neureiche. Auf meine Frage antwortete er, er sei überfragt, ob ein Politiker dabei sei, er schätze aber, dass wenigstens der Bürgermeister eingeladen sei, wegen Vitamin B und Filz dürfe man nicht ganz auf Politiker verzichten, überregionale Politiker passten schlecht in das Bild, weil man feiern wollte und keine bierernste Parteipolitik zu machen gedenke.

Ein Glöckchen erklang, das Charles am Mikrofon schwenkte, und auf der Stelle ebbten die Gespräche ab, die wie ein akustischer Baldachin über der Szene hingen. Er stand auf der ein wenig erhöhten, aus Holz gezimmerten Tanz- und Theaterbühne und setzte zu einer Rede an:

„Meine sehr verehrten Damen und Herren, liebe Gäste, liebe Freunde, ich heiße euch alle herzlich willkommen zu unserem Geburtstagsfest. Wie man sehen kann und hören konnte, seid ihr gut gelaunt, und ich möchte euch diese gute Laune nun nicht mit einer langen Ansprache verderben, deshalb mache ich es so kurz wie möglich. Es ist das Fest meiner Frau, und ihr zu Ehren feiern wir heute den Tag, an dem sie vor einigen Jahren – ja, so lange ist das doch auch noch nicht her – das Licht der Welt erblickte. Ich bin froh, dass ich dieser Frau begegnet bin, und dass wir einander in so kurzer Zeit lieben lernen konnten. Ich wünsche ihr, ich wünsche dir, liebe Monique, noch viele solcher Feste und uns allen, dass wir wie du viel Freude, Spaß und Wohlergehen erleben. Ich danke euch."

Es gab Beifall, Zurufe, und Charles half seiner Frau auf die Bühne, die sich mit einem Kuss bedankte. Der Redeschwall der Gäste nahm wieder zu, bis das Glöckchen ein zweites Mal erklang, und Monique sich das Mikrofon in Mundhöhe feststellte und dann loslegte:

„Ja, ja!, mit mir müsst ihr mehr Geduld haben, bei mir ist die Emanzipation schon im nächsten Jahrzehnt angekommen."

Gelächter, Beifall

„Liebe Gäste, es ist mir eine große Freude, euch mit meinem Geburtstagsspiel bekannt zu machen. Wie oft vergessen wir, dass das Leben in vieler Hinsicht auch ein Spiel sein sollte, eine Tätigkeit, die aus Freude an ihr selbst geschieht ohne praktische Zielsetzungen. Schiller sagt: ‚Der Mensch spielt nur, wo er in voller Bedeutung des Wortes Mensch ist, und er ist nur da ganz Mensch, wo er spielt', und Sartre meint: ‚Vielleicht muss man wählen, nichts zu sein oder zu spielen, was man ist.' Diese beiden Aussagen gewichtiger Kenner sollten wir als Fundament unseres Spiels, ja unserer Spiele, nicht aus den Augen verlieren. Was unsere Spiele auf keinen Fall sein sollten, sind virtuelle Vorstellungen, also zum Beispiel Pad-, Ped-, Pid-, Pod- oder Pudspiele, sondern solche, die in der Realität und hier und heute stattfinden, unwiederholbar sind und uns in ihrer Einmaligkeit und Spontaneität zu Spaß, Wohlbefinden und zu neuen Einsichten und Erkenntnissen führen.

In der langen Geschichte der Menschheit vom Homo erectus über den Homo sapiens, manchmal auch sapiens sapiens erschien auch endlich der Homo ludens, der es schließlich bis zur Spaßgesellschaft brachte, womit er allerdings wie sooft den Bogen überspannte. Am heutigen Tag möchte ich, dass wir alle ein leichtes Spiel mit einander haben, was ich euch erklären möchte:

Ob nun durch Zufall, Notwendigkeit, Fügung oder Absicht, das bleibe dahingestellt: Jeder von euch hat ein Kärtchen bekommen. Auf diesem Kärtchen steht eine rote Zahl, diese rote Zahl ist noch einmal vergeben, das heißt ein Partner, eine Partnerin für heute, für den ganzen Tag ist euch zugeordnet."

Unterbrechung, Gemurmel, Gelächter, Fragen, heitere und ernste Gesichter

„Auf der Rückseite ist eine grüne Zahl, sie gibt euch euren Tisch an. Ihr habt schon gesehen, dass wir uns quadratische Vierertische besorgt haben, das heißt, es sitzen immer vier Leute an einem Tisch ... Moment, Moment ... Bitte ... Ein kluger Mann hat einmal gesagt:

Hüte dich vor deinen Wünschen, denn sie könnten in Erfüllung gehen."

Gelächter, Klatschen

„Meine Grundidee ist nun, dass nicht immer Onkel Jean als professoraler Geschichtsfanatiker seine Tischnachbarn den ganzen Tag mit Napoléons Schlacht bei der Einnahme von Aspirin zumüllt …"

Beifall, Lachen

„Und das wie gesagt den ganzen Tag, oder Tante Elise vom letzten Patchworknähkurs berichtet, oder wie sie durch reinen Zufall ihren Mann Louis halbtot auf dem Schlachtfeld an der Westfront fand, zum Leben pflegte und ihn heiratete, wofür er ihr das ganze Leben dankte, indem er nicht ein einziges Mal fremdging, sondern lieber Rotwein trinkt, meinetwegen genießt …"

Lacher, jubelnder Beifall, Bravorufe

„sondern, liebe Gäste, ich wünsche mir, dass das eintritt, wozu mein Fest, und nur ein solches, die Gelegenheit bietet: Man kann neue Erfahrungen und Erkenntnisse sammeln, ich sagte es schon. Ich erkläre also jetzt die Paarbörse für eröffnet."

Beifall, Bravorufe

Und alsbald brach da bei den terrestrischen Heerscharen Bewegung aus, sie lobten die Spielführerin und sprachen, ‚das ist aber mal eine schöpferische Idee'. Andere machten keinen Hehl aus ihrem Unmut, denn sie hatten Angst vor dem Unbekannten, das waren die Konservativen, und wieder andere stürzten sich ohne viel Nachdenken ins Abenteuer, das waren die Linken oder auch die Rechten. Wie dem auch sei, bei der Partnersuche ließen sich die Menschen verschiedene Wege einfallen: Die einen hielten ihre Nummern hoch, andere riefen ihre Zahlen aus, bis sie gewahr wurden, dass sie nicht an der Börse waren und die Aktien schnell unter pari fielen, wieder andere folgten der wohl klügeren Idee, ihre Tische aufzusuchen, um dort ihre Partner und Partnerinnen zu erwarten. Zu letzteren gehörten Paul und ich auch, und wir waren beide gespannt auf das Ergebnis. Ich selbst war sehr zufrieden, den Tag nicht mit Paul verbringen zu müssen – variatio delectat – ich dachte jedoch auch daran, dass ja noch ein anders Paar und ein Partner an meinem Tisch Platz nehmen würden. Auch die Spannung war der Reiz des Spiels.

Ich suchte meinen Tisch Nummer 13, was ein wenig dadurch erschwert wurde, dass die Reihenfolge der Tische nicht mit der numerischen Reihenfolge übereinstimmte, da war 40 neben 26, 5 hinter 38 und so weiter. Diese Tatsache führte nochmals zu einer Völkerwanderung in einem Irrgarten, ganz zum Vergnügen der

Gastgeber, aber auch vieler Gäste. Es ergaben sich kurzzeitig neue Kontakte dadurch, dass man einander half:

„Haben Sie Tisch 1 schon gesehen?"

„Nein, ich komme gerade aus dem hinteren Bereich, meines Wissens war die 1 nicht dabei."

Oder: „Warten Sie, die 37, die habe ich gerade gesehen, nicht weit von dem Laternenmast, an dem der Lautsprecher befestigt ist."

„Oh wie schön, Sie sind ein Schatz! Danke vielmals."

Irgendwann kommt jeder mal ans Ziel oder anders gesagt, findet jeder Golfball sein Loch. Tisch 13, da ist er ja, etwas zu weit von der Bühne weg, aber was soll's? Eine Dame saß dort, Mitte vierzig. Sie war hübsch, sah gescheit aus, mit Brille, hochgesteckten dunklen Haaren und in einem hellgrünen Kostüm. Wir begrüßten einander mit Handschlag und verglichen unsere roten Nummern: Das passte nicht.

„Das bedaure ich richtig", platzte ich unüberlegt heraus, „ich meine, verzeihen Sie."

„Ach was, junger Mann", lachte sie, „wissen Sie was, ich auch!"

„Tatsächlich?"

„Na hören Sie, so einen jungen Tischherrn habe ich nicht alle Tage."

Wir lächelten beide, und sie fügte noch hinzu: „Dann wird die ganze Geschichte ja noch spannender. Da ich nicht lesbisch bin, kann es sich ja nur noch einen Mann handeln."

Wir mussten beide lachen, und ich setzte mich ihr gegenüber.

„Ich heiße Claire", sagte sie forsch, „ich denke, wir duzen uns, wenn du nichts dagegen hast."

„Überhaupt nicht, im Gegenteil."

In dem Augenblick kam ein großer, schlanker, eindrucksvoller Mann im marineblauen Anzug, der sich mit Jaques vorstellte und seiner Genugtuung darüber Ausdruck verlieh, dass Claire, die Unbekannte, seine Partnerin sei.

„Ich glaube, das ist die Faszination des Spiels, dass man vor Überraschungen nicht sicher ist. Jetzt fehlt uns ja nur noch der Vierte im Bunde, mal sehen, ob du auch den Vogel abgeschossen hast wie ich", meinte Jaques, strich mit der Hand über sein gewelltes graues Haar und lachte sich halb tot, und Claire und ich ließen uns von ihm anstecken. Sie dachte sicherlich das Gleiche wie ich, dass er ein lustiger Vogel war.

Und schließlich erschien der Vierte im Bunde: Mitte zwanzig, Hochsteckfrisur (Banane) mit hellblondem Haar, hellblaue Augen, ein paar Sommersprossen um die Nase, eine Superfigur, ganz weiße Haut, ein strahlendes Lächeln, schöne schlanke Beine, ein dunkelrotes Kleid mit blassroten Rosen darauf, knieumspielt. Ich wusste nicht, wohin ich schauen sollte, schließlich nahm ich ihre Augen ins Visier.

„Ich will keinen Fehler machen, haben Sie auch die 44?"

„Die habe ich auch. Bitte nimm doch Platz, wir duzen uns hier alle."

„Oh wie schön, danke, dann bist du ja für heute mein Mann!"

„Mit dem größten Vergnügen."

„Ich heiße Selma."

„Und ich Christian ... Dann darf ich dir Claire vorstellen, und das ist Jaques."

„Ich freue mich. Und du, bist du Franzose?"

„Nein, Deutscher, das heißt Deutsch-Marokkaner, und du?"

„Ich bin Schwedin."

„Schwedin? Toll!"

„Findest du?"

„Ja klar."

„Was für ein schönes Paar!", sagte Jaques belustigt, „fast so schön wie wir, Claire, oder?", und wollte sich wieder totlachen.

„Da hast du recht, mein Lieber. Und ihr kennt einander auch nicht?", fragte Claire.

„Überhaupt nicht", entgegnete Selma, „ich sehe meinen Mann heute zum ersten Mal."

„Das sind ja Zustände!", lachte Jacques, „wie in ... ja wie in ...", und zog die Schultern hoch.

„Wie in 1001 Nacht", steuerte Claire bei, „das Ganze ist eine verrückte Idee."

„Mit ungeahnten Folgen", sagte ich.

„Da hast du sicher recht, Christian", meinte Claire, „ich mache mal einen Vorschlag, der ist weniger französisch als mitteleuropäisch, vom Inhalt her, meine ich, dann aber wieder doch französisch in struktureller Hinsicht. Was ich vorschlagen möchte ist, dass jeder einen kleinen Steckbrief von sich verfasst, dann können wir einander schneller kennen lernen. Gibt es einen Widerspruch? Keinen. Wollen Sie, Quatsch, willst du anfangen, Selma?"

„In Ordnung, gerne, also ich bin Selma Sund", lächelte sie, „ich bin sechsundzwanzig Jahre alt, unverheiratet, wohne in der Nähe von Stockholm, arbeite in der Hauptstadt bei der Skärgårdsstiftelsen, das bedeutet Schärenstiftung. Wir verwalten einen Großteil der Inseln und deren Häuser, und wir setzen uns für den Erhalt der Natur ein. Wir arbeiten eng mit der Svenska Turistföruningen zusammen."

„Und was machst du hier?", fragte Claire.

„Ich bessere mein Französisch auf, denn es kommen zunehmend südeuropäische Touristen, um bei uns Ferien zu machen."

„Und wieso bist du gerade hier?"

„Ja, das ist witzig, meine Eltern machten hier in der Provence mal Urlaub, und mein Vater fragte einen Einheimischen, wo man eine Weinprobe machen könnte, und da sagte der, bei mir zu Hause, und das war Charles."

Während sie sprach, bewunderte ich ihre schmalen, kräftigen Hände, und meine Fantasie fing an zu spielen.

„So spielt das Leben", sagte Jacques, „es ist immer gut, wenn man mitspielt, ich hoffe, ich habe das richtig in Erinnerung, was Monique vorhin mit Sartre sagte, was ich auf mich anwenden kann: Ich spiele lieber, was ich bin, als nichts zu sein. Und du, Claire?"

„Na gut, also ich bin Claire Laudat, ich bin sechsundvierzig, verheiratet – mein Mann springt hier auch irgendwo rum – und ich habe vier Kinder, Orgelpfeifen, und diese Sprösslinge sind ebenfalls anwesend. Sie haben mit anderen Kindern sicher schon eine hoffentlich friedliche Bande gegründet. Ich bin Professorin für Linguistik an der Universität Montpellier. Selma und Christian, tut mir den Gefallen und fallt nicht gleich in den Staub, ich bin keine Bergpredigerin. Meine Spezialgebiete sind unter anderem die Transformationsgrammatik, die auf Chomsky zurückgeht, und die, sagen wir es kurz, die Frage behandelt, auf welche Weise es uns möglich ist, mit einer endlichen Menge von Regeln eine unendliche Menge von Sätzen zu produzieren und zu verstehen, und das in mehreren Sprachen. Schwedisch kann ich leider nicht, bis auf Skol. Dann habe ich noch mit der Kommunikationsforschung und mit der Informationstheorie zu tun. Ich möchte nicht auf Einzelheiten eingehen, das ist nicht der Sinn dieses Festes."

„Und wieso bist du hier?", fragte ich.

„Das wollte ich gerade anschließen. Mein Mann und Charles sind Studienfreunde aus Paris. So Jaques, jetzt bist du dran."

„Also gut, es ist ja unübersehbar, dass ich hier mit siebenundfünfzig der älteste bin, ich kann allerdings nicht unbedingt mit Weisheit glänzen, ich denke, ich habe die Grenze noch nicht erreicht, und ich möchte noch lange Narr bleiben", sagte er und bekam wieder einen Lachanfall, mit dem er uns ansteckte.

„Entschuldige, wenn ich dich unterbreche, Jacques", ließ sich Claire vernehmen, „es gab bei den alten Griechen sieben Weise. Ihnen wurden Sprüche zugeordnet, die in ganz Hellas bekannt waren, wie zum Beispiel von Thales ‚erkenne dich selbst'. Wenn du erlaubst, würde ich auf dich den Spruch von Pittakos anwenden: Alles zur rechten Zeit. Was hältst du davon?"

„Ich stimme zu, wahrscheinlich werde ich zu der Erkenntnis gelangen, dass ich ein Narr geblieben bin", lachte er wieder und trug damit unseren Anteil an der weithin hörbaren Heiterkeit bei. „Noch zu meinem Steckbrief: Ich bin nicht verheiratet und habe zwei große

Kinder. Ich bin Leiter der kernphysikalischen Forschungsabteilung im Atomkraftwerk Tricastin/Bollène. Wir sind verbunden mit dem Kernforschungszentrum in Jülich in Deutschland. Ja und insgeheim untersuche ich Charles' Weine, ob sie verstrahlt sind oder nicht."

Wir mussten alle lachen, er allerdings am lautesten, was noch durch meine Bemerkung gesteigert wurde, die mir einfach so entglitt: „Einen Heiligenschein hast du ja schon."

„Hör dir den an! Ich kenne Charles über Monique, Evelyne und Maurice, weil ich unter anderem in Mormoiron Wein einkaufe. Maurice hat mir mal aus der Patsche geholfen, als meine Batterie vor der Cave den Geist aufgab. Also, die Quintessenz: Es gibt keine Zufälle."

Zuletzt berichtete ich über mich und meinen Weg hierher, und dass ich jetzt beschlossen hätte, Theologie zu studieren, wo, wüsste ich noch nicht, und wofür auch noch nicht ganz. Der wirkliche Grund sei wohl die seelische Sicherheitsfrage.

„Ein Grund findet sich immer", meinte Claire, „es dauert manchmal lange, bis wir dahinterkommen."

„Das glaube ich sofort", sagte ich, „ich habe einen Vorschlag zu machen: Ich stelle mir gerade vor, was wäre, wenn wir aufgrund der Machenschaften der Gastgeberin nicht auf diese Weise zusammengekommen wären. Wir säßen irgendwo, unterhielten uns vielleicht in einem großen Kreis mit schon Bekannten, weil wir ja von Natur aus Ängste haben, dem Fremden zu begegnen, und es wäre wohl tatsächlich so, dass einer spricht, dem man möglicherweise zuhört, oder das mehrere gleichzeitig sprechen, weil man mehr oder weniger zuhört. Was mich oft stört, ist das blitzschnelle Springen von einem Thema zum anderen. In unserer Konstellation aber mit vier Menschen könnte ich mir vorstellen, dass einer spricht, und die anderen hören zu. Zweiter Vorteil, es könnten Themen besprochen werden, die man sonst nicht angeht, da ist das Fremde sogar von Vorteil. Ich mache deshalb den Vorschlag, dass wir ein Thema besprechen, das wir einigermaßen zu Ende diskutieren."

Nach einer Weile des Überlegens sagte Claire: „Ich finde deinen Gedanken höchst interessant und richtig, wobei ich noch hinzufügen möchte: Wir sollten auch diskursiv diskutieren, das heißt jeder kann zu Wort kommen."

„Ja gut", begann Selma, „dann nehmen wir doch das Thema Reaktorsicherheit, es geht uns alle an, und wir können einen Experten dazu befragen. Jacques, was hältst du davon?"

„Ja gut, wenn ihr einverstanden seid, warum nicht. Ich mache allerdings keinen Hehl daraus, dass mir zum Beispiel das Thema ‚Tiefenpsychologische Gründe für Moniques Spiel' lieber wäre …"

„Das können wir ja immer noch aufgreifen", warf Claire ein.

„Also gut, Reaktorsicherheit. Ich möchte so beginnen: Kernreaktoren sind, nach allem, was wir heute wissen, verhältnismäßig sicher. Die Sicherheit ist allerdings eine Funktion der Zeit, das heißt, je älter ein Reaktor ist, desto anfälliger ist er. Die Frage der Sabotage beziehungsweise eines Überfalls oder eines Unfalls aus der Luft, eines Terroranschlags und so weiter schließe ich einmal aus. Hier geht es einfach um die technische Sicherheit. Ich will nun nicht verhehlen, dass auch wir in Frankreich nicht erst seit Brukers und Herbsts Kritik in Deutschland aufmerksame Beobachter geworden sind. Wie heißt der Slogan doch so schön? ‚Weil du beim Reaktor wohnst, musst du früher sterben.' O.k., grundsätzlich gilt, dass es keine friedliche Nutzung der Kernenergie gibt in dem Sinne, dass der Mensch gar nicht mehr in Harmonie mit der Natur lebt. Will sagen: Bei einem GAU wären unglaublich viele Menschen und die Natur betroffen. Beispiele dafür haben wir ja."

„Dann werden aber doch die Gefahren heruntergespielt", sagte Claire.

„Sagen wir es so: Unter bestimmten Umständen müssen wir heute von einer nicht ausreichenden Sicherheit sprechen, denn auch ein so genanntes Containment, ein Sicherheitsbehälter aus Stahl oder Beton oder beidem wäre letzten Endes nur in der Lage, eine kleine Menge von Gefahren zu bannen, nicht größere."

„Dann möchte ich es einmal radikal auf den Punkt bringen", bezog ich Stellung, „wenn die Atomlobbyisten wüssten, dass sie eines Tages gezwungen sein könnten, in der Nähe von Atomkraftwerken zu wohnen, denen sie eine absolute Sicherheit attestiert haben, was geschieht dann?"

Selma mischte sich ein: „Ich bin dafür, dass Lobbyismus generell abgeschafft wird, damit die Regierungen wieder frei und unabhängig Entscheidungen treffen können."

„Sehr richtig", sagte Claire, „aber entschuldigt bitte, jetzt sind wir bei einem anderen Thema. Wenn ja, müsste ich fragen, ob das Atomthema beendet ist."

„Von mir aus ja", gab Jaques kleinlaut von sich, weil er sich offensichtlich in die Enge getrieben fühlte.

„Von mir aus überhaupt nicht!", protestierte ich, und Selma schlug sich auf meine Seite, „wir müssten nämlich das Thema Lebensbedrohung und Gesundheitsschädigung ansprechen. Es wurde ja von Anfang an der Bevölkerung vorgegaukelt, dass für die Beurteilung solcher Fragen Kernphysiker und Atomtechniker zuständig seien. Da das aber ökologische und biologische Fragen sind, können das ausschließlich Ökologen, Ärzte und Biologen beurteilen. Die Frage der Entmündigung durch Experten steht im Raum. Auch das Problem der Endlagerung des Atommülls ist nicht gelöst, im Gegenteil, damit wird sogar leichtsinnig umgegangen, und wir nehmen auch noch den französischen Müll im Zwischenlager auf, das ist eine Zeitbombe!"

„Und wenn man bedenkt, dass nur 0,1 % des Brennmaterials in Energie umgesetzt wird," fügte Selma energisch und engagiert hinzu und erregte damit Aufsehen an den Nachbartischen, „also 99,9 % als hochradioaktiver Müll zurückbleibt, der nicht beseitigt werden kann, kann man sich vorstellen, welche unverantwortlichen Risiken die Atomenergiebetreiber eingehen ... Du hast recht, Christian, dann sprechen sie noch von friedlicher Nutzung, das ist ein Sarkasmus ersten Ranges. Soweit ich weiß, beträgt der jährliche Spaltproduktausstoß 1 Billion Curie. Um einen Menschen zu töten bedarf es nur ein Tausendstel Curie eingeatmeter Radioaktivität, das ist gleich 1 Tausendstel Gramm Radium."

„Ich sehe schon", sagte Jaques verlegen, „ich habe es hier mit Experten zu tun, und, seit mir nicht böse, mit einer Antiatomlobby."

„So kannst du das aber nicht sehen", mischte sich Claire ein, „wir Franzosen haben mit der Atomkraft ein Problem: Obwohl wir durch Störfälle gewarnt sind, scheint uns das nicht sonderlich zu interessieren, aber die Menschen haben heute einfach Angst, und zwar insbesondere aus dem Grund, weil es keine gesicherten Erkenntnisse darüber gibt, welche Langzeitwirkungen eintreten können, zum Beispiel in geologischer und/oder biologischer Hinsicht und so weiter. Und wenn ja, würde im negativen Fall die Öffentlichkeit nicht darüber informiert, da das wiederum die Politik an sich reißt. Es entscheiden also oft Leute, die nichts davon verstehen oder verstehen wollen, weil Parteitaktik vorrangig ist, und Reden und Handeln weit auseinanderklaffen."

„Wir machen ja nicht unbedingt dich für die Missstände verantwortlich, Jacques", verteidigte Selma ihn ein wenig, „aber in deiner Position solltest du wissen, dass es Menschen gibt, die kritisch sind und sich Gedanken machen. Meines Wissens sind von den über sechzig französischen Atomkraft- werken über die Hälfte nicht erdbebensicher, und noch etwas, die nach Norden kriechende Wüste hat Südfrankreich erreicht mit ihrer Trockenheit. Bald haben die vierzehn Kraftwerke an der Rhône kein Kühlwasser mehr, was macht ihr dann?"

„So", sagte Claire, „die Diskussion ist mir zu einseitig geworden, und wir haben Jacques ins Schwitzen gebracht, den Stress hat er nicht verdient. Ich schlage deshalb vor, dass wir das von ihm vorgeschlagene Thema besprechen."

Das Glöckchen erklang erneut, und Moniques Stimme war im Lautsprecher zu hören:

„Mesdames et Messieurs, I declare the Bazar open."

Mich wunderte, dass sie diesen Spruch kannte. Selma sagte mir, sie habe eine Kopie des deutschen Kurzfilms *Der 90igste Geburtstag* aus Schweden mitgebracht, und das habe hier die ganze Familie erheitert. Auf Claire's und Jaques' Nachfragen erklärten wir kurz, worum es ging, und besonders Jaques amüsierte sich köstlich und sagte, er könne sich das gut vorstellen und lachte sich kaputt.

Wir schlossen uns schließlich dem langen Strom an die Theke an mit ihren duftenden Auslagen und sprachen über die Eindrücke hier und jetzt, und das war zu allererst das Angebot an fester Nahrung, aber auch die vielfältigen Getränke spielten eine Rolle. Die schon erwähnten Mädchen nahmen die Bestellungen mit Tisch- und Personennummer schriftlich auf.

„Das ist gut organisiert", meinte Claire.

„In Moniques und Charles' Haus sowieso", sagte Jaques, „wobei Monique die Hausmacht hat."

„Was hat sie eigentlich früher gemacht?", wollte ich wissen.

„Sie war Bibliothekarin an der Uni in Montpellier", klärte Claire auf.

„Ach so, daher ..."

Das Essen, Vorspeise, Hauptgang, Salat, Nachtisch, Käse und so weiter dauerte über zwei Stunden. Wir alle genossen die reichhaltige Qualität der Speisen, ebenso die Einlagen einiger Gäste oder einer Clowngruppe. Sie fragten Leute nach einem Wort, egal welches, zum Beispiel nach einer Farbe, und daraus machten sie fünf Minuten lang Blödsinn. Ich habe nur wenig behalten, weil ich mich zunehmend an der Heiterkeit und am Frohsinn Selmas erfreute.

Ich musste natürlich meinen Tischnachbarn erläutern, warum ich mir Notizen machte. Der Hauptgrund sei, dass wir auch bei kurzem Abstand unserem Gedächtnis nicht trauen könnten, und ich hätte darum auch die Kurzschrift gelernt. Paul sagte mir mal, das Gedächtnis behalte nur, was es gebrauchen kann, es sei sehr opportunistisch. Was erinnert wird, sei immer schon emotional bewertet. Der Hirnforscher Singer behaupte, das Gedächtnis sei nicht auf exakte Speicherung ausgerichtet, sondern auf Anpassung an eine veränderte Umwelt.

Ich dachte immer weniger an Françoise, was mich wunderte, und worüber ich einmal sogar erschrak, weil mir einfiel, dass wir uns doch so gut verstanden hatten. Aber was es war, das unserer Beziehung offenbar mangelte, wusste ich nicht. Vielleicht war es auch gar nichts von Bedeutung. Im Augenblick jedenfalls hatte mich Selma besetzt, und das wunderte mich ebenso. Es gibt wohl etwas, das uns nicht sogleich bewusst wird, das uns aber am anderen magisch anzieht: Düfte, oder war es ihr kleiner Mund in Ruhe, der beim echten

Lachen unvermutet breit wurde? War es ihr markantes Profil, ihr Haaransatz unterhalb der Hochsteckfrisur oder der lange Hals? Waren es ihre Grübchen? Waren es diese sehnsuchtsvollen, strahlenden Augen, mit denen sie mich ganz offen ansah? Waren es ihre schönen schlanken Hände? Ihr voller Busen, ihre Figur? War es ihre Stimme zwischen Mädchen und Frau? Es war ganz deutlich ihr Gang vor mir zur Theke. Es war das, was man nicht sehen noch hören kann, nicht in Einzelheiten, es war ihr Wesen, das ich nur fühlen konnte. Es war zum Teil ihre emotionale Intelligenz. Diese Frau hatte etwas Zartes, fast Unberührtes. Na ja, ich weiß, unüblich für Männer, die sich hüten, ihre Gefühle in Kitsch zerfließen zu lassen. Aber ich bin eben so, und ich wurde beim Anblick der Bewegungen ihrer Arme richtig verrückt, und meine Fantasie ging mit mir durch: Umarmen, küssen ...

Geht das so schnell? Mir wurde plötzlich heiß bei dem Gedanken, dass das die Frau sein könnte, in die ich mich verlieben könnte, aber so richtig. Weiß das das Herz? Und die anderen? Das waren doch alles Mädchen zum Ausgehen, Tanzen, Bumsen, nichts Ernstes, wie das so geht. Man soll nicht vergleichen? Warum eigentlich nicht? Bei Françoise war alles so klar, fast die ganze Zukunft, über Jahre, und hier? Das war nicht so wie jetzt, bei Selma war ich angefüllt mit Begehrlichkeiten bis obenhin, aber gleichzeitig war ich zurückhaltend. Seltsam jedenfalls, wann wissen wir überhaupt, was Liebe ist?

Vorhin hatte ich noch mitdiskutiert über Sinn und Unsinn von Festen, ihre soziale Funktion in der Gemeinschaft, aber auch die Zurschaustellung der eigenen Geltung und so weiter. Aber ich hatte abgeschaltet, mich auf Selma konzentriert.

„Du bist so still geworden", sagte sie mit der zärtlichsten Stimme, „ist dir nicht gut?"

Mir wurde wieder heiß, und überhaupt in einem solchen Fall kann man ja nicht die Wahrheit sagen, also log ich:

„Nein, nein, es ist alles in Ordnung. Es ist wohl die Hitze und das Essen."

Claire schaute auf, sah mich verständnisvoll an, schloss kurz die Augen und nickte unmerklich. Dann aß sie weiter. Ich war ihr dankbar, dass sie nichts erwähnte, denn ich wusste, sie hatte mich durchschaut, Selma vielleicht auch, aber war sie auf meiner Seite?

Ich liebte, na ja gut, das ist etwas übertrieben, also ich hatte Goethes ‚Werther' mit Hingabe gelesen, das war aber auch alles, bloß nicht das Gleiche erleben. Ich hatte das ausdrücklich von der Hand gewiesen. Es war eine andere Zeit! Aber geht heute nicht die Zartheit verloren? Das, aus dem eigentlich das Band geknüpft wird, durch das es länger hält? Ich bin ein Romantiker, der ich gar nicht sein will.

Und so ging das rauf und runter, hin und her, dass ich es fast nicht mehr aushalten konnte und am liebsten weggelaufen wäre. Aber das tat ich nicht, denn wenn ich mit dem Rosé-Kopf um diese Zeit auch noch in die Sonne gegangen wäre, hätte ich bestimmt einen Hitzschlag bekommen; ich musste mich mit Wein zurückhalten. Zum Glück saßen wir alle unter Bäumen oder unter Sonnenschirmen, wir vier unter einem Maulbeerbaum, einer geschlossenen Decke.

Meine unruhige Bitte wurde erhört, denn das Glöckchen, betätigt durch eins der Serviermädchen, kündigte einen komischen Typ an: Große Brille mit schwarzem Gestell, Spitzbart, zerzaustes angegrautes Haar. Der ging ans Mikrofon, als ein Mädchen ihn fragte:

„Herr Professor, ist ihr Thema heute nicht Astrologie, oder habe ich mich da verlesen?"

„Nein, meine liebe Jungfrau, entschuldigen Sie, junge Frau ..."
Gelächter
„Nicht ganz, nicht ganz, es muss heißen ‚Die Anatomie der proportionalen Dogmatik'.
„Aha."

Sie holte einen Kollegblock und einen Kugelschreiber aus ihrem Rucksack. „Nun setzen Sie sich mal hin wie die anderen auch, Sie bringen mich ja ganz aus der Verfassung, eh Fassung, wie dem auch sei ... Jetzt noch mehr."

„Ja, Professörchen, finden Sie, Sie kleiner Hase?"

„Also, ich muss doch sehr bitten. Auf der anderen Seite, ist die kleine Schnecke nicht zum Anbeißen? Also, was wollte ich doch sagen? Ich bin wieder völlig unvorbereitet. Ah ja, also in dieser Wirklichkeit ist Theologie immer mit der Ontologie verbunden, mit der Lehre des ‚Was auch sei.' Und, was ist, das ist doch tatsächlich. Sehen Sie, so gibt es beispielsweise den ontologischen Gottesbeweis, der aber nur dann wahr sein kann, wenn es einen direkten Weg aus der Fantasie in die Realität gäbe. Ist das nicht phantastisch? Warum hat Gott die Tische geschaffen? Damit wir daran schreiben, lesen, essen und noch anderes können ... Was lachen Sie? Und jetzt kommt es, damit wir gleichzeitig die Beine darunter stellen können. Und deshalb können wir sagen, Dogmatik ist immer da am Werk, wo einige bestimmen, wo es lang geht, beziehungsweise, wo man die Beine unterstellt."

Gelächter, besonders von Jacques

Die Studentin hätschelte und tätschelte ihn, was er sichtlich genoss.

„Professörchen, ich habe eigentlich nichts verstanden, ich bin ganz ehrlich."

„Ja gut, das ist nicht schlimm, ich im Grunde auch nicht. Dafür sind wir ja hier, oder?"

Gelächter

„Oh wie schön! Dann sind wir ja auf einer Linie. Aber es muss doch einen Sinn machen!"

„Ach du lieber Gott! Wissen Sie, meine Schöne, ein Sinn erscheint häufig, wenn überhaupt, erst im Nachhinein, dann, wenn wir gar nicht mehr an den Anlass denken, und das kann dazu führen, dass wir ihn als sinnlos empfinden, den Anlass."

Sie fiel ihm um den Hals und küsste ihn, und er rief:

„Oh mein Gott, was ist die Theologie schön! Ich danke dir, Herr, dass du mich zum Narren machst!"

Klatschen, Gejohle, und die Beiden bedankten sich mit mehreren Verbeugungen. Dann nahm die Studentin, wohl eine Tochter von Verwandten Moniques, wie Jacques meinte, dem Professor Brille, Bart und Perücke ab, und zum Vorschein kam ... Paul.

„So ein Lümmel", sagte ich, „aber er hat es gut gemacht."

„Ja klar", meinte Selma, „bist du neidisch?"

„Meinst du auf ihn, weil er das Mädchen geküsst hat?", fragte ich lachend.

„Ja, das meine ich."

„Ja sicher, sie ist doch ein hübsches Mädchen."

„Soso, hört euch den an!"

Als ich später einmal Paul traf, fragte er mich nach meiner Meinung zu dem Spiel. Ich sagte, ich fand es ganz gut, worauf er sich bedankte, denn ihm habe es weniger gefallen: „Alles Lappalien, weißt du, die Hauptsache, da ist eine gewisse Ordnung in der Unordnung, das passt schon, das ist das, was die Leute brauchen. Für mich war der Kuss schön!"

„Ja, das glaube ich."

Monique bedankte sich über das Mikrofon und dann auch persönlich und kündigte Musik an. Zuerst spielte eine Vier-Mann-Kapelle mit Bongo kubanische Stücke, wofür sich auch Kinder interessierten. Dann spielte ein kleines Tanzorchester, und schon waren die ersten Paare auf der Bühne.

Selma und ich lösten uns von unseren Tischnachbarn und baten sie um Verständnis, wir würden uns gern mal zu zweit unterhalten. Wir hätten etwas zu besprechen. Claire und Jaques stimmten gern zu, sie hatten ohnehin vor, das Tanzbein zu schwingen.

Wir verließen das Fest und gingen Hand in Hand durch die Weinfelder spazieren. Ich hatte ihre Hand genommen, und sie hatte sie nicht zurückgezogen. Sie würde gern erfahren, sagte sie, warum ich Theologie studieren wollte.

„Ich möchte es einmal so sagen, Abraham Lincoln hat mal gesagt: Wenn du den Charakter eines Menschen erkennen willst, dann gib ihm Macht. Nun ist Macht an sich weder schlecht noch gut, aber wenn ich mir anschaue, was die Institution Kirche, das Christentum, mit ihrer Macht gemacht hat, und wie sie heute noch ihren Einfluss geltend macht, dann muss ich zu dem Ergebnis kommen, dass sie ihre Macht missbraucht. Ich möchte einfach wissen, warum Christen so grausam, barbarisch, erbarmungslos, intolerant, stur waren und sind. Ich will erfahren, wie eine solche Haltung zu Jesus und seiner Lehre passt, warum die Menschen so unmoralisch sind. Viele Christen kommen mir vor, als säßen sie in einem Käfig, wo sie nur die so genannten christlichen Vorschriften zu fressen bekommen. Wir sind aber alle frei, und wir wollen unser Selbstwertgefühl erhalten, wir wollen ohne Einmischung als Individuen behandelt werden und nicht in einer großen Masse untergehen, so meint das Jörg Löhr zu recht."

„Aber das kannst du doch sehr gut außerhalb der Kirche erreichen."

„Sicher, aber darum geht es mir nicht, ich möchte wissen, was das für Menschen sind und waren. Natürlich muss man das jeweils historisch sehen, auf eine bestimmte Zeit beziehen, nehmen wir folgendes Beispiel: Vor etwa neunhundert Jahren rief Papst Urban II. Europas Adel zur Befreiung des so genannten Heiligen Landes auf. Acht Kreuzzüge gab es mit Brutalität und roher Gewalt, und zurück bleibt ein Konflikt, der bis heute nicht gelöst ist. Und wie fast alle Kriege brachten die Kreuzzüge letzten Endes keinen Erfolg, im Gegenteil. Aber Gott will es, so meinte Urban. Für mich bedeutet das Mord im Namen Gottes."

„Aber, lieber Christian, das war doch alles einmal, das ist Geschichte."

„Ja gut, das Faktum als solches ist Geschichte, und dennoch folgt die Fortsetzung: Wenn zum Beispiel Schüler in Jesuitenkollegs misshandelt oder missbraucht werden, und die katholische Kirche jahrzehntelang nicht hinsieht und vielleicht meint, Missbrauch sei von Gott gegeben, dann bezeichne ich das als Barbarei, weil die jungen Menschen fast ein ganzes Leben lang darunter zu leiden haben, untröstlich sind, auch und besonders, weil sie einen solchen traumatischen Missbrauch von Freundschaft und Nähe zu Erwachsenen als große Enttäuschung empfunden haben ... Was ist mit dir, Selma, du bist ganz blass geworden. Sollen wir uns einen Augenblick hinsetzen, da auf den kleinen Grashügel?"

Ich stützte sie, weil sie zu wanken begann, aber sie wiegelte ab: „Ach was, es ist nichts, es ist schon gut, ich wurde nur an einen Fall erinnert, der in meinem näheren Umfeld geschehen ist, und der mich seinerzeit sehr betroffen gemacht hat. Daran habe ich gerade gedacht. Du kannst mich ruhig loslassen, wenn du willst", lächelte sie angespannt.

„Na, ich weiß nicht, so sicher scheinst du nicht auf den Beinen zu sein. Möchtest du mit mir über das Geschehen reden?"

„Nein, ich möchte nicht darauf eingehen."

„Das ist schon in Ordnung", sagte ich.

„Guck mal hier, wie schön der Kiesel ist!"

„Oh ja, zeig mal, wie rosa Marmor."

„Ob ich den wohl mitnehmen kann? So zu Erinnerung an meinen Aufenthalt hier und den heutigen Tag. Er ist ja nicht groß."

„Augenblick bitte, ich denke schon. Wir sagen es Charles. 9. Reihe, 28. Rebstock."

„He, du bist gut."

„Na ja, eine schnelle Entscheidung braucht nicht immer die beste zu sein. Sag mal, bist du eigentlich liiert?"

„Nein, bin ich nicht. In meinem Büro ist zwar ein Kollege, sehr lieb und nett, der Björn, der möchte mich heiraten, aber ich weiß nicht."

„Hast du ..."

„Und wie ist es mit dir?", fragte sie.

„Ich bin weder verlobt, noch verheiratet, noch geschieden. Ich bin also völlig frei."

„Frei wovon oder wozu?"

„Frei von Bindungen, frei zur Liebe."

Sie lachte, und ich musste unwillkürlich an Françoise denken. Ob sich ihre und meine Schritte genauso auf dem Kies angehört hätten, so wie eine Meereswelle bei der Ankunft und beim Rückfluss. Plötzlich durchzuckte mich ein Gedanke: Habe ich das Handy ausgemacht? Wenn Françoise jetzt anrufen würde, wäre mir das äußerst peinlich.

„Was ist los?", fragte sie.

„Ach, weißt du, ich habe mich gefragt, ob unsere Schritte sich wie Meereswellen anhören."

„Das weiß ich nicht. Und was meinst du?"

„Ich glaube, es ist sehr ähnlich."

„Interessant, bei uns an der Ostsee plätschern die Wellen auf Sand, das hört sich anders an."

„Das kann schon sein ... Komm, erzähl mir ein bisschen von deiner Heimat, von Stockholm."

„Also jetzt ist da auch Sonnenschein, aber längst nicht so warm wie hier. Unsere Hauptstadt hat über eine Million Einwohner. Sie hat viele Buchten, Landzungen und ungefähr 24.000 Schären, das sind größere und kleinere Inseln. Wir nennen das ganze Gebiet ‚Skörgarden' das heißt Schärenhof. Eine Schleuse trennt das

Süßwasser des Mälarsees von dem Salzwasser der Ostsee. Die Stadt selbst hat vierzehn Inseln und über fünfzig Brücken."

„Man kann wohl gut segeln, oder?"

„Oh, du kannst überall gut segeln, wir haben überall Wasser um uns herum."

Wir waren stehen geblieben, und die Sonne schien ihr ins Gesicht und hellte es noch mehr auf. Ein leichter Windstoß hob eine blonde Haarsträhne an und ließ sie in der Luft schaukeln. Bei dem Licht fielen mir ihre ganz feinen hellen Härchen auf den Unterarmen auf, und mir kam in den Sinn, dass sie schon eine besondere Erscheinung war hier unten im Süden unter all den Dunkelhaarigen. Leider war kein Schaufenster in der Nähe, geschweige denn ein Spiegel, dennoch stellte ich mir vor, dass wir ein ansehnliches Paar abgaben. Ich hätte mir diese Illusion um keinen Preis stehlen lassen wollen.

„Möchtest du noch mehr hören?", fragte sie in die Stille.

„Ja klar, bei euch ist es doch kalt, oder?"

„Wie man's nimmt. Der Juli hat im Schnitt 17°C und der Februar -3°C. Ja, was könnte ich noch sagen? Wir sind stark säkularisiert, das Ausbildungsniveau liegt über dem Durchschnitt. Wir haben nur eine Arbeitslosigkeit von 4 %. Wir haben viele Theater, Museen, kleine Parks, die Altstadt Gamla Stan und die Stadtinsel Riddarholmen. Wir haben sogar eine Tyska kyrkan."

„Was heißt das?"

„Eine deutsche Kirche. Erwähnenswert ist noch das Königliche Schloss und der Storkyrkan, der Dom. Wir haben den ersten Ekoparken, Ökopark, Nationalpark der Welt. Wir sind eine Fährhafenstadt mit Verbindungen nach Finnland, Russland und so weiter. Dann gibt es viele Unternehmen im Hochtechnologiebereich, wir haben sechzehn Hochschulen und Universitäten, allein die Stockholm Universitet hat über 30.000 Studenten, und wir haben extra für dich die Teologiska Högskolan. Also, du kannst kommen", lachte sie.

„Dazu müsste ich Schwedisch lernen."

„Nicht unbedingt, es gibt auch Vorlesungen und Kurse in englischer Sprache, aber besser wäre es natürlich."

„Na gut, ich kann es mir ja überlegen. Du, die Musik spielt auf zum Tanz, lass uns zurückgehen."

„Einverstanden, tanzt du gern?"

„Gern, aber ich bin nicht in Übung."

„Ich auch nicht."

„Umso besser."

Mit so vielen Paaren auf der Tanzfläche hatten wir nicht gerechnet, sogar Kinder übten schon.

Wir tanzten erst vorsichtig, dann immer besser. Ich musste mir das Sakko ausziehen. Max, Moniques Sohn aus erster Ehe, klatschte ab. Zuerst war ich sauer, aber dann fand ich es ganz erholsam.

„Seit ich hier bin, ist er hinter mir her", sagte Selma später, „und er ist eifersüchtig auf dich, aber ich habe keine Lust auf ihn."

„Warum nicht? Er sieht doch gut aus."

„Das ist es nicht, er ist mir zu wild, verstehst du?"

„Wie lange bist du eigentlich noch hier?"

„Ich denke, noch einen Monat."

„Dann müssen wir uns noch mal sehen, oder?"

„Sehr gern ... Ich mag dich."

Beim nächsten Tanz, einem Blues, umarmte sie mich und küsste mich, und ich küsste zurück, und ich legte meine Hände um ihre schmale Taille, zog sie noch näher an mich, und unsere linken Wangen berührten einander. Wir sagten nichts, aber es geschah etwas zwischen uns, und dieser Augenblick, aus dem etwas Neues entspringt, durchzitterte unsere Körper und unsere Seelen, und die langsamen Bewegungen des Tanzes waren Teil eines Vortastens zum Herzen des Anderen.

Ganz unerwartet machte sie sich los und lief davon. Ich lief hinterher und rief: „Selma, was ist passiert?"

Sie war ganz aufgeregt: „Ach, das hätte ich nicht tun sollen, ich weiß auch nicht, was in mich gefahren ist."

„Selma, komm, es war doch sagenhaft, lass es uns noch einmal machen!"

„Bitte nicht! Ich weiß nicht ..."

„O.k., ich will dich nicht bedrängen."

Wir gingen zum Tisch zurück, und Jacques sagte: „So, Selma, jetzt möchte ich auch einmal mit die tanzen, ich hoffe, du gibst mir keinen Korb."

„Warum sollte ich? Komm, tanze mit mir!"

Ich forderte Claire auf, die gut tanzen konnte und mir sogar noch einige Schritte beim südamerikanischen Tango beibrachte. Sie besuche gerade einen Tanzkurs an der Uni, und da ihr Mann ein Tanzmuffel sei, habe sie Erfahrung mit jungen Tanzpartnern. Sie war ganz schön anspruchsvoll, beanspruchte aber keine Führung, im Gegenteil: „Weißt du was, junger Mann, du kannst gut führen und bist dennoch nicht zu übermächtig. Schade, dass ich nicht in Selmas Alter bin, ich könnte mir vorstellen ... Ich will es so ausdrücken, mal mit dir durchzubrennen."

„Das wäre eine ganz neue Erfahrung für mich!"

„Na gut, lassen wir es bei dem Konjunktiv", lachte sie, „wie ist es denn jetzt mit der Theologie?"

„Ja", sagte ich scherzhaft, „jetzt weiß ich, wie es gehen kann: Zuerst Paris, dann Montpellier und dann Stockholm."

„Oha! Das ist aber ein Kontrastprogramm, was die Form angeht, und wie ist es mit dem Inhalt?"

„Den kann ich mir als ziemlich gleich vorstellen, aber ich denke, das ist doch egal."

„In gewisser Weise hast du recht, aber bedenke, dass der Inhalt die Form bestimmen sollte. Aber, da die Menschen so verschieden sind, ist auch immer die Gewichtung unterschiedlich. Und es kommt sehr auf die Lehrer an!"

„Das weiß ich von der Schule her! Wir hatten drei souveräne Pädagogen, die haben uns als Individuen gesehen, dem steht meist die Masse gegenüber. Kleine Klassen, kleine Gruppen, das sollte ein Hauptziel sein."

„Wem sagst du das."

Nach ein paar Tänzen kam Selma mit Charles zurück und sagte, sie habe Monique versprochen, in der Küche zu helfen, wir sollten nicht böse oder traurig sein, sie komme bald wieder, wir sollten auf sie warten. Wir bedauerten das, fänden es aber andererseits sehr aufmerksam, dass sie ihr Wort halte. Ich selbst wollte Selmas Abwesenheit dazu benutzen, wenigstens einige wichtige Begebenheiten in mein Notizbuch einzutragen und bat meine Tischnachbarn um Verständnis. Sie wollten sich ein wenig an der Bar vergnügen und kämen dann mit Selma an den Tisch zurück, was mir sehr gefiel.

Ich hatte gerade die wichtigsten Ereignisse chronologisch zu Papier gebracht, als das Glöckchen läutete, und Charles einen neuen Auftritt ankündigte: „Meine Damen und Herren, ich möchte Ihnen nun zwei berühmte Unterhalter und Herzensbrecher vorstellen, den Clown Oleg und den Bajazzo Vladi."

Während sich die beiden verbeugten, klatschten die Zuschauer, und Charles fuhr fort: „Bitte bleiben Sie sitzen, sonst verdecken Sie die Bühne. Hören können Sie die Beiden überall über die Lautsprecher. Viel Vergnügen mit Oleg und Vladi!"

Klatschen

Oleg hatte eine ziemlich dicke, rote Knollennase, knallrote Lippen, über und unter den Augen Trauerstriche, zu große Hosen und zu große Schuhe. Er latschte zum Flügel, der jetzt mitten auf der Bühne stand, und setzte sich auf die Bank davor.

Vladi war ganz in weiß gekleidet mit Spitzhut und Halskrause, die Silberplättchen auf seinem Anzug glitzerten in der Sonne. Er hatte dicke, feuerwehrrote Lippen, die durch sein weißes Gesicht besonders hervortraten. In der linken Hand trug er eine Geige, in der rechten den Bogen, die hochhackigen Schuhe waren mit silberfarbenen Perlen bestückt. Er bewegte sich mit leichten Schritten.

„Sizilium, bitte! Silitium!", sagte Oleg mit tiefer Stimme und erntete die ersten Lacher.

„Bitte fang an!", sagte Vladi mit ganz hoher Stimme.

„Ich trau' mich nicht."

„Warum traust du dich nicht?"

„Da sind so viele Leute, ich kann das nicht."

„Soll ich die Leute wegschicken?"

Lacher

„Das wär' zu schade, weil die sind doch nun mal da."

„Ja gut, dann fang ich an."

„Halt!", rief Oleg, sprang auf und hielt Vladi den Bogenarm fest.

„Warum soll ich nicht anfangen?"

„Weil ich dann so enttäuscht von dir bin, und dann tu ich mir so leid. Und dann muss ich weinen."

„Na gut, dann fang du an!"

„Ich trau' mich doch nicht."

„Gut, dann habe ich eine Idee", sagte Vladi, und Oleg watschelte zum Flügel und setzte sich davor.

„Du hast eine Idee, du Glücklicher, ich hab' so was nicht. Dafür hab' ich eine hübsche Taschenuhr, sieh mal, und hör mal, die ist ein richtiger Metro …"

„Was ist das?"

„Na, das ist ein Dirigent, ein klitzekleiner."

„Ah, du meinst einen Metronom, verstehe."

Lacher

„Na sag' ich doch."

„Aber deine Uhr hilft dir jetzt doch auch nicht weiter."

„Warum nicht?"

„Weil wir doch anfangen wollen."

„Weißt du was? Mir ist nicht wohl dabei. Jetzt hab ich eine Idee: Wir fangen überhaupt nicht an."

„Olegchen, mein kleines Olegchen", sagte Vladi und streichelte ihn, nachdem er den Bogen auch in die linke Hand genommen hatte, „dann macht es doch gar keinen Sinn, dass wir hier auf der Bühne sind. Wir sollen doch spielen, wofür haben wir denn unsere Instrumente?"

„Na gut, dann sag deine Idee, aber nur einmal, ja, nur einmal!"

„In Ordnung, nur einmal: Also, wir machen do-re-mi, dann entscheidet eben das Los-Spiel."

„Ist mir recht, ausnahmsweise, weil du es bist, sonst würd' ich das nicht machen. Hoffentlich gewinnst du!"

Sie machten do-re-mi, wobei in der Tat beide Male Vladi gewann: Papier auf Brunnen, Stein schleift Schere.

„Gut, bitteschön, du hast gewonnen!", sagte Oleg beleidigt, und Vladi setzte zu mehrstimmigen Kadenzen an, zog sozusagen alle Register, die er drauf hatte, die Finger der linken Hand sausten über die Saiten, der Bogen tanzte, und das Publikum klatschte frenetisch Beifall. Oleg hielt sich die Ohren zu und lief davon.

„Oleg, wo bist du, was ist los?"
„Ich kann das nicht hören, das ist ja furchtbar!"
„Das ist doch schön!"
„Was? So ein Gequietsche und Gezerre, das ist doch keine Musik!"

Und so ging das weiter, wobei sich zeigte, dass Oleg angeblich nie etwas von Schubert, Brahms oder Beethoven gehört hatte.

Der Höhepunkt war schließlich eine Explosion im Flügel, wobei sich herausstellte, dass die A-Saite im Bass gerissen war. Gaston und Léon vom Flügelsaitenaufziehspannreparaturdienst der Firma Frédéric Barbérie erschienen mit Mistgabel, einer Rolle grünem Zaundraht und zwei Schraubenschlüsseln, einem Engländer und einem Franzosen. Die beiden wurden jedoch durch lärmende Musik und durch das grölende Publikum verjagt.

Charles und Monique kamen auf die Bühne und bedankten sich bei den beiden Stimmungskanonen und auch bei Léon und Gaston.

„Alle Achtung!", meinte Jacques, „ein wirklich gelungenes Programm. Komm, Claire, entspannen wir uns bei Tanzmusik. Christian, du erlaubst? Oder gehst du mit? Vielleicht findest du ja noch ein anderes hübsches Mädchen."

„Nein, nein, bitte habt Verständnis, ich arbeite noch und warte hier auf Selma. Wenn sie in zehn Minuten nicht kommt, gehe ich mal ins Haus, um Dampf zu machen. Sie ist schließlich meine Frau!"

„Recht hast du, junger Mann, haue mal kräftig auf die Pauke, so geht das nicht!", sagte Claire lachend und zog mit Jacques davon.

Da Selma länger auf sich warten ließ, hatte ich also damit begonnen, meinen Bericht aufzustocken, als ganz unvermutet eine Frauenstimme mich ansprach: „Ich beobachte dich schon eine ganze Zeit, und ich wollte dich bitten, mit mir zu schwofen. Es scheint so, als hätten unsere Partner uns verlassen."

Ich blickte in zwei dunkelbraune Augen, die mich ganz warm ansahen. Sie hatte mittelblondes, offenes Haar, trug ein ärmelloses Kleid mit großen grünen, weißen und braunen Blumen, eine mehrfach um den Hals gelegte Kette und ein Armband aus den gleichen silbernen Perlen. Da sie sich weit nach vorn beugte, um sich am Tisch abzustützen, hatte ich einen tiefen Einblick in ihren Ausschnitt, der keinen Büstenhalter erkennen ließ.

„Ich glaube nicht, dass ich verlassen wurde", entgegnete ich, „bei dir kann ich das ja nicht beurteilen."

„Es ist aber so."

„Gut, ich tanze natürlich gern mit dir", sagte ich, und wir gingen auf die Tanzfläche.

„Danke, Christian, wenn zwei das gleiche Los teilen, sollten sie sich zusammentun."

„Da ist was dran. Ist das von Laotse?"

„Fast ... Das ist von mir."

„Hehe, ebenso gescheit."

„Wie du siehst, bist du mir kein Unbekannter mehr. Ich heiße Patricia, ich komme aus Quimper in der Bretagne, das heißt vor ein paar Stunden kam ich aus Aix, wo ich an der Uni im dritten Semester Wirtschaft und Recht studiere."

„Und aus welchem Grund bist du hier?"

„Um Geburtstag zu feiern", lachte sie und steckte mich damit an. „Also du möchtest wissen, wie ich hier mit der Familie zusammenhänge. Mein Vater ist Charles' Bruder, ich bin also seine Nichte."

„Ach, so ist das, dann hat er aber eine hübsche Nichte."

„Danke."

Wir tanzten einen langsamen Walzer, dann mehrere andere Tänze, wobei ich merkte, dass wir gut harmonierten.

„Darf ich dir ein Kompliment machen?", fragte ich.

„Für Komplimente habe ich immer ein offenes Ohr."

„Du tanzt gut und schön."

„Du machst das auch sehr gut."

Jacques und Claire drehten sich an uns vorbei, und er rief: „Siehst du!?"

„Sag mal, kenne ich deinen Mann?", fragte ich.

„Das weiß ich nicht. Er heißt Max."

„Ach so ist das."

„Kennst du ihn?"

„Ja, ich habe ihn schon gesehen."

Wir unterbrachen unsere Rumba, und sie kramte aus ihrem Umhängetäschchen eine Visitenkarte hervor und gab sie mir.

„Wenn du Lust hast, komm doch mal nach Aix, ich würde gern mit dir ausgehen. Die Anschrift in Quimper ist auch drauf, aber zu Hause bin ich nur zu Weihnachten. Ich warte auf deinen Anruf."

Beim Blues zog sie mich an sich und sah mir tief in die Augen, und ich überlegte, welche Gedanken sich wohl hinter dieser hohen Stirn zusammenbrauten.

„So ist das also!", sagte Selma gereizt, die mit Max angetanzt kam, „kaum ist die Frau weg, schon flirtet der Mann mit einer anderen und geht fremd."
„Dem kann ich mich nur anschließen, aber meinetwegen kann das so bleiben", meinte Max mit einem breiten Grinsen und in seiner Marseiller Mundart. Patricia äußerte sich nicht, und mir wollte verdammt nochmal nicht das Richtige einfallen, weil ich verwirrt war. Selma löste den Knoten, indem sie mit dem strahlendsten Lächeln bemerkte: „Bitte, Patricia, gib mir meinen Mann wieder. Es hat leider etwas länger gedauert. Ich möchte mit ihm eine Runde drehen, und dann habe ich mit ihm etwas zu besprechen."

Während des Tanzes fragte Selma argwöhnisch: „Und was war das da eben mit Patricia?"
„Wieso? Sie bat mich, mit ihr zu tanzen, weil sie sich allein fühlte, und das habe ich dann auch getan. Ich konnte ihr doch keinen Korb geben. Übrigens, schade, dass du das nicht gesehen und gehört hast mit den beiden Spaßmachern! Das hätte ich gern mit dir erlebt."
„Waren sie tatsächlich so gut? Ich habe davon gehört."
Ich schmuste mit ihr, und ich stellte fest, dass sie so seltsam roch.
„Du riechst anders als vorhin, und du bist so blass."
„Ach, Christian, das sind die Küchendüfte, und es ist nicht so leicht, sie wieder loszuwerden."
„Und was ist das da am Ohr und am Haaransatz?", fragte ich misstrauisch.
„Was soll da schon sein, wieso?"
„Selma, du willst mich doch nicht für dumm verkaufen, das sind Schminkreste. Du bist, du warst Vladi!"
„Ich war Vladi, mein Tagesschatz", sagte sie mit einem solchen Lächeln, dass mir die Knie weich wurden, und sie küsste mich.
„Komm, wir gehen an unseren Tisch. Ich besorge uns ein Glas Wein. Du warst großartig! Ich möchte ein Geständnis, vor allem, was die Musik anbelangt. Das gibt's doch nicht! Und wer war Oleg?"
„Max."
„Ah, daher euer enges Verhältnis!"
„Sicher waren wir bei den Proben oft und lange zusammen, aber du brauchst dir keine Sorgen zu machen, ich habe nichts mit ihm. Da habe ich in ein paar Stunden mehr mit dir, glaube mir."

Wir saßen über Eck, und sie streichelte meinen linken Handrücken, während sie ihr Geständnis machte: Sie habe am Konservatorium Musik studiert, zuerst Klavier, bis sie ihre Liebe zur Violine entdeckte. Das Studium habe sie mit sehr gut abgeschlossen. Sie habe im Sinfonieorchester Stockholms gespielt, dann Solokonzerte, Paganini, besonders Beethoven. Sie habe Privatunterricht gegeben, bis sie eines Tages keine Lust mehr hatte, sich nur mit Musik zu beschäftigen, obwohl sie wie ihr Vater eine Beethovenliebhaberin sei, was soweit gehe, dass ihr Vater sie manchmal bis nach Wien mitschleppt, wo sie vor kurzem im Wiener Musikverein Beethovens Dritte mit Christian Thielemann gehört hätten, eine Supervorstellung.

„Entschuldige, wenn ich dich unterbreche, aber diese Einspielung hat mein Onkel Paul."

„Echt? Dann ist die also schon raus. Na ja! Was soll ich noch sagen? Ich übe zu Hause fleißig weiter, lasse auch das Klavier nicht aus. Ansonsten, alles Weitere weißt du ja."

„Ich muss dir ehrlich sagen, ich bin überrascht und verblüfft, und deine Bajazzorolle war auch klasse, also nicht nur die Musik. Du bist eine richtige Künstlerin."

„Oh danke, so habe ich das noch nicht gesehen ... Magst du auch klassische Musik?"

„Ja, mag ich auch."

„Und was oder wen zum Beispiel?"

„Ja auch Beethoven, aber auch Mozart, Chopin und modernere wie Rachmaninov."

„Spielst du denn auch ein Instrument?"

„Ja!"

„Und welches?"

„Ich spiele auf dem Kamm!"

„Du bist auch ein Clown." Sie gab meiner Hand einen Klaps und lachte. Dann streichelte ich ihre rechte Hand und sagte: „Siehst du, nicht nur du. Aber im Ernst, ich habe mal ganz gut Klavier gespielt, lange nicht geübt, alles verlernt. Paul weiß übrigens nichts davon."

„Demnächst spielen wir mal mit einander, ja?"

„Vielleicht geht das, wir werden sehen. Aber du siehst gut aus, wenn du den Bogen über die Saiten gleiten lässt. Ich stelle mir vor, du trägst ein schulterfreies Kleid, spitze!"

„So ein Kleid habe ich in grün in Stockholm."

Unsere Tischnachbarn waren genauso überrascht wie ich, als sie die Neuigkeit über die Clowns erfuhren. Nachdem wir Kuchen gegessen und dazu Sekt getrunken hatten, sprachen Claire und Jacques davon bald aufzubrechen.

„Ihr geht doch hoffentlich noch nicht!", wollte Selma von mir wissen.

„Einerseits will man ja nicht unhöflich sein, auf der anderen Seite sehe ich nicht, dass meine Mannschaft schon Anstalten macht."

„Das wäre viel zu schade, jetzt schon."

„Findest du?"

Wir tauschten Handynummern aus. „Wenn ich mal nach Stockholm komme, rufe ich dich an", sagte ich.

„Na ich denke, so schnell wird das auch wieder nicht sein. Noch bist du ja hier, hier bei mir, meine ich. Komm, lass uns noch etwas tanzen. Ich möchte dir gern nah sein."

„Tut das", sagte Claire, „wie schnell ist alles vorbei!"

Und so sahen wir einander in die Augen beim Tanzen, und mir wurde bewusst, es war mehr geworden, als ich zu Anfang vermutet hatte, obgleich ich es nicht für möglich gehalten hätte. Ich hatte auch das Gefühl, dass sie ähnlich empfand, aber wir sprachen nicht darüber, sondern kosteten die Zeit aus.

Paul tanzte nicht, er hatte eine Traube älterer und jüngerer Leute um sich; er hielt vielleicht eine Predigt. Maurice und Evelyne hatte ich schon eine ganze Zeit nicht mehr gesehen, sie waren anscheinend in Gesprächen untergetaucht oder gingen spazieren. Claire und Jacques kamen vorbeigetanzt, und Jacques kniff mir ein Auge und lachte schallend. Wir kamen an den Gastgebern vorbei, und Monique fragte uns, ob es uns gefiele.

„Es ist ein wunderbares Fest", sagten wir beide.

„Na, dann bin ich zufrieden."

„Beide sehen sehr gut aus, finde ich", sagte Selma.

„Ja, das finde ich auch, das ist eben der Ausdruck der Liebe."

„Meinst du?"

Nachdem wir uns noch zwei Gläser kühlen Rosé eingeschenkt hatten, gingen wir zurück zum Tisch. Unsere Nachbarn verabschiedeten sich von uns und dann von den Gastgebern. Die Kapelle lockte noch mit Tänzen, aber wir vertieften uns in ein Gespräch. „Monique kann ihre Begeisterungsfähigkeit kaum im Zaum halten, sie feiert gern, und sie hat gern Leute um sich. Sie haben öfter Gäste, und sie sind häufig eingeladen," erklärte Selma, „zu manchen Einladungen werde ich auch mitgenommen, es ist oft heiter, und man lernt interessante Leute kennen."

„Das glaube ich, sie scheinen sehr bekannt und beliebt zu sein, als Paar, denke ich."

„Was machst du eigentlich so den ganzen Tag?"

„Ich lasse mich von Paul theologisch verderben, und dann führe ich Tagebuch über alles Erlebte und Erfahrene."

„Und du kriegst das alles gut zusammen?"

„Ich schreibe erst alles in Kurzschrift auf, aber oft komme ich damit noch nicht einmal nach. Den Rest mache ich aus dem Gedächtnis, und da entspricht's dann schon einigermaßen der Wirklichkeit, was man von den Schriften der Bibel ja nun wirklich nicht behaupten kann. Deren Ursprung hat man geschickter weise so weit zurückgelegt, dass man ihn nicht mehr überprüfen kann, was die ganze Geschichte als sehr brüchig erscheinen lässt ... Aber gut, ich will dich damit nicht belästigen."

„Mich interessiert eigentlich nur, was du so machst."

„Na ja! Dies und das, Wasser holen, mit Jeanne reden, und dann hat Paul sehr lesenswerte Aufsätze und Abhandlungen geschrieben; mit Paul diskutieren, Apéritifs bei Freunden ..."

Das mit dem Wasserholen, Jeanne und Pauls Lebensart musste ich ihr noch ein wenig genauer erklären.

„Und wie sieht dein Tag hier so aus?"

„Heute ist für mich ein unüblicher Tag. Sonst helfe ich mit im Haushalt, lerne die Sprache praktisch und theoretisch, wobei mir Charles und Monique immer sehr behilflich sind – Monique beherrscht die Sprache besonders gut – dann bin ich zweimal in der Woche in Orange zu einem Französischkurs in einer Sprachenschule. Zu Hause muss ich alles aufarbeiten und lernen. Man hat mir übrigens schon angeboten, Kurse in Schwedisch zu geben, aber das mache ich nicht, weil ich außer in Musik keinerlei Ausbildung in Pädagogik habe. Man kann nicht einfach so loslegen, auch wenn man begabt ist. In der Schule konnten wir Schüler gut merken, wer's kann und gelernt hat, und wer nicht. Und was das Schlimmste ist, sie werden alle gleich bezahlt."

„Hast du denn Grundstücks- und Reisekaufmann gelernt?"

„Aber sicher, zwei Jahre, dabei ist der Umgang mit dem Computer das kleinere Übel ... Wie lange bleibst du eigentlich noch in der Gegend?"

„Du, das weiß ich noch nicht. Paul ist zwar ein Lieber, weißt du, aber ich will es nicht übertreiben, vielleicht noch zwei Wochen, zehn Tage, es kommt darauf an. Dann hab ich hier meinen Dienst erfüllt."

„Dann vergiss nicht, nochmal vorbeizukommen, bevor du nach Hause fährst, ja?"

Der Abschied fiel uns schwer, obwohl wir doch nur einen Steinwurf von einander entfernt waren. Als wir uns ausgiebig küssten, fühlte ich, dass wir von Oleg und Patricia beobachtet wurden.

20

Pauls Traktate

Bei meiner Suche nach Pauls Traktaten, unter anderem nach *Einführung in das Studium der Theologie beider Konfessionen* und *Über die Hexenverfolgungen* stieß ich noch auf die so genannten *Zehn Infusionen*, von denen ich zunächst annahm, sie gehörten in den medizinischen Bereich, bis ich durch das Lesen der Einleitung eines Besseren belehrt wurde. Nur die erste, so führt Paul aus, sei unmittelbar nach Michael Endes *Momo* gestaltet, die folgenden hätten nur noch mittelbar mit der Vorlage zu tun. Ich beschäftigte mich intensiver mit der zweiten und dritten, denn ich fand, dass die nachgeordneten vom Inhalt und von der Aussage her nur unwesentlich von einander abwichen.

Zweite Infusion

„Natürlich will ich!", rief Herr Fusi, „was muss ich tun?" „Gar nichts müssen Sie tun, mein Bester, gar nichts, im Gegenteil", antwortete der Kirchenagent, schob seinen vorgewölbten Bauch noch näher an den Tisch und blätterte mit seinen dicklichen Fingern in einer Akte, „ich sehe, Sie haben erfreulicherweise nach kurzer, reiflicher Prüfung zu Protokoll gegeben, dass Sie den so genannten sexuellen Missbrauch oder Missbrauch überhaupt vor zwanzig Jahren nicht als solchen empfunden haben, sondern ihn, wie Sie sich ausdrücken, als eine ganz natürliche Initiationsphase in den Schoß der Kirche ansehen. Und Sie fahren fort, dass Sie deshalb dieses ganze Getue und das moralische Gezeter in den Medien nicht verstehen ... Sehr schön! Sie vertreten außerdem die Überzeugung, dass Sie ohne Gewissensprüfung, sämtliche, ich betone sämtliche, von der Kirche vertretenen Wahrheiten, Dogmen, Unfehlbarkeiten, Enzykliken anerkennen, insbesondere die zuletzt erarbeitete *Enzyklika wider den tierischen Ernst*. Sie widersprechen ausdrücklich der Auffassung, dass auch die reinste Klarheit des Weges, wie er unter Gottes Führung gesehen wird, nicht zu der Selbstgewissheit führen darf, dass der Weg der einzige wahre für alle sei. Auch die Meinung des Philosophen Jaspers halten Sie für absolut falsch, dass der Hochmut des absolut Wahren die eigentlich vernichtende Gefahr für die Wahrheit in der Welt sei. Sie bestätigen weiterhin, dass Sie sich bedingungslos dem Glauben der Kirche unterwerfen, mit anderen Worten, Sie überlassen das Denken uns, wie wir das nun schon viele Jahrhunderte praktizieren. Ich wüsste nicht, was Ihrer Aufnahme entgegenstehen könnte. Ich gratuliere Ihnen zu Ihrer weisen Entscheidung."

Dritte Infusion

„Das ist keine Frage!", rief Herr Fusi, „sagen Sie mir nur, was ich tun soll!" „Von Tun kann gar keine Rede sein, mein Bester, es geschieht alles von ganz allein, wie von selbst!", sagte die schnarrende Stimme des Agenten der Einheitsbreipartei, als er seinen knochigen Körper nach vorn schob, wobei sämtliche Parteiabzeichen und Orden auf der linken Brustseite ein klingendes Konzert veranstalteten, während seine Gichtfinger eine Seite der Akte glattzustreichen versuchten, „bei uns geschieht nichts ohne uns, und wir haben immer recht, egal, was vorgegeben wird. Das haben Sie ja längst anerkannt, indem Sie behauptet haben, dass zum Beispiel Wahlen überflüssig sind, weil sie nie frei sind. Sie haben außerdem zugestimmt, dass bei uns Lachen und sämtliche Medien verboten sind, weil das die Menschen unsicher macht. Ich habe mir nun ein wenig Ihre Vorgeschichte angesehen und bin da auf eine interessante Erkenntnis gestoßen, von der ich annehme, dass Sie über sie gar nicht informiert sind. Einer Ihrer Vorfahren war nämlich Franzose, und er war Füsilier, das heißt Schütze der leichten Infanterie, und er hat viele Gegner füsiliert, das heißt standrechtlich erschossen. Wir sind zu der Überzeugung gelangt, dass wir Sie von nun an nur noch Herr Füsi nennen. Und sehen Sie, genau das ist es: Sie wissen, dass wir allmählich in einen Krieg hineingezogen werden, nicht hier, sondern weit weg in Asien, aber dort werden wir unsere Heimat hier verteidigen, und genau dort brauchen wir Sie, Leute, auf die wir uns geistig, seelisch und körperlich verlassen können, die sich uns ergeben haben, die uns treu sind, weil wir für sie denken. Und sehen Sie, Sie brauchen nichts weiter zu tun, als immer wieder nur kurz den Abzugshahn zu betätigen, dann sind Sie als Held des Volkes bald genauso geschmückt wie ich. Ich beglückwünsche Sie zu Ihrer tiefen Einsicht."

Danach beschäftigte ich mich mit einigen von Pauls Traktaten. Den Traktat mit dem Titel *Religion und Aufklärung* fasste ich folgendermaßen zusammen:
   Die Aufklärung bringt Kritik an der Bibel an, die als unglaubwürdige Quelle historisch auch nicht die Glaubwürdigkeit als göttliche Offenbarung zulässt. Man habe den Leichnam Jesu

gestohlen, um die Auferstehung vortäuschen zu können. Wenn moderne Religionen sich angepasst haben, so heißt das, dass man ihre Grundlage nicht mehr so wörtlich zu nehmen braucht, was dann allerdings wieder Fundamentalisten auf den Plan ruft, die das Ganze denn doch wieder mehr auf die Schrift beziehen möchten. Lessing wird die Überzeugung zugeschrieben, dass der Buchstabe nicht der Geist, und die Bibel nicht die Religion sei.

Genau das ist es, schreibt Paul, der Geist ist ganz woanders. Wenn wir die Aussage: „Es eifre jeder seiner unbestochenen, von Vorurteilen freien Liebe nach!" aus Lessings Ringparabel einigermaßen ernst und genau nähmen, dann bedürften wir in der Tat keiner theologischen Wortklauberei darüber, was denn nun Wahrheit sei, denn es gelten viele Wahrheiten, und wir würden die Intoleranz und damit die Zerstörung von Freiheit überflüssig machen. Wenn es uns dann noch gelänge, Krieg, Gewalt, Macht und so weiter, die nicht dem Geist Gottes entsprechen können, einzudämmen, ja abzuschaffen und sie durch Friedfertigkeit, Gerechtigkeit, Freiheit, und Wohlwollen zu ersetzen, dann könnte sogar Toleranz überflüssig werden. „Der Glaube versetzt Berge, heißt es. Ganz bestimmt tut das der Wille, der ja letztlich nichts anderes als der Glaube an die eigenen Fähigkeiten ist." (Jörg Löhr)

Der Traktat Sexueller Missbrauch in der katholischen Kirche
stellt folgende Thematik in den Vordergrund: Wenn zehn Jahre nach der Volljährigkeit des Opfers der Täter nicht mehr geahndet werden kann, nur beurlaubt oder versetzt wird, sein Name verschwiegen wird, dann zeigt sich nicht nur die Lebensfremdheit der katholischen Kirche, sondern eine Zerrüttung ihres gesamten Systems, das man auch als Sumpf bezeichnen könnte. Sexueller Missbrauch Minderjähriger, anders gesagt Schändung von Kindern und Jugendlichen, ist nicht nur eine sexuelle Verfehlung, sondern lässt die Unreife und die Unfähigkeit der Kirche erkennen, mit Problemen ihrer Priester und so weiter umzugehen, einer Kirche, die zum Teil offenbar unreife Persönlichkeiten in ihren Reihen hat. Nicht nur auf Grund des Zölibats, der wiederum aus mehr oder weniger fadenscheinigen Bibelstellen abgeleitet wird, dessen „Sublimierung" durch gute Werke übrigens völliger Blödsinn ist – ich kann nicht die Natur mit guten Werken überwinden; wobei noch zu fragen wäre, was denn gute Werke sind, zum Beispiel Sport treiben? – sondern auch aufgrund anderer Forderungen oder Vorschriften diskreditiert die Kirche sich selbst: Kein Schwangerschaftsabbruch nach Vergewaltigung (ein Katholik würde eventuell verloren gehen) oder noch menschenverachtender: Kein Kondom bei HIV. Ihre Hilflosigkeit beweist die Kirche zudem dadurch, dass die Täter meist

allein gelassen werden aus Mangel an Kompetenz, Offenheit und dem Willen zu helfen. Ängste der Täter wie Ängste der Opfer, Verklemmtheit und/oder Tabuisierung zeigen den geradezu zynischen Charakter des Systems. Unsere Sympathie gehört aber vor allen Dingen den Opfern, denn sie haben das Leben noch vor sich und ihre Zukunft in Partnerschaft, Ehe, Kindererziehung und so weiter steht auf dem Spiel. Da die Kirche keine Anstalten macht, rigoros durchzugreifen, mit anderen Worten nicht willens und nicht in der Lage ist, Veränderungen von Grund auf vorzunehmen, ist vor ihr zu warnen. Eltern, achtet auf eure Kinder, seht euch die Kontrolleure genau an und diejenigen, die die Kontrolleure kontrollieren!

Als Letztes arbeitete ich Pauls Traktat über Drewermann durch: *Drewermanns Versuch eines Glaubens in Freiheit, oder: Wie die Kirche sich durch Dogmen und Angst selbst ruiniert.*

Es ist ja kein Geheimnis, dass Kirchenaustritte zunehmen, dass Kirchenferne und Gleichgültigkeit ihr gegenüber sowie ihre anwachsende Bedeutungslosigkeit an der Tagesordnung sind, und das nicht nur, weil die Kasse allenthalben kleiner wird (die Kirche hat Geld genug), sondern weil die Kirche in Opposition steht zum freien Ausleben von Erotik, Sexualität, von Leidenschaft und eines unverklemmten, sensiblen und individuellen Gefühlslebens.

Gott ist nicht da, wo Ämter und Titel verteilt werden, wo eine gleichgeschaltete Masse sich in die „Gotteshäuser" schieben lässt, sondern der Mann aus Nazareth ist da, wo der Mensch eine persönliche Begegnung ersehnt, wo er sein Recht auf freies Austragen seiner Gefühle, sein Denken, Sprechen, Spielen und Träumen einfordert. Die innere Unfähigkeit der Kirche zum Frieden, so Drewermann, liegt in der Naturfremdheit des Christentums im Erbe der Bibel.

Die Menschen machen sich die Tiere und alles andere untertan und vernichten letzten Endes unsere Erde. Man kann sogar so weit gehen zu sagen, so Paul, dass einige Menschen sich andere untertan machen und schließlich die ganze Menschheit vernichten. Sehr häufig war die Kirche auf Seiten der Machthaber.

Wir brauchen keine Opfertheologie, meint Drewermann, weil „Gott ohne jede Vorleistung vergibt. Der Gott der Kirche aber ist vergleichbar mit einem Obermafioso, der von seinen eingeschüchterten Sklaven Schutzgelder erpressen möchte, damit ihnen nicht ihre Boutique ... in die Luft gesprengt wird."

Wer mit der kirchlichen Autorität nicht zurechtkommt, weist in seiner Persönlichkeit entweder psychische oder moralische Defizite auf. Dies ist, so meint Paul, genau umgekehrt: Wer mit dem sich stetig wandelnden Leben der Menschen nicht zurechtkommt ...

Spätestens mit dem Zusammenbruch der absolutistischen Monarchie in Europa lehrt uns die Aufklärung den Kräfteverfall des kirchlichen Dogmatismus, eine Form der Nachfolge des römischen Imperialismus. Auf Ängsten und Schuldgefühlen kann man keine tragende Kirche bauen. Wir brauchen keine Kirche der Entemotionalisierung und Entpersönlichung, sondern eine der individuellen Selbstverwirklichung. Da wir Menschen uns zutrauen wollen, ohne Vermittlerin mit dem Geist in Verbindung zu treten, hat die Kirche Angst vor der Mündigkeit erwachsener Menschen. „Nichts", so Drewermann, „lehrt einen Menschen so sehr, an sich selber zu glauben und seine eigene Persönlichkeit zu entfalten wie die Erfahrung wechselseitiger Liebe eines anderen Menschen."

Wo hat in einer Opfer-, Schuld- und Angstreligion Vertrauen einen Platz? Wo bleibt die seelische Wirklichkeit des so genannten Gläubigen? „Erst wer versteht, wie Menschen sind, versteht, wie ihnen Gott erscheinen kann." Und dieses Antippen, Berühren, so nennt es Paul, durchzieht die gesamte Evolution. Zu den „gefrorenen Gefühlen der Kindertage" zitiert Drewermann eine Ordensschwester während einer Therapiestunde: „Ich bin doch nur wie eine Eisblume am Fenster. Alles, was Sie zu mir sagen, ist so warm, aber es ist, wie wenn Sie über die Eisblume hauchen – sie fängt an zu schmelzen und zerfließt in lauter Tränen. Mein Leben sieht doch nur so aus, wie wenn da etwas Blühendes wäre, in Wirklichkeit ist alles vereist und tot." Lasst uns hoffen, so wünscht es sich Paul, dass es viele solcher poetischer Ordensschwestern gibt, und dass wir sie durch unsere Wärme von den Toten auferwecken, denn sie sind tot mitten im Leben. Es gibt ein wahres Leben im falschen, und wenn ich das weiß und dieses Wissen mit allen meinen Mitteln umsetze, dann ist es keine Frage mehr, dass Leben gelingen kann.

Zum Gewaltakt der christlichen Historisierung des Mythos sagt Drewermann: „Erst wenn man glaubt, den Gottestitel nicht mehr symbolisch, sondern *objektiv* einer menschlichen Person verleihen zu können, wird die Struktur einer Glaubenslehre notwendig, die eines gewaltigen Irrationalismus, gepaart mit aggressiver Intoleranz und Rechthaberei bedarf, um sich dem menschlichen Bewusstsein einzwingen und einbilden zu können." Paul formuliert es so: Wenn die Menschen Illusionen dieser Art nötig haben, und so lange sie sich täuschen lassen, so lange kann die Kirche in ihrer jetzigen Form noch bestehen.

Was ich hier nur kurz erwähne, worüber Paul sich jedoch ausführlich auslässt, ist der Zusammenhang, den Drewermann herstellt zwischen schizoider Angst und der Symbolik von Wasser, der Angst des In-der-Welt Seins; zwischen depressiver Angst und der Symbolik vom Berg; zwischen der zwangsneurotischen Angst und der Symbolik von Spiel und Initiation; und schließlich zwischen hysterischer Angst und der Symbolik des Lebens zwischen Individualität und Tod.

Alle Ängste, Trauer und Verzweiflung können durch die Liebe überwunden werden, sie ist die stärkste Bindungsenergie zum Austausch von Gefühlen der Zärtlichkeit und der Zuneigung: Sexualität und Erotik sind für die Paarbindung weit wichtiger als die Fortpflanzung. In dieser Bindungsevolution ist Gott, eine Energie, die weder straft, noch Angst macht, noch Schuldgefühle erzeugt. Jesus hat keine dogmatischen Kirchen gewollt, das sind menschliche Erfindungen zur Einschüchterung, Versklavung, Demütigung und zur Erzeugung eines schlechten Gewissens.

Sobald wir all das überwunden haben, haben wir Gott in Freiheit gewonnen. Auf diese Weise erlangen wir Religionskompetenz und eine Steigerung der Glaubenskompetenz.

21

Der Abschied

Es war Nachmittag. Paul und ich saßen unter den Kermeseichen, ich auf der Bank mit Blick auf den Cabanon, er links von mir mit Blick auf die himmelwärts strebende Zypresse. Wir aßen seinen selbstgebackenen Kuchen mit Melonen und Kirschen belegt und tranken Kaffee mit Sahne, café crème. Wir lauschten dem Konzert der Zikaden. Shiva kam dösend aus dem Haus geschlichen, und ich nahm sie auf den Schoß. Nach fünf Minuten war es ihr zu warm, sie sprang nach unten und verkroch sich auf ein kühles Plätzchen im Haus.

Weil es nicht ewig so weitergehen konnte, kam ich zu der Überzeugung, dass meine Zeit gekommen war, und ich sagte zu Paul ganz unverblümt: „Du, ich habe mich jetzt doch entschlossen, Theologie zu studieren."

„Das finde ich gut."

„Wenn ich jetzt gesagt hätte, ich hätte beschlossen, nicht Theologie zu studieren, hättest du es auch gut gefunden, wenn ich mich nicht irre."

„Das ist nur die halbe Wahrheit. Ich will es dir an einem Beispiel erklären. Warst du schon mal im Puff?"

„Was soll das denn jetzt? – Nein, war ich nicht, du denn?"

„Ja, war ich, mehrmals. Was ich damit sagen will ist, ich habe die Erfahrung, ich weiß, wie es ist."

„Und wie ist es?"

„Es ist schön mit einem faden Beigeschmack, denn man kauft sich Sexualität, Sexualität als Geschäft, und das nennen sie dann oft noch Liebe. Sie meinen damit eigentlich ein wenig Erotik, und dann ist es auch etwas teurer. Oder man lässt sich quälen, reitet also die Sado-Maso-Tour. Na gut, wie dem auch sei, ich sage dir eins: Ich habe diese Frauen auch kurzzeitig geliebt, das heißt verehrt, nicht bedauert, oder ich möchte es so sagen, ich habe nicht versucht, ihre Würde zu verletzen, obwohl manche ganz schön abgebrüht sind, ein Schutzmechanismus. Es waren Frauen dabei, die hätten ohne Weiteres einen sympathischen Mann abkriegen können. Aber sie wollen Geld verdienen und unabhängig sein, für sie war Abwechslung der Reiz. Ich war jedenfalls – so verrückt es klingen mag – zärtlich zu ihnen, und ich bekam viel Zärtlichkeit zurück, Offenheit für Offenheit, Verständnis für Verständnis, auch Trost für Trost, Hoffnung für Hoffnung, damals bei der Geschichte mit Laure. Und ob du es glaubst oder nicht, ich war traurig, wenn es vorbei war. Was ich mit der ganzen Geschichte sagen will ist, ich habe die Erfahrung, meine Erfahrung, ich weiß, wie es ist, mit anderen Worten, um wirklich etwas zu wissen, muss man Erfahrungen machen, weil alle Theorie grau ist. Ergo: Studiere, was du willst, dann weißt du, wie es ist."

„Auch wenn es Theorie ist!", gab ich lachend meinen Senf dazu.

„Das habe ich erwartet", lachte er mit.

„Na gut", sagte ich, „Geld kann Verantwortung ersetzen, aus Qualität kann Quantität werden. Ich meine, in Beziehungen ist es doch auch oft so, wenn du Geld hast, kannst du dir die Ehe kaufen."

„Das gibt's durchaus."

„Hör mal, Paul, ich fahre morgen zurück nach Deutschland, meine Stunde ist gekommen."

„Morgen schon? Schade."

„Einmal muss Schluss sein!"

„Na gut, leider ist das so, auch ein Prinzip, und Françoise?"

„Ich habe mehrmals versucht, sie zu erreichen, keine Reaktion."

„Sie hat doch Funkverbot, das weißt du doch!"

„Na ja! Aber dass sie das so ernst nimmt! Du warst es doch, der mir geraten hat, ihr ein Zeichen zu geben."

„Stimmt! Sie hat eben Prinzipien. Und Selma?"

„Och, das ist auch nur so eine Affäre."

„Mein lieber Christian, mir brauchst du nichts vorzumachen, du bist doch verliebt! Die Liebe verändert den Menschen. Du hättest mich mal sehen sollen, als Laure hier war. Ich hätte mich fast nicht wieder erkannt. Sämtliche Körperzellen spielen doch verrückt. Also, du willst noch nicht nach Deutschland, du willst zu Selma, weil du es nicht aushalten kannst."

Er schüttete uns noch einen Kaffee ein und lächelte dabei wie Buddha.

„Danke. Du bist ein verdammt guter Psychopolizist! Dir kann man wirklich nichts vormachen. Also gut, ich gebe es zu."

„Christian, warum sagst du nicht gleich die Wahrheit? Warum müssen die Menschen sich verstellen, statt offen zu sein?"

„Weil sie befürchten müssen, bis auf die Knochen entdeckt und blamiert zu werden."

„Na und? So kann doch Vertrauen entstehen."

„Aber es gibt eben Institutionen oder Situationen, die beeinflussen dich so stark, dass du mit Glaubenssätzen so vollgestopft wirst, dass du nicht mehr weißt, was wahr ist und was nicht. Und dann wirst du unsicher und zweifelst an deinem Bewusstsein. Und dann ist es dir scheißegal."

„Ich weiß, ich weiß, mein Lieber, ein Grund, warum du hier warst, war doch zu erfahren, wie so etwas funktioniert ... Na gut, du gehst, schade, übermorgen sind wir bei Pierre und Brigitte eingeladen und dann bei Robert, aber was soll's."

„Mach' es mir nicht noch schwerer."

„Entschuldige", sagte er nach einer Pause und fragte dann: „Und Françoise?"

„Der schicke ich ne SMS und fertig!"

„Entschuldige bitte, aber jetzt hör' mir mal gut zu!", sagte Paul verstimmt, „diese Art von fauler Moral hätte ich dir nicht zugetraut. Ihr habt euch aufgeführt wie ein Paar, das sich schon ewig kennt, und dann schiebst du sie ab, als wäre sie eine Dirne! Also ich finde, das geht zu weit! Versprich mir, dass du zu ihr fährst und ihr die Trennung persönlich mitteilst."

„Reg dich ab, Mann", konterte ich, „das ist doch so ne beschissene Gefühlsduselei. So was ist doch völlig überflüssig. Vielleicht hat sie sogar einen anderen, vom Onkel verordnet oder was. Oder sie hat den Kerl bloß vorgeschoben, weißt du's?"

„Nein, natürlich nicht, das kann ja durchaus sein, obwohl ich davon überzeugt bin, dass es nicht so ist. Ein Grund mehr, um hinzufahren und zu gucken, was Sache ist. Im Übrigen, ich sage es nochmal, verliere dich bitte nicht in Ausflüchten und mache keinen feigen Rückzieher."

„Jawohl, Papa!"

„Ach Quatsch, Papa! Sicher ist das unbequem, peinlich sogar, und du tust ihr bestimmt weh, aber man hat auch bei so was eine Verantwortung, verstehst du? Und umgekehrt denke ich, sie würde sich von dir verabschieden."

„Das glaube ich nun nicht!"

„Im Übrigen meine ich ... Ach was, ich will mich da nicht einmischen. Was seid ihr bloß für eine Generation! Ihr habt den Hintern ganz unten in euren Hopperhosen."

„Ich hab' gar keine, das müsstest du eigentlich wissen. Und außerdem weiß ich nicht, ob sich deine Generation bei so was besser benommen hat. So was ist eben nun mal unangenehm. Und wenn man es auf Entfernung macht, sieht man nicht, wie der andere trauert oder leidet. Vielleicht ist sie ja gar nicht untröstlich. Françoise ist n' cooler Typ. Mein Gott, das Leben ist nun mal so! Es gibt keine Einehe auf Lebenszeit, es gibt auch keine ... dauerhafte Bindung."

„Das lass' nur nicht Selma hören!"

„Die ist weit genug weg."

„Ihr seid Liebeskonsumenten."

„Und du bist auch nicht anders."

Er sagte nichts darauf, schaute nur verärgert drein, und ich glaube, er dachte wie ich: Bevor es wieder Streit gibt, hören wir lieber auf. Wir hätten uns durch Laufen, Fußball spielen oder was weiß ich abreagieren sollen, stattdessen blieb er stumm sitzen und starrte vor sich hin wie Napoléon nach der Schlacht von Waterloo.

Ich aber sprang auf, schwang mich auf mein Kraftrad und drehte einige waghalsige Runden auf der Wiese wie ein Irrer. Das erheiterte uns beide, und die Sache war bald vergessen, zumindest schien es so; verdrängt wäre wohl besser.

Als ich mich am nächsten Tag von Paul verabschiedete, konnten wir beide unsere Tränen nicht zurückhalten. Ich bedankte mich bei ihm für alles, und wir trösteten uns gegenseitig mit der Zuversicht, dass wir einander bald wiedersehen würden. Dennoch fiel es mir schwer, alle diese Eindrücke und Einsichten zu verlassen, die mich in den letzten sechs Wochen geprägt hatten. Und Paul zurückzulassen hieß auch, ihn allein zu lassen, obgleich er ja mit seiner Arbeit, mit seinen Überzeugungen, Erkenntnissen, Kunden, Patienten, Freunden und Shiva nicht allein war.

„Und was sagt der Prophet?", fragte ich.

„Man braucht kein Prophet zu sein, um zu sehen, was in naher Zukunft geschieht. Da ist das, was uns heute interessiert, meinetwegen die Finanzkrise, von nebensächlicher Bedeutung. Der rasante Anstieg von CO_2 und damit einhergehend der Klimawandel werden tiefgreifende soziale, wirtschaftliche, finanzielle, politische und persönliche Veränderungen auslösen. Der Mensch ist nun einmal ein Irrläufer der Evolution. Vielleicht können Religionen dann immer noch einen Lebenssinn vermitteln, unter der Voraussetzung, dass sie zum Beispiel ihren Absolutheitsanspruch aufgeben."

„Das sieht ja nicht so rosig aus."

„So schlimm ist es nun auch wieder nicht", sagte er mit seiner Shiva auf dem Arm und versuchte, die Fassung zu wahren, „weißt du, zu mir kommen viele Menschen mit unendlicher Traurigkeit, weil sie verlernt haben, sich zu begeistern. Darum vergiss deine Begeisterung nicht. Und noch etwas, ich habe es dir auf den Zettel geschrieben. Erasmus von Rotterdam sagt: *Die höchste Form des Glücks ist ein Leben mit einem gewissen Grad an Verrücktheit.* Diese Verrücktheit und diesen Enthusiasmus bewahre und füge die Erfahrung hinzu!"

„Danke, mach's gut und grüß' die Freunde, ciao!"

Auf jeden Fall waren Paul und die Provence das Beste, was ich je erlebt hatte.

Mit der provenzalischen Morgensonne, die mir auf den Pelz brannte, und mit dem Duftgemisch des Midi fuhr ich nach Norden. Trennung auf der einen Seite und Wiedersehen auf der anderen, so verschafft man den Gefühlen ein Wechselbad. Ich hatte Selma nicht angerufen, um sie zu überraschen, und ich fuhr direkt zu ihr, die ich vor ein paar

Tagen zurückgelassen hatte. Ein Hotelzimmer wollte ich mir später nehmen.

„Du kannst mich ruhig duzen", sagte Monique sehr freundlich, „ich erkenne dich trotz deiner Verkleidung wieder. Ich freue mich, dich zu sehen, komm' rein. Nimm Platz."

Sie wies mir einen Sessel im Wohnzimmer an, setzte sich mir gegenüber und sagte: „Du willst sicher Selma sehen, wenn ich deinen Besuch richtig deute."

„So ist es."

„Das tut mir sehr leid, mein lieber Christian, sie ist gestern überraschend nach Hause geflogen, ihrer Mutter geht's nicht gut, sie hatte wohl einen Herzanfall."

„Kommt sie denn wieder? Ich meine, wenn es der Mutter wieder besser geht."

„Nein, nein, Ihre Zeit hier ist damit beendet. Bedenke, ein Flug von Montpellier nach Stockholm ist nicht billig, da kann man nicht mal eben hin- und herfliegen. Schade für dich. Ich sehe ja, wie du zu ihr stehst. Sie ist ja auch wirklich eine so schöne Frau, und Christian, im Vertrauen, ihr passt so gut zusammen, finde ich. Darf ich dir einen Kaffee machen?"

„Oh ja gern, sozusagen als Wegzehrung."

„Was bedeutet das?"

„Ich fahre nach Hause, nach Hannover."

„So, nach Hannover. Dann ist es wohl Paul nicht leicht gefallen, dich gehen zu lassen."

„Es war für uns beide schwer."

Charles sei in den Weinbergen, erzählte sie, er kontrolliere alles, weil es dieses Jahr wieder so trocken sei. Nachmittags beschäftige er sich dann mit den Papieren. Ihre Haushälterin Michèle habe sich für heute frei genommen, sie habe einen Kindergeburtstag zu feiern.

„Ja gut, danke für den Kaffee", sagte ich, „dann werde ich mal losziehen. Grüße bitte Charles. Es war toll bei euch!"

„Werde ich ausrichten. Na dann gute Heimfahrt!"

„Danke, adieu."

„Bis bald."

So wurde aus dem Wiedersehen schneller ein Abschied, als ich gedacht hatte. Jetzt zog es mich nach Norden, obwohl ich den Kopf vom Süden noch voll hatte. Gut, dass ich mir so viele Notizen gemacht hatte! Shiva fiel mir wieder ein, über sie hatte ich, glaube ich, noch viel zu wenig geschrieben. Sie war so anhänglich, aber auch so gelehrig, das heißt sie lernte schnell, weil sie für eine gelungene Aufgabe ein Leckerchen bekam. Ein größerer Auftrag bestand zum

Beispiel darin, ihre Tiere nicht nach draußen zu transportieren, damit sie nicht einstaubten. Sie kannte jedes Tier. Wenn man sie fragte, wo Muckel ist – auch auf Französisch, wo man ja die zweite Silbe betont – schleppte sie ihn bis zur Haustür. Muckel war ein grauer Plüschhund mit pinkfarbenen Pfoten und Nase, sein linkes Auge hatte Herzform. Der Tiger Mecki mit seinen hellblauen Flecken hatte ein Glöckchen im Körper. Damit es klingelte, schleuderte Shiva ihn kräftig herum. Eddie war ein kleiner brauner Bär mit Jacke und Kapuze, letztere hing oft durch die „Pflege" nach hinten. Sie ging trotz allem pfleglich mit den Tieren um, es musste noch keins in der Chirurgie auf den Operationstisch. Henriette war eine kleine weiße Ratte, Elfriede war der Star: Das nackte Plastikhuhn quiekte, wenn man drauf drückte. Helmut, der Plüschhahn, guckte ein bisschen doof, aber das machte ja nichts. Gustav war ein kleiner weißer Bär mit rotem Kapuzinerpulli. Was sollte Paul tun? Alle Spielgefährten hatten Patienten mitgebracht. Das Ganze erinnerte mich an manche Kinderzimmer, wo es nur so von Steiftieren wimmelt, Ausstellungsstücke als Staubfänger.

Über Shiva könnte man noch viel erzählen, Stichwort Wachhund, unterwegs Stöckchen suchen und bringen, das abscheuliche Kämmen alle vier Tage, das allerdings gleichzeitig eine Zuwendung darstellte, und alle acht Wochen Scheren, das war das Schlimmste: Ohne Fell war es zwar im Sommer viel angenehmer, aber eine Ähnlichkeit mit Henriette und Elfriede zugleich war doch enttäuschend.

Aber ich musste mich auf die Fahrt konzentrieren. Ich wollte die 1.400 Kilometer in einem durchfahren, natürlich mal mit einer Trinkpause, ohne allerdings viel zu essen.

Die Autoroute du Soleil, die A7, hatte noch lange klare Sonne, am Ende der A36, noch vor Mulhouse, wurde es dunkel und dann regnete es, und ich musste viel langsamer fahren, besonders hinter den LKW. Das war natürlich ein krasser Gegensatz, es ist eben nicht überall so schön wie in der Provence. Na gut, neues Spiel, neues Glück, neues Wetter außen und innen. Wie hatte er noch gesagt? Begeisterung – wieder nach Hause zu kommen – und ein gewisser Grad an Verrücktheit – wenn ich meinen Eltern meine neuen Projekte vorstellen würde. Den Erasmus würde ich so schnell nicht vergessen. Ach ja, den hatte ich ja auf dem Zettel.

Meine Eltern waren überrascht, und besonders Vater war froh, dass ich zu einer Entscheidung gelangt war, und er sagte: „Nun steht der Waagebalken an der richtigen Stelle."

Im Grunde war es meinen Eltern ja egal, was ich studieren wollte, die Hauptsache war, dass ich etwas anpackte. Mit der Religion hatten es beide nicht so, sie meinten, das könne man doch heute nicht mehr so ernst nehmen, und nach dem, was ich in Kurzform berichtet hätte, sei ja Paul nun auch wahrlich kein Heiliger. Aber beide waren tolerant genug, mir zu erlauben, das zu tun, was ich wollte. Ent-scheidungen und Verantwortung seien wichtig, außerdem war klar, dass sie mich bis zu einem gewissen Alter unterstützen würden, ich sagte es schon, aber dann sollte ich auf eigenen Füßen stehen, denn wie sonst würde ich wissen, was Unabhängigkeit bedeutet. Mir wurde immer bewusster, worauf es in der Erziehung ankam: Gut lernen und dann später selbständig Entscheidungen treffen, nachdem man sein Selbst gefunden hat.

Ein wenig traurig war ich, dass ich meine Geschwister nicht antraf, Thomas und Helene, aber sie waren beide im Zeltlager auf Juist. Wir verstanden uns prima, obwohl oder vielleicht gerade, weil sie meine Stiefgeschwister waren. Ich war für sie so etwas wie der ausgeflippte Große Bruder, nicht is watching you, sondern der ältere, der mehr weiß und Zusammenhänge, sagen wir ein bisschen besser erkennen kann. Sie waren für mich die lustigen Hühner, mit denen man immer irgendeinen Scheiß verzapfen konnte.

Meine Mutter wollte natürlich möglichst alles genau über ihren Bruder Paul wissen, ich bat sie um Verständnis und die Erlaubnis, am nächsten Tag einen genaueren Bericht geben zu dürfen, ich war einfach zu müde. Als mein Vater mir dann noch ein Glas von seinem besten Burgunder, einen Château Fuissé, anbot, schaffte ich es gerade noch unter die Dusche und dann ins Bett. Soweit ich weiß, träumte ich von Françoise, wir waren irgendwo an einem einsamen Strand, und sie kam mit einer Katze auf dem Arm, und dann liebten wir uns, und die Katze – es war wohl ein Kater – schnurrte um uns wie verrückt.

Am dritten Tag zogen meine Eltern allerdings die Augenbrauen hoch, und besonders von meinem Vater traf mich ein kritisch prüfender Blick, der nicht unbedingt ein Einverständnis erwarten ließ. Ich hatte nämlich ganz unverblümt und nonchalant die Bemerkung fallen lassen, es seien ja noch Semesterferien, und ich würde jetzt wieder aufbrechen, ich würde gern nach Stockholm fahren, um Selma zu sehen. Ich muss noch dazu sagen – und das schreibe ich hier nur für gut Eingeweihte in absolut verschlüsselter Kurzschrift – ich hatte meinen Eltern zwar von Françoise erzählt, aber für sie war sie nur eine kurze Urlaubsbekanntschaft. Mein Gott, und so war es ja auch. Sagen wir es so: Ich hatte mir diese Sachlage so lange eingeredet, dass ich schließlich selbst daran glaubte. Und es kam noch etwas hinzu: Was gingen meine Eltern meine intimsten Gefühle an! Sie plauderten in dieser Hinsicht ja auch nicht aus dem Nähkästchen, und warum auch. Ich hätte nichts mehr von der

Französin gehört. Das entsprach ja auch der Wahrheit. Ich weiß, ich weiß, es gibt viele Wahrheiten. Was hingegen Selma betraf, so malte ich sie in den schönsten Farben und verhehlte auch nicht, dass ich mich in sie verliebt hätte, wobei ich noch hinzufügte, dass ich selbstverständlich auch das Terrain abstecken wollte, welche Möglichkeiten des Theologiestudiums ich in Stockholm vorfinden würde, wobei mir Selma behilflich sein würde, was wir besprochen hätten.

„Eins verstehe ich nicht ganz", wandte meine Mutter ein, wobei mir das Blut in den Kopf stieg, „für das eine Mädchen hast du doch viel mehr Zeit investiert, wenn ich das richtig verstanden habe, und du hast sie sicher ganz gut kennen gelernt, mit dem anderen Mädchen hast du dich ein paar Stunden befasst, und du bist sicher, dass du dich in sie verliebt hast?"

„Katrin, mein Liebes", versuchte mein Vater besänftigend auf meine Mutter einzuwirken und nahm mich damit in Schutz: „Er hat doch seine Selma ziemlich ausführlich beschrieben. Also, ich würde sagen, sie ist bestimmt ein attraktives Mädchen. Vergleiche können und wollen wir hier nicht ziehen, aber er hat sich in Françoise doch offensichtlich nicht verliebt!"

Ich ging nur auf Vaters erstes Argument ein: „Das könnt ihr mir glauben, sie ist wirklich attraktiv. Ob sie meine ist, das steht noch in den Sternen. Auf der anderen Seite, Mädchen, na ja! Sie ist immerhin schon 26!"

„Wer denn nun?", fragte Katrin.

„Selma natürlich", sagte ich.

„Das Alter hat nicht ein solches Gewicht in dem Alter", meinte mein Vater, „was uns dynamisch und attraktiv hält, ist die Ausstrahlung des Glücks und eines gewissen Enthusiasmus."

Jetzt fängt er auch noch an, dachte ich, und ich gab die Auffassung von Erasmus wieder.

„Das kenne ich nicht", sagte mein Vater, „aber du siehst, wie weit wir mit ihm übereinstimmen."

„Na gut", sagte meine Mutter, als sie wieder auf die Terrasse kam, „dann viel Glück, und fahre nicht in einem durch, das ist zu weit. Die Wetterprognose für Süd- und Mittelschweden ist sehr gut, das habe ich mir gerade im Internet angesehen, Sonne, 23°."

„Na also, ist doch ideal", sagte ich, „ich fahr' nicht in einem durch, ich nehme doch sowieso die Fähre Travemünde-Trelleborg, und das dauert auch so um die zehn Stunden."

„Sieben bis neun", sagte mein Vater, der sich auskannte, weil er beruflich öfter mit dem Auto statt mit dem Flugzeug nach Schweden reiste.

22

Stockholm

Weder auf der Fähre noch auf dem schwedischen Festland bekam ich eine Telefonverbindung zu Selma. Schöner Mist, dachte ich, ich hatte zwar ihre Arbeitsstelle noch so ungefähr im Kopf, aber wo finde ich die? Und Selma Sunds gibt es vielleicht auch mehr, als man denkt. Wir sind verwöhnt, kam es mir in den Sinn, aber da sieht man mal wieder, fällt die Elektronik aus, sind erneut die Fantasie und das Nachdenken gefragt, glücklicherweise. Nun gehöre ich auch nicht zu denen, die sich mit allen möglichen mobilen Informationsgeräten ausrüsten müssen, nur, um mal eine Adresse aufzuspüren oder Gott im Internet zu suchen. Da ist mir doch das Gehirn lieber, andernfalls wird es ja immer weniger gefragt und kommt noch auf den Gedanken, dauernd Urlaub machen zu können.

Unter allen Umständen sollte man Stress vermeiden, denn Stress, so hatte es mir Paul lang und breit erklärt, blockiert auch noch den letzten Rest an Grips, und dann geht gar nichts mehr, wie bei einer Mathearbeit in *Gripsholm*, dem Schloss am Mälarsee, wo Tucholsky Erkenntnisse herausschleuderte wie: ‚Die Gleichgültigkeit so vieler Menschen beruht auf ihrem Mangel an Fantasie.' Oder: ‚Die Hitze der ersten Tage war vorbei, und die Lauheit der langen Jahre war noch nicht da. Haben wir Angst vor dem Gefühl? Manchmal, vor seiner Form. Kurzes Glück kann jeder. Und kurzes Glück: Es ist wohl kein andres denkbar hienieden.' Oder: ‚Man denkt oft, die Liebe sei stärker als die Zeit. Aber immer ist die Zeit stärker als die Liebe'. Na gut, ich liebte Tucholsky, weil er so präzis und so schmerzhaft war.

Die Fahrt von Trelleborg nach Stockholm nahm kein Ende. Aber das Wetter war schön, kein Wölkchen und um die 20°. Allerdings kein Wort Schwedisch, doch *Skol*, aber das hilft ja nicht, wenn man nach einer Straße fragt oder so. Aber Englisch können viele Schweden, ein Trost. Vater hatte mir so was Ähnliches als geistige Wegzehrung nachgerufen.
Also, wie war das noch? Visit Schörgarden hatte ich mir mit ein paar Gedächtnislücken gemerkt, das Reisebüro der Stockholmer Schären. Es sei mitten in der Stadt, das könne man schon von weitem sehen, eine große grüne Leuchtreklame mache darauf aufmerksam, hatte eine freundliche Frau auf Englisch gesagt. Tatsächlich! Ich betrat ein großes Geschäftsgebäude und kam in einen Raum, in dem mehrere Frauen an Computern saßen. Am Tresen informierte mich eine

hübsche Schwedin auf Englisch: Ja, hier sei eine Selma Sund beschäftigt, nicht hier unten im Reisebüro, sondern im zweiten Stock, sie arbeite in der Verwaltung der Schärenstiftung, ich würde das Schild *Skärgårdsstiftelsen* auf der Tür finden. Ich könne den Fahrstuhl nehmen.

„Sie sind bestimmt kein Engländer", sagte sie, „sind Sie vielleicht Pakistani oder Inder?"

„Nein, ich bin Deutscher, das heißt halb Marokkaner."

„Gut", sagte sie ich spreche ein wenig Deutsch."

„He! Toll! Hört sich gut an. Wie heißen Sie?"

„Mein Name ist Inga. Wie heißen Sie?"

„Christian ... O.k., vielleicht sehen wir uns ja nochmal, dann können wir ein bisschen länger reden."

„Ja gut, warum nicht. Ich könnte Ihnen auch Stockholm zeigen, wenn ..."

„Ja gut, vielleicht komme ich darauf zurück."

Auch eine tolle Frau, dachte ich. Ich nahm nicht den Fahrstuhl, sondern stieg mit großen Schritten die Treppen hinauf, fand das Schild auf der Tür und klopfte an, nachdem ich mich kurz verschnauft hatte, weil zu dem Herzklopfen durch den Aufstieg noch das der Erwartung hinzugekommen war. Da sich niemand meldete, öffnete ich einfach die Tür.

Das Bild, das sich mir da bot, war niederschmetternd, und diese Szene hat sich mir so tief eingeprägt, dass ich sie mir immer wieder vor Augen führen musste, um ihre Perspektiven und verschiedenen Ansichten zu begreifen.

Da stand ein großer Mann, blond, gewelltes Haar, Anfang dreißig im weißen Oberhemd mit hochgekrempelten Armen und mit roter Krawatte vor einem Schreibtisch und hatte seine Pranken, deren kräftige Arme voll behaart waren, um Selmas Hüften gelegt und war wohl im Begriff, sie an sich zu ziehen und zu küssen. Sie versuchte, ihn mit beiden Händen unter großer Kraftanstrengung, die sich in ihrem verzerrten Gesicht und in ihren Abwehrlauten widerspiegelte, wegzuschieben, was ihr aber nicht gelang.

Mein erster Gedanke war, mich nicht mit Gustav Adolf in der Schlacht bei Lützen zu messen, weil ich unweigerlich den Kürzeren gezogen hätte trotz Judo, sondern, wenn möglich, in Friedensverhandlungen einzutreten. Das war jedoch zunächst ebenso wenig in die Wirklichkeit umzusetzen wie eine Bewegung in irgendeine Richtung, obwohl ich den Türdrücker noch in der Hand hatte. Was letztlich oft in einer solchen Lage die einzig hilfreiche Alternative darstellt, ist den Überraschungseffekt auf der Gegenseite abzuwarten, was wir ja in unserem Althirn gespeichert haben.

Als Selma mich mit großen, erstaunten, überraschten Augen sah, machte sie sich los, denn der Hüne hatte seinen eisernen Liebesgriff gelockert, und sie stotterte auf Französisch: „Mon Dieu, mon ... Christian! Was machst du denn hier?"

Ich bekam kaum ein Wort in plätscherndem Französisch heraus und krächzte kalt: „Entschuldigung, ich möchte euch nicht stören, ich habe verstanden."

Der Mann stand jetzt ganz locker vor ihr und erkundigte sich offenbar nach dem Inhalt ihres Kurzdialogs. Ich nutzte diese Sekunden, ließ langsam den Türdrücker los, drehte mich um und machte Anstalten zu fliehen. Aber das war nicht so leicht, wie ich gedacht hatte, denn ich war nahezu gelähmt, fast unfähig, meine Beine in Gang zu setzen, entmutigt, tief getroffen, vor allem aber wütend über mich, so naiv gewesen zu sein, und ich verstand plötzlich alles: Ihre schnelle Abreise, die Funkstille. Und jetzt ihre Reaktion! Ha, das war doch gemimt, darin war sie offensichtlich eine Meisterin der Illusion. Oh Gott! Wie konnte ich mich so reinlegen lassen! In flagranti, sagt der Italiener; flagrante, augenscheinlich, du kannst es mit eigenen Augen sehen, wenn auch die Frau den Anschein erweckt, dass sie sich wehrt. Warum hatte sie mich so hinters Licht geführt?

Als ich genug Kraft getankt hatte, lief ich plötzlich davon, verließ das Schlachtfeld der inneren Kämpfe, und wäre natürlich beinahe die Treppe hinunter gestürzt. Nur weg von hier, wurde mir klar, und ich biss die Zähne aufeinander. Irgendwo aufs Land, mich ungesehen verkriechen und dann am nächsten Tag wieder zurückfahren.

„Christian, bitte lauf' nicht weg! Du hast das falsch verstanden. Bitte, bleib' doch mal stehen!", rief sie und kam auf Strümpfen hinter mir hergerannt, nachdem sie sich ihre Stöckelschuhe ausgezogen hatte. Ich zischte an der Theke des Reisebüros vorbei, wo Inga die Sportveranstaltung mit offenem Mund verfolgte. Die Eingangstür knallte hinter mir zu, und ich rannte weiter, bis ich außer Sichtweite war, dann verlangsamte ich die Schritte, um Luft zu holen.

Selma, die Katze, hatte sich auf leisen Pfoten angeschlichen und war plötzlich neben mir, aber sie rang so stark nach Luft und war so blass, dass ich befürchtete, sie würde im nächsten Augenblick zusammenklappen. Passanten waren stehen geblieben, offenbar um herauszubekommen, ob es sich um eine polizeiliche Aktion oder um eine der Amour fou, der rasenden Liebe, handelte, denn einige runzelten die Stirn, wieder andere lächelten in sich hinein. Ob manche eher dem Opfer als dem Täter zur Hilfe eilen wollten, war nicht auszumachen.

Ich jedenfalls hielt die Frau fest, und sie umarmte mich und prustete: „Um Gottes willen, Christian ... So ist es gut ... Bitte halte mich fest ... Ich kann dir alles erklären, nichts ist so, wie du denkst. Ich habe jetzt nur keine Zeit. Ich erwarte noch wichtige Anrufe. Bitte komme heute um 17.30, hole mich ab! Wir können essen gehen, ich lade dich ein, ich kann jetzt nicht weg, von der Arbeit, meine ich. Ich bin so glücklich, dass du gekommen bist."

Als ich sie so im Arm hielt und fühlte, wie ihr Herz pochte, überkam mich ein ganz warmes Gefühl der Zärtlichkeit, auch der Zuneigung, der Vertrautheit und der Leidenschaft, und ich war für Sekunden so glücklich, weil ihr offenes Haar mich an der Wange streichelte und ich Parfüm einsog.

„Du riechst so gut", flüsterte ich, und sie schaute mir in die Augen, und dann küsste ich sie und fuhr ihr übers Haar, und ich dachte, diese Augen sagen die Wahrheit.

„Und dein Handy?", fragte ich.

„Ist kaputt gegangen, noch in Frankreich, ich habe ein anderes bestellt, ich habe schon die Nummer, ich habe sie oben, ich gebe sie dir, komm bitte mit rauf!"

Mein Misstrauen war nicht so leicht zu überlisten, als wir ins Haus gingen. Inga sah uns etwas wehmütig nach. Als wir den Fahrstuhl verließen, sagte Selma: „Ich wollte dich morgen oder übermorgen sowieso anrufen, damit du meine neue Nummer hast."

Wir traten ins Büro und ich stellte fest, dass der Riese weg war. Sie gab mir ihre Nummer, aber was sollte ich damit, wenn sie noch kein Telefon hatte?

„Gib mir doch hier deine Firmennummer!"

„Das kann ich tun", zögerte sie, schrieb sie mir aber trotzdem auf, „bitte nur in Ausnahmefällen, denn man sieht es hier nicht gern, wenn wir Privatgespräche führen."

Sie bat mich, meine Nummer auch noch einmal zu hinterlegen, denn die war ja in ihrem funktionsunfähigen Handy gespeichert.

„Also gut, ich komme", sagte ich und fragte mich, wie sie mich dann anrufen wollte. Jedenfalls freute sie sich und gab mir einen Kuss. Das Telefon klingelte, und sie sagte: „Also dann, bis später."

Natürlich war es die ungewohnte und neue Umgebung, die mich irritierte, das war mir schon klar, aber irgendetwas gefiel mir nicht an der ganzen Sache. Nun bin ich kein großer Freund von Spekulationen, auf der anderen Seite aber der Fantasie, und so lagen sich beide eine Zeitlang in den Haaren, denn ich konnte mir keinen Reim aus dem Theaterstück mit dem Hünen machen, vielleicht war das ja ein etwas feinerer Peer Gynt. Ich konnte durchaus nachvollziehen, dass sie jetzt noch arbeiten musste, man kann sich als Angestellte nicht einfach freimachen und davonstehlen, nein, das war es nicht, was mein Missfallen erregte, es war etwas anderes, ich wusste nur nicht sofort, was es war, bis es mir später auf meinem Stadtbummel einfiel.

Ich war nicht mehr Herr der Lage, ich wurde in etwas eingesponnen, was ich nicht mehr ganz unter Kontrolle hatte. Es ist so, wie wenn man nicht selbst der Kapitän oder der Skipper ist. Auf meinem Motorrad wäre ich nicht gern der Sozius. Auf der anderen Seite wollte ich mich auch nicht verrückt machen (lassen). Der Sound dieser Stadt war ganz ungewohnt durch die Lage auf unterschiedlichen Inseln, durch das Wasser, die Sprache, die Farben, die Düfte, die Laternen, die Mauern und Fassaden. Sicher gab es hier auch den Stadtlärm, aber es staubte nicht so, es war nicht so heiß, man war trotz aller Geschäftigkeit gelassener, besonnener. Die Gamla Stan, die Altstadt, fand ich richtig schön ... wie die Frauen, also alle Achtung, sehr gut aussehende Exemplare. Eine Stadt lebt ja auch von dem Charme der Frauen mit überwiegend heller Hautfarbe, hellen Haaren, meist schick und farbig gekleidet.

Als sie dann schließlich kam, war sie frisch, schwungvoll, jung und schön, und sie hatte die Haare hoch gesteckt wie in Frankreich.

„Und wie war's so allein in einer fremden Stadt?", fragte sie und hakte sich bei mir unter.

„Aufregend, aber nicht so ganz einfach. Was ich bis jetzt gesehen habe, gefällt mir, besonders die Gamla Stan. Stockholm ist ja eine richtige Wasserstadt, wie du in Frankreich schon andeutetest ... Und deine Geschäfte?"

„Oh, weißt du, ich konnte mit ein paar Telefonaten noch ein paar Häuser an Osteuropäer vermitteln, ein gutes Geschäft, würde ich sagen. Dein Motorrad kannst du stehen lassen, scheint ja eine tolle Maschine zu sein. Mein Wagen steht auch hier in der Nähe. Möchtest du jetzt nicht etwas essen? Du hast doch bestimmt Hunger, oder?", fragte sie so freundlich und schmeichelnd, dass ich hingerissen war.

„Hab' ich, ehrlich gesagt."

Wir fuhren in ihrem Wagen nach Östermalm zu dem schwimmenden Restaurant *Strandbryggan*, und dort bestellten wir uns lecker zubereiteten Fisch.

„Ich sage es noch einmal", sagte sie und lächelte mich mit großen Augen an, sodass ich dahinschmolz, „ich freue mich so, dass du gekommen bist, das glaubst du gar nicht. Das hätte ich auch nicht für möglich gehalten. Warum bist du gekommen, Christian?"

„Du hast mir sehr gefehlt, Selma. Bei dem Fest hatte ich öfter den Eindruck, es sei unser Fest."

„Du hast mir auch gefehlt", sagte sie und legte ihre rechte Hand auf meine linke, und da durchzog mich dieses Kribbeln wieder und machte sich über den ganzen Körper breit, und ich sagte: „Du siehst sehr gut aus."

„Findest du? Du auch", strahlte sie, „weißt du, Christian, das ging alles so schnell. Meine Mutter ist herzkrank, leidet an Koronarinsuffizienz, musst du wissen, und sie hatte wieder einen Anfall. Sie dachten erst, es sei ein Infarkt, aber sie haben sie wieder hinbekommen. Als ich da war, war sie fast schon wieder auf den Beinen. Meine Eltern hängen sehr an mir, verstehst du? Meine Geschwister sind über dreißig, sie sind beide in den USA, sie arbeiten im *Silicon Valley*, sie haben hier im *Kieta* studiert, im Hochtechnologiezentrum."

„Hast du noch andere Geschwister?", fragte ich.

„Nein, nur Bruder und Schwester, Lasse und Elinor ... Der Mann, den du heute gesehen hast", sagte sie ernster, „war mal mein Freund, der Björn, wir wollten heiraten, und dann, als er etwas von mir erfuhr, war er plötzlich weg und ließ sich nicht mehr blicken, zwei Jahre lang, ohne dass ich etwas von ihm hörte. Jetzt kommt er wieder und will neu anfangen, aber ich will nicht mehr, ich habe ihn gestrichen, ausradiert. Ich war ein Jahr lang sehr traurig, ich konnte meine Geige nicht mehr anfassen, machte also auch keine Musik mehr. Ich habe seitdem nichts mehr mit Männern angefangen, auch nicht mit Max oder anderen in Frankreich. Ich weiß, dass sie gedacht haben, ich sei prüde oder frigide, aber das war mir egal."

Ihr Gesicht nahm plötzlich eine Traurigkeit an, die ich an ihr noch nicht kannte, so als würde die Erinnerung an ein schwerwiegendes Erlebnis sie betrübt machen. Ich konnte das kaum ertragen, nahm mein Glas *Vouvray* hoch und sagte:

„Komm, Selma, lass' uns unser Wiedersehen feierlich beginnen, damit die Freude darüber noch lange anhält, skol!"

„Das hast du schön gesagt. Du hast recht, skol!"

Unser Lachs kam, und wir wünschten einander guten Appetit. Wir schwiegen eine Weile und genossen den gedünsteten Fisch. Wir sagten nichts, weil man beim wirklichen Genuss von Speisen lieber stumm bleibt, um alles aufzunehmen: Den Menschen gegenüber, den Geschmack, die Gerüche, das Ambiente innen und das Wasser außen.

Was mich wunderte war, dass Selma zunehmend unruhig wurde und schließlich den Blick nur auf die Speise gerichtet hielt.

„Es schmeckt sehr gut", sagte ich, und sie reagierte wie abwesend: „Ja, du hast recht."

Dennoch legte sie das Besteck ab, als ob sie keinen Appetit mehr hätte, sich einen Ruck gegeben hätte, auf einen günstigen Augenblick gewartet hätte. Sie nahm ihre Handtasche auf den Schoß, kramte darin herum und entnahm ihr schließlich eine Brieftasche. In der Brieftasche suchte sie nach etwas und gab mir schließlich ein Foto.

„Das wollte ich dir zeigen", bemerkte sie wieder ruhiger werdend, aber mit großer Aufmerksamkeit und Anspannung, wie ich wohl reagieren würde. Auf dem Foto war ein hellblondes Mädchen zu sehen mit tiefblauen Augen und langen Haaren, die von der Stirn bis in den Nacken gescheitelt waren und in zwei locker gebundenen Rattenschwänzen ausliefen.

„Ein gut aussehendes Mädchen", stellte ich fest, „bist du das mit zehn?"

„Jetzt habe ich richtig starkes Herzklopfen", sagte sie, und ihre Stimme zitterte, „das bin nicht ich, das ist meine Tochter Miriam, sie ist gerade elf geworden."

„Du hast eine Tochter!", sagte ich überrascht aber neugierig, „warst du denn verheiratet? Quatsch, du hast mir gesagt, du bist nicht verheiratet ..."

„Ich bin auch nicht verheiratet, und ich war auch nicht verheiratet, so, wie ich es gesagt habe. Ich bin ... Ich war fünfzehn, da wurde ich von einem Verwandten missbraucht, also vergewaltigt, und das Kind ist von ihm. Wir sind nicht blutsverwandt, verstehst du? Ich schäme mich immer noch so, aber ich konnte nichts machen, er hat mich gefesselt, an die Bettpfosten gefesselt, und dann ..."

Sie brach in Tränen aus, und ich wurde wütend über so ein Schwein. Ich stand auf, ging zu ihr, nahm sie in den Arm und sagte in grimmigen Ton: „Mein Gott! Das ist wirklich schlimm! Diese Verbrecher müsste man aufhängen!"

Sie erhob sich und fiel mir um den Hals, und ich versuchte sie zu trösten, wobei ich mich unbeholfen anstellte, weil ich noch nicht gut zu trösten gelernt hatte.

„Selma, weißt du, was schön ist? Dass du das Kind geboren hast", meinte ich spontan, wobei ich offenbar doch nicht so weit vom angemessenen Ton und einer passenden Ausdrucksweise entfernt war.

„Findest du?", fragte sie.

„Ja, finde ich", antwortete ich fest.

Ich wischte ihr die Tränen mit einem Papiertaschentuch ab und bat sie, sich wieder zu setzen. Sie holte einen Spiegel aus der Handtasche, Stifte, Lidschatten und Pinsel und sagte:

„Wenn du erlaubst."

„Was sollte ich dagegen haben, obwohl, du siehst auch ohne Schminke gut aus."

„Danke, aber viele Frauen sind eitel ... Außerdem möchte ich vor meinen Eltern verbergen, dass ich traurig war. Aber du bist lieb."

„Na! Das hoffe ich doch!"

„Weißt du, ich habe mich nicht getraut, es dir in Frankreich zu sagen, ich hatte Angst, du würdest mich genauso verstoßen wie Björn. Und zweitens fand ich es noch zu früh, als wir in den Weinfeldern spazieren gingen, erinnerst du dich noch?"

„Klar, das ist doch noch ganz frisch."

„Ich weiß nicht, was solche Männer wie der Björn denken, er hat es mir nicht gesagt. Vielleicht glauben sie, ich sei deswegen verklemmt oder frigide, oder ich könnte nie mehr guten Sex haben. Was weiß ich. Ich mein', das gibt es bestimmt auch. Aber dir brauche ich wohl nicht zu sagen, dass ich meine Tochter liebe."

„Das glaube ich, sie ist bestimmt ein tolles Mädchen!"

„Das denkst du auch?"

„Ja, das sieht man. Und noch etwas, dich verstoßen ist ganz unmöglich."

„Wieso ist das unmöglich?"

„Ich habe mich in dich verliebt, und der nächste Schritt steht unmittelbar bevor."

„Ich bin auch sehr in dich verliebt."

Wir standen beide auf und küssten uns mitten im Lokal unter den neugierigen Blicken der Mitesser.

„Und welches ist der nächste Schritt?", fragte sie gespannt.

„Ich möchte Miriam kennen lernen."

„Oh, das freut mich", strahlte sie wieder.

„Aber zuvor musst du mir einen Gefallen tun."

„O.k., und welchen?"

„Sage bitte der Serviererin, sie möchte uns einen Rechaud bringen, denn unser Essen ist kalt geworden."

„Dafür ist unser Herz warm geworden, oder?"

Nachdem unsere Teller mit den Mahlzeiten wieder aufgewärmt waren, fragte ich: „Miriam liebt wohl den Indianerlook, was?"

„Naja! In dem Alter machen sie sich ja nicht nur für sich selbst schön, sie gucken ja auch schon auf die Jungs. Außerdem bekam sie von meinem Vater ein Fotobuch aus den 60iger Jahren und entdeckte natürlich als Erstes Twiggy im Indian Squaw Outfit, also Minikleid mit Fransen, kniehohe Stiefel, Stirnband und Indianerschmuck. Nun, wenigstens ist Miriam nicht magersüchtig geworden, dafür aber schön schlank wie Twiggy. Sie will natürlich Model werden. Andererseits ist sie ein sehr aufgewecktes Mädchen, neugierig, möchte alles wissen, lernt neben Englisch auch Französisch, ist überhaupt eine interessierte Schülerin. Ich habe ihr von dir erzählt."

„Soso."

„Ja klar, auch meinen Eltern habe ich von dir berichtet. Sie freuen sich bestimmt, wenn sie dich kennen lernen. Mein Vater ist Mitte fünfzig, er arbeitet bei Scania in der Forschungsabteilung, sie testen Brennstoffzellen und Elektroantriebe. Meine Mutter ist promovierte Mathematikerin, sie hat früher in der Hochschule für Lehrerausbildung gearbeitet."

„Oho, das ist ja eine gebildete Familie!"

Jetzt war ich natürlich umso gespannter, Selmas Familie kennen zu lernen. Ich fuhr mit dem Motorrad hinter ihr her bis zum Anleger, dann auf eine kleine, gelbe Fähre. Während der Überfahrt machte ich Bekanntschaft mit einem Zustand, den man wohl als abgehoben bezeichnen kann, denn auf einem sanft schaukelnden Schiff bei leichter Brise und blendender Sonne eine Frau zu küssen, sie zu liebkosen, sie zu umarmen, ihrem Duft ganz nah zu sein, war für mich ein lebendiges Erlebnis in einer anderen Welt. Das Besondere an diesem Lebensgefühl war jedoch der Austausch, ein Geben und Nehmen zu gleichen Teilen, offensichtlich eine gleiche Verrücktheit, bei der die Sprache versagte, oder besser gesagt nicht gebraucht wurde, weil die Blicke redeten.

Jetzt, wo ich das aufschreibe, finde ich das etwas kitschig, aber dennoch war das das Gefühl, das wir empfanden, und in der Erinnerung sehe ich noch, wie einige Strähnen ihrer Haare im Fahrtwind tanzten, und ich spüre noch den nahen, weichen Druck ihrer Brüste gegen mein Oberhemd.

Wenn quasi der Verstand ausgeschaltet ist, dann fällt es dir auch nicht mehr so schwer, dich von ihm loszureißen, um das Fließende, Organische der Zeit zu erspüren. Ist Zeit vergangen, jetzt mit ihr? Du merkst es gar nicht, weil die Zeit immer wird, aber man verliert sie nicht, man geht mit ihr, durch die Stunden, Tage, Zeiten, Epochen; die Natur gibt sie uns vor, aber sie steht nie still wie die Ewigkeit.

Die Fähre stieß schon am gegenüber liegenden Ufer an. Die Zeit war zu kurz, und die Frau sagte, ihr sei es ähnlich ergangen, obwohl sie die Fähre tagtäglich benutze. Die Zeit hatte sich versteckt.

Nach ungefähr zehn Minuten über Land fuhren wir durch eine Toreinfahrt, deren hölzerne, weiße Tore offen standen. Der Kies knirschte unter den sechs Rädern, dann wurde es still, und wir standen vor einem großen gelben Herrenhaus mit weißen Türen und weißen Tür- und Fensterrahmen und -läden. Die Haustür öffnete sich, und ein Mädchen kam heraus und begrüßte ihre Mutter mit Küsschen.

„Das ist Christian", sagte Selma, und Miriam kam auf mich zu und hieß mich auf Schwedisch willkommen:

„Hey, schön dich zu sehen."

Ich wusste nicht, wie ich antworten sollte, und Selma half mir: „Versuch's doch mal auf Englisch, sie kann es schon ganz gut."
„Why not, glad to see you, Miriam."
In dem Augenblick traten auch Selmas Eltern heraus und bereiteten mir einen so liebevollen und einladenden Empfang, wie ich ihn mir nicht hätte träumen lassen.

Bei der dann folgenden Sprachstunde (in drei Sprachen) stellte sich bald heraus, dass Miriam in der Tat ein kleines, vorlautes Plappermaul war, das lange Zeit mit großen Augen auf mich einredete. Ich sollte möglichst in allen Einzelheiten mein ganzes Leben erzählen. Ich wurde eingeladen zu einem kleinen Abendbrot – Selma sagte, dass wir gegessen hätten – und ihr Vater erzählte auf meine Fragen von den Forschungsarbeiten an Wasserstoffmotoren und Brennstoffzellen. Man könne bald in Serie gehen, dann würde Schweden viel sauberer. Ein Problem seien natürlich noch die Zapfsäulen und die Massenproduktion von Wasserstoff, man habe ja leider nicht genug Sonne für die Elektrolyse durch Photovoltaik. Selmas Mutter wollte vor allen Dingen etwas über Marrakesch erfahren und ein wenig über Paul. In diesem Fall sprach ich Französisch, was Selma übersetzte. Anschließend wünschten alle, mein Motorrad in Augenschein nehmen zu dürfen, und Miriam musste ich versprechen, sie in den nächsten Tagen einmal mitzunehmen, wenn sie sich einen Helm besorgt hätte. Versprochen ist versprochen.

Danach zeigte mir Selma das Haus mit dem Grundstück, den Blumenrabatten, Bäumen und Sträuchern. Ich hatte nicht vermutet, dass hier „im hohen Norden" so viel wächst und blüht. Selma erklärte dazu, dass das raue Klima erst viel weiter nördlich beginne. Ungefähr vierzig Meter hinter dem Haus an einer Wiese mit alten Eichen war eine Anlegestelle mit einer kleinen Motoryacht, und Selma lud mich auf einen Törn für den nächsten Nachmittag ein. In dem hellen und geräumigen Haus bekam ich ein gemütliches Gästezimmer, das ich bald in Besitz nahm, weil ich müde geworden war.

Bevor ich einschlief, überprüfte ich noch meine Mailbox und hörte und sah, was ich befürchtet hatte. Akustisch und über SMS hatte Françoise eine Kanonade von Wünschen, Sehnsüchten, Verwünschungen und Beschimpfungen abgeschossen, die mehrfach mit Drohungen gespickt waren: Sie würde mich finden, auftreiben und mich Schuft bestrafen. Ich löschte diese Ergüsse sofort, damit sie nicht in fremde Hände geraten konnten, und ich beschloss, mir eine andere Rufnummer zu besorgen, wenn ich wieder in Deutschland wäre.

Am nächsten Morgen wachte ich auf, weil ein Sonnenstrahl auf mein Gesicht fiel. Ich hatte sehr gut geschlafen und nahm als Erstes meinen Frühsport, das Laufen, wieder auf, was ich in Frankreich vernachlässigt hatte.

Während ich duschte, fiel mir Françoise wieder ein, und ich überlegte, was ich tun sollte, denn sie tat mir schon ein wenig leid, aber ich beschloss schließlich, nicht zu antworten, mich nicht zu rühren und sie letztendlich tatsächlich in die Kategorie einer Urlaubs- oder Ferienbekanntschaft einzuordnen. Ich hatte ja auch keinerlei Versprechen gegeben oder so was Ähnliches wie einen Treueschwur abgelegt. Sie war es, die sich eine feste Bindung zusammengesponnen hatte, außerdem war sie onkelhörig. Ich hatte mich schließlich anders entschieden, und diese Entscheidung wollte ich nicht mehr rückgängig machen.

Da tauchte plötzlich Tucholsky wieder auf, und wollte mir ein schlechtes Gewissen einritzen mit seiner verfluchten Hitze der ersten Tage und der Lauheit der langen Jahre. Das weißt du doch gar nicht, du blöder Kolporteur, vielleicht hast du nie Liebe erlebt, das ist es! Oder doch, in *Gripsholm* beschreibst du ja so was. Außerdem, da müssen wir sowieso alle durch. Ich weiß, ich weiß, in Deutschland wird jede zweite Ehe geschieden, und die Deutschen sterben aus. Aber hast du schon mal was von einer Mischehe gehört? Schwedisch-deutsch? Na ja! Gut, Ehe, also zumindest eine Beziehung, und das Verrückte, mein lieber Freund, ich habe schon eine Tochter, ohne dass ich der Vater bin! Jetzt wird's biblisch, super, was? Oder anders gesagt, dass Selma eine Tochter hatte, störte mich in keiner Weise, weil ich nicht dem Klischee anhänge, dass ich die Kleine nicht lieben könnte, weil sie nicht meine leibliche Tochter ist. Dass Selma keine Kinder mehr haben könnte oder wollte, befürchtete ich nicht, und ich hatte auch keine Angst davor, dass sie frigide oder verklemmt sein könnte, weil ich dachte, Liebe zeugt Erotik, Sex und Kinder, und Liebe kann schlimme Erfahrungen übertünchen und alte Wunden und Narben heilen, denn alles fließt.

Weil es so spät war, waren alle schon ausgeflogen, nur Hanna, die Raumpflegerin, war da. Sie kannte außer Schwedisch nur Handzeichen und bedeutete mir mitzukommen. Sie hatte für mich am See einen Tisch aufgestellt und mir Frühstück gemacht. Der Kaffeeduft und das frische Brot zogen mir in die Nase, und das Gehirn suggerierte Dankbarkeit. Da ich das nicht auf Schwedisch ausdrücken konnte, machte ich eine Verbeugung und erntete ein Lächeln des Verständnisses. Auch eine hübsche Frau, dachte ich, hier kannst du nicht falsch sein. Ich beobachtete das glitzernde Wasser und einige Segelschiffe und fing an, von der Ferne zu träumen ... immer mit

Selma und den Kindern. Ich nutzte den Platz, die Ruhe, die Gelegenheit, meine Aufzeichnungen fortzuführen und konnte auf diese Weise viel schaffen.

Jetzt bin ich schon fünf Monate in Schweden sesshaft geworden, Selma ist im sechsten Monat schwanger und wir werden bald heiraten. Ich habe bei meinen Unterlagen einen Ausspruch gefunden, den ich mir noch bei Paul notiert hatte, und der mich in meiner Entscheidung nur noch bestärkt hat. Er ist von Norbert Fischer, einem Schafhirten mit Schafskäserei: „Ich habe Theologie studiert. Aber das war mir zu viel Kopf, zu wenig Erde. Natur und Kosmos sind doch eins ..." (alverde, Jan. 2011, S.59). Ich habe also nicht mit dem Theologiestudium begonnen, sondern habe mich auf den Weinhandel eingelassen. Mit dem Wein haben ja Theologen auch viel zu tun, und das nicht nur auf der Suche nach Gott und Genuss, sondern auch als Ersatz für körperliche Liebe. Der Handel ist ein einträgliches Geschäft mit Stützpunkten in Schweden, Deutschland und in der Provence.

Selmas Eltern, besonders ihr Vater Mats, hat uns bekniet, doch auf jeden Fall im Haus wohnen zu bleiben, dann bliebe die Familie zusammen, und es gäbe doch so viel Platz im Haus. Das Haus hat einen großen, freien Keller, in dem hunderte, wenn nicht über tausend Flaschen lagern können, das muss ich erst mal ausprobieren. Mindestens zweimal im Jahr fliege oder fahre ich nach Deutschland und Frankreich, um Wein einzukaufen, alles andere erledige ich mit elektronischen Mitteln, wobei mir Selma zur Seite steht.

Meine Eltern, die uns schon ein Wochenende mit meinen Geschwistern besucht haben, sind glücklicherweise mit meinem Entschluss und mit unseren Vorhaben einverstanden, und Peter, mein Vater, hat es nicht expressis verbis verlauten lassen, aber ich habe den Eindruck, dass er es ganz zufrieden ist, dass es nicht die Theologie ist. Meine Mutter macht keinen Hehl daraus, obwohl sie auch immer wieder darauf aufmerksam macht, dass Theologie, oder wie sie meint Religion als Kulturerbe nicht nur Europas auch eine Reihe interessanter Gebiete streift. Sie hat schon recht, und so möchte ich auch die Erfahrungen mit Paul keinesfalls missen und mich beispielsweise auf philosophischem Gebiet weiter bilden, weil meines Erachtens die Philosophie mehr gebracht hat als die Religionen.

Überrascht haben Selma und ich meine Eltern, als wir ihnen an einem Abend ein kleines Konzert geben konnten mit leichteren

Sätzen aus Violinsonaten mit Klavierbegleitung von Beethoven. Wir üben mehrmals in der Woche, Selma ist mir natürlich überlegen, aber was macht's? Und das Erfreuliche ist, Miriam zeigt Interesse, sie weiß nur noch nicht, an welchem Instrument. Aber Opa sagt, das sei egal, wenn es Klavier und Beethoven werden würde, würde er Purzelbaum schlagen, und Oma würde mit Zeug ins Wasser springen. Meine Geschwister und Miriam kommen prima klar, ihre Sprache und ihre Handzeichen versteht außer ihnen niemand. Ich selbst kann schon ein bisschen Schwedisch, an der Aussprache muss ich immer wieder feilen, wobei mir Selma und Mats helfen. Die Sunds haben Verwandte und Freunde, die mich sehr freundlich aufgenommen haben.

Es ist jetzt neun Monate her, seit ich Paul verlassen habe, und wir freuen uns, das Angenehme – Paul mit seiner Shiva und die alte Truppe wiederzusehen – mit dem Nützlichen – dem Weineinkauf – zu verbinden. Wie wir schon zu Anfang sagten, fiebern wir dem Wiedersehen entgegen und sind gespannt, was Paul und die anderen sagen werden, wenn sie erfahren, dass Selma und ich ein Paar sind mit einer zwölfjährigen Tochter Miriam und einem Kind in Selmas Bauch.

Nachdem wir alles gepackt und Miriam ins Bett gebracht haben, kuscheln wir wie so oft in der letzten Zeit auf dem Sofa: Ich sitze und lese aus dem Tagebuch vor, das immer noch nicht ganz ausgearbeitet ist, und Selma liegt auf der Seite, ihren Kopf auf meinem Schoß, während ich mit der freien Hand durch ihr Haar fahre, das noch kräftiger geworden ist, und auch ihre Haut streichele, die sich noch glatter anfühlt.

23

Eine Reise

Die Autofahrt ist lang, sehr lang, aber wir lassen uns viel Zeit, weil wir mit ihr eine Reise durch drei Länder Europas verbinden und möglichst keinen Stress haben wollen. Wir machen kurze Etappen, sehen uns Landschaften, Städte und ihre Umgebung an. Das Ganze ist also eine kleine Bildungsreise, wobei wir auch ein wenig Geographie aus der Anschauung wiederholen, aber nicht zu viel, andernfalls wird es für kleine Mädchen „ätzend". In Hannover versucht mein Vater, der ab und an auch „Opa Peter" oder „Peer" genannt wird, uns in zwei Tagen Wesentliches zu zeigen. Während wir Männer mit Miriam und meinen Geschwistern an einem Tag auf dem Maschsee einen Segeltörn machen, gehen die Frauen in der Innenstadt shoppen.

In Nordfrankreich hinter Mulhouse sagt Miriam in einer genialen Eingebung: „Weißt du, ich werde dich nicht Papa nennen, denn erstens bist du es nicht, und zweitens bist du mir viel zu jung!" Ja, da gibt's nichts zu erwidern oder hinzuzufügen, solche Aussagen „sitzen" einfach. Aber sie muss lachen, als ich den Satz auf Schwedisch zu sagen versuche, obwohl ich doch der Sprache schon ganz gut mächtig bin, meine ich. Jedenfalls habe ich mit ihr eine gute Kontrolle, weil sie sich nicht scheut, mich zu verbessern. Aber warte nur, denke ich, wenn du Französisch sprechen willst, dann räche ich mich.

Einschlafen am Steuer des Volvo Kombi V 70 ist nicht möglich, weil Miriam uns beide Löcher in den Bauch fragt, was Selma ab und an zu der Ermahnung veranlasst, doch endlich einmal wenigstens für eine Viertelstunde den Schnabel zu halten. Ergebnis: Flappe, die dann aber schnell wieder vergessen ist, denn wir haben uns einfallen lassen, ihr ein wenig Französisch beizubringen, situativ, alles, was man auf der Autobahn sieht, später denken wir uns alltagsrelevante Sprechanlässe aus. Bald äußert die Kleine den Wunsch, Wörter und ganze Sätze aufzuschreiben, die Selma kontrolliert. Ja, besser geht's nicht! Moderner Unterricht auf Rädern!

Hinter Montélimar müssen wir an einer Tankstelle halten, weil wir Sünde tanken wollen: Nougat ist das Stichwort, und als Ökofreaks, die so gut wie nie Zucker zu sich nehmen, lassen wir hier so richtig die Sau raus und decken uns mit mehreren Tüten ein. Selma erklärt ihrer Tochter, was auf den Packungen beziehungsweise auf den Preisschildern steht:

„Dieses Nougat ist zum Beispiel mit Rohrzucker hergestellt, also nicht mit Industriezucker, dann mit Lavendelhonig, Mandeln, Zimt und Orange; und hier das Nougat de Provence, das ist ganz weich und weiß, das kommt aus Villedieu am Fuß des Mont Ventoux; und das hier enthält Ingwer, und das da Feigen und Datteln, und das ist aus Kaffee und Schokolade …"

„Mann, ist das alles lecker, das ist ja echt der Brüller, ich weiß nicht, was am besten schmeckt, alles richtig prall!", schmettert die Kleine.

Nach einigen Minuten des Schmatzens wieder unterwegs, beklagt sich Miriam über die Hitze, und Selma pflichtet ihr bei und macht darauf aufmerksam, dass die härteren Nougats richtige Plombenzieher sein können. Da wir die jetzige Situation wieder in die französische Sprache übersetzen, notiert sich Miriam alle Sätze und lässt die Orthographie überprüfen. Sie empfindet Schadenfreude, weil weder Selma noch ich wissen, was Plombenzieher heißt, und sie uns nicht glaubt, als wir sagen, dass es das Wort gar nicht gibt, man müsse es eben umschreiben. Später habe ich mich bei einem Muttersprachler erkundigt, der meinte *tire-plomb* wie Korkenzieher *tire-bouchon*. Um die Aussprache zu üben, notiert sich Miriam alle Städte, durch die wir fahren. Was denn die Fremdenlegion in Orange bedeute, möchte sie wissen, und ich erkläre ihr, dass das freiwillige Söldner verschiedener Nationalität seien, die im französischen Heer Dienst tun. Sie müssten sich zunächst für fünf Jahre verpflichten.

„Also müssen die dann in den Krieg und können totgeschossen werden?"

„Wenn Frankreich einen Krieg führen würde, ja. Selma, erkläre ihr das bitte."

„Sind denn da auch schwedische Soldaten drin?"

„Das weiß ich nicht", sagte ihre Mutter, „theoretisch ja."

„Das ist ja furchtbar!"

In Mormoiron weise ich am Ortseingang linker Hand auf die Cave *Les Roches Blanches* hin, wo Paul seinen Wein kauft, und wo für uns einer der Stützpunkte sein wird. Als wir die Straße hinauffahren, achte ich nicht darauf, ob Jeanne an der Wasserstelle steht, das kann alles warten, wir fahren direkt hoch zum Cabanon.

„Das sieht aber gefährlich aus!", meint Miriam, als wir den steilen Schotterweg bezwingen.

„Das ist weniger gefährlich, als es aussieht, man muss nur gut aufpassen!", entgegne ich mit klopfendem Herzen, „gleich sind wir am Ziel."

Wir parken auf dem Plateau, dem natürlichen Parkplatz. Als die Frauen aussteigen, brechen sie als Erstes über die Schönheit der Lage in Bewunderung aus, und Selma, die es aus der Erzählung kennt, kann sich nicht sattsehen am Ventoux. Dann stellen wir fest: Es ist niemand da. Da ist keine „Ente", die Gartenmöbel unter den Kermeseichen sind verschwunden, ebenso die Kollektoren und die Photovoltaikanlage. Es ist alles unberührt, so als hätte lange Zeit niemand das Grundstück betreten. Die geschlossenen Türen und die Fensterläden haben kleine Dellen, als ob Schüsse mit dem Schrotgewehr darauf abgefeuert wurden ...

Ich bin schockiert, traurig und enttäuscht und beginne zu weinen: „Mein Gott, ist das schade, was bedeutet das denn?"

Die Frauen versuchen, mich zu trösten, obgleich sie selbst bedrückt sind.

„Ich verstehe das nicht, das ist alles richtig verwaist. Ihm wird doch nichts zugestoßen sein!"

„Sieh mal hier!", sagt Selma, die sich als Erste erholt hat und vorgegangen ist, „hier auf der Tür steht: Ouvert exprès, Gendarmerie de Mormoiron."

„Der Aufkleber ist da auch auf der Tür zu dem Anbau", informiert uns Miriam.

„Das ist das Cagibi."

„Und was bedeutet das jetzt alles?", möchte Miriam wissen.

„Das bedeutet", sage ich, „dass der Cabanon von der Gendarmerie absichtlich geöffnet wurde."

„Das heißt ganz offensichtlich auch, dass hier niemand mehr wohnt, mit anderen Worten, Paul ist nicht mehr da", bemerkt Selma ganz nüchtern.

„Das kann ich gar nicht glauben", sage ich immer noch bedrückt.

Wir setzen uns auf die Mauer, betrachten das Haus, saugen den Duft der Provence ein und schweigen eine Zeitlang.

„Es ist wirklich sehr schön hier", sagt Selma, „das ist ein Juwel."

„Ja, ein lebloses. Man muss den Eindruck haben, dass das, was ich beschrieben habe, in Wahrheit nicht geschehen ist, sondern meiner Fantasie entsprungen ist."

„Ich glaube, dies ist in der Tat ein Ort, der die Fantasie beflügelt."

„Wisst ihr was?", wispert Miriam und hält ein Ohr an den nächsten Baumstamm, „wenn ihr genau hinhört, dann reden die Bäume und erzählen Geschichten."

„Was denn für Geschichten?", möchte Selma wissen.

„Geschichten aus ganz alter Zeit, wo hier die Trolle mit den Schweinen gesprochen haben, um ihnen ein paar Trüffel abzuluchsen."

„Und was haben die Schweine dafür bekommen?", frage ich.

„Naja! Sie durften zum Beispiel ins Elfenland sehen, und sie haben Bier gekriegt, das die Trolle ja gern trinken, und sie haben den Schweinen das Märchen erzählt von dem Troll Ghaly Frieder und seinen Freunden Hägar und Llynwell, die einem Bauern geholfen haben beim Mähen, damit er eine Wette gewinnen konnte."

„Du kennst dich aber gut aus!", sage ich.

„Ja klar, wenn du was glauben willst, musst du viel wissen, sagt Opa immer, und der hat mir viel von den Trollen erzählt."

Im Auto haben sie mich gefragt, und ich habe ihnen berichtet, aus welchem Grund die Franzosen Cabanons errichtet haben.

Nachdem wir das Grundstück abgeschritten haben, um die ganze Anlage noch einmal aus verschiedenen Blickwinkeln zu betrachten, macht Selma folgenden Vorschlag: „Wisst ihr was, es nützt alles nichts, wir fahren runter und bitten die Gendarmerie um Auskunft. Wir wissen ja überhaupt nicht, was los ist."

In der Gendarmerie werden wir an einen Herrn Augier verwiesen, der den Fall bearbeitet hat. Er empfängt uns sehr freundlich und gibt uns die nötige Auskunft, nachdem er erfahren hat, dass ich Pauls Neffe bin.

„Sie waren doch mal hier in der Stadt, Monsieur, jetzt erinnere ich mich, und sie haben öfter Pauls ‚Ente' gefahren, alles klar ... Das ist aber fast ein Jahr her, wenn ich mich nicht irre."

„Etwas weniger, Monsieur."

Er fordert uns auf, Platz zu nehmen und setzt sich auf seinen Sessel am Schreibtisch.

„Ein hübsches Töchterchen haben Sie da, wenn ich mir die Bemerkung erlauben darf", merkt er lächelnd an und deutet auf Miriam, die große Augen macht und sich schon wieder alles einprägt.

„Danke", bemerkt Selma, „sie versteht leider erst ein paar Worte Französisch, sie kann also dem Gespräch nicht folgen. Wir werden ihr später alles erklären."

Er holt sich einen roten Ordner aus einem grauen, eisernen Schrank, setzt sich wieder und blättert zerstreut darin herum.

„Ja gut, dann komme ich gleich zur Sache ... Also der Fall Paul, Paul Wegner, wir sagen hier alle Paul", lächelt er, „um es gleich vorweg zu sagen: Wir wissen nichts, oder sagen wir es so, nichts Genaues. Vor etwa fünf Monaten hat es da oben offenbar eine Schießerei gegeben. Hier unten im Dorf wollen einige Leute das vernommen haben; anscheinend mit Jagdgewehren und Schrot, denn wir haben auch in den Eichen Einschüsse gefunden. Was Paul anbelangt, so hatten wir zunächst angenommen, er sei vielleicht noch im Haus, sein Hund möglicherweise auch. Also haben wir uns einen richterlichen Durchsuchungsbefehl besorgt und drei Türen gewaltsam geöffnet, aber es war niemand im Cabanon. Es war alles schön auf- und weggeräumt, die Solaranlagen, die Gartenmöbel und so weiter."

„Was ist denn mit seinen Büchern?", möchte ich wissen.

„Nun ja, soweit wir das beurteilen können, ist alles vorhanden. Wir haben ja keine Ahnung, wie viele er hat. Kennen Sie denn die Zahl?"

„Tut mir leid, gezählt habe ich sie nie, aber es war eine ganze Menge."

„Entschuldigen Sie, Monsieur, aber Sie können sich sicher denken, dass wir von der Polizei mit solchen Angaben nichts anfangen können."

„Ja natürlich, sicher."

„Ich fahre fort, und hier steht es auch schwarz auf weiß im Bulletin: Man muss den Eindruck haben, Paul sei, ja nicht ausgezogen, sondern, wie soll ich sagen, er hat sich vielleicht für längere Zeit Urlaub genommen, oder er hat sich abgesetzt."

„Gibt es denn Anzeichen dafür, dass er einer Tätigkeit nachgeht, ich meine, ist er irgendwo registriert?"

„Verzeihen Sie, Monsieur, aber dazu müssten wir wissen, wo er ist. Wir hier, Interpol und so weiter haben keinerlei Hinweise."

„Gibt es denn irgendeinen Fingerzeig darauf, ob er noch lebt oder nicht oder irgendwelche Verdachtsmomente?", fragt Selma.

„Nichts dergleichen, Madame."

„Hat er denn ein Bankkonto?"

„In Frankreich nicht, also nicht unter seinem Namen."

„Bezahlt er denn seine Steuern, für das Haus, meine ich?", frage ich.

„Die wurden im letzten Jahr beglichen, aber von einer neutralen Person in bar."

„Seltsam, das Ganze ... Haben Sie mal bei der Fremdenlegion nachgefragt, da könnte er ja untergetaucht sein, hat sich vielleicht einen anderen Namen zugelegt, wie man das ja dort kann."

„Monsieur, im letzten Fall würde uns das ja auch nicht weiterbringen, zweitens ist das Aufnahmealter maximal vierzig Jahre."

„Was geschieht denn jetzt mit dem Cabanon?", erkundigt sich Selma.

„Madame, wie es aussieht, zunächst gar nichts."

„Und wenn er, ich meine Paul, nicht wiederkommt?"

„Madame, da sind wir noch nicht ... Hätten Sie denn Interesse, den Cabanon zu erwerben?", grinst er, und wir müssen auch lächeln.

„Darüber haben wir noch nicht nachgedacht", meint Selma.

„Was ich Ihnen letzten Endes rate, Monsieurdame, fragen Sie doch mal bei seinen Freunden nach. Vielleicht haben die in der Zwischenzeit etwas erfahren. Wahrscheinlich nicht, denn sachdienliche Hinweise müssten sie uns eigentlich mitteilen."

„Gute Idee", sage ich, und wir bedanken und verabschieden uns. Miriam liegt ihrer Mutter in den Ohren und bekommt einen haarkleinen Bericht.

Wir fahren zuerst zu Maurice und Evelyne, die aus dem Staunen nicht herauskommen. Sie bieten uns zu essen und zu trinken an, und wir könnten auch bei ihnen übernachten. Miriam finden sie süß, und sie wird sehr freundlich aufgenommen. Sie zuckt nur immer mit den Schultern und sagt: „Rien compris."

„Das macht doch nichts", sagt Maurice, „warte, ich hab' was für dich."

Sie geht mit ihm mit und kommt mit einem leeren Straußenei wieder. Ihre Mutter erklärt ihr, was es ist, und sie freut sich darüber und gibt Maurice einen doppelten Schmatz.

Er, Evelyne und alle Pastisschwestern und -brüder bedauern, dass Paul, der Kritiker, der Wegbereiter, wie sie ihn nennen, eine Art moderner Sokrates, nicht mehr unter ihnen weilt, aber der Gerüchteküche wollen sie keine Nahrung geben, das seien alles Spekulationen. Man wolle die Hoffnung aber nicht aufgeben, dass er zurückkommt.

„Bestellt Alberte und Alain schöne Grüße. Wenn einer was in seiner Schatzkiste hat, dann is es Alain. Der hatte ja ne besondere Beziehung zu Paul. Kommt bald ma wieder! Und vielen Dank für die Einladung zur Hochzeit. Ma sehn, ob ich meine ‚Regierung' hier ma loseisen kann", sagt Maurice zum Abschied und hat feuchte Augen.

Na, das ist mir, ich muss gestehn, ein gar herzlich' Wiedersehn! Vor lauter Entzücken über meine sichtbare und unsichtbare Familie führen die beiden einen richtigen Veitstanz auf. Da wird sich umarmt, sich geküsst, alle reden durcheinander, man hätte meinen können, da schnattern zehn Gänse auf einmal, und Miriam sabbelt mit und spult alle ihre Französischkenntnisse ab, egal, ob sie passen oder nicht, was die Franzosen wiederum zu einem Spektakel veranlasst: „Hast du das gehört?! Autoroute du soleil, il ne fait pas chaud, bien manger ... Stell dir mal sowas vor! Weiß das Kätzchen denn, was das bedeutet?", fragt Alain.

„Aber ja, sie schreibt sich die Sätze sogar auf", erklärt Selma, und Miriam zeigt ihr Notizbuch und wird dafür gelobt.

Nachdem sich die Wogen geglättet haben, sagt Alberte:

„Kommt, setzt euch doch! Tee, Kaffee, Schokolade, Saft?"

„Danke, wir haben gerade bei Maurice ..."

„Das macht nichts, bei uns gibt's nochmal was."

„Nun erzählt mal!", fordert Alain uns auf.

Selma fasst unsere jüngere Geschichte zusammen, und als sie damit endet, dass wir bald heiraten wollen, vor oder nach dem Baby, können beide ihre Freude darüber nicht verhehlen, besonders nicht, als sie sie beide zur Hochzeit einlädt.

„Wer hätte das gedacht!", nimmt Alain den Faden wieder auf, „da kommt der Kerl her, um sich von seinem Onkel ein paar theologische Volltreffer einzufangen, unseren Pastis und unseren Wein kennenzulernen, und was kommt dabei heraus? Er verliebt sich in eine schöne Schwedin, die obendrein noch ein tolles Töchterchen hat, und will in den Weinhandel einsteigen. Da sieht man mal wieder, wo's langgeht: Vive l'amour!"

„Was willst du eigentlich? Letzten Endes dreht sich alles immer um die Liebe!", pflichtet Alberte ihm bei.

„Und Paul, das ist'n Ding! Wie immer ein Rätsel. Wir waren alle platt, haut einfach ab, so mir nichts, dir nichts, ohne einen Ton zu sagen. Na gut, wir ham's geschluckt ... Aber ich glaub', ich hab' da was."

In der Zwischenzeit ist eine vierfarbige Katze hereingekommen, die Minou, die um Milch bettelt und sie dann aus ihrem Napf schleckt.

„Och, ist die süß!", ruft Miriam und fängt an, sie zu streicheln, und das hört gar nicht mehr auf, weil die Katze dann auf ihren Schoß springt und wie eine weit entfernte Kettensäge schnurrt.

„Das hab' ich der Polizei, ich meine hier der Gendarmerie nicht gesagt, denn Paul ist immer noch unser bester Freund, versteht ihr? Ich sagte es ja schon, wir vermissen ihn alle sehr. Unserem Freundeskreis fehlt die Spitze und die Spritze, verseht ihr, der, der uns auf andere oder neue Gedanken bringt. Ich persönlich war ihm sehr zugetan, wir haben ja auch oft Zwiegespräche geführt."

„Ja, das stimmt", sagt Alberte, „ich hab' dann die Männer hinten im Garten im Pavillon sitzen lassen, ihnen was zu essen und vor allen Dingen was zu trinken gebracht, und dann ging's los, manchmal bis in die Puppen."

„Das ist richtig", fährt Alain fort, „wir haben immer wieder theologische und religionsgeschichtliche Fragen erörtert, weil mich das brennend interessiert, zum Beispiel ob nicht die Propheten in einer Art Euphorie oder in einem Wahn ihre Voraussagen machten à la Schamanen. Aber wir kennen den soziokulturellen Hintergrund zu wenig. Trotzdem haben Kirchenvertreter häufig die Ansicht vertreten, dass die, die nicht rechtgläubig sind, sie nicht alle hätten oder psychisch krank seien ... Entschuldigung, interessiert euch das überhaupt noch, ich meine, wo du nun doch nicht Theologie studierst?"

„Das ist keine Frage, ich *studiere* eben nicht Theologie, Interesse habe ich aber immer noch."

„Ich glaube auch, dass das gut für ihn ist", meint Selma, „obwohl sein Hauptgebiet nach wie vor die Philosophie ist."

„Ah ja, na gut eins der letzten Themen, die ich mit Paul diskutiert habe, war die Frage, ob man die Leute glauben lassen soll, was sie wollen, wenn sie damit zufrieden sind oder sogar glücklich. Und da haute Paul wieder in die Kerbe und sagte: Das Problem ist nur, dass sie ja nicht glauben, was sie wollen, sondern was sie sollen, und das macht viele unglücklich. Sogar heute noch, sagen wir mal, du stellst dich irgendwo hin und predigst von Jesus und weichst nur n' bisschen von der Kirchenmeinung ab, du sollst mal sehn, wie schnell sie dich in die Klapse bringen. Das Thema Glaubensfreiheit also ... Sag mal, Christian, hast du irgendwas von Paul, ich meine, bist du im Besitz von irgendeiner seiner vielen Schriften?"

„Nein, leider nicht, ich habe gar nichts."

„Wärst du denn an so was interessiert?"

„Ja klar."

„Ja gut, dann hab' ich was für dich, für euch auf Französisch, davon habe ich Kopien."

Er verlässt die Wohnküche, und Alberte sagt zu Selma und Miriam: „Kommt mal, ich zeige euch was", und sie gehen mit.

Als er zurückkommt, stellt er fest: „Ah, die Damen sind ausgeflogen ... Ich weiß schon, Alberte zeigt ihnen bestimmt ihre Puppensammlung, wirklich tolle Exemplare dabei ... So, diesen Band schenke ich dir, sozusagen als Vermächtnis an unseren Freund. Ich habe sie übrigens alle binden lassen, wie er das auch immer gemacht hat. Es geht da um den Ketzer Michael Servet, der vor fünfhundert Jahren in Genf mit 42 Jahren ein Opfer des Reformator-Terroristen Calvin wurde, weil er die Trinität leugnete, das heißt drei Götter sind eine Illusion, die Trinität ist der Glaube an einen dreiköpfigen Dämon. Die Trinität hatte man ja 381 festgelegt ... Den Papst bezeichnete Servet als Antichristen und so weiter. Wie so oft sagte man auch in seinem Fall, er sei psychisch gestört, seine Ideen grenzten an Wahnsinn. Jedenfalls ließ er sich auf einen Clinch mit Calvin ein. Na gut, du kennst ja Paul, er hält es für möglich, dass Servet impotent war. Wie man ihm dann aber im Prozess sexuelle Verfehlungen vorwerfen konnte, zeigt die ganze Infamie der Verurteiler und, so Paul, es ist wohl so, dass die Genfer Reformatoren wie die Inquisitoren, die Mörder also und ihre Helfershelfer, selbst schwere geistige und psychische Störungen vorzuweisen hatten.

Neuere Täterforschungen werden da bald noch mehr Licht ins Dunkle werfen."

„Hast du Material darüber?"

„Leider nein, das heißt, ich hab' noch nicht alles gesichtet. Was wollte ich noch sagen? Ach so, ja hier, warte, auf Seite 89 erwähnt Paul einen deutschen Schriftsteller, Stefan Zweig, hab' ich das so richtig ausgesprochen? O.k., der hat ein Buch geschrieben *Castellio gegen Calvin*, und da ist Calvin das Symbol für Intoleranz und Gewissenszwang. Und hier in dem Buch ist Sebastian Castellio, ein französischer Humanist, der Gegenspieler Calvins, und er verfasst eine Verteidigungsschrift für Servet und gegen Ketzerverfolgungen, und da heißt es, hör dir das an: ‚Die Wahrheit zu suchen und sie zu sagen, wie man sie denkt, kann niemals verbrecherisch sein. Niemand darf zu seiner Überzeugung gezwungen werden. Die Überzeugung ist frei.' Na, was sagst du jetzt?"

„Dem kann ich nur zustimmen, nur zwischen Wirklichkeit und diesen Forderungen liegt immer noch eine große Kluft."

„Recht hast du. Na gut, es hat ja auch lange gedauert, bis erst im 18. Jahrhundert die Glaubensfreiheit erkämpft werden konnte. Jedenfalls ist Michael Servet, der Märtyrer, ein Symbol der Glaubensfreiheit ... Zweig schreibt auch noch, warte, hier, Paul zitiert das: ‚Mit jedem neuen Menschen wird auch ein neues Gewissen geboren, und immer wird sich eines besinnen seiner geistigen Pflicht, den Kampf aufzunehmen um die unveräußerlichen Rechte der Menschheit und der Menschlichkeit, immer wieder wird ein Castellio aufstehen gegen jeden Calvin.'"

„Man sollte immer wieder an die tausende von Opfern erinnern, die die Religion auf dem Gewissen hat, und man sollte sich vor denen verbeugen, die an den so genannten Grundfesten der religiösen Tradition rütteln, gestern und heute, um der Menschenliebe willen."

„Donnerwetter! Ich hätte nicht gedacht, dass wir so nah' beieinander sind."

„Dann sind all die Menschen nicht umsonst gestorben."

„So ist es ... So bitte, schenke ich dir."

„Prima, vielen Dank, dann habe ich wenigstens ein Andenken an Paul in der Hand."

Die vier Damen kommen wieder herein: Als Erste Minou mit erhobenem Schwanz und einem kräftigen, vorwurfsvollen „Miau", als Zweite Miriam mit einer Stoffpuppe im Arm, als Dritte eine lachende Selma und schließlich eine schmunzelnde Alberte.

„Guck mal, P...eh, Christian, handgemacht, die hat Alberte selbst gemacht, und die hat sie mir geschenkt, und sie sagt, für Puppen ist man nie zu alt, wenn man glaubt, sie leben."

„Die hat aber wirklich ein hübsches Gesicht!", sage ich.

„Na nicht nur das, guck mal hier die Kleidung und richtig mit Unterwäsche."

„Sehr schön, und hast du schon einen Namen?"

„Na klar, Berte!"

„Ah ja! Ich verstehe."

„Und ihr?", fragt Selma.

„Wir haben gefachsimpelt", antworte ich, „das alte, neue Thema. Und Alain hat mir von Paul ein Buch geschenkt, als Vermächtnis sozusagen. Und ich wollte ihn gerade fragen, ob er meint, ob Paul noch am Leben ist."

„Wartet's ab, meine Lieben, peu à peu. Setzt euch erst mal alle wieder hin. Also, ich war vor vier Wochen in Marseille, hatte da geschäftlich zu tun, muss ich ja ab und an im Hauptkommissariat Bericht erstatten. Also, ich komme die Canebière runter, das is sozusagen die Schlagader von Marseille, ich bin fast auf der Höhe der Rue d'Aubagne, da sehe ich auf der anderen Straßenseite Paul, zwar mit Sonnenbrille, aber ich kenn' doch Pauls Gang und die lichten Haare aufm' Hinterkopf! Neben ihm ne Frau, vielleicht jünger als er, auch mit Sonnenbrille und mit Kopftuch, und er hat 'n Mädchen auf'm Arm, so um die zwei Jahre alt. Mensch, denke ich, jetzt aber rüber, den Kerl krallst du dir an der Kreuzung Cours Belsunce und Rue Pavillon, an der Ampel. Scheiße! Die geht auf rot. Erst will ich trotzdem rüber, aber die Karren ziehen an wie die Geier, und zweitens klingelt mein Moralischer: Denk dran, du bist Polizist, ob in Uniform oder in zivil, wenn was passiert, biste dran, oder Alberte is Witwe. Ich also auf die Bremse. Trotzdem Mist, denke ich, trete von einem Fuß auf den andern, und das dauert ne Ewigkeit, da kannste zwischendurch bei Harpers einkaufen gehen. Bei grün kriegen einige Leute blaue Flecken, und ich die schlimmsten Flüche hinterher, weil ich trotz meiner schweren Aktentasche wien Irrer rüberrenne, der grade entlassen wurde. Ich lauf' erst runter, war ja ihre Richtung, wieder rauf, spähe in Geschäfte, nichts. Die ganze Fata Morgana hat sich in Luft aufgelöst. Sie sind weg. Wer das nu' war neben ihm, weiß der Geier, und um die Zeit in Marseille, kannste dir ja vorstell'n, es knubbelt sich, schwarz vor Menschen und stinkt nach Abgasen wie die Pest."

„Und du bist sicher, dass es Paul war?", frage ich ganz aufgeregt.

„Mann, so sicher wie das Amen in der Kirche."

„Schade", sagt Selma mit Bedauern, „dann müssen wir eben hoffen, zum Glück lebt er ja ... So, ich schlage vor, wir verabschieden

uns, wir haben noch eine Verabredung in der Cave und dann noch in Chateauneuf. Danke für alles, Alain und Alberte, es war schön bei euch, und ihr bekommt Nachricht, wenn die Hochzeit vor der Tür steht. Grüßt alle, wie war das? Ach ja, Pastisbrüder und -schwestern."
„So komm, Miriam, verabschiede dich!", fordere ich sie auf.
„Och, lasst mich die Katze doch noch ein wenig streicheln."
„Die kannst du haben, nimm sie doch einfach mit!", sagt Alberte.
„Was hat sie gesagt, Mama?"
„Wenn wir wiederkommen, kannst du wieder mit ihr spielen."
„Ja gut."

Wir verabschieden uns und fahren los.
„Alles sehr merkwürdig", sage ich.
„Wo fährst du hin?", fragt Selma.
„Na, erst zur Cave und dann zu Charles, die Geschäfte rufen."
„Du hast noch etwas vergessen."
„Und das wäre?"
„Jeanne."
„Jeanne? Muss das unbedingt sein? Es ist doch schon so spät."
„Ja, Mama, Christian hat recht, ich habe Hunger."
„Entschuldigt bitte, aber Christian hat mir so viel von ihr vorgeschwärmt, es muss sein! Wir wissen nicht, wann wir wieder die Gelegenheit dazu haben."
„Also gut."

Jeanne kommt sofort aus dem Schatten des Hauseingangs, sie hat sich nicht verändert, und das Wasser plätschert wie ehedem. Ich stelle ihr meine Familie vor, und sie ist freudig überrascht. Dann sprechen wir über Pauls Schicksal.
„Wissen Sie was, Monsieurdames, es geht nicht mit rechten Dingen zu, vielleicht hat Jesus ihn geholt, und die beiden planen eine Revolution, die ist sicher besser als eine Reformation."
Wir lachen alle, auch Miriam, die nicht weiß, worum es geht, und Jeanne fährt fort: „Mir fehlt er jedenfalls sehr, er hat eine richtige Lücke hinterlassen, und ich brauche Ihnen nicht zu sagen, dass ich mich viel einsamer fühle, das macht mich oft sehr traurig."
„Das kann ich verstehen", versuche ich sie zu trösten, „er kommt bestimmt bald wieder."
„Wir wollen es hoffen, Monsieur ... Haben Sie denn mal wieder etwas von Françoise gehört?"
„Nein", sage ich kleinlaut, und ich spüre eine Beklemmung in der Brust.
„Sehen Sie, die war so oft hier bei mir und beim Paul oben, und sie hat geweint und sich beschwert, in einem solchen Zustand, Sie

seien einfach abgehauen, ohne sich von ihr zu verabschieden. Sie seien ein Schuft, sagte sie immer wieder ... Aber wissen Sie was, Monsieur, die Mädchen übertreiben gern."

„Das kann schon sein", sage ich und wäre am liebsten im Erdboden versunken, „bis zum nächsten Mal, Madame."

„Auf Wiedersehen, Monsieurdame, Mademoiselle."

„Die sah aber komisch aus", meint Miriam, als wir wieder im Auto sitzen.

„Sie hat nur eine kleine Rente, weißt du", sage ich, „und deshalb kann sie sich nicht so viel leisten."

„Und warum steht die da?"

„Um Kontakt zu haben, da kommen immer Leute vorbei. Sie hat sonst niemanden", äußere ich mit trockener Kehle.

Als wir an der Cave aussteigen, kann ich Selma das erste Mal nicht in die Augen sehen.

„So, mein Lieber", erklärt sie bestimmt, klar und deutlich auf Französisch, „du bist offensichtlich ein Schuft! Du überträgst mir demnächst alle Passagen, die du in deinem Tagebuch noch in Kurz- oder Geheimschrift stehen hast. Ich möchte nicht, dass irgendetwas unsere schöne Beziehung belastet, noch bevor sie so richtig angefangen hat."

Herzlich danken möchte ich meiner Lektorin Andrea Stangl, buchverlag-stangl, Paderborn, und meiner Grafikerin Susanne Elsen, mohnrot, Mülheim/Ruhr.

Peter Ostermann, geboren 1937 in Stettin, lebte nach dem Großangriff 1943 in Treptow an der Rega. Sein Vater fiel 1944.
1948 wurde der Rest der Familie zwangsweise nach Oberschlesien ausgesiedelt, 1949 kamen sie frei und konnten nach Hannover ausreisen. Nach dem Abitur studierte er Anglistik und Romanistik in Kiel, Göttingen und Bonn. 1997 wurde er als Oberstudienrat pensioniert. Er schreibt Gedichte, Kurzgeschichten, Erzählungen und Romane. Dem jetzigen Roman sollen weitere Veröffentlichungen folgen.